Für Kerstin,

die immer daran geglaubt hat

Zum Inhalt:

Ian Courtsham ist Schüler an einer englischen Schule und hat Probleme wie jeder Teenager. Sein Klassenkamerad Terry Paxton und dessen Kumpane drangsalieren ihn, seine beste Freundin Amber weckt seit Kurzem ganz neue Gefühle bei ihm und seine verhasste Englischlehrerin Miss Parks macht ihm das Schülerleben zur Hölle.

Wie angenehm ist da die Ankündigung des sympathischen Geschichtslehrers Mister Schwarz, der sich ein ganz besonderes Ziel für den Klassenausflug ausgedacht hat. Ausgerechnet nach Blackrock Manor soll es gehen, jenem unheimlichen Gemäuer, das vor knapp fünfzig Jahren teilweise niedergebrannt ist.

Damals war Blackrock Manor noch ein Hotel, lauschig mitten in den Wäldern gelegen. Eines Nachts aber soll der angeblich geisteskranke Hotelbesitzer Alistair Grayborne sein eigenes Hotel in Brand gesetzt und damit sich selbst, seine Frau und seine beiden Kinder getötet haben. Seit jener Nacht munkelt man, dass etwas in dem Gemäuer umgehe. Von Erscheinungen ist die Rede, von gespenstischen Lichtern und von geisterhaften Kinderstimmen, die des Nachts zu hören seien.

Was ist dran an den Gerüchten? Dem will der ambitionierte Geschichtslehrer mit seiner Klasse auf den Grund gehen. Natürlich glaubt niemand an einen tatsächlichen Spuk, aber bald schon häufen sich unerklärliche Vorkommnisse, kaum, dass die Klasse ihr Ausflugsziel erreicht hat. Ein unheimlicher Rabe scheint das halb verfallene Hotel als sein Revier zu betrachten und scheut auch nicht davor zurück, die Kinder zu attackieren.

Und was hat es mit Mister Bright, jenem hünenhaften Schotten auf sich, der sich als Angler ausgibt und wohl nicht ganz zufällig in der Nähe des alten „Spukhotels" auftaucht?

Jede Erkenntnis, die die jungen Forscher zu Tage fördern, wirft neue Fragen auf, bis schließlich der Gedanke an Geister gar nicht mehr so weit hergeholt scheint. Oder aber irgendjemand hat einen gewaltigen Aufwand betrieben, um neugierige Besucher möglichst bald von dem Hotel zu vertreiben...

www.alexander-felden.de

Druck: creaktiv GmbH & Co. KG, Goslar
Umschlagfoto: Kerstin Zimmermann
Umschlaggestaltung und Bildbearbeitung: Alexander Felden

1. Auflage – Oktober 2009

ISBN 978-0-00-029192-0

Inhalt

Mittelengland

im Sommer 2005

Kapitel Eins:
Ein Wanderausflug?

Es war heiß und geradezu lähmend schwül. Das Quecksilber des Thermometers war bereits auf über 25 Grad geklettert – und dabei war es früher Vormittag. Die Sommerferien standen kurz bevor, und die Noten in der Schule waren längst eingetragen. Keiner der Lehrer sah nun noch eine Notwendigkeit darin, allzu verbissen den Unterricht fortzuführen, schon gar nicht bei diesen Temperaturen.

Keiner außer Deborah Parks. Miss Parks war eine alte Jungfer, die stets sehr korrekt und sehr bieder gekleidet war. Sie mochte um die fünfzig sein, sah aber aus wie eine Gouvernante aus dem vorletzten Jahrhundert. Ihr graues Haar trug sie immer zu einem strengen Dutt geknotet. Eine dicke Hornbrille, hinter der trübe Augen rastlos hin und her wanderten, immer auf der Suche nach irgend einer Kleinigkeit, über die sie sich aufregen, oder besser noch, derentwegen sie jemanden maßregeln oder bestrafen konnte, rundeten das Bild ab. Miss Parks war der fleischgewordene Albtraum jedes Schülers. Sie unterrichtete Englisch in Ians Klasse. Dreimal die Woche waren die Schüler ihr ausgeliefert.

Doch selbst die Eiserne Jungfrau, wie Miss Parks hinter vorgehaltener Hand von ihren Schülern genannt wurde, konnte Ian heute nicht schrecken. Gedankenverloren beobachtete er einen vorüberziehenden Vogelschwarm. Was gäbe er nur darum, jetzt ebenso fortzufliegen, weg von Miss Parks, irgendwohin... Der Traum von Freiheit wurde allerdings jäh unterbrochen. Miss Parks krächzende Stimme drang wie von ferne an Ians Ohr.

„Mister Courtsham!"

Ian schreckte aus seinen Tagträumen auf.

Miss Parks starrte ihn aus wütend zusammengekniffenen Augen an.

Hatte sie ihm eine Frage gestellt? Oder hatte er einfach nur zu offensichtlich aus dem Fenster gesehen?

„Äääh... ja, Miss Parks?"

Verstohlenes Kichern setzte ein, als Miss Parks eine Augenbraue hob – so weit, dass sie unter ihrem Pony zu verschwinden schien. Jeder in der Klasse wusste, dass nun wieder einmal eine ihrer berüchtigten Standpauken folgen würde.

„Na, wie schön, dass Sie mir doch noch etwas von Ihrer Aufmerksamkeit widmen! So etwas Unhöfliches und Faules wie Sie..."

Ian fielen beinahe die Augen zu. Die Hitze ermattete ihn und sogar Miss Parks Stimme wirkte einschläfernd. Nächste Woche hatte er Geburtstag, gleich am ersten Ferientag. Dann würde er es endlich hinter sich haben und für ein paar herrliche Wochen keine Schule, keinen Terry Paxton und vor allem keine Miss Parks sehen oder hören müssen. Der Gedanke gefiel ihm, und ein zufriedenes Grinsen schlich sich in seine Züge. Ein schrecklicher Fehler, wie sich herausstellte, denn Miss Parks schien sich dadurch erst recht provoziert zu fühlen.

„SO!? Der Herr findet das alles auch noch amüsant, wie? Wir haben es wohl nicht nötig aufzupassen, ja? Sind wohl ohnehin schon ganz oberschlau? Ihnen werde ich helfen! Solange ich in dieser Klasse unterrichte, dulde ich keinen Müßiggang! Hier wird gearbeitet – das haben Sie alle bitter nötig! Mister Courtsham, nach der Stunde bleiben Sie im Klassenraum und lassen sich von mir eine Extraaufgabe geben!"

Ian schnappte nach Luft. Das durfte doch wohl nicht wahr sein! Extraaufgabe? Weil er für einen Moment nicht aufgepasst hatte? Der Unterricht bei Miss Parks war sowieso stinklangweilig, was konnte er also schon verpasst haben? Empört machte er den Mund auf, um zu protestieren. Dann aber überlegte er es sich anders. Miss Parks lächelte nun ihrerseits, sie schien ihn geradezu herauszufordern ihr zu widersprechen – damit sie ihm umso mehr Strafarbeiten aufgeben konnte.

Resigniert schloss er den Mund wieder und senkte wütend den Blick. Miss Parks schien äußerst zufrieden mit sich selbst.

„Nun, das wäre also geklärt. Ich will doch sehr hoffen, dass wir die Stunde nun ohne weitere Unterbrechungen fortsetzen können."

Ian biss sich auf die Unterlippe. Das war so ungerecht! Plötzlich stieß ihn jemand unsanft von hinten an. Terry Paxton, dachte Ian.

Das hatte ihm jetzt gerade noch gefehlt. Terrys Stimme troff von Spott, als er Ian über die Bank hinweg zuraunte.

„Na, die alte Debbie hat dich eiskalt erwischt, häh? Du Loser!"

„Halt die Klappe, Terry", zischte Ian mit zusammengepressten Zähnen.

Terry Paxton war der schlimmste Typ in der Klasse. Er hatte keine Freunde hier, aber jeder hütete sich davor, sich gegen ihn zu stellen. Terry wiederholte die Klasse, nachdem er schon in der sechsten eine Ehrenrunde gedreht hatte. Damit war er zwei Jahre älter als der Rest und um einiges größer und stärker, wobei er auch noch ziemlich dick war. Er hatte feuerrotes Haar und ein sommersprossiges Pfannkuchengesicht mit hinterlistig blitzenden verkniffen-en Äuglein. Seit kurzem hatte bei ihm ein spärlicher Bartwuchs eingesetzt und stolz trug er nun seine Fransen an Oberlippe und Kinn zur Schau. Terrys Kumpel aus seiner ehemaligen Klasse waren allesamt so wie er – recht einfältig, aber was ihnen an Grips fehlte, machte sie durch Pöbeleien und Prügel wieder wett.

„Solltest deine Schnauze nicht so weit aufreißen, Kleiner."

Terrys Stimme klang umso boshafter, weil er flüsterte, darum bemüht, nicht von Miss Parks gehört zu werden. Er stieß Ian erneut über die Bank hinweg an, aber Ian sagte nichts weiter und ignorierte die Drohung. Er riskierte einen Seitenblick zu Amber, die zwei Tische weiter links saß. Auch sie sah zu ihm herüber, und so trafen sich ihre Blicke für einen kurzen Augenblick. Amber lächelte ihn aufmunternd an, nickte kaum merklich in Richtung Miss Parks, die nun an der Tafel stand und wie besessen Regeln zur Grammatik anschrieb und schnitt eine Grimasse.

Ian nickte verschwörerisch und verdrehte theatralisch die Augen. Dann wandten sich beide wieder der Tafel zu, um widerwillig in ihre Hefte abzuschreiben.

Das Klingeln war wie eine Erlösung. Ian blieb schicksalsergeben in der Klasse, während alle anderen fluchtartig aus dem Raum strömten. Miss Parks gab ihm eine ebenso sinnlose wie unangemessene Zusatzhausaufgabe und entließ ihn dann mit einem selbstgefälligen Lächeln. Ian schluckte seinen Ärger hinunter und gesellte sich wenig später zu seinen Freunden auf dem Pausenhof.

11

„*Die Alte hat sie doch nicht mehr alle*", wetterte David los. „*So ein Aufriss wegen nichts und wieder nichts!*"

Ian winkte ab. Es freute ihn, wie der kleine weißblonde David für ihn Partei ergriff, wenn auch erst jetzt, nach der Stunde. Aber das war in Ordnung. Ian konnte von keinem seiner Freunde erwarten, dass er Miss Parks offen die Stirn bot und sich so ebenfalls eine saftige Strafarbeit einhandelte – und am allerwenigsten von dem zierlichen, überängstlichen David Porter.

„*Lass gut sein, Dave. Es ist nicht zu ändern. Wir können uns aufregen soviel wir wollen – das ist doch dann nur das, was die Eiserne Jungfrau erreichen will. Vergiss sie, bis morgen haben wir es erst mal hinter uns.*"

David schüttelte missmutig den Kopf, schwieg aber. Amber grinste. Amber Sampson trug ihr rotblondes Haar zu einem Zopf gebunden, so wie es Vorschrift war. Jeder trug die Schuluniform, kein Schmuck war erlaubt, kein allzu offensichtliches Make-up und auch keine extravaganten Frisuren. Das war Tradition an den meisten englischen Schulen, und obwohl Ian gerade heute seine Uniform im Geiste schon vielfach verflucht hatte, da er sich halbtot schwitzte, hatte er im Grunde nichts dagegen. Durch die Uniform fühlte man sich irgendwie enger mit seiner Schule verbunden und man trug das Wappen nicht ohne Stolz. Trotzdem freute sich Ian schon darauf, später am Nachmittag, wenn die Schule endlich aus war, die Uniform gegen seine Badehose auszutauschen.

Und in den Ferien würde er von früh bis spät am Badesee liegen können – was für eine Vorstellung.

Wieder musste sich jenes entrückte Grinsen in sein Gesicht geschlichen haben, denn Amber stieß ihn mit dem Ellenbogen an.

„*Erde an Ian? Meine Güte, ist da jemand drin?*"

Grinsend tippte sie ihm an die Stirn. Ian wurde rot und grinste verlegen, was bei David, Ben Fiona und Amber für noch mehr Heiterkeit sorgte.

„*Äh.... was?*"

Ben legte ihm freundschaftlich eine Hand auf die Schulter. Ben Ayubu war erst seit einem Jahr in Ians Klasse. Seine Eltern hatten sich im vorigen Sommer scheiden lassen und Ben war mit seinem Vater, einem Kenianer und reichen Unternehmer, von Liverpool hierher gezogen.

Seine pechschwarze Haut hatte ihn schnell zur Zielscheibe für Typen wie Terry Paxton gemacht, aber seine offene und einfühlsame Art hatten ihn auch schnell Freunde finden lassen.

„Schon gut, Mann. Manchmal beneide ich dich direkt darum, wie du in deine andere Welt verschwindest. Ich schätze mal, da gibt es keine Miss Parks, oder?"

Fiona kicherte. Jeder der Freunde wusste, dass sie in Ben verknallt war – außer Ben, der sich zwar immer sehr gut in die Lage seiner Freunde hineinversetzen konnte, in Fionas Fall aber offenbar mit Blindheit geschlagen war. Dabei war Fiona Gordon sogar recht hübsch, wenn auch ein wenig zu brav, wie Ian fand. Zu brav und zu ehrgeizig – Fiona war die mit Abstand beste Schülerin in Ians Klasse, wenn nicht in seinem Jahrgang. Und sie schien die einzige zu sein, die sogar mit Miss Parks auskommen konnte. Und wie so oft im Unterricht sagte sie jetzt genau das Richtige, um die Stimmung zu retten.

„Jetzt haben wir Mister Schwarz und besprechen wir den Ausflug. Vergessen wir Miss Parks."

***

Es konnte wohl keinen größeren Gegensatz zu Miss Parks geben als Mister Schwarz, den Geschichtslehrer. Er war Deutscher, der seit einem Jahr an Ians Schule unterrichtete. Mister Schwarz war erst Ende zwanzig, ein frischer und hoch motivierter Lehrer mit vielen Ideen und Einfällen. Er war humorvoll und hatte Verständnis für seine Schüler, und dadurch hatte er ihren Respekt und ihre Zuneigung gewonnen. Bei ihm machte der Unterricht Freude.

Und auch optisch war kein schärferer Kontrast zu Miss Parks möglich. Wo sie auf den ersten Blick Strenge und Biederkeit ausstrahlte, war Mister Schwarz jugendlich sportlich.

Auch er war den Vorschriften gemäß sehr förmlich gekleidet, doch trug er stets eine farbenfrohe Krawatte und ein adrettes Jackett anstelle der monoton grauen oder schwarzen Anzüge, welche die meisten seiner Kollegen anhatten. Dazu kam sein blendendes Äußeres.

Mister Schwarz war der Schwarm fast aller Mädchen in Ians Klasse, denn er hatte strahlend blaue Augen und ein absolut gewinnendes Lächeln.

Umso mehr hatte es alle gefreut, dass Mister Schwarz es gewesen war, der sich bereit erklärt hatte, den Abschlussausflug mit der Klasse zu unternehmen. So erwarteten alle Schülerinnen und Schüler nun geradezu fieberhaft, was Mister Schwarz sich ausgedacht hatte.

In gewohnt lässiger Haltung saß er nun auf der Tischkante seines Pults, die Hände auf seine Oberschenkel gestützt, und genoss offensichtlich die Spannung im Raum. Er lächelte verschmitzt, als er begann der Klasse darzulegen, wie er sich den Ausflug vorgestellt hatte.

„So, das Schuljahr wäre also beinahe geschafft und wir haben uns alle unsere Ferien verdient. Vorher aber müsst ihr noch ein ganzes Wochenende mit dem Geschichtspauker verbringen – euch bleibt dieses Jahr auch nichts erspart, hmm?"

Er zwinkerte in die Runde und in der letzten Reihe seufzte Samantha Miles hörbar entzückt.

„Aber es kommt noch schlimmer, denn wenn ihr glaubt, ihr könntet das Wochenende in einem plüschigen Clubsessel vor dem Kaminfeuer verbringen, Zigarre rauchend und Scotch trinkend, dann muss ich euch leider sagen, dass dies so nicht eintreten wird."

Er zögerte es immer weiter hinaus, der Klasse zu verraten, wohin es gehen sollte. Sein Blick wanderte umher, seine Augen funkelten verschmitzt..

Schließlich holte er übertrieben tief Luft, bevor er endlich die Frage beantwortete, die allen in der Klasse unter den Nägeln brannte.

„Unser Ziel sind die Wälder. Weit weg von Schule, Fernsehen, Verkehr, Stress. Wir werden ganz unter uns sein und die Ruhe und Stille genießen..."

Terry Paxton stöhnte auf.

„Ein Wanderausflug, ja? Vielleicht noch'n Picknick im Grünen?"

Auch einige andere Schüler in der Klasse schienen enttäuscht zu sein. Man hatte etwas Ausgefallenes erwartet, etwas Spannendes, aber doch keinen Wanderausflug. Mister Schwarz ließ sich von dem aufkeimenden Unmut nicht beeindrucken. Im Gegenteil, sein Grinsen wurde noch breiter.

„So, Wandern ist also nichts für euch? Na, das tut mir aber Leid, aber das muss schon sein. Irgendwie müssen wir schließlich nach Blackrock Manor kommen..."

Von einem Sekundenbruchteil zum nächsten war es totenstill in der Klasse.

Sämtliche Augenpaare ruhten fragend auf Mister Schwarz, der den Effekt seiner Worte sichtlich genoss.

„Ja, ihr habt richtig gehört. Wir werden bei den Needle Rocks zelten, dort sind wir einigermaßen vor der Witterung geschützt und es gibt einen Fluss. Und außerdem sind es von dort nur etwa zwei Meilen bis zum Blackrock Manor."

David stotterte vor Aufregung, als er aussprach, was alle dachten.

„A... aber Mister Schwarz... keine Klasse hat je einen Ausflug nach Blackrock Manor gemacht! Dort gibt es doch nichts..."

Er hielt inne, denn er bemerkte, dass er drauf und dran war, herunterzubeten, was Eltern und Lehrer ihnen immer wieder eingebläut hatten. Mister Schwarz entblößte eine Reihe strahlend weißer Zähne.

„So? Es gibt dort draußen doch nichts? Hmmm... ich gebe zu, es ist kein Museum und kein Theater oder was auch immer man als pädagogisch wertvolles Ausflugsziel ansehen würde – aber wenn es dort wirklich gar nichts gibt... ja, dann frage ich mich doch ernsthaft, warum die Leute hier niemals aufhören, darüber zu reden."

Er hatte den Nagel auf den Kopf getroffen. Und plötzlich war alle Enttäuschung über einen vermeintlich langweiligen Wanderausflug heller Aufregung gewichen. Alle redeten durcheinander, bis Mister Schwarz in einer beschwörenden Geste die Arme ausbreitete, um für Ruhe zu sorgen.

„Beruhigt euch wieder. Lasst uns lieber erst einmal sehen, was ihr überhaupt über Blackrock Manor wisst. Abgesehen von all den Geistergeschichten, meine ich."

Wieder zwinkerte Mister Schwarz. Ian verfiel in angestrengtes Grübeln. Was wusste er über das Spukhotel, wie Blackrock Manor von allen genannt wurde? Das meiste waren wilde Gerüchte, die wohl selbst des kleinsten wahren Kerns entbehrten. Es bestand offenbar Einigkeit darüber, dass die Leute in der Gegend Blackrock Manor zu vergessen versuchten, dass es aber niemandem wirklich gelang.

Plötzlich bemerkte Ian, dass Fionas Hand in die Höhe geschnellt war. Sie schob ihre Brille etwas höher auf ihren Nasenrücken, als Mister Schwarz sie aufrief, und fasste in der ihr eigenen Art präzise zusammen, was es Wissenswertes über Blackrock Manor zu berichten gab.

„Blackrock Manor wurde im frühen 18. Jahrhundert errichtet. Es heißt, dass es auf den Ruinen einer mittelalterlichen Burg gebaut wurde.

Seit 1934 wurde es als Hotel genutzt, das seinen Gästen Erholung weit weg von dem Lärm und dem Schmutz der Stadt bieten sollte."

Terry ächzte.

„Scheiße, hast du auf'm Reiseführer gepennt? Keine Sau interessiert, was im 18. Jahrhundert war..."

Fiona wirbelte herum und bedachte Terry mit einem strafenden Blick, indem sie ihre Augen zu Schlitzen verengte. Mister Schwarz griff ein.

„Terry, du bist jetzt nicht dran! Wenn du etwas zu sagen hast, kannst du das später ja tun. Fiona, mach bitte weiter."

Mit großer Genugtuung angesichts Terrys eingeschnappter Miene fuhr Fiona fort.

„Traurige Berühmtheit erlangte Blackrock Manor im Sommer des Jahres 1956.

Der damalige Hotelbesitzer, ein gewisser Alistair Grayborne, setzte das Gebäude aus bis heute unbekannten Gründen in Brand. Dabei wurde der Westflügel des Hotels vollständig zerstört.

Die gesamte Familie Graybornes kam in den Flammen um, einschließlich seiner beiden kleinen Kinder."

Mister Schwarz sah sehr ernst aus.

„Richtig, Fiona. Das ist so ziemlich genau das, was in der Öffentlichkeit bekannt geworden ist. Der alte Grayborne soll den Verstand verloren haben, heißt es.

Hat sich und seine ganze Familie verbrannt. Wie durch ein Wunder hat das Feuer jedoch nicht das gesamte Gebäude zerstört, sondern eben nur den Westflügel. Der Rest steht heute noch genauso da wie in jener Nacht im Sommer 1956.

Blackrock Manor wurde nie saniert. Man beschloss, es der Vergessenheit anheimfallen zu lassen. Aber wie das so ist mit düsteren Geheimnissen - sie kommen immer wieder ans Tageslicht."

„Wie meinen sie das?" Ben war sichtlich neugierig geworden.

Er war der einzige in der Klasse, der nicht mit den finsteren Geschichten um Blackrock Manor aufgewachsen war.

„Nun ja, Ben, man hat das Gebäude einfach so gelassen, wie es ist. Am liebsten hätte man es wohl abgerissen, aber der Zahn der Zeit würde das schon von ganz allein besorgen, so dachte man. Inzwischen ist es tatsächlich halb verfallen und die Zufahrtstraße ist völlig unpassierbar geworden.

Man könnte also meinen, dass im Laufe der Jahre das Haus nahezu in Vergessenheit geraten wäre, richtig? Schließlich passieren Brände und auch Morde immer wieder, also warum sollten die Menschen nicht auch dieses schlimme Ereignis irgendwann verarbeiten?"

Ben nickte nachdenklich.

„Aber siehst du, die Leute hier vergessen diesen Brand nicht. In jener Nacht ist irgendetwas passiert, das die Menschen bis heute nicht los lässt. Was hat den alten Grayborne dazu getrieben, das Feuer zu legen? Warum hat er seine ganze Familie umgebracht? Und... warum spukt es seit jener Nacht in Blackrock Manor?"

Die Klasse hielt gebannt den Atem an. Ihr Lehrer hatte gerade wie selbstverständlich davon gesprochen, dass es tatsächlich spukte. Mister Schwarz konnte die Ammenmärchen doch unmöglich glauben.

Und tatsächlich, plötzlich trat wieder das vertraute Lächeln in sein Gesicht.

„Na, bevor ihr jetzt alle vom Stuhl kippt, solltet ihr erst mal wieder ausatmen. So, und dann hört mir jetzt mal genau zu."

Das brauchte er nicht zweimal zu sagen.

„Wie bei allen Geistergeschichten ist es sehr schwer, den wahren Kern von all den Gerüchten zu trennen. Und genau das ist die Kunst, die einen guten Historiker ausmacht. Ihr sollt alle einmal gute Historiker werden, denen man nicht so leicht einen Bären aufbindet und die sich kritisch mit einer Geschichte auseinandersetzen, bis sie den wahren Kern herausgefiltert haben. Genau deshalb habe ich dieses Ausflugsziel gewählt. Wir wollen uns vor Ort selbst ein Bild von Blackrock Manor machen."

Ian runzelte die Stirn.

„Glauben Sie etwa, dass ausgerechnet wir herausfinden können, was damals passiert ist?"

Mister Schwarz grinste.

„Wohl kaum. Aber wir können doch zumindest zweifelsfrei feststellen, ob es tatsächlich spukt."

***

„Mein lieber Mister Schwarz, es ist mir bewusst, dass sie jung sind und voller Ideen stecken. Das ist durchaus begrüßenswert, aber in diesem Fall... ich weiß nicht..."

Direktor Barnes lehnt sich in seinem gewaltigen Ledersessel zurück, faltete die Hände über dem strammen Bauch und musterte den jungen Lehrer. Mister Schwarz hatte ihm in der vorangegangenen Woche den Antrag für den Klassenausflug zum Blackrock Manor eingereicht. Das Formular lag auf Barnes Schreibtisch, aber unterschrieben hatte der korpulente Direktor nicht.

„Wissen Sie, mein lieber Mister Schwarz, Sie sind noch nicht lange in der Gegend hier. Die Leute beunruhigt das Blackrock Manor noch heute. Vielen macht es sogar Angst.

Und nun wollen Sie ausgerechnet dorthin mit einer Gruppe von Kindern? Ich kann Ihnen versprechen, dass die Eltern Einwände haben werden – und wenn ich offen mit Ihnen sein darf – ich könnte es verstehen."

Richard Schwarz hatte mit Widerstand gerechnet, aber er war siegessicher. So siegessicher, dass er seiner Klasse in der Stunde zuvor bereits mitgeteilt hatte, was er mit ihnen vorhatte. Er hielt Barnes für einen schwerfälligen Bürokraten, dem es einzig darum ging, sich das Leben so einfach wie möglich zu gestalten und etwaigen Konflikten mit Schülern oder gar deren Eltern von vorn herein auszuweichen. Er wollte, dass seine Schule stets in einem möglichst guten Licht dastand, ohne dass es Probleme gab, um die er sich hätte kümmern müssen. Und genau an diesem Punkt musste Schwarz ansetzen. Also setzte er sein gewinnendstes Lächeln auf und legte geduldig, aber bestimmt, sein Vorhaben dar.

„Herr Direktor, ich bin mir durchaus der Nervosität der Menschen bewusst, wenn es um Blackrock Manor geht. Viele haben eine geradezu abergläubische Furcht vor dem Gemäuer. Und sehen Sie, genau darum geht es mir. Wir sind eine höhere Lehranstalt, die bemüht ist, junge Menschen zu bilden und zu selbstständig denkenden, verantwortungsbewussten Erwachsenen zu erziehen."

Direktor Barnes schürzte die Lippen und nickte nachdenklich. Mister Schwarz fuhr fort, bevor der Direktor einen Einwand vorbringen konnte.

„Der Brand des Hotels liegt nun neunundvierzig Jahre zurück, aber immer noch wachsen die Jugendlichen in der Gegend mit dem Aberglauben ihrer Eltern und Großeltern auf. Nach meinem Verständnis sollte Aberglauben jedoch keinen allzu großen Raum in einer gebildeten Gesellschaft einnehmen.

Und ist es nicht unser Ziel, unsere Schülerinnen und Schüler auf das Leben in einer gebildeten und zivilisierten Gesellschaft vorzubereiten?"

Direktor Barnes beugte sich etwas vor und legte die gefalteten Hände auf den Schreibtisch. Er betrachtete Schwarz aufmerksam, während es hinter seiner hohen Stirn zu arbeiten schien. Schwarz wusste, dass er beinahe am Ziel war.

„Die Kinder werden groß mit der Angst vor einem alten Hotel, das vor einem halben Jahrhundert niedergebrannt ist. In der Welt geschehen täglich weit schlimmere Dinge, und dennoch ist das Blackrock Manor ein Schatten, der sich über die gesamte Gegend gelegt hat. Ich möchte damit Schluss machen, Herr Direktor. Ich möchte Aufklärungsarbeit betreiben und den Menschen zeigen, dass es dort draußen nichts, aber auch gar nichts Schreckliches gibt. Es ist sogar so ungefährlich dort, dass eine Gruppe Teenager sich ein ganzes Wochenende in unmittelbarer Nähe aufhalten kann, ohne von etwaigen Gespenstern attackiert zu werden."

Barnes' Mundwinkel zuckten - die leiseste Andeutung eines Lächelns. Richard Schwarz spielte seinen letzten Trumpf aus.

„Bevor Sie jetzt anbringen, dass die Kinder sich dort draußen im Wald fürchten könnten, lassen Sie mich Ihnen versichern, dass ich auch daran gedacht habe. Ich strebe eine Stärkung des Zusammenhaltes innerhalb der Klasse an. Sie wissen, dass es immer wieder Probleme gab, besonders mit Terry Paxton. Wenn die Gruppe nun in einer ungewohnten, für sie durchaus unheimlichen Situation ist, werden interne Konflikte und Querelen bedeutungslos, die Gruppe wird sich zusammenraufen und sich gegenseitig Rückhalt bieten.

Das Selbstbewusstsein einiger Schüler, ich denke da zum Beispiel an David Porter, wird durch dieses Wochenende sehr wahrscheinlich gestärkt."

Noch während Mister Schwarz seinen letzten Satz beendete, hatte Direktor Barnes den Antrag zu sich herangezogen und studierte ihn nun noch einmal eingehend.

Schwarz' pädagogische Argumentation hatte ihre Wirkung nicht verfehlt. Der Plan war aufgegangen, ganz wie Schwarz es vorhergesehen hatte – bis auf ein kleines Detail. Direktor Barnes zückte seinen goldenen Füllfederhalter aus der Brusttasche, aber bevor er unterzeichnete, sah er Richard Schwarz noch einmal über seinen Schreibtisch hinweg an. Ein Lächeln lag auf seinen Lippen.

„Also schön, mein lieber Mister Schwarz, also schön.

Auch wenn ich eine Exkursion in ein Museum, Theater oder Konzert nach wie vor für weit sinnvoller hielte…

Ich bin bereit, mich auf ihren Vorschlag einzulassen. Eine Kleinigkeit wäre da jedoch noch zu klären…"

Richard Schwarz zog die Brauen hoch.

„Nun, als weibliche Begleitperson möchten Sie Mrs. Robertson mitnehmen?"

Schwarz sagte nichts, sondern nickte. Das stimmte. Mrs. Robertson war eine rundliche, gutmütige Mittvierzigerin. Sie war bei den meisten Schülern recht beliebt, galt aber als zu nachsichtig und sogar als etwas naiv. Sie wurde des öfteren Opfer mehr oder weniger boshafter Streiche seitens der Schülerschaft, nahm aber nie etwas übel. Barnes fuhr fort.

„Sie haben ja eben selbst von den Problemfällen in der Klasse, insbesondere von Terry Paxton, gesprochen. Eine Gruppe von fünfundzwanzig Jugendlichen im Wald wird nicht leicht ausreichend zu beaufsichtigen sein. Es sollte außer Ihnen also eine Kollegin dabei sein, die sich notfalls auch durchsetzen kann. Ich möchte an dieser Stelle nicht Mrs. Robertsons Kompetenz als Lehrerin anzweifeln, aber sie scheint mir nicht die geeignete Aufsichtsperson für diesen Ausflug zu sein."

Schwarz ahnte Fürchterliches. Und dann sprach Direktor Barnes es tatsächlich aus.

„Anstelle von Mrs. Robertson wird Miss Parks Sie begleiten."

Kapitel Zwei:
David gegen Goliath

Ian, Amber, Ben, Fiona und David hatten sich in der Mittagspause im Speisesaal versammelt. Sie waren in heller Aufregung über den Ausflug am Wochenende. Ben war der Einzige, der die gespannte Stimmung nicht ganz nachvollziehen konnte.

„Also, dieses Blackrock Manor – das ist so eine Art Geisterhaus, ja?"

David nickte eifrig.

„Ja, genau das ist es – die Leute hier nennen es auch das Spukhotel. Seit der Nacht, als der alte Grayborne das Haus abgebrannt hat, spukt es dort."

Ben hatte seine Zweifel.

„Ich glaube nicht an Gespenster."

Ian musste grinsen.

„Keiner von uns tut das – naja, keiner außer Dave."

Er knuffte David freundschaftlich, aber der sah in der Tat so aus, als wäre ihm die Angelegenheit ganz und gar nicht geheuer. Ians Grinsen verschwand.

„Ben, es ist wahr, dass merkwürdige Dinge dort draußen passiert sind und auch heute noch passieren. Du kannst dir ja vorstellen, dass ein Geisterhaus Besucher anlockt, denn so, wie sich die einen davor fürchten, macht es die anderen neugierig. Viele sind bei dem alten Gemäuer gewesen. Und manche haben tatsächlich Dinge gesehen, die ihnen wirklich Angst gemacht haben."

„Was für Dinge?"

Ben zog skeptisch eine Augenbraue hoch.

„Zum Beispiel waren da Lichter mitten in der Nacht. Einige der Fenster waren hell erleuchtet..."

Ben grinste amüsiert.

„Wie bitte? Ein erleuchtetes Fenster reicht aus, um die ganze Gegend an Geister glauben zu lassen?"

Amber schüttelte den Kopf, so dass ihr Zopf wild umher tanzte.

„*Blödsinn, Ben! Aber denk doch mal nach – es wohnt seit zig Jahren niemand mehr im Blackrock Manor. Das Gebäude ist halb verfallen. Da draußen gibt es längst keine einzige intakte Glühbirne, keine funktionierende Leitung, nichts. Und trotzdem sind nachts die Fenster erleuchtet...*"

Ben sah plötzlich nachdenklich aus. Er schien nach einer vernünftigen Erklärung zu suchen. Amber wartete nicht erst darauf und fuhr fort.

„*Die Lichter sind nicht alles. Außerdem hört man Geräusche...*"

Ben grinste nun wieder.

„*Lass mich raten – Zähneklappern, Kettenrasseln – sowas, ja?*"

Fiona mischte sich ein. Sie klang wie stets sehr sachlich und nüchtern.

„*Nein, Ben. Ganz und gar nicht. Es sind Stimmen, die man hört.*"

„*Naja, dann ist doch alles klar – das Haus ist eben doch nicht so verlassen, wie es scheint. Jemand wohnt da drinnen. Vielleicht Landstreicher, Aussteiger – na klar, und die haben nachts eben Licht brennen – Taschenlampen, Kerzen oder so was.*"

Ben wirkte zufrieden mit seiner eigenen Erklärung. Fiona aber blickte ihn beinahe mitleidig durch ihre Nickelbrille hindurch an.

„*Schön und gut, aber es handelt sich eben nicht um Landstreicher oder Aussteiger. Die Stimmen, die man nachts dort draußen hören kann, sind Kinderstimmen.*"

Plötzlich traf etwas klatschend Davids Hinterkopf. Erschrocken quiekte er auf, was von wieherndem Lachen quittiert wurde, das von einem der Nebentische erscholl. Ian sah, wie zähfließender Pudding aus Davids Haaren troff. Jonas Kelly, einer von Terry Paxtons Spießgesellen, hatte es offenbar für einen äußerst witzigen Einfall gehalten, mit seinem Löffel eine Ladung Pudding herüber zu katapultieren. Nun schüttete sich die ganze Bande aus vor Lachen, allen voran Terry selbst, dessen Gesicht hochrot war und der vor lauter Lachen fast zu ersticken schien.

Amber stand auf, aber Fiona hielt sie am Arm fest.

„*Lass das, Amber! Die warten nur darauf, dass du ihnen einen Grund gibst, so richtig fies zu werden.*"

Sie bedachte David mit einem mitleidigen Seitenblick und schob ihm ihre Serviette hinüber, um dann wieder Amber direkt in die Augen zu sehen. Die atmete tief ein und setzte sich schließlich langsam wieder.

Dafür erhoben sich nun Ben und Ian.

Fiona sah sie flehend an.

„Bitte, das führt doch zu nichts! Wir bekommen alle Ärger, wenn…"

Zu spät, denn weder Ben noch Ian hatten Fionas mahnenden Worten Beachtung geschenkt. Mit wenigen Schritten hatten sie Terrys Tisch erreicht. Der erwartete sie mit einem spöttischen Grinsen. Duncan O'Flaherty, Ewan Mitchell und Jonas Kelly, die drei bulligen Jungen, die außer ihm an dem Tisch saßen, fixierten Ben und Ian angriffslustig.

Terrys Stimme war voller Hohn.

„Nanana, was ha'm wir denn hier? Der Nigger und das Weichei, das sich von der alten Debbie schikanieren lässt, sind gekommen, um die Heulsuse Daveyboy zu rächen, was? Keine gute Idee, Jungs, echt nich'. Aber bitte, ihr werdet ja wissen, was ihr tut."

Ian wusste, dass es Irrsinn war, mitten im Speisesaal eine Rauferei zu beginnen. Erstens würden Ben und er furchtbare Prügel von Terrys Freunden beziehen, und zweitens würden sie dazu noch eine saftige Strafe von der Schulleitung bekommen.

Dennoch war er bereit, es darauf ankommen zu lassen, wenn er Terry Paxton nur das selbstgefällige Grinsen aus dem feisten Gesicht holen konnte.

„Bist ja ziemlich mutig, wenn du dich hinter deinen Leibwächtern verstecken kannst, was Terry?"

Zorn flackerte in Terrys Gesicht auf.

„Für euch zwei Würstchen brauch' ich keine Hilfe. Das wirste schon gleich sehen…"

Drohend erhob er sich von seinem Stuhl, und der Größenunterschied zwischen ihm und Ian wurde nun besonders deutlich.

Terry war beinahe einen Kopf größer.

Ben trat tapfer neben Ian, obwohl auch er wissen musste, dass es im Falle einer körperlichen Auseinandersetzung sehr schlecht für Ian und ihn aussah.

Der Streit hatte inzwischen viel Aufmerksamkeit erregt, Dutzende Augenpaare betrachteten neugierig die Szene. Doch niemand mischte sich ein, und niemand verständigte eine Aufsicht. Es war aussichtslos, dachte Ian. Was sollte er nun tun? Wenn Ben und er sich einfach wieder hinsetzten, würden sie sich damit vor Terry und seiner Bande erst Recht zum Gespött machen. Die Luft schien zu knistern vor Spannung.

Und so geschah es, dass niemand auf den kleinen David achtete.

Sein helles Haar war von Pudding verklebt, als er sich unbemerkt von hinten an Terry heranschlich und auf einen Stuhl stieg, um dann seinen Teller, der noch halb voll war mit Spaghetti und Tomatensoße, Terry über den Kopf zu kippen.

Ringsum hob lautes Gejohle und wilder Beifall an, denn Terry und seine Bande waren bei den meisten Schülern äußerst unbeliebt. Dass nun ausgerechnet der kleine, ängstliche David es gewagt hatte, Terry bloßzustellen und der Lächerlichkeit preiszugeben, war eine Sensation. Ian traute seinen Augen nicht, als er mit ansah, wie die Spaghetti langsam an Terrys Wangen hinab glitten und dabei rote Schlieren von Tomatensoße hinterließen. Leider gewann Terry seine Fassung etwas schneller wieder als Ian, denn er wirbelte mit einem wütenden Grunzen herum und ergriff David beim Kragen.

„Du kleine Ratte! Das wird dir leid tun, ich schwör's dir!"

Terry holte mit der Rechten zum Schlag aus – doch eine Hand packte ihn am Arm und hielt ihn fest. Mister Schwarz war gerade noch rechtzeitig auf den Tumult aufmerksam geworden, um David nun einige Fausthiebe zu ersparen.

Der so beliebte Lehrer wirkte sehr ehrfurchtgebietend, offenbar sogar auf Terry, denn der ließ, wenn auch zögerlich, von David ab.

„Terry Paxton, natürlich. Das hätte mir klar sein müssen, dass du im Mittelpunkt stehst, wenn es hier zu solch einem Aufruhr kommt."

Terry schnappte nach Luft.

Wie er so vor Mister Schwarz stand, mit einer Dauerwelle aus Spaghetti, sah er ziemlich armselig und überhaupt nicht mehr gefährlich aus. Ian wusste aber, dass dieser Streit seinen Höhepunkt noch längst nicht erreicht haben würde. Mister Schwarz wandte sich zu David um.

„Und wen haben wir hier? David Porter, soso. Du bist nun so ziemlich der Letzte, den ich erwartet hätte."

Ian fand, dass Mister Schwarz beinahe amüsiert klang. Dieser Eindruck verflog jedoch rasch, als Mister Schwarz David und Terry barsch aufforderte, ihn zum Direktor zu begleiten.

Langsam zerstreute sich die Schülertraube, die sich um das Geschehen herum gebildet hatte.

Bevor Ian und Ben sich jedoch ebenfalls wieder an ihren Tisch begeben konnten, verstellten ihnen Duncan O'Flaherty, Ewan Mitchell und Jonas Kelly, die drei Freunde von Terry Paxton, den Weg. Duncan beugte sich bedrohlich nach vorn, um Ian eine Drohung zuzuraunen.

„Wir sind noch nicht fertig, Kleiner. Für euch kommt das dicke Ende erst noch."

***

Ian schwitzte, als er abends in seinem Zimmer am Schreibtisch saß und über der Strafarbeit von Miss Parks brütete. Seine Gedanken schweiften immer wieder ab, und so gelang es ihm einfach nicht, sich auf das Heft vor ihm zu konzentrieren. Was für ein Tag war das gewesen! Mister Schwarz hatte ihnen eröffnet, dass ihr Klassenausflug zum Spukhotel gehen würde, Dave hatte sich mit Terry Paxton angelegt und Terrys Kumpel hatten Ben und ihm furchtbare Rache geschworen. Nicht dass Ian wirklich Angst hatte, aber er wusste, dass Terry Paxton und seine Bande die Schmach, die Terry erlitten hatte, nicht einfach hinnehmen würden. Ganz besonders Dave würde es in Zukunft ziemlich schwer haben. Er war ohnehin ein beliebtes Opfer, weil er so klein und ängstlich war, und deshalb wog es auch umso schwerer für Terry, dass er ausgerechnet von David so lächerlich gemacht worden war.

Die Freunde würden gut auf David Acht geben müssen.

Dann war da das Blackrock Manor. Bens Fragen und Theorien hatten Ian ins Grübeln gebracht. Und je mehr er nun darüber nachdachte, desto klarer wurde ihm, dass ihm das Spukhotel wirklich und wahrhaftig unheimlich war, auch wenn er das vor seinen Freunden nicht zugeben würde. Im Geiste schalt er sich selbst einen Feigling, versuchte sich klar zu machen, dass es keinen wirklich vernünftigen Grund gab, sich zu fürchten – und scheiterte. Es blieb jenes ungute Gefühl, wenn er an das alte Gemäuer dachte. Andererseits konnte er das Wochenende kaum abwarten, um sich vor Ort seiner Angst zu stellen. Es würde spannend und aufregend werden, und Ian fühlte sich ein bisschen wie ein tollkühner Abenteurer, der im Begriff war, ein altes, düsteres Geheimnis zu lüften.

Ungutes Gefühl hin oder her, am Wochenende würde er sich ein eigenes Bild vom Blackrock Manor machen können.

Nach einer weiteren geschlagenen Stunde klappte Ian mit einem Stoßseufzer der Erleichterung sein Heft zu. Es war nun bereits nach Acht – die Eiserne Jungfrau hatte ihm gründlich den Abend verdorben. Wenigstens hatte er es nun hinter sich. Nun würde er noch etwas fernsehen, bevor er zu Bett ging. Ian schaltete den Apparat ein und zappte durch die Kanäle, fand aber zunächst nichts, was ihn interessierte. So sah er sich die letzten Meldungen der Acht-Uhr-Nachrichten an. Eine Meldung ließ ihn aufhorchen. Ein Meteorologe berichtete von einer äußerst seltenen Sternenkonstellation, die in dieser Form nur etwa alle fünfzig Jahre auftrat. Dieses Ereignis werde begleitet von einer totalen Mondfinsternis in der Nacht zum Sonntag, die besonders gut von Mittelengland aus zu beobachten sei. Ian schauderte – er würde das Wochenende im Wald verbringen und versuchen, den Geistergeschichten um Blackrock Manor auf den Grund zu gehen, während sich am Himmel der Mond verfinsterte. Na prima, dachte er, besser kann es wohl nicht kommen.

***

Die Uhr der Kirche hatte zur Mitternacht geläutet, als sich Ian in seinem Bett wälzte. Ein merkwürdiger Traum suchte ihn heim. Er war allein in pechschwarzer Finsternis.

Es war so dunkel, dass er nicht einmal wusste, wo er sich befand, aber er hatte das Gefühl, dass rings um ihn Mauern waren. Er stolperte vorwärts, versuchte der Schwärze zu entkommen, während die Angst sein Herz mit kaltem Griff umklammerte. Tatsächlich, nach kurzer Zeit ertastete er vor sich eine glitschige Felswand oder auch eine Mauer – genau vermochte sein Traum-Ich das nicht zu ergründen. Er tastete sich an dem Fels entlang in der Hoffnung, einen Ausweg zu finden.

Doch da war weder eine Tür noch sonst eine Öffnung. Panik kroch in Ian hoch.

Und dann plötzlich, kaum wahrnehmbar zunächst, schwand die Finsternis, vertrieben von einem schwachen blauen Schimmer, der seinen Ursprung hinter Ian haben musste. Er wandte sich um und sah in weiter Entfernung einen Schein, der langsam aber stetig an Intensität zunahm.

Plötzlich dämmerte es Ian, dass der Schein sich auf ihn zu bewegte, langsam immer näher und näher kam. Ian konnte nichts anderes tun, als mit vor Schreck weit aufgerissenen Augen zuzusehen, wie sich das absonderliche Leuchten langsam als eine Art Feuer herausstellte. Blaue Flammen tanzten in der Ferne, kamen aber unaufhaltsam weiter auf ihn zu. In seinem Rücken befand sich der kalte Fels, es gab keine Möglichkeit zur Flucht.

Nun konnte Ian erkennen, dass die fremdartigen Flammen einen Ring bildeten – ein Ring, in dessen Mitte sich etwas Großes, Dunkles befand. Ian schnappte nach Luft, die Furcht schnürte ihm die Kehle zu, als der Feuerkreis mit dem unheimlichen Ding in der Mitte immer weiter auf ihn zu schwebte. Was war das für ein Gebilde? Es sah aus wie ein großer Kasten, ein schwarzer Klotz, der von blauem Feuer spärlich erhellt wurde. Die Sekunden krochen endlos dahin, während sich der Kasten immer näher schob und Ian nach und nach Einzelheiten erkennen konnte.

Es war ein steinerner Block, vielleicht eine Truhe... vielleicht aber auch ein Altar... seine Kanten waren allerdings nicht glatt, sondern mit einem Relief verziert. Ian erkannte merkwürdig verschlungene Linien und Zeichen, möglicherweise eine Art Schrift, die er nicht kannte...

Die Flammen hatten ihn nun beinahe erreicht, aber er spürte keine Hitze von ihnen ausgehen – im Gegenteil. Je näher das blaue Feuer kam, desto kälter wurde es. Wenige Meter vor Ian blieb der Flammenkreis schließlich stehen. Ian konnte nun genau den dunklen Steinkasten erkennen. Nicht nur seine Kanten waren verziert, sondern auch seine Oberfläche. Ian erkannte ein Bildnis, das Relief eines Vogels mit gespreizten Flügeln, das kunstvoll aus dem Stein herausgearbeitet worden war. Er erkannte sogar einzelne Federn, der Schnabel schimmerte bläulich im Widerschein der unheimlichen Flammen. Die Vogelaugen waren kalt und leer – vorerst. Ian bemerkte die Veränderung erst nicht, doch dann stellte er fest, dass die Augen zu leuchten begonnen hatten.

Sie glommen in demselben Blau wie die Flammen, doch dieses Glimmen war kein Widerschein, sondern kam aus dem Inneren des Steins.

Das Leuchten nahm zu, bis die Vogelaugen in einem gleißenden blauen Licht strahlten. Plötzlich hörte Ian Flügelschlagen – und da war noch etwas... ein Kichern... ein heiseres, boshaftes Kichern...

In diesem Moment gab der Fels hinter ihm nach. Ian verlor den Halt und stürzte – und schreckte schweißgebadet aus dem Traum auf. Sein Herz pochte in seinem Hals, und er brauchte einen Augenblick, um festzustellen, dass er in seinem Bett saß.

Ängstlich sah er sich in seinem dunklen Zimmer um. Aber da war kein blaues Feuer mehr, und obwohl es dunkel war, konnte er doch die gewohnte Umgebung seines Raumes erkennen – die schattenhaften Umrisse des Schranks, des Schreibtisches, die Lämpchen an seiner Stereoanlage.

Dieses fürchterliche Kichern hatte ihn bis ins Mark erschreckt, umso mehr, als es seltsam vertraut geklungen hatte.

Es dauerte eine ganze Weile, bis Ian wieder in den Schlaf fand, und so war der Rest der Nacht viel zu kurz gewesen, als der Wecker klingelte.

Seine Mutter begrüßte ihn mit einem Kuss auf die Stirn, als Ian die Küche betrat. Ein Anflug von Besorgnis huschte über ihr Gesicht.

„Du lieber Himmel, du siehst völlig übernächtigt aus! Wenn ich's nicht besser wüsste würde ich sagen, du warst die ganze Nacht auf einer Party."

Ian lächelte müde.

„Habe nicht gut geschlafen, das ist alles. Hatte einen Albtraum."

Seine Mutter legte ihm die flache Hand auf die Stirn, um seine Temperatur zu fühlen. Ian seufzte.

„Mum, mir fehlt nichts..."

Sie legte die Stirn in Falten, ein Ausdruck, der ihre Konzentration verriet. Ians Mutter war ausgebildete Krankenschwester und derzeit ohne Anstellung. Offenbar fehlte es ihr, sich um Patienten kümmern zu können, so dass sie diesen Drang nun zu Hause auslebte, sehr zum Leidwesen von Ian und seinem Vater.

„Fieber scheinst du tatsächlich nicht zu haben..."

Ian rollte mit den Augen.

Zu wenig Schlaf und der sehr verstörende Traum setzten ihm zu, er war gereizt.

„Mum! Ich sage dir doch, mir fehlt nichts!"

Ians Vater kam in die Küche. Eine Duftwolke hüllte ihn ein, denn er kam gerade aus dem Bad und hatte sich äußerst großzügig mit Rasierwasser eingerieben. Er grinste und knuffte Ian.

Dann erst erfasste er die Situation und sein Grinsen wurde breiter.

„Oh nein, Schwester!"

Er setzte ein übertrieben entsetztes Gesicht auf.

„Sagen Sie ehrlich, ersparen Sie mir nichts: Wird mein Sohn durchkommen?"

Ian grinste schief, während seine Mutter zunächst fragend ihren Ehemann ansah, bis sie begriff, dass sie Ziel seines Spotts war. Energisch blies sie sich eine kastanienbraune Haarsträhne aus dem Gesicht und stemmte die Hände in die Hüften.

„Sehr witzig, Mister Courtsham, wirklich."

Sie spielte die beleidigte Leberwurst, aber sie hatte Mühe, ein Grinsen zu unterdrücken. Offensichtlich hatte sie nun selbst bemerkt, dass sie mit ihrer Sorge um Ian übertrieben hatte. Ians Vater küsste seine Frau auf die Wange.

„Dir auch einen guten Morgen, Darling."

Wenig später saßen sie zu dritt beim Frühstück. Ians Mutter hatte sich auf ihre Ellbogen gestützt und hielt ihren Kaffeebecher mit beiden Händen. Über den Rand des Bechers sah sie ihren Sohn an. Sie wirkte etwas nervös und Ian befürchtete bereits, sie hätte ihm immer noch nicht ganz abgenommen, dass es ihm tatsächlich gut ging. Wie sich einen Augenblick später herausstellte war dies jedoch nicht der Grund für ihre Beunruhigung.

„Ich weiß ja, dass ich mich wahrscheinlich etwas zickig anstelle, aber mir ist ehrlich nicht ganz wohl, wenn ich an euren Klassenausflug denke, Ian."

Ians Löffel verharrte auf halbem Wege zwischen Müslischale und seinem Mund. Er schloss kurz die Augen und holte tief Luft.

„Mum, darüber haben wir gestern doch schon gesprochen. Ich habe dir genau erklärt, warum wir dort raus wandern. Und ich halte es für eine richtig gute Idee von Mister Schwarz, uns eben nicht in irgendein staubiges Museum zu führen. Wir haben da draußen Geschichte zum Anfassen..."

Ians Vater knabberte an seinem Toast. Auch er schien nicht übermäßig angetan zu sein von der Idee, dass sein Sohn ein ganzes Wochenende in nächster Nähe des Blackrock Manor campen wollte.

„Mum macht sich doch nur Sorgen um dich...“

Ian wandte sich gereizt an seinen Vater.

„Ja, und diese Sorgen sind völlig überflüssig, danke.“

Insgeheim verstand Ian die Besorgnis seiner Eltern, aber er war vollkommen übermüdet und daher nicht in der Stimmung, die Debatte vom Vortag über Sinn und Unsinn des Klassenausfluges zu wiederholen.

„Ich bin nicht allein da draußen. Zwei Lehrer sind dabei. Und ich habe mein Handy, wenn irgendetwas sein sollte.

Dieser Ausflug ist total spannend, endlich mal etwas Aufregendes – unsere Klasse ist mit Sicherheit die erste, die so einen Ausflug macht.“

Ians Mutter lächelte beinahe verlegen. Sie stellte den Becher ab und langte über den Tisch, um mit dem Handrücken zärtlich über Ians Wange zu streichen.

„Du hast Recht, Schatz. Wer weiß, vielleicht lesen wir bald in der Zeitung, dass Ian Courtsham das Geheimnis um Blackrock Manor gelüftet hat.“

Ians Vater nickte zustimmend und lächelte.

Dies war einer der Momente, in denen Ian wieder einmal merkte, dass seine Eltern wirklich in Ordnung waren.

***

Ian traf Amber vor Unterrichtsbeginn im Hauptkorridor der Schule. Sie schien schlechter Laune zu sein, denn sie blickte Ian mürrisch entgegen, als er sich ihr näherte.

„Hi Amber – welche Laus ist dir denn über die Leber gelaufen?“

Sie verdrehte die Augen.

„Ach, ist nur einer dieser Tage, an denen man besser im Bett geblieben wäre. Ich habe kaum ein Auge zugemacht heute Nacht, damit ging es schon los.“

Ian hob die Augenbrauen.

„*Ach? Hast du heimlich den Spätfilm geguckt?*"

Sie funkelte ihn wütend an. Ian kannte diesen Blick und wusste, dass man Amber besser nicht reizte, wenn sie in dieser Stimmung war.

Also nahm er sich vor, sich mit Nachfragen zurückzuhalten und ihr Temperament abkühlen zu lassen.

„*So ein Quatsch! Nein, ich habe schlecht geträumt, wenn du's genau wissen willst. Irgend so ein wirres Zeug von einem Haus, in dem ich gefangen war... habe nicht mehr rausgefunden, und dann hat es angefangen zu brennen — ich schätze mal, dieser Traum kommt von all dem Gerede über das Spukhotel.*"

Sie schüttelte energisch den Kopf.

„*Was für einen Schwachsinn man sich zusammenträumt — einfach unglaublich. Irgendwann hat mich das Feuer eingeschlossen... und es war blau. Blau und kalt. Echt, totaler Schwachsinn. Und dann kam noch so ein schwarzer Vogel dazu — keine Ahnung, was es damit auf sich hatte. Plötzlich flog der auf mich zu... und dann bin ich aufgewacht und konnte nicht mehr einschlafen.*"

Ian starrte sie mit offenem Mund an. Unglücklicherweise brachte sie das noch mehr in Fahrt.

„*Was glotzt du denn jetzt so? Noch nie Albträume gehabt?*"

Ian machte den Mund zu und beließ es dabei. Er verzichtete darauf, Amber zu erklären, dass er sehr wohl Albträume kenne und letzte Nacht sogar ebenfalls einen sehr merkwürdigen Traum gehabt habe — mit einem Vogel und blauem Feuer.

All das behielt er für sich, aus Sorge Amber könnte glauben, dass er sich über sie lustig machen wollte. Das Funkeln in ihren Augen verriet ihm, dass es weise war, nichts zu sagen, sondern sie in Ruhe toben zu lassen.

„*Dann meine Eltern — oh Mann, nachdem wir eigentlich schon alles für das Wochenende geklärt hatten, fingen sie beim Frühstück wieder von vorne an. Sie hätten 'ne Nacht drüber geschlafen und wären nun gar nicht mehr so sicher, ob dieser Ausflug wirklich so eine gute Idee wäre... blablabla...*"

Amber verdrehte wieder die Augen. Ian fühlte sich mittlerweile etwas ungerecht behandelt. Wie es schien, war Ambers Tag bisher nicht schlimmer gewesen als seiner. Was gab ihr also das Recht, ihn so anzufahren? Er ließ seine schlechte Laune schließlich auch nicht an ihr aus.

31

Amber jetzt darauf anzusprechen wäre allerdings vollkommen irrsinnig, also schluckte Ian den aufkeimenden Ärger hinunter.

„Ich habe ihnen schließlich gesagt, dass ich auf jeden Fall an dem Ausflug teilnehmen würde, und wenn sie sich auf den Kopf stellen!"

Sie grinste grimmig. Ian kannte Ambers Eltern gut genug, um zu wissen, dass sie ihrer Tochter diesen ruppigen Ton durchgehen ließen.

Würde Ian seinen Eltern gegenüber eine solche Tonart anschlagen, würde er sich schneller Hausarrest einhandeln, als er ‚Entschuldigung' sagen konnte.

„Auf dem Weg zur Schule musste ich dann natürlich ausgerechnet Terry Paxton und seinen Gorillas über den Weg laufen. Irgendwann, ich schwör's dir, kriege ich diesen Mistkerl in die Finger, wenn ihm seine Bodyguards nicht helfen können, und dann..."

Amber vollzog eine Handbewegung, als wolle sie ein nasses Handtuch auswringen. Ian unterließ es nachzufragen, was genau Terry und seine Bande getan hatten, um Amber so wütend zu machen. Nach der gestrigen Blamage durch David war es Ian nur zu klar, dass alle, die mit David befreundet waren, mit auf Terrys Abschussliste standen. Außerdem war Ian selbst schon oft genug das Ziel übelster Beschimpfungen seitens Terrys Bande geworden, also konnte er sich gut vorstellen, wie Ambers Begegnung mit ihnen ausgesehen haben mochte.

„Und das Highlight dieses großartigen Tages erwartete mich dann am Aushang, als ich auf den Vertretungsplan guckte."

Ian runzelte unwillkürlich die Stirn. Er selbst hatte dort noch nicht nachgesehen. Amber bemerkte, dass er keine Ahnung hatte. Sie blies die Wangen auf, um die Luft dann mit einem Zischen entweichen zu lassen. Dann schüttelte sie wieder den Kopf und rollte noch einmal mit den Augen.

„Es hängt die Liste aus mit den verschiedenen Wochenendausflügen. Dabei stehen auch die Begleitpersonen. Nun rate doch mal, wer uns zum Blackrock Manor begleiten wird?"

Ians Magen krampfte sich zusammen. Er stöhnte auf.

„Nicht die Eiserne Jungfrau..."

Amber biss sich auf die Unterlippe und nickte.

„Und ob. Wir machen einen Ausflug zu einem Geisterhaus und bringen noch unsere eigene Hexe mit..."

***

Es passierte in der großen Pause. Obwohl Ian und Ben sich fest vorgenommen hatten, auf David Acht zu geben, hatte Terrys Bande ihn allein auf der Jungentoilette erwischt. Erst als ein großes Geschrei anhob und sich zahlreiche Schüler um die Tür zur Toilette scharten, wurde Ian aufmerksam. Doch da war es schon viel zu spät. Terry Paxton, Duncan O'Flaherty, Ewan Mitchell und Jonas Kelly bahnten sich mit einem triumphierenden Grinsen ihren Weg durch die Schülermenge. Als Terry Ian sah, hielt er kurz inne, um das Wort an ihn zu richten.

„So, dem kleinen Scheißer haben wir es abgewöhnt, mit dem Essen zu spielen. Und wenn du auch eine Lektion willst, brauchst du mich nur zu fragen..."

Ian bebte vor Zorn, aber seine Sorge um David überwog, zumal einige Schüler, offenbar Zeuge des Geschehens, nun ihrerseits aus der Toilette kamen, kreidebleich vor Schreck. Ian ließ Terry einfach stehen und drängelte sich zwischen den gaffenden Schülern hindurch. Er hörte Davids Wimmern, bevor er ihn sah. Die hinterste Kabinentür war halb geöffnet und er sah Davids Beine dahinter hervor lugen.

„Oh nein, David!"

Ian war mit wenigen Sätzen an der Kabine. David lag vor ihm am Boden, zusammengekrümmt, schluchzend. Seine Nase blutete stark und auf den weißen Kacheln unter seinem Gesicht breitete sich langsam ein kleiner roter See aus. Ian war fassungslos. Unfähig zu einem klaren Gedanken ging er neben David in die Hocke und legte ihm eine Hand auf die Schulter. Er wusste, dass er Hilfe holen musste, den Sanitätsdienst verständigen, eine Aufsicht rufen – aber er brachte es nicht über das Herz, David hier liegen zu lassen. Ian fühlte sich furchtbar. Er hatte David im Stich gelassen, nicht gut genug auf ihn aufgepasst. In Ians Kopf überschlugen sich die Gedanken und ein Wirrwarr von Gefühlen drohte ihn zu überwältigen - Wut, Hass auf Terry Paxton und seine Schlägerbande, Mitleid, Schuldgefühle.

Er hörte Davids Wimmern wie aus weiter Ferne. Dann spürte er die große Hand kaum, die sich um seine Schulter schloss.

Er hörte wie durch Watte, wie Mister Schwarz beruhigend auf ihn einredete.

Ian erhob sich wie ein Roboter und stellte sich mit dem Rücken zur Wand, seine Hände verkrampften sich ineinander. Da war Ben, der seinen Arm um seine Schulter legte. David wurde von zwei Sanitätern auf eine Trage gehoben und fortgebracht. Alles lief wie ein Film vor Ians Augen ab, ohne dass er wirklich Anteil daran zu haben schien. Er hörte seine eigene Stimme, als er Fiona und Amber knapp schilderte, was geschehen war, aber sie klang wie die Stimme eines Fremden. Nur sehr langsam gewann Ian seine Fassung wieder. Und dann schrillte auch schon die Klingel und signalisierte das Ende der Pause.

kapitel Drei:
Terry sieht Schwarz

Es war eine furchtbare Situation, den Klassenraum zu betreten. Terry saß breit grinsend auf seinem Stuhl, die anderen Schüler der Klasse sahen ihn verstohlen aus den Augenwinkeln an, sagten aber nichts. Es herrschte beklommenes Schweigen im Klassenzimmer, als Ian, Ben, Amber und Fiona hinzukamen. Ian wäre Terry am liebsten sofort an die Gurgel gesprungen, aber Ben packte ihn am Arm und hielt ihn zurück. Terry, der dies sah, grinste noch breiter.

„Ach, na schau mal an. Kannst es gar nich' abwarten, dich neben den Hosenscheißer ins Krankenzimmer zu legen, was? Lass ihn ruhig los, Nigger, lass ihn ruhig kommen..."

Ian wäre vor Wut fast geplatzt. Warum sagte niemand der anderen etwas gegen Terry? Warum starrten alle nur ängstlich abwechselnd Terry und ihn an?

Das Schlimme war, dass Ian die Antwort kannte – und das machte ihn umso rasender. Alle hatten sie Angst vor Terry und seiner Gang. Niemand wollte so enden wie David. Jetzt hatten sie alle gesehen, wozu diese Schläger im Stande waren. Und auch Ian hatte Angst vor Terry und besonders Terrys Freunden, das wurde ihm nun klar.

„Terry Paxton!"

Terry zuckte zusammen. Er hatte genauso wenig wie die anderen Schüler bemerkt, dass Mister Schwarz in die Tür getreten war.

Das Gesicht des Lehrers war vollkommen regungslos, seine Augen ruhten starr auf Terry. Irgendetwas geschah in diesem Augenblick, das spürte jeder im Raum. Ian konnte es nicht beschreiben, nicht fassen.

Es war, als würde es kurzzeitig etwas kälter im Raum, und Ian war für jenen Moment ganz und gar erfüllt von Ehrfurcht und tiefem Respekt gegenüber Mister Schwarz.

Auf irgendeine seltsame Weise wirkte der Geschichtslehrer machtvoll, beinahe bedrohlich, wie er da im Türrahmen stand.

Der Augenblick verflog genauso wie Terrys Grinsen. Mister Schwarz' Stimme klang schneidend.

„Terry Paxton, ich würde mich gern einmal mit dir unterhalten."

Damit trat Mister Schwarz einen Schritt zur Seite und gab die Tür frei - eine eindeutige Geste.

Terry wirkte verwirrt, gehorchte aber ohne Widerspruch. Ian hätte Stein und Bein geschworen, dass Mister Schwarz sich zumindest ein paar patzige Bemerkungen von Terry würde anhören müssen, aber nichts dergleichen geschah.

Terry stand auf und starrte Mister Schwarz an wie das Kaninchen die Schlange. Dann folgte er dem Lehrer aus der Klasse.

Es dauerte eine volle Minute, bis Amber als Erste wieder das Wort ergriff.

„Wow! Das war... beeindruckend..."

Offenbar suchte sie nach einem treffenderem Wort, fand aber keines. Ian nickte bedächtig.

„Ja... geschieht Terry Recht... dieser feige Bastard..."

Es herrschte eine stille Übereinkunft darüber, dass Terry Paxton nun hoffentlich eine saftige Strafe bekommen würde. Wohl niemand konnte eine gewisse Genugtuung, sogar Schadenfreude darüber, was Terry nun wohl blühen mochte, leugnen – und doch blieb eine gewisse Beklommenheit zurück, die sich niemand recht erklären konnte.

Und als ob die Stimmung nicht bereits getrübt genug gewesen wäre, kam just in diesem Augenblick Miss Parks in den Klassenraum gestapft, und mit ihr schien sich eine Gewitterwolke im Raum auszubreiten.

Niemand hatte mehr daran gedacht, dass nun Englisch auf dem Plan stand, und außerdem hatte es bereits längst zur Stunde geläutet. Miss Parks war also viel zu spät, was sonst niemals vorkam.

Wortlos knallte sie ihre lederne Aktentasche auf das Pult. Dann schaute sie starr mit zusammengekniffenen Augen in die Klasse. Ihre ohnehin schon dünnen Lippen waren kaum mehr als ein feiner Strich in ihrem hageren Gesicht. Die Klasse stierte mit fragenden Gesichtern zurück.

Ein Rascheln hob an, als Bücher und Hefte aus den Schultaschen gekramt wurden, doch gesprochen wurde kein Wort, nicht einmal das obligatorische *„Guten Morgen"*. Die Wangenmuskeln von Miss Parks arbeiteten unter der dünnen Haut, als ob sie hinter den geschlossenen Lippen mit den Zähnen knirschte.

Aber niemand war verwegen genug Miss Parks zu fragen, was nicht in Ordnung sei. Dann endlich wurde die Stille von Miss Parks eisiger Stimme unterbrochen.

„Ich habe mich gerade bei Direktor Barnes darüber beschwert, dass ich als Begleitperson zu diesem lächerlichen Ausflug herangezogen werde. Ein Ausflug zum Blackrock Manor, man stelle sich vor..."

Miss Parks rollte mit den Augen und machte eine wegwerfende Geste mit der Rechten.

„Unglücklicherweise scheint Direktor Barnes ganz angetan von dieser absurden Idee. Ich kann mir beim besten Willen nicht vorstellen, warum, aber es scheint tatsächlich so. Und er besteht darauf, dass ich die Klasse begleite – damit eine Person mit großer Autorität zugegen sei, wie er sich ausdrückte."

Sie rümpfte die Nase und stemmte die Hände in die schmalen Hüften. Ihre Empörung schien sich mit jedem Satz weiter zu steigern, so als würde ihr erst jetzt endgültig bewusst, dass sie unausweichlich an dem Ausflug Teil nehmen musste. Sie holte tief Atem, bevor sie weitersprach.

„Nun gut, wenn der Direktor darauf besteht, dann soll es wohl eben so sein. Und es wird mir eine Freude sein, ihm anschließend zu berichten, was für ein ausgemachter Unsinn dieser Ausflug war. Und für SIE, meine Damen und Herren..."

Ihre Augen verengten sich nun vollends zu Schlitzen, als ihr Blick von Gesicht zu Gesicht wanderte.

„Für Sie bedeutet das, dass ich sehr genau darauf achten werde, dass Disziplin und Ordnung herrscht. Ich halte von dieser ganzen Aktion nicht das Geringste, und ich werde nicht zulassen, dass ich mich mit einer Horde unflätiger Kinder herumplagen muss."

Ian sah aus dem Augenwinkel, wie Amber protestierend den Mund aufmachte. Für eine Sekunde setzte sein Herzschlag aus, doch Amber besann sich gerade noch rechtzeitig eines Besseren und unterbrach Miss Parks nicht in ihrem Vortrag.

„Ich werde dafür Sorge tragen, dass Sie alle sich vorbildlich betragen – andernfalls werden Sie schon sehen, was Sie davon haben!"

Mit diesen Worten beugte Miss Parks sich vor und stützte sich auf dem Pult ab. Noch einmal wanderte ihr Blick in der Klasse umher. Dann richtete sie sich auf und entnahm ihrer Aktentasche das Englischbuch und ihren abgewetzten Ordner. Das Thema Klassenausflug schien für sie damit – wenigstens vorerst – abgehakt zu sein.

Ian seufzte leise, als er wenig später an der Aufgabe arbeitete, die Miss Parks gestellt hatte. Seine Gedanken rotierten wild umeinander. Das Bild von David, der in einer Blutlache vor ihm lag, wollte ihm nicht aus dem Kopf, genau so wenig wie der Auftritt von Mister Schwarz. Terry Paxton war indes noch immer nicht zurückgekehrt, und Ian wünschte ihm die schlimmsten Bestrafungen an den Hals. Immer wieder wanderte Ians Blick zu dem Pult, hinter dem Miss Parks lauerte wie ein Raubvogel, bereit, sich auf jeden zu stürzen, der auch nur für einen kurzen Moment nicht mit größter Konzentration arbeitete. Ian hasste Miss Parks. Sie hatte ihm die Vorfreude auf den Ausflug endgültig verdorben.

Und etwas ließ Ian keine Ruhe. Bei all ihrer Empörung war ihm etwas an Miss Parks aufgefallen. Die Art, wie sie in die Klasse gestiert hatte, wie sie von Blackrock Manor gesprochen hatte – da war mehr gewesen als Entrüstung. Ian hatte es in ihrem Gesicht aufflackern sehen, kurz nur, aber unmissverständlich.

Miss Parks war überhaupt nicht wohl bei dem Gedanken, sich in die Nähe des Spukhotels zu begeben.

***

Terry Paxton war erst nach der Englischstunde wieder im Klassenraum erschienen. Es war eine Genugtuung für Ian zu sehen, wie still und verschüchtert er war. Wie sich herausstellen sollte, hatte Mister Schwarz Terrys Eltern telefonisch verständigt und sie davon in Kenntnis gesetzt, dass ihr Sohn an diesem Tag nicht zur gewohnten Zeit heim kommen werde, sondern länger in der Schule bleiben müsse, um die Jungentoilette zu reinigen – und das gleiche Schicksal ereilte Jonas Kelly, Duncan O'Flaherty und Ewan Mitchell.

Weiter war Terry von dem Klassenausflug ausgeschlossen worden, und Mister Schwarz hatte angekündigt, dass er in der nächsten Woche mit den Paxtons ein ernstes Gespräch führen wolle.

David war von seinen Eltern abgeholt worden. Sein Nasenbein war gebrochen und er hatte zahlreiche Prellungen im Gesicht und am ganzen Körper erlitten. Am Abend rief Ian bei Familie Porter an, um sich nach David zu erkundigen. Davids Vater klang sehr freundlich und reichte den Hörer an seinen Sohn weiter, so dass Ian mit seinem Freund persönlich sprechen konnte. Davids Stimme klang nasal.

„Hi Ian. Wir sind gerade vor einer Stunde aus dem Krankenhaus gekommen. Der Doktor sagt, dass meine Nase zwar gebrochen ist, aber sie muss nicht operiert werden. Sie haben sie geschient und gepolstert und außerdem haben sie mir jede Menge Watte rein gesteckt."

Das erklärte den näselnden Klang in Davids Stimme. Abgesehen davon fand Ian jedoch, dass David den Umständen entsprechend gut gelaunt klang.

„Dave, hör mal... es tut mir echt Leid, dass ich das nicht verhindern konnte. Ich meine, Ben und ich wollten doch auf dich aufpassen..."

David fiel ihm ins Wort.

„Jetzt hör schon auf! Was hättet ihr denn tun wollen? Euch auch verprügeln lassen?

Außerdem – so weit kommt es noch, dass ich `nen Aufpasser brauche, wenn ich mal pinkeln gehe."

David kicherte und Ian fiel ein Stein vom Herzen. Er war sehr froh darüber, dass David ihm keine Schuld an dem Vorfall gab. Plötzlich schoss ihm jedoch noch etwas anderes durch den Kopf.

„Dave, was ist mit dem Ausflug? Kannst du denn überhaupt mit?"

„Na, was glaubst du denn? Ich kann euch doch wohl schlecht allein lassen mit den Gespenstern im Spukhotel, oder?"

David schien in einer regelrechten Hochstimmung zu sein. Ian fragte sich, ob das etwas mit irgendwelchen Betäubungsmitteln zu tun haben könnte, die man David im Krankenhaus möglicherweise verabreicht hatte. Vielleicht war es aber auch nur das Gefühl, in eine Schlägerei mit den gefürchtetsten Raufbolden der Schule verwickelt gewesen zu sein. David mochte sich als regelrechter Held fühlen. Davids Stimme riss Ian aus seinen Gedanken.

„Mister Schwarz hat eben auch schon angerufen. Er hat mir erzählt, dass Terry und seine Bande ganz schön in Schwierigkeiten stecken. Terry darf nicht mit auf den Ausflug und er musste heute die Klos in der Schule schrubben."

Ian hörte deutlich Davids Genugtuung heraus und er konnte es nur zu gut nachvollziehen.

„Toller Typ, der Schwarz – endlich mal einer, der sich durchsetzt, was? Und endlich mal einer, der mit uns einen spannenden Klassenausflug macht."

Ian wunderte sich immer mehr über David. Mit allem hatte er gerechnet, nur nicht mit dieser Euphorie. Mister Schwarz schien dem kleinen David tatsächlich alle Angst vor Terry und sogar vor dem Spukhotel genommen zu haben. Zum wiederholten Male musste Ian an Mister Schwarz' Auftritt nach dem Angriff auf David denken – und zum wiederholten Male kribbelte es irgendwo tief in seinem Magen. David war im Sanitätszimmer gewesen, er hatte Mister Schwarz in jener Situation nicht gesehen.

Und vielleicht war das auch gut so, dachte Ian und beschloss, David überhaupt nichts davon zu erzählen.

Wenn Dave seine Angst tatsächlich überwunden hatte, dann umso besser. Und die Hauptsache war schließlich, dass er mit auf den Ausflug konnte.

In der Nacht hatte Ian wieder einen seltsamen Traum. Er träumte von einer Frau. Er hatte sie nie zuvor gesehen, noch vermochte er ihr Gesicht deutlich auszumachen, denn sie hatte ihm stets den Rücken zugewandt, so als schien sie ihn gar nicht zu bemerken.

Die Frau trug ein altmodisches Kleid, blutrot und festlich, so als habe sie sich für einen Ball oder ein anderes großes Fest zurechtgemacht. Aber da war kein Ball, keine anderen Menschen.

Die Frau wandelte einen langen Korridor entlang, einen mehrarmigen Kerzenhalter vor sich hertragend. Ian folgte ihr unbemerkt, bis er jäh am Rand eines beinahe kreisrunden, mehrere Meter durchmessenden Loches stand.

Die schwarze Öffnung gähnte im Fußboden unmittelbar vor seinen Füßen. Verwirrt sah sich Ian nach der Frau in dem roten Kleid um. Wohin war sie verschwunden? Dann sah er den Widerschein ihres Kerzenleuchters, der von dem Grund des Schachtes zu ihm herauf leuchtete.

Wie war sie dort hinunter gekommen? Sie war doch wohl nicht hineingestürzt? Dann erspähte Ian die Stufen. An der Wand des Schachtes wand sich eine Treppe in die Tiefe.

Die Stufen sahen seltsam aus, es waren Metallsprossen, die überhaupt nicht dorthin zu passen schienen.

Ian wollte der Frau die Treppe hinab folgen – doch er konnte nicht. Er stand wie fest verwurzelt am Rand des Schachtes und sah die purpurne Schleppe ihres Kleides tief unter sich aufleuchten. Dann war sie im Dunkel verschwunden, als habe die Schwärze sie verschlungen.

Ein ungutes Gefühl kroch in Ian herauf, eine dunkle Vorahnung – und plötzlich hörte er das Krächzen eines Raben aus der Dunkelheit unter ihm.

Ian schreckte aus dem Traum auf, sein Herz raste, und er brauchte wieder einen Augenblick, um zu erfassen, dass er sich in seinem Bett befand.

Ein Seitenblick auf seinen Radiowecker offenbarte ihm, dass es kurz nach drei Uhr früh war. Morgen war Freitag – dann würde der Ausflug endlich stattfinden. Ian sah dem Wochenende mit gemischten Gefühlen entgegen.

Die Tatsache, dass ausgerechnet Miss Parks als Begleitperson mitkommen würde, hatte seine ursprüngliche Vorfreude beträchtlich getrübt. Ian seufzte. Es half nichts, er musste sich nun wohl oder übel damit abfinden. Wenn er doch wenigstens in Ruhe schlafen könnte, aber dies war die zweite Nacht, in der er unheimliches Zeug träumte.

Wenn der Wecker in viereinhalb Stunden klingelte, würde er mit Sicherheit unausgeschlafen und ermattet sein. Mit einem weiteren Seufzer wälzte sich Ian in seinem Bett herum und schloss die Augen in der Hoffnung, wieder einschlafen zu können, auch wenn sein Herz noch heftig pochte.

So dauerte es eine Weile, bis Ian wieder ruhig atmete und sich entspannte. Endlich kroch der Schlaf an ihn heran, umhüllte ihn und Ian ließ es geschehen, dass er wieder in die Traumwelt hinüberglitt.

Doch er träumte nicht mehr in dieser Nacht, zumindest konnte er sich keiner Bilder entsinnen, als er von seinem Wecker geweckt wurde.

Nur an das Geräusch schlagender Flügel glaubte Ian sich zu erinnern – aber er vermochte nicht eindeutig zu bestimmen, ob dieses Geräusch in seinem Traum gewesen war oder vor dem Fenster seines Zimmers.

Eine halbe Stunde später saß er mit seinen Eltern am Frühstückstisch und löffelte gedankenverloren sein Müsli in sich hinein. Er nahm den besorgten Gesichtsausdruck seiner Mutter kaum wahr, sondern ging im Geiste noch einmal die Liste all jener Dinge durch, die er für den Wochenendausflug brauchen würde. Taschenlampe, feste Schuhe, drei Paar dicke Socken, Taschenmesser... Fernglas...

Natürlich, am Wochenende würde eine Mondfinsternis stattfinden. Vielleicht würde er dieses seltene Ereignis beobachten können.

„Dad, würdest du mir deine Kamera mit dem Teleobjektiv ausleihen für unseren Ausflug?"

Ians Vater hob eine Augenbraue.

„Was willst du denn damit? Hast du denn nicht schon genug Gepäck zu schleppen?"

Ian wusste, dass sein Vater recht eigen war, wenn es um seine geliebte Kamera ging.

Es war ein sehr teures Gerät, und seine Anschaffung hatte zu einer mittelschweren Ehekrise zwischen Ians Eltern geführt, da Ians Mutter es überhaupt nicht hatte einsehen wollen, wie man an die tausend Pfund für eine blödsinnige Kamera ausgeben konnte, wie sie sich ausgedrückt hatte.

Ians Vater war es schließlich gelungen, seine Frau wieder zu versöhnen – indem er mit Ian und ihr einen Kurzurlaub in Schottland gemacht hatte.

Ian musste schmunzeln, als er sich daran erinnerte. Sein Dad hatte diesen Urlaub als Vorwand benutzt, um seine neue Kamera ausprobieren zu können, aber er hatte in einigen Boutiquen in Edinburgh teuer dafür bezahlen müssen, dass er eine Kamera gekauft hatte und Ians Mutter leer ausgegangen war.

Sie hatte alle Register gezogen, ihren Mann stets und ständig an diesen

Umstand zu erinnern, bis dieser sich schließlich ein reines Gewissen erkaufte und sie sich von Kopf bis Fuß neu einkleidete.

Es würde einiges an diplomatischem Geschick erfordern, wenn Ian seinen Vater tatsächlich dazu bringen wollte, ihm die Kamera für drei Tage zu überlassen.

„Na, wir wollen doch Nachforschungen anstellen am Blackrock Manor. Und damit sind wir wohl die erste Schulklasse, die das wagt. Am Ende wird wohl so eine Art Projekt dabei herauskommen, mit einer großen Präsentation, vielleicht sogar einem ausführlichen Bericht in der Zeitung."

Ians Vater nippte an seinem Kaffee, während seine Mutter beinahe spöttisch die Lippen schürzte.

Sie hatte erkannt, in welche Richtung Ians Vortrag ging.

„Also, da brauchen wir doch Bildmaterial, um unsere Nachforschungen zu dokumentieren. Das Gebäude, das allen so eine Heidenangst einjagt... von außen und von innen. Die Brandspuren, Beweisstücke, Eindrücke..."

Ians Vater setzte seine Tasse ab.

„Kommen Sie zum Punkt, Sherlock Holmes."

Ian runzelte die Stirn, weil er zunächst nicht verstand, was sein Vater meinte.

Dann aber fiel ihm auf, dass er sich in eine beinahe fiebrige Begeisterung hineingesteigert hatte, als er so über Blackrock Manor gesprochen hatte. Er grinste schief.

„Mum hat selbst gesagt, dass ich vielleicht dazu beitragen kann, etwas Licht in die Sache zu bringen."

Ian wandte sich hilfesuchend an seine Mutter.

„Stimmt's, Mum?"

Sie grinste und nickte bestätigend.

„Siehst du, Dad? Ich muss also Bilder machen, Beweise sammeln. Und außerdem ist da eine Mondfinsternis am Wochenende. Stell dir doch nur mal vor, was das für Bilder gibt! Das Spukhotel unter einem mondlosen Himmel..."

Volltreffer! Der Fotograf in Ians Vater war erwacht. Mit einem entrücktem Gesichtsausdruck, sich am Kinn kratzend, sagte er, mehr zu sich selbst als zu Ian:

„Geisterstunde am Spukhotel... die rabenschwarze Nacht..."

Bei dem Wort „rabenschwarz" durchzuckte es Ian, aber er ließ sich nichts anmerken, um seinen Vater nicht in seiner Schwärmerei zu stören. Seine Mutter zwinkerte ihm verschwörerisch zu und auch Ian wusste, dass er gewonnen hatte. Langsam verlor sich der verträumte Blick seines Vaters, als er Ian über den Tisch hinweg ansah.

„Also einverstanden. Aber wenn meiner Kamera etwas passiert, mein lieber Sohn, dann ist dein Taschengeld für die nächsten fünfzig Jahre gestrichen."

***

Der Vormittag verging wie im Flug. David trug seinen eindrucksvollen Nasenverband stolz zur Schau und störte sich auch nicht daran, dass Amber ihn wiederholt als Nasenbären bezeichnete. Terry Paxton erschien nicht zum Unterricht, und es hatte sich bald herumgesprochen, dass er von der Schule suspendiert war. Englisch stand freitags nicht auf dem Plan, so dass ihnen Miss Parks vorerst erspart blieb. Stattdessen hatten sie Geschichte und Mister Schwarz schien auffallend guter Laune zu sein, mit der er die Kinder ansteckte. Draußen schien die Sonne vom wolkenlos blauen Himmel, und es wehte ein leichter Wind, der die Hitze erträglich machte. Alles in allem schien der Tag perfekt. In der Pause erzählten sich die Freunde, was sie alles für den Ausflug eingepackt hatten, wobei die zahlreichen Leckereien, die jeder in seinem Rucksack untergebracht hatte, besondere Erwähnung fanden. Mister Schwarz hatte ihnen in den schillerndsten Farben ausgemalt, wie es sein würde, unter freiem Himmel am Lagerfeuer zu sitzen, Kartoffeln an langen Stöcken in das offene Lagerfeuer zu halten und sich dabei über die Entdeckungen des Tages auszutauschen wie waschechte Forscher. Und genau so fühlten sich die Kinder. Niemand von ihnen zweifelte daran, dass sie aufregende Entdeckungen machen würden, die vielleicht sogar helfen könnten, die Hintergründe des Brandes vor neunundvierzig Jahren zu erklären.

kapitel Vier:
Aufbruch zum Spukhotel

Ian ächzte unter der Last seines Rucksacks. Außer einem stattlichen Vorrat an Proviant, vier Garnituren Wäsche, der Kamera seines Vaters, einer starken Taschenlampe und diversen anderen Utensilien, von denen Ian glaubte, dass sie auf irgendeine Art bei der Erforschung des Spukhotels von Nutzen sein konnten, trug er seinen Schlafsack zusammengerollt auf den Rucksack geschnallt und obendrein noch das fachmännisch verstaute Zwei-Mann-Zelt, welches er sich mit Ben zu teilen gedachte.

Schweiß rann ihm in Strömen den Rücken hinunter und troff ihm von der Stirn. Dennoch war er bester Stimmung, fühlte sich wie ein Abenteurer auf dem Weg zu seiner größten Entdeckung. Ein schiefes Grinsen schlich sich in seine Züge, als er sich im Geiste bereits im Blackrock Manor sah, einem uralten Geheimnis auf der Spur. Er stellte sich vor, wie er staubige, halb verfallene Korridore entlang schritt, mit seinen Blicken den im Dämmerlicht kaum auszumachenden, von Trümmern übersäten Fußboden nach irgendwelchen Spuren oder Hinweisen absuchte...

Ambers leicht spöttische Stimme riss ihn aus seinen Tagträumen.

„Hey Indiana Jones, Zeit für ein Gespräch?"

Zu Ians Rechten kicherte Ben halblaut. Ians Gesicht kribbelte und er wusste,

dass er errötete. Wie gut Amber ihn kannte war schon beinahe unheimlich. Und sie ließ keine Gelegenheit aus, um ihm genau das immer wieder vor Augen zu führen. Ian sah sie nur etwas verständnislos an, und sie wartete auch gar nicht erst eine Antwort ab.

Stattdessen wies sie mit einem Kopfnicken in Richtung der anderen Schüler, die von Mister Schwarz und Miss Parks angeführt etwas vor ihnen gingen.

Ian sah mit großer Genugtuung, wie Miss Parks nicht bloß schwitzte, sondern zu schmelzen schien. Sie trug altmodische Cord-Kniebundhosen, schwere Wanderstiefel und ein kariertes Hemd unter einer Tweedjacke und sah damit aus wie ein gut situierter Waidmann von vor fünfzig Jahren. Ihre Garderobe war jedenfalls der schwülen Sommerhitze ganz und gar nicht angemessen. Hatte man sie zu Beginn der Wanderung noch Maßregelungen in Richtung der Schüler bellen hören, so war sie alsbald verstummt und lief nun schweigend, mit einem verbissenen, puterroten Gesicht etwas abseits der Gruppe. Amber folgte Ians Blick und knuffte ihn.

„Nicht doch die alte Hexe... sieh lieber mal, wer da neben Mister Schwarz her trabt."

Ians Blick schweifte von Miss Parks zu Mister Schwarz, der sportlich und adrett wie immer aussah. Er trug ein langärmliges T-Shirt in leuchtendem Orange zu einer modischen stonewashed Jeans und Turnschuhen. Zu Beginn der Wanderung hatte er sich grinsend selbst als Rettungsboje bezeichnet – falls jemand der Gruppe verloren gehe, so hatte er gesagt, müsse nur nach dem orangefarbenen Leuchtsignal Ausschau gehalten werden. Miss Parks hatte angesichts dieser jovialen Äußerung nur verächtlich die Nase gerümpft. Sie wirkte neben Mister Schwarz wie eine dunkelgrüne Raupe neben einem schillernden Schmetterling.

Dann sah Ian, was Amber gemeint hatte. Unmittelbar neben Mister Schwarz trottete David. Ian war gar nicht aufgefallen, dass David sich aus der Gruppe der Freunde gelöst hatte. Sie hatten sich alle zunächst angeregt unterhalten, dann hatten die Hitze und das Gewicht der Rucksäcke langsam ihren Tribut gefordert und sie waren mehr und mehr in Schweigen verfallen. Jeder hatte seinen Gedanken nachgehangen und nur ab und zu eine Bemerkung über die bevorstehenden Abenteuer fallen lassen. Schließlich musste Dave sich von ihnen getrennt und zu Mister Schwarz an der Spitze gesellt haben. Ian runzelte unwillkürlich die Stirn. Amber nickte zufrieden ob dieser Reaktion.

„Nicht wahr? Scheint als habe Mister Schwarz ein Schoßhündchen gefunden."

Fiona fuhr Amber barsch an.

„Hey, du bist ungerecht! Sei doch froh, dass Mister Schwarz das scheinbar Unmögliche geschafft hat und unseren David aus seinem Schneckenhaus lockt."

Amber schüttelte den Kopf. Ian kannte sie zu gut und wusste, dass sie sich nicht so einfach von ihrer einmal gefassten Meinung abbringen ließ.

„Pah! Und jetzt braucht er uns nicht mehr, was? Hat ja jetzt seinen großen Rächer neben sich..."

Ben legte Amber sanft seine Hand auf die Schulter. Ian bemerkte dabei Fionas leicht säuerlichen Gesichtsausdruck. Ben war jedoch vollkommen auf Amber konzentriert. Auch er wusste, dass er seine Worte mit Bedacht würde wählen müssen, um nicht einen von Ambers berüchtigten Wutanfällen zu provozieren.

Sie hasste es, wenn sie Unrecht hatte. Allerdings war Amber für Bens Ratschläge wesentlich offener, so dass Ian froh war, dass nicht er die undankbare Aufgabe hatte, Amber zu beruhigen.

„Hör mal, Amber. Dave hat einiges durchgemacht. Jeder von uns hätte furchtbare Angst gehabt in seiner Situation. Nun stell dir also vor, wie sich David, der Hasenfuß, erst gefühlt haben muss. Ich schätze, dass er sich einen starken Beschützer sucht. Einen, der wirklich etwas gegen Terry Paxton ausrichten kann und das auch bewiesen hat. Wir sind immer noch Daves Freunde. Er sucht nur die Nähe zu Mister Schwarz, um seine eigene Angst zu überwinden."

Bens Stimme klang ruhig und sachlich. Ian fragte sich, wie schon so viele Male zuvor, wie ein Teenager wie Ben so weise und verständnisvoll sein konnte. Fiona bedachte Ben mit einem verzückten Seitenblick, und selbst Amber schien einzusehen, dass sie sich zu Unrecht über David geärgert hatte.

Ian kannte den Grund, warum Amber so wütend geworden war. Sie war es gewohnt, im Mittelpunkt des Interesses zu stehen. Ihr blendendes Äußeres und ihr spontanes Temperament machten sie vor allem bei den Jungen sehr beliebt – um nicht zu sagen begehrt.

Amber liebte es, sich in den bewundernden und bisweilen auch unverhohlen schmachtenden Blicken zu sonnen, legte dabei aber niemals ein arrogantes Verhalten an den Tag. Im Gegenteil, Amber gab stets vor, gar nicht zu bemerken, wie sie auf ihr männliches Umfeld wirkte. Und doch, dessen war sich Ian sicher, wusste Amber darum.

Ian grinste verschmitzt und ließ dann seinen Blick über seine Umgebung schweifen.

Der Wald um sie herum war während der letzten Minuten immer dichter geworden, und die Baumwipfel über ihnen verwoben sich zunehmend miteinander zu einem Dach aus Ästen, Zweigen und Blättern und schirmte die Gruppe vor der unerbittlich brennenden Sonne ab.

Es war nun angenehmer, im Schatten der Bäume zu wandern, obgleich der kühlende Wind durch den dichten Baumbestand gleichfalls ausgesperrt wurde und die schwüle Luft sich kaum mehr regte. Der Waldboden war bedeckt mit einem dicken Teppich aus Moos und Tannennadeln, der die Schritte der Wanderer dämpfte.

Der Weg war hier selbst mit Geländewagen nicht mehr befahrbar, denn dicke Wurzelstränge stemmten sich aus dem Erdreich, und hier und da lagen abgebrochene Äste und sogar kleine geknickte Baumstämme quer über dem Trampelpfad. Gelegentlich musste die Gruppe umständlich über die Hindernisse hinweg steigen, wenn sie nicht umgangen werden konnten.

Dies tat der guten Stimmung der Gruppe, mit Ausnahme von Miss Parks, jedoch keinen Abbruch, ganz im Gegenteil. Es hatte etwas Abenteuerliches, weitab der Forstwege durch die wilde Natur zu stapfen. Der Vergleich mit einem Urwald lag nahe, man war verschwitzt und erschöpft, als sei man Mitglied einer Tropenexpedition. Und genau das machte den Reiz aus. Man bewegte sich durch nicht erschlossenes und scheinbar gänzlich unerforschtes Gebiet mit dem Ziel, die Ruine des Blackrock Manor zu erreichen.

Zahllose Vögel begleiteten die Gruppe mit vielstimmigem Gesang, hin und wieder ließ sich ein Eichhörnchen oder eine Eidechse blicken und überall knackte und knisterte es im Dickicht, was die Dschungelatmosphäre perfekt machte.

Nach einer weiteren Meile war das Dach der Baumwipfel völlig geschlossen, Pollen und Staubteilchen schwirrten scheinbar schwerelos durch die Luft und vereinzelte Bündel aus Sonnenstrahlen stießen durch Lücken im Blätterdach hinab wie gleißende Finger, die den Waldboden betasteten.

Ein sanftes Rauschen kündete von der Nähe eines Baches oder Flüsschens. In freudiger Erwartung einer Erfrischung und einer möglichen Rast wurde die Gruppe unwillkürlich schneller, und nach kurzer Zeit erreichte sie einen Wildbach.

Hier und da glitzerte Sonnenlicht auf dem Wasser und vermittelte den Eindruck, als handele es sich um reinstes, geschmolzenes Silber.

Mächtige, moosbewachsene Felsbrocken ragten aus dem Wasser, plätschernd umspült von dem langsam fließenden Strom.

Mister Schwarz hob die rechte Hand zum Zeichen, dass die Gruppe aufschließen und sich um ihn versammeln sollte. Dabei enthüllte er einen großen dunklen Schweißfleck unter seiner Achsel. Einige Strähnen seines Haars klebten an seiner Stirn und gaben ihm ein abgekämpftes, aber auch verwegenes Aussehen. Sein Lächeln jedoch war so gewinnend wie eh.

„So, ein gutes Stück des Weges hätten wir. Dieser Bach ist ein Seitenarm des Flüsschens, das direkt bis hinauf zu den Needle Rocks führt. Wir müssen von hier aus einfach dem Strom entgegen gehen. Aber erst einmal haben wir uns alle eine Rast verdient. Also, Rucksäcke und Zelte abgeschnallt, Schuhe aus und die dampfenden Füße gekühlt. Dabei wäre eine deftige Brotzeit wohl genau das Richtige."

Strahlend entledigte sich Mister Schwarz seiner eigenen Last und gesellte sich zu Miss Parks, die einer Ohnmacht nahe schien. Ihre Tweedjacke hatte sie ausgezogen und um ihre Hüfte geschlungen. Dennoch konnte Ian nur erahnen, wie unerträglich heiß es Miss Parks sein musste. Er selbst trug nur ein T-Shirt und dennoch lief ihm der Schweiß in Sturzbächen den Rücken hinunter. Beinahe hatte er Mitleid mit der Eisernen Jungfrau.

Mit einem wohligen Seufzer stapfte Ian wenig später mit nackten Füßen in den herrlich kühlen Bach.

Vorsichtig machte er ein paar Schritte, um auf den glitschigen Steinen nicht auszurutschen, und bewegte sich so langsam weiter in das erfrischende Wasser, bis es ihm an die Knie reichte. Dann verharrte er und genoss das Gefühl, wie die aufgestaute Hitze aus seinem Körper wich. Verträumt beobachtete er die Spiegelung des Sonnenlichts, das wie tausend kleine Lichtblitze auf dem Wasser tanzte. Es war einfach großartig, hier zu sein. Ian hatte die ganze Zeit über niemanden aus der Klasse maulen hören, wie es sonst bei Wanderausflügen der Fall war. Jeder war fasziniert von der Vorstellung, morgen früh das alte Spukhotel auszukundschaften. Das Gemäuer hatte immer noch etwas Beängstigendes, aber die Neugier überwog nun ganz eindeutig.

Mister Schwarz selbst schien beinahe zu platzen vor Tatendrang, und er hatte die ganze Klasse damit angesteckt.

Morgen schon würden sie dem Geheimnis auf die Spur kommen...

Ein Schwall kalten Wassers traf Ian. Er japste und prustete und schüttelte sich wie ein nasser Hund. Ambers Lachen ließ keinen Zweifel daran, wem er diese unfreiwillige Erfrischung zu verdanken hatte.

„Na, großer Dschungelheld, wieder wach? Wenn ich jetzt eine Raubkatze gewesen wäre..."

Amber stand nur zwei bis drei Schritte von ihm entfernt, die rechte Hand in die Hüfte gestemmt. Die Finger der Linken hatte sie zu einer Klaue gekrümmt, mit der sie ihm spöttisch drohte.

Ian wusste selbst nicht, wie ihm geschah, er handelte, bevor er darüber nachdenken konnte, was er tat.

Mit einem Satz war er bei Amber, schlang seine Arme um sie und versuchte, sie so von den Füßen zu holen. Amber quiekte überrascht auf und umschlang nun ihrerseits Ian, um ihren Halt zu wahren.

„Was heißt denn hier WENN", raunte Ian, während er weiter mit ihr rang. *„Du BIST eine Raubkatze!"*

Amber riss in gespielter Empörung die Augen auf und schürzte die Lippen zu einem Schmollmund.

Und dann geschah es, noch bevor Ian es verhindern konnte - er küsste sie auf den Mund. Ambers Augen weiteten sich noch mehr und mit einem erstickten Laut schien sie zunächst protestieren zu wollen – und ließ es dann doch geschehen.

Wenige Sekunden später war der Zauber verflogen und Ian ließ Amber so plötzlich los, dass sie nun beinahe doch in den Bach gefallen wäre. Er spürte, wie sein Gesicht die Farbe eines gekochten Hummers annahm. Mit einem halblauten *„'Tschuldigung"* wandte er sich ab, und sein Blick fiel auf seine Mitschüler, die sich unweit von ihm am Rand des Baches aufgereiht hatten, um ihm nun johlend und klatschend Beifall zu spenden.

Für einen Augenblick stand Ian wie angewurzelt, und es wurde ihm abwechselnd heiß und kalt.

Er warf beinahe hilfesuchend einen Blick über die Schulter und sah Amber hinter sich, die ihn verständnislos anstierte, beide Hände in die Hüften gestemmt. Schnell wandte Ian den Blick wieder von ihr ab und ließ ihn stattdessen am Bachufer entlang wandern auf der Suche nach jemandem, der ihm aus dieser mehr als peinlichen Situation helfen konnte. Wieso nur hatte er Amber geküsst? Sie waren schon lange Zeit befreundet und er hatte, seit er sie kannte, niemals etwas anderes in ihr gesehen als eine gute Freundin. Was war bloß über ihn gekommen?

Plötzlich hörte er Amber neben sich zischen. *„Idiot!"* Er schloss die Augen und rechnete fest damit, dass sie ihm eine Ohrfeige verpassen würde, aber nichts dergleichen geschah. Sie ließ ihn einfach stehen und stapfte zum Ufer, was die meisten der Spötter, die dort standen, zu augenblicklichem Schweigen und einem vorsichtigen Rückzug veranlasste. Ian sah Amber nach. Ben und Fiona standen nun allein am Ufer wie einsame Mahnwachen. Ian sah flehend zu Ben hinüber und Ben erwiderte seinen Blick ernst. Fiona schickte sich an, Amber zu folgen, die sich gerade ihre abgelegten Schuhe geschnappt hatte und nun, immer noch barfuß, zwischen den Bäumen verschwand. War da in Fionas Blick ein Vorwurf, als sie sich noch einmal kurz nach Ian umschaute? Sogar Enttäuschung?

Nun war Ben allein und Ian traute sich widerwillig aus dem Wasser. Er konnte Ben nicht in die Augen sehen, als er neben ihm stand. Dennoch war es ein ungeheurer Trost für ihn, als er plötzlich Bens Hand auf seiner Schulter spürte.

„Lass mal, die beruhigt sich auch wieder. Aber an deinem Timing solltest du noch feilen, Casanova."

Eine halbe Stunde später hatte die Gruppe sich wieder in Bewegung gesetzt. Vorher hatte Ian sich jedoch etliche Kommentare von seinen Mitschülern anhören müssen – gehässige, neidische, aber nur wenig aufmunternde. Wenn Mister Schwarz etwas bemerkt hatte, dann ließ er es sich nicht anmerken, und Miss Parks scherte sich ohnehin keinen Deut um die Belange der Jugendlichen.

Amber lief jetzt mit Fiona vorweg, recht nah bei Miss Parks. Im Einflussbereich der Eisernen Jungfrau konnte Amber sich wenigstens sicher sein, dass niemand sie behelligte. Ians Magen fühlte sich an, als hätte er einen Findling verschluckt. Ben war bei ihm, und David hatte sich ebenfalls vorübergehend von Mister Schwarz' Seite gelöst und leistete ihnen nun Gesellschaft. Nach nur wenigen hundert Yards war die Gruppe bereits wieder weit auseinandergezogen, es hatten sich Splittergrüppchen gebildet, und frisch erholt von der Rast plauderten und schwatzten die Schülerinnen und Schüler angeregt miteinander.

Ian wurde das Gefühl nicht los, dass die meisten dieser Gespräche seine Kuss-Attacke auf Amber zum Thema hatten. Er versuchte jeglichen Blickkontakt zu seinen Mitschülern zu vermeiden, ganz besonders den zu Amber. Angestrengt auf den Boden starrend stapfte er zwischen David und Ben einher. Ben hatte mehrfach versucht, ihn zu beruhigen oder aufzumuntern und hatte schließlich erkannt, dass Ian einfach nicht über den Zwischenfall sprechen wollte – jedenfalls noch nicht.

Leider fehlte David diese Einsicht. Plötzlich platzte es aus ihm heraus, so als habe er die Frage die ganze Zeit über nur mit Mühe zurückhalten können.

„Also, du und Amber, ja? Mann oh Mann, ich hatte ja keine Ahnung...“

Ian unterbrach ihn tonlos.

„Ich auch nicht, Dave. Und nun schau doch noch mal genau hin – Amber und ich... sehen wir aus wie ein Paar?“

Ian bedachte David mit einem kurzen Seitenblick. Der wandte den Kopf, um nach Amber Ausschau zu halten und schaute wieder Ian an. Dann zuckte er mit den Achseln.

„Naja, war ja vielleicht auch nicht so passend von dir, so vor versammelter Mannschaft...“

Ian wusste, dass er wieder rot wurde, diesmal jedoch auch aus Wut.

„Dave, lass mich in Ruhe damit! Merkst du es denn gar nicht? Ich will nicht darüber reden. Zwischen Amber und mir ist nichts, basta. Und da wird auch nichts werden…"

Mit einem seltsamen Gefühl von Reue setzte Ian seinen Satz in Gedanken fort.

„… nicht nach dem, was passiert ist."

David zuckte wieder mit den Achseln, blähte die Wangen auf und entließ die Luft mit einem Seufzen. Dann herrschte für einen kurzen Moment Schweigen, bis er erneut ein Gespräch anfing.

„Also, Mister Schwarz – was haltet ihr von ihm?"

Ian war dankbar für den Themenwechsel.

„Naja, er ist ziemlich cool. Aber das wussten wir doch schon, oder?"

David sandte einen bewundernden Blick in Richtung Mister Schwarz, der etwa hundert Yards vor ihnen ging und die Gruppe anführte.

„Ja, cool ist er. Wie er mit Terry umgesprungen ist. Also, wenn Terry mich noch mal anfasst…"

David schlug mit der Faust in seine Handfläche. Ian musste unwillkürlich grinsen. Der kleine Angsthase David war zu einem richtigen Kämpfer gegen das Böse geworden. Andererseits beunruhigte ihn dieser Gedanke auch.

Sollte David Terry wieder begegnen, und das würde unweigerlich früher oder später geschehen, dann wäre es sehr unklug, wenn David gar zu tollkühn würde. Ben schien den gleichen Gedanken zu haben, denn er schaltete sich ein.

„Hör mal, Dave, lass gut sein. Terry ist ein aufgeblasener Angeber. Der ist es nicht wert, dass wir uns über ihn aufregen. Geh ihm einfach aus dem Weg. Wahrscheinlich hat er seine Lektion jetzt gelernt und wird dich in Ruhe lassen."

Davids Augen schienen auf einmal zu funkeln.

„Das sollte er. Das sollte er wirklich. Und trotzdem, der kriegt sein Fett schon noch, das schwör' ich euch…"

Dann wühlte David in seiner Gürteltasche und brachte mit einem schiefen Grinsen ein Springmesser zum Vorschein.

„Das habe ich mir besorgt, nur für Terry und seine Gorillas."

Ian holte tief Luft. Ben blieb aber ganz ruhig und sachlich.

„Dave, wenn du vor Terry mit dem Messer rumfuchtelst, was meinst du denn, womit er und seine Kumpels dann das nächste Mal anrücken? Das führt doch zu nichts. Ich verstehe ja, dass du sauer bist, aber lass den Spinner doch einfach. Zweimal ist er schon kleben geblieben, und es sieht auch diesmal nicht gut für ihn aus. Noch mal kann er nicht wiederholen, dann muss er von der Schule und wir sind ihn los..."

Ian nickte zustimmend, doch Davids Miene verfinsterte sich.

Er ließ das Messer aufspringen und betrachtete die makellose Klinge.

„So, ihr meint also Klein-Daveyboy soll sich weiter verstecken, ja? Ich soll mich weiter rumschubsen und tyrannisieren lassen? Damit ich wieder zusammengeschlagen werde? Statt der Nase brechen sie mir nächstes Mal einen Arm... ach, was soll's, brechen wir dem Pimpf gleich den Hals! Aber nicht mit mir!"

David hatte sich in Rage geredet. Er fuchtelte mit seinem Messer in der Luft herum, hieb und stach auf einen unsichtbaren Gegner ein.

Ian sah sich verstohlen um. Es wäre äußerst unangenehm, wenn jemand das Messer in Davids Hand sähe, vor allem, wenn Mister Schwarz oder – im schlimmsten Fall – Miss Parks etwas merkten.

Er versuchte, den kleineren Jungen zu beruhigen.

„Dave, Schluss jetzt. Pack das Messer wieder ein! Wenn das Miss Parks sieht..."

David schnitt ihm das Wort ab. Er blickte Ian trotzig, fast feindselig an.

„Was kümmert mich die alte Hexe? Aber hey, ich will ja nicht, dass meine Freunde Ärger kriegen. Ihr vermeidet ja auch sonst, in irgendwelche Unannehmlichkeiten verwickelt zu werden!"

Ian fuhr zusammen. Er glaubte sich verhört zu haben. Ben schwieg und sah mit einem traurigen Blick zu dem kleinen David hinunter. Der hielt sein Messer vor die Augen, bewegte es noch einige Male hin und her, drehte die Klinge und betrachtete sie beinahe liebevoll. Dann ließ er die Klinge zurückschnappen und verstaute das Messer mit grimmiger Miene wieder in seiner Gürteltasche.

„Na dann, ihr habt euch ja bis jetzt auch aus dem Ärger mit Terry herausgehalten. Ich war derjenige, der alles abgekriegt hat. Und jetzt wollt ihr auch weiterhin kneifen. Bloß keinen Ärger machen, richtig? PAH! Tolle Freunde seid ihr! Ihr könnt mich mal! Mister Schwarz hat schon Recht – ich muss mich allein durchsetzen..."

Und dann beschleunigte David seine Schritte und ließ Ian und Ben stehen.

Ian öffnete den Mund, um ihm nachzurufen, aber Ben winkte ab.

„Das hat jetzt keinen Zweck. Wir können nur hoffen, dass David irgendwann merkt, dass er sich da in etwas hineinsteigert. Und hoffentlich merkt er es bald, denn nicht einmal Mister Schwarz kann ihm helfen, wenn er sich so vor Terry Paxton aufführt...“

Ian schüttelte traurig den Kopf. Der Tag hatte so grandios begonnen. Warum ging jetzt plötzlich alles schief?

Kapitel Fünf:
Ein unheimlicher Angler

Die nächsten beiden Stunden wanderte Ian schweigend neben Ben, der ihn gewähren ließ und sein Schweigen akzeptierte, ohne seinerseits ein Gespräch zu beginnen.

Die Gruppe wanderte an dem Bach entlang, wie Mister Schwarz angekündigt hatte. Im Verlauf der letzten Meile hatte sich der Bach zunehmend verbreitert und die Strömung war stärker geworden. Blätter und kleine Stöckchen kamen der Gruppe in beachtlichem Tempo entgegen. Ian vermutete deshalb, dass es nicht mehr weit bis zum Hauptstrom sein konnte.

Und tatsächlich, nach einer weiteren Meile hatten sie ihr nächstes Etappenziel erreicht. Mister Schwarz war stehen geblieben und erwartete mit einem Lächeln die Nachzügler.

Der Weg war während der letzten hundert Yards steil angestiegen, und so befand sich die Gruppe jetzt auf einer Anhöhe, von der aus sie auf die Flussgabelung hinunterblicken konnte. Bäume standen dicht an dicht bis an den Rand eines felsigen Abhangs.

Etwa zehn Yards unter ihnen floss der Silverstream, von dem einen Steinwurf weiter westlich der Bach abzweigte, an dem die Gruppe entlanggewandert war.

Am gegenüberliegenden Ufer des Silverstream befand sich wiederum ein steiniger Hang, an dessen Oberkante sich der dichte Baumbestand fortsetzte.

„Der Fluss hat sich im Laufe der Jahrhunderte tief eingegraben", erklärte Mister Schwarz.

„Zu Zeiten der Schneeschmelze schießt hier eine Menge Wasser mit großer Geschwindigkeit entlang. Dabei wird das Flussbett immer ein winziges Stück tiefer, bis hier diese kleine Schlucht entstanden ist."

Trotz seiner gedrückten Stimmung kam Ian nicht umhin zu bemerken, wie atemberaubend schön dieser Ort war.

Der Silverstream glitzerte in der Sonne wie flüssiges Silber, ein Umstand, dem er vermutlich seinen Namen verdankte. Einige wild wuchernde Sträucher und sogar ein paar windschiefe kleinere Fichten standen wie wagemutige Kletterer auf halber Höhe der steil abfallenden Abhänge zu beiden Seiten des Flusses.

Es war inzwischen Abend, und die Sonne stand bereits tief im Westen, dicht über den Baumwipfeln. Als Ian mit seinem Blick dem Flusslauf bis zu der Stelle folgte, an der sich der Strom gabelte, wurde er zunächst geblendet, so dass er die Augen zusammenkniff und sie zusätzlich mit der Hand abschirmte. So erkannte er erst allmählich die Gestalt, die dort unten stand.

Einzelheiten waren auf die Entfernung kaum auszumachen, aber Ian erkannte eindeutig, dass es sich um einen wahren Hünen von Mann handelte. Er stand reglos wie eine Statue auf einem Felsbrocken am Ufer des abzweigenden Bachlaufs und blickte unverwandt zu der Gruppe hinauf. Er trug hohe Stiefel, grüne Hosen und ein helles Hemd unter einer schwarzen Weste. Das Gesicht konnte Ian nicht gut erkennen, er sah aber, dass der Mann kahlköpfig war. Plötzlich hob er die rechte Hand und winkte ihnen zu. Ian wandte sich um, um zu sehen, ob der Hüne dort unten vielleicht jemand Bestimmten aus der Gruppe gemeint hatte, der nun zurückwinken würde. Dabei blieb Ians Blick an Mister Schwarz haften. Der junge Lehrer, der bis eben noch sein übliches Lächeln zur Schau getragen hatte, schien überrascht, sogar etwas erschrocken. Er ging einige Schritte vorwärts, bis er direkt an der Kante des Abhangs neben Ian stand. Ian schaute verwundert wieder hinunter zu dem riesigen Kerl, der noch immer winkte. Dann dröhnte eine tiefe kehlige Stimme zu ihnen herauf, trotz der Entfernung von gut fünfzig Yards deutlich vernehmbar.

„Hoho, da oben! Auf der Suche nach dem Raben? Und so viele?"

Ian verstand nicht, was der Mann meinte. Fragend blickte er Mister Schwarz an, der nun wieder lächelte. Er winkte sogar zurück, mit einem, wie Ian fand, leicht spöttischen Gesichtsausdruck. Dann rief er zu dem Hünen hinunter, mit einer kraftvollen Stimme, wie sie wohl nur Lehrern zu Eigen ist.

„Hallo, Herr Angler! Keine Raben, nein. Beißen die Fische denn?"

Ian verstand zunächst wieder nicht, doch dann ging ihm ein Licht auf.

Der Mann dort unten war natürlich ein Angler. Daher die hohen Stiefel.

Und tatsächlich, als Ian wieder hinunterschaute, wandte der Hüne sich ab und stieg von seinem Felsen, um sich ein paar Schritte weiter nach einer Angelrute zu bücken, die er über einen querliegenden Baumstamm gelegt hatte. Er nahm die Rute auf und drehte einige Male an der Kurbel, die offenbar keinen Widerstand bot. Es hing kein Fisch am Haken, sonst hätte sich spätestens jetzt die Schnur gespannt.

„Nein!", dröhnte die Stimme hinauf. *„Na ja, viel Spaß noch, ihr Wandervögel."*

Mister Schwarz winkte noch einmal, diesmal war der Spott in seinem Gesicht offensichtlich.

„Ihnen auch, Herr Angler. Und Petri Heil! Vielleicht fangen Sie ja doch noch einen großen Fisch!"

Dann wandte sich Mister Schwarz um, wobei er erst jetzt zu bemerken schien, dass Ian unmittelbar neben ihm gestanden hatte. Das Grinsen des Lehrers wurde breiter und er zwinkerte Ian verschwörerisch zu.

„Hinterwäldler. Dieses Gerede von Raben... muss wohl Anglerlatein sein."

Dann richtete Mister Schwarz das Wort an die Gruppe.

„Also gut, der Abend bricht bald an, und ich freue mich schon auf unser Lagerfeuer bei den Needle Rocks. Bis dahin müssen wir aber noch gut zwei Meilen marschieren. Also, Endspurt! Ich habe genug Bratwürste für alle im Rucksack. Die erste Grillrunde geht also auf mich!"

Begeistertes Gejohle war die Antwort, sogar Miss Parks schien heilfroh, den Marsch nun bald überstanden zu haben.

Ian verharrte noch einen Augenblick und sah zu, wie der hünenhafte Angler seine Angel einholte und sich offenbar ebenfalls für einen Aufbruch bereit machte. Die Frage nach einem Raben gab Ian zu denken. Er konnte sich nicht vorstellen, was der Mann gemeint haben könnte. Da spürte er Bens Hand auf seiner Schulter.

„Na los, lass uns nicht allzu sehr trödeln. Ich freue mich auf ein leckeres Abendbrot. Nach diesem Gewaltmarsch haben wir uns zehn Bratwürste verdient."

Ian musste grinsen. Bei dem Gedanken an Grillwürste lief ihm das Wasser im Mund zusammen. Er blickte sich ein letztes Mal um, um die langsam sinkende Sonne zu betrachten. Was kümmerte ihn ein verschrobener Angler?

Hoch über ihnen bemerkte Ian einen winzigen schwarzen Fleck am Himmel. Ein großer Vogel zog dort oben seine Kreise, ganz gleichmäßig. Dann knuffte ihn Ben und Ian folgte ihm und den anderen schließlich.

***

Sie wanderten am Silverstream entlang. Der Weg führte stetig leicht bergan, so dass es nicht verwunderte, dass die Strömung des Flusses am Fuß des Abhangs recht stark war. Das Wasser rauschte nur so an der Gruppe vorbei und übertönte bisweilen alle anderen Geräusche des Waldes. Dreimal passierten sie kleine Stromschnellen, wo sich das Flussbett verjüngte und sich das Wasser durch den Engpass hindurchzwängte. Sie wanderten Richtung Nordosten, während die Sonne in ihrem Rücken versank. Die Schatten wurden länger, und unter den Bäumen herrschte bereits ein rotes Zwielicht, als sie endlich ihr Ziel erreichten. Ein Blick auf seine Armbanduhr offenbarte Ian, dass es bereits kurz vor Neun war.

Während der letzten Meile war die gesamte Klasse in verbissenes Schweigen verfallen. Die Erschöpfung und der Hunger forderten nun endgültig ihren Tribut. Alle sehnten sich danach, eine warme Mahlzeit zu bekommen und sich dann in ihre Schlafsäcke in den Zelten zu verkriechen.

Ian seufzte hörbar, als er sich endlich seiner Last entledigte. Er ließ Rucksack samt Schlafsack und Zelt einfach von den Schultern gleiten und fast in derselben Bewegung setzte er sich auf den moosigen Untergrund.

Kaum dass er saß, bemerkte er, dass Kälte in ihm aufstieg, ein untrügliches Zeichen von Erschöpfung.

Er würde sein Zelt umgehend aufschlagen müssen, sonst würde er später vor Müdigkeit nicht mehr in der Lage dazu sein.

Er seufzte wieder und sah sich um. Die Needle Rocks boten ein imposantes Bild. Gewaltige, hoch aufragende, schlanke Felsen reihten sich aneinander und formten einen Halbkreis, der eine Lichtung umrahmte. Ian fühlte sich an Stonehenge erinnert.

Die Felsen ragten wie überdimensionale Menhire in den Abendhimmel und leuchteten im Licht der untergehenden Sonne, als wären sie aus purem Gold. Der Silverstream machte kurz vor den Needle Rocks eine Biegung und verlor sich weiter nördlich unter den angrenzenden Klippen. Der Ursprung des Flusses musste also unterirdisch sein. Dichter, dunkler Nadelwald setzte sich hinter den Needle Rocks fort und das Gelände stieg gen Osten steiler an als der Weg, der die Klasse hierher geführt hatte.

Mister Schwarz hatte sich in der Mitte der Lichtung postiert und pfiff nun auf den Fingern, um die ungeteilte Aufmerksamkeit auf sich zu ziehen.

„So, da wären wir also! Nun müssen wir rasch die Vorkehrungen für die Nacht treffen, bevor wir kein Licht mehr haben. Stellt die Zelte auf. Jeder, der nicht beim Zeltaufbau hilft oder bereits fertig ist, hilft beim Feuerholz sammeln. In einer halben Stunde sollte alles fertig sein und die ersten Würstchen werden in den Flammen brutzeln."

Ben und Ian machten sich mit geübten Handgriffen daran, ihr Zelt zu errichten. Es dauerte keine Viertelstunde, bis ihr Nachtlager bereit stand. Rasch wurden die Rucksäcke im Inneren verstaut, und dann begaben sich die beiden Jungen auf die Suche nach Feuerholz. Sie trennten sich am Waldrand, um an verschiedenen Stellen zu suchen. Wenig später hatte Ian einen Arm voll abgebrochener Zweige und Äste aufgesammelt und kehrte zum Lager zurück. Zwischen den Bäumen hindurch konnte er bereits ein schwaches Leuchten erkennen. Offenbar war das Lagerfeuer schon entfacht worden.

Ian freute sich auf ein reichhaltiges Abendessen und marschierte in Richtung ihres Lagerplatzes, als ein Knacken direkt hinter ihm ihn herumwirbeln ließ.

Eine Gestalt türmte sich im Halbdunkel vor ihm auf, und Ian konnte nur mit Mühe einen erschreckten Aufschrei unterdrücken.

Für einige Sekunden, die Ian wie eine kleine Ewigkeit vorkamen, rührte sich die Gestalt nicht, sondern stand einfach nur da wie eine Statue, die gerade eben aus dem Boden gewachsen war. Dann endlich durchbrach die Stimme des Fremden die Stille - eine Stimme, die Ian heute schon einmal gehört hatte.

„Oho, entschuldige, mein Junge, dass ich dich so aufgescheucht habe. Hab' dich erst gar nicht bemerkt, und dann wäre ich doch fast über dich gestolpert..."

Ian machte unwillkürlich zwei Schritte rückwärts.

Wie der Hüne da vor ihm stand, wirkte er einschüchternd und bedrohlich.

Ian wusste, dass es der Angler vom Nachmittag war, der ihnen gefolgt sein musste. Der Fremde, der Ians Furcht bemerkte, hob beschwichtigend seine riesigen Pranken.

„Nana, ich tue dir nichts, mein Junge. Ich wollte hier bei den Needle Rocks mein Nachtlager aufschlagen, aber da seid ihr mir wohl zuvor gekommen, wie?"

Eine Reihe großer Zähne blitzte auf, als der Angler im Halbdunkel grinste. Trotzdem war Ian keinesfalls beruhigt, ganz im Gegenteil. Wieso sollte der Fremde ausgerechnet hier, gute zwei Meilen von seinem Angelplatz entfernt, sein Lager aufschlagen wollen? Er verspürte einen stetig wachsenden Drang, sein Holz einfach fallen zu lassen und zurück zur Lichtung zu rennen. Der Angler schien seinen Gedanken zu erahnen.

„Na, dann geh mal zu eurem Lager. Ich kann ja mit eurem Lehrer sprechen – vielleicht gibt es ja ein wenig abseits doch noch ein Plätzchen für mich."

Ian zögerte keinen Augenblick länger, sondern wandte sich rasch um und ging gerade so schnell, dass er nicht rannte, in die Richtung des Feuerscheins. Nach wenigen Metern sah er sich noch einmal beunruhigt um. Vielleicht würde der Fremde versuchen, ihn festzuhalten.

Dann blieb Ian unvermittelt stehen.

Der hünenhafte Angler war verschwunden.

***

Ben war skeptisch, als Ian ihm wenig später von seiner unheimlichen Begegnung berichtete. Ian hatte sein Feuerholz achtlos neben dem Lagerfeuer fallen lassen und war dann sofort zu Ben geeilt, der vor ihrem gemeinsamen Zelt hockte und in seinem Rucksack kramte.

„Also ehrlich, Ian, manchmal machst du mir Sorgen. Der Kerl ist einfach so verschwunden, ja? Als nächstes willst du mir noch weismachen, dass du dem Geist von Blackrock Manor begegnet bist..."

Ian hatte seinen Schreck noch immer nicht verwunden.

„Ach Mensch, hör doch auf! Du bist dem Typen schließlich nicht begegnet! Heute Nachmittag hast du ihn doch gesehen... du hast gesehen, was für ein Brocken das ist!

Und der stand plötzlich hinter mir, einfach so... und dann war er genauso schnell wieder weg!"

Zur Untermalung schnippte Ian mit den Fingern.

Ben schaute Ian durchdringend an. Er schien noch immer Zweifel zu haben.

„Ben, meinst du vielleicht, ich denke mir das alles aus, um mich wichtig zu machen? Ich hatte heute am Bach genug Aufmerksamkeit, danke... da brauche ich für die nächsten Wochen keine mehr!"

Ben seufzte leise, schüttelte den Kopf und holte aus seinem Rucksack eine Tüte hervor, in der sich sein Geschirr und sein Abendbrot befinden mochten. Dann erhob er sich ächzend und blieb unmittelbar vor Ian stehen, um ihm noch einmal in die Augen zu sehen.

„Ian, ich habe nicht behauptet, dass du dich wichtig machen willst. Und vielleicht hast du sogar Recht, und du hast diesen Angler wirklich gesehen.

Und wenn schon! Er hat dir nichts getan, er hat dir sogar gesagt, warum er hier ist. Nimm es doch einfach so hin, wie es ist. Ich für meinen Teil bin zu hungrig und zu müde, um mir heute Abend noch den Kopf über so etwas zu zerbrechen."

Dann lächelte er aufmunternd, und Ian sah ein, dass Ben Recht hatte. So kroch er in ihr gemeinsames Zelt und nahm seinerseits den Beutel mit dem Abendessen aus seinem Rucksack.

Im Inneren des Zeltes herrschte eine Wärme, die Ian sofort träge werden ließ. Nur sein Hunger trieb ihn dazu, sich nicht unverzüglich auszustrecken und zu schlafen.

Als er rückwärts wieder hinauskrabbelte, war Ian so schläfrig, dass ihm zunächst nicht auffiel, wie das Stimmengewirr und Gelächter, das vom Feuerplatz herüber geschallt hatte, auf einen Schlag verstummte.

Erst als Ben, der vor dem Zelt auf ihn wartete, mit halblauter Stimme sprach, war Ian plötzlich wieder hellwach.

„Oh Mann, Ian, ich schätze, diesmal hast du wirklich nicht geträumt."

Ian richtete sich auf und wandte sich um. Rund um das nun bereits beachtliche Feuer hatte sich etwa die Hälfte der Klasse versammelt, einschließlich Mister Schwarz – und einem Überraschungsgast, auf den nun sämtliche Blicke gerichtet waren.

Dort stand der riesenhafte Angler, reglos und stumm, und im rötlichen Widerschein der Flammen wirkte er unheimlicher denn je, wie ein Dämon, der aus der Unterwelt heraufgestiegen war.

„Komm schon, Ben, das dürfen wir nicht verpassen."

Auf seltsame Art und Weise war Ian froh über das Erscheinen des Fremden, denn nun musste Ben ihm wohl oder übel glauben. Und so unheimlich der Angler auch wirken mochte, es war doch etwas anderes, ihn hier am Feuer zu sehen als abseits unter den Bäumen. Außerdem war Ian nun nicht allein mit ihm.

Und wenn der Angler tatsächlich etwas im Schilde führte, dann würde er sich jetzt wohl kaum so offen zeigen.

Als Ian und Ben sich dem Lagerfeuer näherten, bemerkte der Fremde sie und nickte Ian lächelnd zu.

Dann wandte er sich an Mister Schwarz, der seinerseits ein paar Schritte auf den Riesen zugegangen war.

„Guten Abend. Verzeihen Sie, dass ich so in Ihre Versammlung hineinplatze. Ihrem überraschten Gesichtsausdruck entnehme ich, dass Ihr Schüler mein Kommen nicht angekündigt hat?"

Wieder wandte der Hüne den Kopf, um Ian zuzunicken, an dem nun für einen Augenblick sämtliche Blicke hafteten.

Ian überlief ein Schauer, als er bemerkte, dass auch Amber ihn ansah.

Der Angler wartete stumm auf eine Antwort, die Mister Schwarz nicht lange schuldig blieb.

„In der Tat, ich wurde nicht informiert."

War da ein Funkeln in Mister Schwarz' Augen, als er Ian mit einem weiteren Blick bedachte?

„Aber nun sind Sie hier. Was kann ich für Sie tun, Mister..."

„Bright. Angus Bright", erwiderte der Hüne und Mister Schwarz nickte.

„Wahrscheinlich erinnern Sie sich an unser Treffen vorhin an der Flussgabelung. Ich bin kurz nach Ihnen ebenfalls von dort aufgebrochen.

Hier und da habe ich meine Angel noch einmal ausgeworfen, aber leider..."

Der Riese hob mit einem schiefen Grinsen die Schultern. Ringsum herrschte absolutes Schweigen.

Der Rest der Klasse war nun nach und nach ebenfalls am Feuer eingetroffen, sogar Miss Parks, die allerdings so erschöpft aussah, als sei sie einer Ohnmacht nahe. Als der Angler sie bemerkte, deutete er eine winzige Verbeugung an.

„N'Abend, M'am."

Miss Parks quittierte die Begrüßung mit einer hochgezogenen Augenbraue, erwiderte sie jedoch keineswegs. Der Hüne schien sich nicht daran zu stören und fuhr fort.

„Also habe ich irgendwann mein Zeug endgültig zusammengepackt und bin hierher gewandert. Ich kenne mich in den Wäldern ganz gut aus, also weiß ich, dass hier bei den Needle Rocks ein vorzüglicher Platz ist, um zu zelten. Aber das brauche ich Ihnen wohl nicht erst zu erzählen, was?"

Wieder grinste Mister Bright und verlor dabei etwas mehr von seinem Schrecken. Er trug noch immer dieselbe Kleidung wie zuvor am Fluss. Er war in der Tat sehr groß, wenn auch nicht so riesig, wie er Ian vor einer Viertelstunde im Wald erschienen war. Dennoch musste er über zwei Meter messen. Dazu war er breitschultrig und stiernackig.

Sein Kopf war beinahe völlig kahl, nur bedeckt von winzigen rotblonden Stoppeln, die auch Wangen, Kinn und Oberlippe überzogen. Aus seinen aufgerollten Hemdsärmeln lugten muskulöse, dicht behaarte Unterarme hervor und seine Hände waren schwielig und nahezu tellergroß.

Die Augen der Schüler wanderten zwischen Mister Schwarz und Mister Bright hin und her. Wie würde ihr Lehrer reagieren? Ian wusste, dass niemand hier Besitzansprüche anmelden konnte, so dass ein jeder nach Belieben sein Zelt aufschlagen konnte, wo es ihm beliebte. Mister Bright war wenigstens so anständig, seine Absicht darzulegen.

Also konnte Mister Schwarz den Hünen ohnehin nicht daran hindern, in ihrer Nähe zu campieren. Dennoch glaubte Ian, einen gewissen Widerwillen in Mister Schwarz' Zügen zu erkennen.

Mister Bright andererseits lächelte freundlich und wirkte zwar noch immer sehr ehrfurchtgebietend, jedoch überhaupt nicht mehr bedrohlich.

Nach einer Pause, die Ian unhöflich lang vorkam, nickte Mister Schwarz schließlich, und sein gewohntes Lächeln breitete sich in seinem Gesicht aus.

„Aber klar doch, wir Wandervögel müssen doch wohl zusammenhalten, was? Schlagen
Sie ihr Zelt nur auf, wo sie wollen. Und wenn sie fertig sind, gesellen Sie sich doch zu uns.
Ich bin sicher, dass wir ein paar Würstchen erübrigen können, Mister Bright. "

Ein Blick in die Runde verriet Ian, dass es offenbar längst nicht allen
Schülern behagte, den fremden Riesen in ihrer unmittelbaren Nähe zu wissen.
Auch Fiona sah reichlich erschrocken aus. Ian selbst aber war die
Abwechslung nur Recht. So würde die Klasse ein anderes Thema haben als
seinen Knutschangriff auf Amber. Außerdem fand Ian Mister Bright
irgendwie spannend. Der nickte Mister Schwarz freundlich zu, wandte sich
um und verschwand aus dem Feuerschein, um seinen Rucksack und sein Zelt
zu holen, wie er erklärte.

Eine halbe Stunde später saßen alle um das knackende Lagerfeuer. Die
knurrenden Mägen waren mit einer ersten Bratwurst etwas besänftigt und die
Schüler hielten ihre Spieße mit weiteren Würstchen in die Flammen.

Im letzten Licht des Tages hatten sich große, dunkle Wolken am Horizont
abgezeichnet, die Vorboten eines heraufziehenden Gewitters, doch im
Augenblick blinkten die Sterne über den Köpfen der Gruppe. Mister Bright
hatte sich ebenfalls bald zu ihnen gesellt, eine große Thermoskanne in der
einen und einen Beutel mit Proviant in der anderen Hand. Diesem Beutel
entnahm er nun große Würste, die er sogleich aufspießte und im Feuer briet.

Ein herrlicher Duft hatte sich über die Lichtung gelegt und Ian fühlte sich
wieder wie ein großer Abenteurer. Er war erschöpft von den Strapazen des
Tages, aber die Müdigkeit, die sich in ihm ausgebreitet hatte, war wohlig. Es
war warm und wunderbar gemütlich am Feuer, und seine erste Wurst, die
zwar eher einem Stück Holzkohle geglichen hatte, war ihm dennoch wie das
köstlichste Mahl vorgekommen, das er je verspeist hatte. Miss Parks hatte sich
recht bald in ihr kleines Zelt verabschiedet, und Mister Bright, der offenbar
Schotte war, wie man an seinem Akzent erkennen konnte, entpuppte sich als
hervorragender Unterhalter und Geschichtenerzähler.

Mehrmals füllte er seinen Becher aus der Kanne und leerte ihn in wenigen,
tiefen Zügen. Er berichtete von seinen Ausflügen in die Wälder, von einer
Begegnung mit einer tollwütigen Wildkatze, die er mit einem dicken Ast habe
erschlagen müssen, um sich seiner Haut zu wehren, dem größten Fisch, den er

hier in der Gegend je gefangen hatte – wobei er nach guter alter Anglersitte seine Arme fast gänzlich ausbreitete, um die vermeintliche Größe des Fisches anzudeuten, der entsprechend wohl ein Hai gewesen sein musste – und endete schließlich mit einem Bericht über eine Prügelei mit einem Wilderer, die offenbar sehr zu dessen Ungunsten ausgegangen war. Das wiederum schien Ian angesichts der körperlichen Erscheinung Mister Brights nur zu glaubwürdig.

Gedankenverloren nippte Ian an seiner Cola, die er eine Stunde lang in den Fluss gestellt hatte, so dass sie jetzt halbwegs auf eine genießbare Temperatur abgekühlt war. Einige Schüler hatten sich bereits in ihre Zelte verkrochen, und Ian hatte gerade den Entschluss gefasst, das Gleiche zu tun, als Samantha Miles das Wort an Mister Bright richtete.

Offenbar hatte ihr die Frage seit einiger Zeit unter den Nägeln gebrannt, denn sie platzte nun förmlich damit heraus, kaum dass Mister Bright mit seiner letzten Erzählung, wie er sich bei einem Sturz mitten im Wald den Fuß gebrochen und sich tagelang humpelnd und kriechend zum nächsten Dorf durchgeschlagen habe, zu Ende war und sich großzügig aus seiner Thermoskanne nachschenkte.

„Mister Bright... wenn Sie sich doch hier so gut auskennen, dann könnten Sie uns doch vielleicht etwas über das Blackrock Manor erzählen...“

Schlagartig war Ian wieder munter, und er vermeinte zu bemerken, wie sich seine verbliebenen Mitschüler ebenfalls aufsetzten. Der gerade gefüllte Becher verharrte einige Sekunden an Mister Brights Lippen, und er fixierte Samantha über dessen Rand hinweg mit überraschter, beinahe erschrockener Miene. Versonnen ließ er schließlich den Becher sinken, ohne daraus getrunken zu haben.

Aus den Augenwinkeln bemerkte Ian, wie sich Mister Schwarz lächelnd zurücklehnte. Mister Bright, der bis vor wenigen Augenblicken mit fester, lauter Stimme noch so selbstverständlich von den Gefahren der Wälder berichtet hatte, klang jetzt betont ruhig.

„Warum fragst du ausgerechnet danach, Kind?“

Samantha war nicht zu bremsen.

„Naja, wir wollen schließlich morgen dorthin und...“

Ein erster Donnerschlag des Gewitters, welches sich bereits angekündigt hatte, fiel Samantha wie ein böses Omen ins Wort. Alle richteten besorgt den Blick gen Himmel in der Befürchtung, dass ein Regenguss ihr Beisammensein am Feuer nun beenden würde.

Doch vorerst blieb es trocken. Hier und da zuckten Blitze über den nachtschwarzen Himmel, und das tiefe Grollen des Donners schwoll an und ebbte wieder ab. Samantha sah immer noch Mister Bright an, offenbar nicht gewillt zu akzeptieren, dass der Schotte nicht über das Spukhotel sprechen mochte. Mister Bright holte tief Luft.

„Also schön... ich will euch also berichten, was mir über das Gemäuer bekannt ist, und wenn nur, um euch von dem Vorhaben abzubringen, dorthin zu gehen... was für ein Gedanke, eine Kinderschar im alten Spukhotel!"

Mister Bright bedachte Mister Schwarz mit einem vorwurfsvollen Seitenblick, den dieser jedoch nur mit einem müden Lächeln quittierte.

„Ihr wisst sicher, was vor beinahe fünfzig Jahren dort geschehen ist? Dass der alte Grayborne das Hotel in Brand setzte und dass seine gesamte Familie – seine Frau, seine beiden Kinder und er selbst – in den Flammen umkamen?"

Die Schüler nickten wie eine Person.

„Es wurde nie geklärt warum Grayborne diese schreckliche Tat begangen hat. Aber es gibt Geschichten..."

„Was für Geschichten? Bitte, Mister Bright, erzählen Sie doch!"

Samanthas Stimme klang beinahe flehend, während über ihren Köpfen erneut Donner grollte. Mister Bright schien sich überwinden zu müssen, nahm zwei tiefe Schlucke aus seinem Becher und nickte dann schließlich.

„Gut dann. Also, wo fange ich an? Ist euch bekannt, dass Blackrock Manor auf den Ruinen eines sehr viel älteren Gemäuers errichtet wurde? Nun, sehr viel früher einmal stand dort, wo sich jetzt das Manor befindet, Castle Black, die Burg derer zu Black - ein Adelsgeschlecht aus dem finsteren Mittelalter. Der Name Blackrock Manor rührt genau daher – es ist ein Herrenhaus, welches auf den Steinen und Felsen des alten Black-Kastells erbaut wurde."

Als Mister Bright eine Pause machte und gen Himmel schielte, als ob er sich den Regenguss herbeisehnte und damit die Ausflucht, nicht weiter sprechen zu müssen, fuhr Fiona dazwischen.

Sie schien eine Gelegenheit zu wittern, ihr ohnehin schon umfangreiches Wissen zu erweitern – eine Gelegenheit, die sie niemals auslassen würde.

„Wer waren die Blacks? Ich habe noch nie über dieses Geschlecht gelesen."

Mister Bright nickte wieder.

„Das ist kaum verwunderlich, Mädchen, denn die Blacks waren ein finsteres Geschlecht in einer finsteren Zeit.

Ihnen gehörte das Land ringsum, es war ihre Grafschaft - ein paar Dutzend Quadratmeilen - und jeder, der auf ihrem Land lebte, musste ihnen den Lehnseid schwören – so war das damals. Damit waren alle Bewohner der Gegend, zumeist Bauern, Vasallen des jeweiligen Grafen Black und mussten Abgaben an ihn entrichten. Nun war es in dieser Zeit leider allzu häufig so, dass die Lehnsherren ihren Vasallen beinahe alles nahmen und ihnen gerade genug zum Leben ließen. Die Blacks bildeten keine Ausnahme, im Gegenteil: Sie galten sogar als besonders gierig und grausam. Im 14. Jahrhundert regierte der letzte Graf von Castle Black aus. Er soll es besonders arg mit seinen Vasallen getrieben haben. Es sind einige wenige Geschichten aus jener Zeit überliefert, in denen er und seine Mannen des Raubrittertums bezichtigt werden. Unruhen unter den Bauern schlug er blutig nieder, wer seine Abgaben nicht leisten konnte, wurde verschleppt, gefoltert und hingerichtet, und als Abschreckung für die anderen Vasallen ließ der letzte Graf Black die geschundenen Leichname all jener, die in seinem Verlies zu Tode gequält wurden, an langen Ketten von den Zinnen seines Kastells baumeln."

Einige Mädchen verzogen ob dieser Vorstellung angewidert das Gesicht, und auch Ian spürte einen Kloß im Hals. Die ersten Regentropfen fielen aus der Schwärze über ihnen, aber niemand schien sie zu bemerken. Mister Bright fuhr fort.

„Die armen Bauern waren schutzlos dem Treiben des Grafen Black ausgeliefert, aber eines Tages kam für sie die Erlösung. Auf Geheiß Edwards des Dritten, der zu jener Zeit auf dem englischen Thron saß, brach dessen Sohn, Edward von Woodstock, der gerade von einem Feldzug aus Frankreich zurückgekehrt war, mit einer großen Schar Rittern auf, um Vergeltung an Graf Black zu üben. Dieser hatte sich nicht an der Seite seines Königs am Krieg mit Frankreich beteiligt und stattdessen mit seiner Raubrittermeute die Umgebung in Angst und Schrecken versetzt. Castle Black wurde im Morgengrauen des achtzehnten Januar 1371 angegriffen und gestürmt.

Die Diener des Grafen Black selbst öffneten Edward und seinen Mannen die Tore und zahlten ihrem Herrn auf diese Weise heim, was er an abscheulichen Dingen getan hatte. Die Schergen des Grafen Black wurden gnadenlos niedergemacht, jedoch der Graf selbst wurde nie gefunden.

Man vermutet, dass er geflohen ist. Man hat seit jenem Tag nie wieder vom ihm gehört. Es gibt einige Dokumente aus dieser Zeit, die andeuten, welche Schrecken Edward von Woodstock in den Verliesen und Gewölben von Castle Black vorfand. Es finden sich keine ausführlichen Berichte, aber das Kastell wurde von der Kirche zu unreinem, entweihtem Boden erklärt und geschliffen – das heißt, es wurde dem Erdboden gleich gemacht.

Es ist ebenfalls bekannt, dass Edward von Woodstock schwer erkrankte. Man sagt, dass er sich diese Krankheit auf seinen Feldzügen in Frankreich oder Spanien zugezogen hatte, aber manche Geschichten behaupten, dass er etwas tief unter Castle Black gesehen habe, das ihn krank werden ließ. Die Vergeltung am Grafen Black war die letzte militärische Aktion, an der Edward von Woodstock beteiligt war.

Edward ist später von den Franzosen "The Black Prince", also "Der Schwarze Prinz" genannt worden. Und nachdem, was ich euch gerade berichtet habe, werdet ihr einsehen, dass dieser Name in mehr als einer Hinsicht sehr treffend scheint."

Der Regen war nun stärker geworden, und wollten sie nicht durchnässt werden, würden die Schüler nun schleunigst ihre Zelte aufsuchen müssen. Eine Frage aber musste Ian noch loswerden.

„Mister Bright, sie haben von Geschichten gesprochen, die einen möglichen Grund für Alistair Graybornes schreckliche Tat nennen..."

Mister Bright, der sich bereits erhoben und zum Gehen gewandt hatte, blickte sich noch einmal um.

„Naja, Junge, denk mal darüber nach. Castle Black wurde geschliffen, es wurde eingerissen und abgetragen. Kein Stein blieb auf dem anderen. Die Burg wurde sozusagen eingeebnet... aber was geschah mit jenem Teil der Burg, der unter der Erde lag?"

Damit ging Mister Bright, ohne ein weiteres Wort, und ließ Ian mit offenem Mund im Regen zurück.

Kapitel Sechs:
Eine nächtliche Begegnung

Ben schlief tief und fest, und Ian beneidete ihn darum. Er selbst war zwar hundemüde, konnte aber nicht einschlafen. Der Regen trommelte auf die Zeltplane, und immer wieder rollte Donner über ihre Köpfe hinweg. Durch die Außenhaut des Zeltes konnte Ian erkennen, wenn Blitze die Nacht zerrissen und sogar den Innenraum schwach erleuchteten. Viel schwerer als das Unwetter wogen jedoch Mister Brights Worte. Sie ließen Ian nicht zur Ruhe kommen.

Die Gänge und Gewölbe des Black-Kastells mussten noch heute mehr oder weniger unversehrt unter dem Spukhotel liegen – was hatte der Schwarze Prinz damals dort gesehen? Und was hatte Alistair Grayborne dazu getrieben, seine ganze Familie den Flammen zu opfern? Hatte er etwas unter seinem Hotel gefunden? Etwas, dass ihn so sehr in Panik versetzt hatte, dass er das ganze Gebäude niederbrennen wollte? Schließlich war die Burg im Jahre 1371 auch niedergerissen worden, weil sie für unheilig erklärt worden war.

Ian zermarterte sich das Hirn bei dem Versuch sich vorzustellen, was in den uralten Katakomben lauern mochte. Graf Black hatte furchtbare Dinge getan, hatte als Raubritter gebrandschatzt und gemordet. Er hatte seine Vasallen gequält und gefoltert, wenn sie ihre Abgaben nicht rechtzeitig erbringen konnten. Und die Abgaben, die er einforderte, waren so hoch, dass die Vasallen nichts mehr zum Leben hatten. Also was hatte dieser Unhold in den Eingeweiden seiner Burg versteckt? Ian dachte an Kerker, Folterkeller und Verliese, aber all das schien ihm nicht schrecklich genug, um einen furchtlosen Ritter wie Edward von Woodstock derart zu entsetzen. Das Mittelalter war eine grausame Zeit, das wusste Ian.

Man war damals nicht zimperlich gewesen, und der Schwarze Prinz selbst hatte ein Jahr, bevor er Castle Black stürmte, ein ganzes Dorf in Frankreich vernichtet.

Das hatten sie bei Mister Schwarz vor wenigen Wochen erst durchgenommen, als sie das Thema "Hundertjähriger Krieg" behandelt hatten. England hatte damals Teile Frankreichs erobert, und die Franzosen mussten der englischen Krone die Treue schwören. Ian entsann sich, wie Mister Schwarz mit finsterer Miene ihnen am Beispiel des Dorfes Limoges geschildert hatte, was geschah, wenn sich die Franzosen gegen ihre Besatzer auflehnten. Unter dem Befehl des Schwarzen Prinzen war das Dorf restlos zerstört und seine dreitausend Einwohner auf grausame Weise getötet worden.

Der Anblick einiger gefolterter oder möglicherweise verstorbener Gefangener in den Gewölben unter Castle Black konnte den Schwarzen Prinzen also kaum aus der Ruhe gebracht haben. Vor Ians geistigem Auge entstanden Bilder von grotesken Folterinstrumenten, tiefen Gruben, an deren Grund Lava brodelte, von Monstren und Ungeheuern.

Er schalt sich einen Narren, weil seine Fantasie mit ihm durchging. Er würde mit einem nüchternen Verstand an die Sache herangehen müssen. Mister Schwarz hatte sie schließlich ermahnt, dass gute Historiker die Wahrheit aus einer Masse von Legenden, Lügen und Aberglauben herausfiltern mussten. Dazu waren sie schließlich hierhergekommen.

Und wenn sie morgen, oder besser gesagt später am selben Tag, denn ein Blick auf die Leuchtziffern seiner Armbanduhr verriet Ian, dass es bereits weit nach Mitternacht war, ihre Untersuchungen im Blackrock Manor anstellen wollten, dann wollte er nicht vor lauter Müdigkeit unkonzentriert sein und womöglich etwas Wichtiges übersehen. Es wurde nun allerhöchste Zeit zu schlafen.

Zum wiederholten Mal wälzte sich Ian herum in der Hoffnung, eine möglichst bequeme Position zu finden. Doch gerade, als er glaubte einschlafen zu können, meldete sich seine Blase. Ian verfluchte innerlich die zwei Flaschen Cola, die er am Lagerfeuer geleert hatte.

Mit einem Stoßseufzer richtete er sich auf, tastete nach seinem Regenmantel und stülpte ihn über den Kopf. Dann schlüpfte er in seine Turnschuhe, zog leise den Reißverschluss des Zeltes auf und kroch hinaus in die Nacht.

Der Regen prasselte auf die Plastikhaut seines Regenponchos, und die Luft war noch immer aufgeheizt und schwül. Ian tappte mit hochgezogenen Schultern auf den Saum des Waldes zu, der sich wie eine schwarze Wand vor dem Nachthimmel erhob. Ringsum herrschte Stille und Finsternis, in keinem der Zelte konnte Ian den Lichtschimmer einer Taschenlampe erkennen und es drang kein Geflüster hinaus in die Nacht. Bis auf ihn schienen alle fest zu schlafen. Ian gähnte herzhaft und nahm sich vor, es seinen Klassenkameraden gleichzutun, sobald er wieder im Zelt wäre. Er erreichte die Bäume und trat ein in die undurchdringliche Schwärze des Waldes. Nach wenigen Metern konnte er kaum noch die Hand vor Augen erkennen, aber gleichzeitig war er weitgehend vor dem Regen geschützt. Hinter einer Tanne erleichterte er sich und machte sich dann umgehend auf den Rückweg. Er sah zwischen den Bäumen die Umrisse der Zeltgruppe auf der Lichtung vor sich liegen, als ein gleißend heller Blitz über den Himmel zuckte und für eine Sekunde die Nacht erhellte. In diesem kurzen Moment erkannte Ian eine Gestalt, die sich geduckt von den Zelten entfernte und auf ihn zuhielt. Vor Schreck stockte ihm der Atem, und er zog sich unwillkürlich ein paar Schritte zurück. Obwohl er kaum mehr als einen Schatten gesehen hatte, war die Gestalt unverkennbar gewesen. Niemand anders als Angus Bright, der riesenhafte Angler, schlich auf ihn zu. Wahrscheinlich hatte er Ian noch nicht entdeckt, und Ian war heilfroh darüber, dass er sich beim Kauf seiner Regenjacke gegen seine Mutter durchgesetzt hatte und sie ihm schließlich seinen olivgrünen Poncho anstatt des von ihr bevorzugten grell orangenfarbenen gekauft hatte. So musste er zwischen den Bäumen so gut wie unsichtbar sein – zumindest aus der Entfernung. Wenn aber Mister Bright weiter in diese Richtung kam, würde er Ian unweigerlich früher oder später entdecken.

Der Schotte bewegte sich nicht wie jemand, der einfach pinkeln musste, sondern vielmehr wie jemand, der sich unbemerkt davonschleichen wollte. Und Ian wollte keinesfalls derjenige sein, der den Schotten ertappte. Panik stieg in ihm auf, als er sich in der vollkommenen Dunkelheit nach einem Versteck umblickte. Stolpernd bewegte sich Ian weiter in den Wald hinein, während jeder Zweig, der unter seinen Sohlen knackte, in seinen Ohren lauter krachte als der Donner über ihm.

Schließlich verkroch sich Ian hinter einem umgestürzten Baumstamm. Er kauerte sich zusammen und wagte kaum, den Kopf empor zu recken, um nach Mister Bright Ausschau zu halten. Ein weiterer Blitz flammte auf und offenbarte die Silhouette Mister Brights, der am Waldrand innegehalten und sich aufgerichtet hatte. Er war also weit genug von Ians Versteck entfernt, so dass dieser sich für den Augenblick vor Entdeckung sicher fühlte. Dann wurde es wieder stockdunkel, und so sehr Ian auch seine Augen anstrengte, um die Schwärze zu durchdringen, er konnte Mister Bright nicht mehr sehen. Ian verharrte voller Anspannung hinter seiner Deckung und lauschte in die Finsternis hinein. Nach einer schier endlosen Weile hörte er das Bersten eines Astes unter dem schweren Tritt des Riesen. Ian hielt die Luft an vor Entsetzen darüber, wie nah das Geräusch geklungen hatte. Er hörte Mister Bright leise fluchen und duckte sich immer weiter hinter den harzig riechenden Baumstamm. Er wagte nicht nachzusehen, aber Mister Bright schien lediglich noch wenige Schritte von ihm entfernt zu sein. Ganz deutlich konnte Ian nun hören, wie der Schotte vor sich hinmurmelte.

Offenbar wartete er auf jemanden. Ian runzelte die Stirn, und seine Lippen formten tonlos die Frage, mit wem sich der Schotte mitten in der Nacht im Wald treffen wollte. Dann hörte Ian eine zweite Stimme, das heisere Flüstern eines Mannes, das wie ein eisiger Windhauch Mister Bright ins Wort fiel.

„Hör auf zu fluchen, Bruder. Ich bin bereits eine ganze Weile hier...“

Ians Magen krampfte sich zusammen. Wem auch immer diese zweite Stimme gehörte, Ian hatte keine Ahnung gehabt, dass noch jemand außer Mister Bright und ihm selbst hier war.

War er vielleicht längst entdeckt worden? Unwillkürlich kauerte er sich noch mehr zusammen und wagte kaum mehr zu atmen. Was ging hier vor sich? Die raue Stimme Mister Brights ertönte.

„Oho, Bruder Giacomo, da bist du ja. Vergib mir meine Verspätung, aber ich konnte nicht früher fort. Ich musste doch sichergehen, dass mich keiner sieht...“

„In der Tat, nachdem du dich offenbar bereits mit den Kindern angefreundet hast...“

Es lag ein deutlicher Vorwurf in der Stimme. Überhaupt fand Ian, dass diese Stimme etwas Unnachgiebiges, Herrisches hatte. Mister Bright erwiderte nichts.

„Was hast du also in Erfahrung bringen können; Bruder Angus?"

Ian runzelte die Stirn. Warum sprachen die beiden Männer sich mit Bruder an? Mister Bright klang missgelaunt, als er antwortete.

„Sie wollen tatsächlich zum alten Hotel. Der Lehrer hat wohl die irrsinnige Idee gehabt, dort draußen eine besonders ausgefallene Geschichtsstunde abzuhalten. Völliger Wahnsinn! Ich habe versucht, sie davon abzubringen. Hab den Kindern sogar ein paar der alten Geschichten erzählt..."

Ian zuckte zusammen, als die Stimme des zweiten Mannes wie ein Peitschenschlag Mister Bright das Wort abschnitt.

„Was genau hast du ihnen erzählt?"

Mister Bright klang verunsichert.

„Nichts Wichtiges, Bruder. Nur von der Schleifung des Kastells damals, 1371. Und..."

Mister Bright machte eine verlegene Pause. Der andere Mann wartete ab ohne etwas zu sagen.

„Und dass da wohl etwas unter der Burg gewesen ist, weshalb die Festung durch die Kirche zu unheiligem Boden erklärt wurde."

Ian konnte Mister Brights Anspannung förmlich spüren, als der andere Mann eine ganze Weile lang nicht antwortete. Schließlich ergriff Mister Bright selbst noch einmal das Wort.

„Bruder Giacomo, ich habe ihnen doch eigentlich gar nichts erzählt! Ich habe den Kindern Angst einjagen wollen, damit sie sich von dem Hotel fernhalten..."

Diesmal fiel der andere ihm wieder ins Wort.

„Ein Narr bist du! Deine Aufgabe war es zu beobachten, nichts sonst. Aber du warst wohl zu lange allein hier draußen in den Wäldern und brauchtest ein wenig Gesellschaft und Abwechslung. Deshalb setzt du dich zu einer Schulklasse und deren exzentrischem Lehrer ans Lagerfeuer und plauderst dabei noch ein Geheimnis unseres Ordens aus."

Mister Brights Stimme klang beinahe flehend.

„Was habe ich denn schon verraten? Ich habe nichts von Bedeutung erzählt, ich habe lediglich..."

„Schweig jetzt! Du hast mit deinem Gerede bereits genug Schaden angerichtet. Man sollte dir ein Schweigegelübde abverlangen! Was du getan hast ist getan. Daran ist leider nichts zu ändern. Du wolltest also die Kinder einschüchtern, ja? Du scheinst wirklich zu lange in der Wildnis gelebt zu haben.

Die Jugend von heute lässt sich nun einmal nicht so leicht von einem Waldschrat wie dir erschrecken. Du wirst nur ihre Neugier angestachelt haben..."

Mister Bright sagte nichts. Ian konnte sich vor seinem geistigen Auge genau vorstellen, wie der schottische Hüne jetzt wie ein gemaßregelter Schuljunge da stand, mit hängenden Schultern und gesenktem Blick. Ob es wirklich so war, vermochte Ian allerdings nicht zu sagen, denn trotz der Dunkelheit wagte er nicht, auch nur kurz über seine Deckung zu sehen.

Wenn ihm Mister Bright unheimlich gewesen war, so jagte ihm dieser Fremde eine Heidenangst ein.

„Es tut nichts zur Sache, die Kinder hatten ohnehin vor, Blackrock Manor zu besuchen, und das werden sie auch tun. Wir werden sie beobachten, wie es von Anfang an unsere, und vor allem deine Aufgabe gewesen ist."

Ian hörte, wie Mister Bright scharf die Luft einsog.

„Aber Bruder, es sind Kinder! Und wir wissen nichts über diesen Lehrer! Gerade in diesen Tagen sollten wir niemanden zum Hotel vorlassen..."

Bruder Giacomo fiel ihm abermals ins Wort. Seine Stimme war eisig.

„Ich habe dich nicht um deinen Ratschlag ersucht, Bruder Angus. Du hast deine Aufgabe verstanden, nehme ich an? Keine Einmischungen, die Kinder werden aller Voraussicht nach in der Frühe aufbrechen. Du wirst sie nicht daran hindern.

Es fehlte uns gerade noch, dass sie nächste Woche der ganzen Stadt davon berichten, wie ein närrischer Schotte sie von ihrem Ziel fernhalten wollte. Das wäre dann genau die Art von Aufmerksamkeit, die weder das alte Hotel noch wir gebrauchen können. Du wirst sie ziehen lassen und du wirst sie weiter beobachten. Habe ich mich klar ausgedrückt?"

Mister Bright antwortete mit erstickter Stimme.

„Ja, Bruder Giacomo. Das hast du. Ich..."

In diesem Augenblick brach etwa hundert Yards entfernt die Hölle los. Krachende Donnerschläge, die wie Kanonenschüsse die Stille zerfetzten, und ein schrilles Heulen waren aus dem Zeltlager zu hören.

Ian schrak zusammen und konnte einen leisen Aufschrei nicht unterdrücken. Er konnte nur hoffen, dass er in dem Tumult ungehört geblieben war.

Mister Bright setzte sich mit schweren Schritten in Bewegung, und auch der andere Mann entfernte sich eilig ohne ein weiteres Wort.

Ian kroch mit rasendem Herzen hinter seiner Deckung hervor und sah grellbunte Lichtblitze zwischen den Bäumen. Er konnte nun auch die aufgeregten Stimmen seiner Mitschüler hören. Der riesenhafte Umriss Mister Brights hob sich vor dem Lichtgewitter ab.

Er bewegte sich rasch von Ian fort in Richtung des Zeltlagers, in dem ein Chaos aus Lärm und Licht herrschte. Ian erhob sich zögernd, einerseits voller Angst von Bruder Giacomo entdeckt zu werden, der sich noch immer in der Nähe aufhalten musste, andererseits von dem Wunsch beseelt, zu seinen Freunden zu eilen. Hastig sah er sich um, wollte sich vergewissern, dass er allein war.

Dann wich mit einem Schlag sämtliche Wärme aus seinem Körper, als hätte ihm jemand einen Eimer mit Eiswasser über den Kopf geschüttet.

Keine zehn Yards von ihm entfernt sah er eine Gestalt zwischen den Bäumen. Eine große, schlanke Gestalt in einem weiten schwarzen Gewand. Ein breitkrempiger Hut saß auf ihrem Kopf.

Bruder Giacomo, durchfuhr es Ian. Sein Gesicht war in der Finsternis nicht zu erkennen, aber Ian wusste ganz genau, dass Giacomo ihn ansah.

Voller Panik wirbelte Ian herum und stolperte so schnell er konnte in Richtung des Zeltlagers. Zweimal fiel er hin, weil er im Dunkeln über eine Wurzel gestolpert war. Er wagte nicht, sich umzudrehen aus Angst, die schreckliche Gestalt mit dem Hut würde ihm folgen.

Er hatte kaum die halbe Strecke zum Zeltlager zurückgelegt, als die Blitze und Donnerschläge abebbten. Zurück blieben nur die Stimmen, die aufgeregt durcheinander brüllten.

Mister Bright, den Ian eben noch schräg vor sich gesehen hatte, war nun wieder von vollkommener Schwärze eingehüllt.

Ian hatte Angst davor, in der Dunkelheit in den Schotten hineinzustolpern, aber noch mehr fürchtete er sich vor dem Mann, der irgendwo hinter ihm sein musste.

So hielt Ian schützend die Arme vor sich, damit ihm tief hängende Tannenzweige nicht ins Gesicht schlugen, und stolperte immer weiter, bis er schließlich den Waldrand erreicht hatte.

Von Mister Bright war nirgendwo etwas zu sehen. Ian war in Sicherheit.

Er taumelte auf die Lichtung, wo sich alle Schüler mit Taschenlampen zwischen den Zelten versammelt hatten. Er rannte auf sie zu und wurde geblendet von den Lichtkegeln, die sich auf ihm bündelten, als man ihn bemerkt hatte.

„Wo kommst du denn her?"

Ben sah ihn verwundert an. Ian war völlig außer Atem.

„Ich... war... pinkeln. Was... war... denn... hier... los?"

Ben musterte ihn von oben bis unten. Ian sah an sich hinunter und stellte erschrocken fest, dass er völlig harzverklebt war, außerdem über und über bedeckt mit Tannennadeln und Lehm. Natürlich, er hatte sich flach auf den Boden gelegt, um nicht entdeckt zu werden, und dann war er noch zweimal der Länge nach hingefallen...

David trat neben Ben.

„Siehst nicht aus, als wärst du einfach mal pinkeln gewesen. Es sei denn natürlich, du hättest dir erst eine Grube dafür ausgehoben..."

Ian wollte David empört zurechtweisen, dann aber fiel ihm auf, dass sich um ihn herum alle Schüler der Klasse versammelten. Alle starrten ihn an. Dann drängte sich Mister Schwarz zwischen ihnen hindurch.

„Alles klar, wie ich mir dachte. Feuerwerkskörper, Böller und Heuler und so etwas. Ein ganz übler Scherz, das muss ich schon sagen. Jemand hätte sich zu Tode erschrecken können, ganz abgesehen von der Brandgefahr... wer bitteschön kommt denn auf so eine hirnverbrannte Idee, Feuerwerkskörper mitten zwischen die Zelte zu werfen?"

Mister Schwarz klang sehr ernst. Erst jetzt bemerkte Ian Miss Parks, die im Dunkeln hinter Mister Schwarz stand. Sie sagte nichts, aber ihre Augen funkelten so böse, als wolle sie jeden Augenblick auf die Schüler losgehen. David wandte sich an Mister Schwarz.

„Ich weiß ja nicht, aber wer so was macht, der will doch bloß Aufmerksamkeit, oder? So jemand täte alles, um im Mittelpunkt zu stehen..."

Dann wandte sich David wieder an Ian. Ein niederträchtiges Grinsen lag auf seinem Gesicht.

„Zum Beispiel würde so jemand sich ständig irgendwelche Schauergeschichten ausdenken... oder das hübscheste Mädchen der Klasse küssen, so dass es jeder mitkriegt."

Ian wurde rot. Dann sprach ihn Mister Schwarz an.

Seine Stimme klang betont ruhig.

„Ian Courtsham, wo warst du eigentlich, als hier der Tumult losging?"

***

Ian wusste nicht, was schlimmer war - seine Angst vor Bruder Giacomo oder die Angst, vor seinen Mitschülern, insbesondere vor Ben, Fiona und auch vor Amber, als ein Aufmerksamkeit heischender Lügner dazustehen. Mister Schwarz hatte ihn zur Seite genommen und sich lange mit ihm unterhalten. Die anderen hatten sich derweil tuschelnd und flüsternd in ihre Zelte zurückgezogen. Ian hatte jedoch erst noch einige feindselige Blicke geerntet.

Mister Schwarz hatte ihn mit ernster Stimme ins Verhör genommen, und Ian hatte darauf verzichtet, ihm von dem geheimnisvollen Treffen zu berichten, dessen unfreiwilliger Zeuge er geworden war. Er wusste sehr wohl, wie fantastisch und unglaublich diese Geschichte klingen musste.

Er wollte David nicht noch Wasser auf die Mühlen gießen und den Eindruck verstärken, dass er sich nur wichtig machen wolle.

Also war er bei der Version geblieben, dass er lediglich Wasser gelassen habe, dann von dem nächtlichen Feuerwerk genauso überrascht worden sei wie der Rest der Klasse und bei seinem überstürzten Weg zurück zum Lager gestolpert und hingefallen sei.

Nichts davon war gelogen, es fehlte lediglich ein nicht unwesentliches Detail. Mister Schwarz hatte ihn schließlich mit einem Nicken entlassen. Dabei hatte Ian in dem Gesicht des Lehrers nicht erkennen können, ob dieser ihm nun glaubte oder nicht.

Wie ein begossener Pudel war Ian zu seinem Zelt getrottet, hatte Regenponcho, Turnschuhe und Jeans abgestreift und sich neben Ben ausgestreckt. Der schlief noch nicht, schwieg aber, bis Ian sich hingelegt hatte. Dann sprach er Ian mit ruhiger Stimme an.

„Hör mal, Ian, was Dave da abgezogen hat – das war wirklich das Letzte und dir ist hoffentlich klar, dass ich seiner Version absolut nicht glaube."

Ian seufzte. An diesem Tag war wirklich alles schief gegangen. Trotzdem spendeten Bens Worte ihm Trost.

„Danke Ben. Ich fürchte nur, dass du der einzige bist, der das so sieht."

Ben machte eine kleine Pause, bevor er sich dazu äußerte.

„Fiona kennt dich auch besser. Und Amber... na, sagen wir, Amber befindet sich vermutlich ohnehin im Ausnahmezustand. Aber eigentlich kennt sie dich besser noch als wir alle. Die anderen werden das ganze Chaos wahrscheinlich schon bald wieder vergessen haben, wenn wir auf Geisterjagd im Blackrock Manor gehen... so gesehen war es doch schon fast eine gelungene Einstimmung auf das, was uns bevorsteht."

Ian war sehr froh, dass Ben bei ihm war. Wie so oft fand der sensible Kenianer die richtigen Worte, um eine vermeintlich ausweglose Situation nur noch halb so schlimm aussehen zu lassen. Bleierne Müdigkeit überfiel Ian, und er hörte Bens Worte nur noch wie aus weiter Ferne.

Als der Wecker wenige Stunden später piepste, hatte Ian das Gefühl gerade erst eingeschlafen zu sein. Um das Zelt herum war die Natur bereits zum Leben erwacht. Vögel zwitscherten, und als Ian den Reißverschluss des Zeltes aufzog, wehte ihm kühle, herrlich frische Luft entgegen. Ein würziger Geruch nach feuchter Erde, Tannennadeln und Harz weckte seine Lebensgeister, und er war für einen Augenblick voller Tatendrang. Dann fiel sein Blick auf Amber, die bereits auf den Beinen war und einige Meter von Ians Zelteingang entfernt einfach dastand und zu ihm hinüberblickte. In der Hand hielt sie eine Feldflasche, die sie offenbar gerade am Fluss aufgefüllt hatte. Nun hatte sie Ian bemerkt und starrte ihn unverhohlen an. Ihre Miene verriet jedoch nicht, ob sie wütend oder traurig war. Hatte sie David geglaubt? Ian war hin- und hergerissen zwischen dem Wunsch, sich sofort wieder in sein Zelt zu verkriechen und dem Drang, zu ihr hinüberzugehen und mit ihr über alles zu reden.

Um sie herum regte es sich in immer mehr Zelten, und so verflog der Moment. Schließlich nickte Amber ihm zu und murmelte etwas, dass wie "Hi Ian." klang. Ein Schauer überlief ihn. Wenigstens redete sie wieder mit ihm. Dann dachte er darüber nach, dass ein "Hi." kaum als Gespräch durchgehen konnte, aber immerhin – Ian war dankbar für jedes einzelne Wort, dass Amber an ihn richtete.

Und wenn sie ihn beschimpfen und verfluchen würde, wäre das dennoch besser, als von ihr weiter ignoriert zu werden.

Leider kam es Ian nicht in den Sinn, den Gruß zu erwidern. Er ertappte sich dabei, wie er sie nur mit aufgerissenen Augen anstierte. Er schüttelte unwillkürlich den Kopf, um seine Gedanken zu ordnen. Noch im gleichen Augenblick fiel ihm ein, wie unglaublich dämlich er aussehen musste.

Ein winziges Lächeln huschte über Ambers Lippen, dann wandte sie sich um und ging. Im selben Augenblick schob sich Charlie Campbells Kopf aus dem Zelt neben Ian. Charlie war ein sommersprossiger, stets gut gelaunter Junge, der für Ians Geschmack aber übertrieben albern war. Kaum dass Charlie ihn bemerkte, begann er prompt zu kichern und zog sich schnell in das Zelt zurück, wo Ian ihn mit Robert Dickinson tuscheln hörte.

Ian seufzte und kroch ebenfalls wieder in sein Zelt zurück. Dort kramte er in seinem Rucksack nach einem Satz frischer Kleidung, und wenige Minuten später verließ er neu eingekleidet und mit gepacktem Rucksack endgültig das Zelt. Er ignorierte seine Mitschüler, die ihn unverhohlen angafften, und trottete zum Fluss. Morgennebel waberte um seine Füße. Ian kniete sich nieder und wusch sich Arme und Gesicht mit dem erfrischend kühlen Wasser des Silverstream. Plötzlich bemerkte er, dass jemand hinter ihm stand. Er sah auf und erkannte Fiona, die mit ernstem Blick auf ihn hinuntersah. Ian runzelte die Stirn.

„Fiona, hi. Hast du... gut geschlafen?"

Fiona schnaubte.

„Gut geschlafen? Das kann ich nicht gerade behaupten. Ich wollte, ich hätte überhaupt geschlafen. Aber ich habe mir die ganze Nacht Ambers Geheule anhören müssen!"

Ian machte den Mund auf, war aber unfähig etwas zu sagen. Fiona verschränkte die Arme, als Ian sich zögernd aufrichtete.

„Jetzt pass mal gut auf, Ian Courtsham. Mich persönlich hat das gestern am Bach nicht halb so sehr überrascht wie Amber. Ein Blinder sieht doch, dass ihr zwei irgendwie... naja, dass ihr euch nahe steht. Wenn es nicht so wäre, würdest du nicht wie ein getretener Hund herum tapsen, und Amber hätte mir nicht die ganze Nacht die Ohren vollgeheult..."

Ian wollte protestieren, aber Fiona hob mahnend ihren Zeigefinger.

„Du hast jetzt Sendepause! Du wirst mir jetzt genau zuhören, kapiert?

Ich bin es leid, die Seelsorgerin zu spielen, und ich könnte mir vorstellen, dass Ben auch die Nase voll hat! Du wirst mit Amber reden, und wenn ich euch zusammenketten muss!

Wir sind hier raus gekommen, um das alte Spukhotel zu erforschen, und ich würde mich gar zu gern auch darauf konzentrieren können! Diese Gelegenheit kommt so schnell schließlich nicht wieder!"

Ian senkte den Blick und nickte langsam. Fiona hatte ja so Recht. Und er hatte sich wie der letzte Idiot aufgeführt.

„Stimmt schon, Fi. Sorry, dass du..."

Wieder schnitt sie ihm das Wort ab.

„Jetzt hör schon auf! Wir sind Freunde, oder nicht? Du glaubst doch nicht im Ernst, dass sich daran irgendwas geändert hätte... nur weil du Amber geküsst hast? Okay, hättest du das bei mir versucht, wärst du jetzt einen Kopf kürzer..."

Sie zwinkerte ihm zu.

„Außerdem... was David heute Nacht gesagt hat... vergiss es einfach. Der ist nicht ganz bei sich, schätze ich. Vielleicht ist bei ihm nicht nur die Nase in Mitleidenschaft gezogen worden..."

Sie tippte sich vielsagend an die Stirn, was Ian zum Grinsen brachte. Fiona knuffte ihn.

„Also los, Ian. Auf in den Kampf. Aber bitte... tu mir den Gefallen und such dir für den nächsten Kuss einen günstigeren Moment aus. Noch so eine Nacht stehe ich nicht durch."

Sie schenkte ihm ein weiteres Lächeln und wandte sich zum Gehen, bedeutete ihm aber mit einem Kopfnicken, dass er mitkommen sollte. Ian folgte ihr nur allzu gern, denn so musste er nicht allein den Spießrutenlauf zwischen seinen Klassenkameraden hindurch absolvieren. Sollten sie doch alle sehen, dass er trotzdem Freunde hatte, die auf seiner Seite standen. Und Ian selbst war heute Morgen so glücklich über diesen Umstand wie noch nie zuvor.

Aus den Augenwinkeln sah er den weißblonden Haarschopf von David, würdigte ihn aber keines Blickes. Überhaupt schienen sich deutlich weniger seiner Mitschüler für ihn zu interessieren als Ian befürchtet hatte.

Auf der Lichtung herrschte geschäftiges Treiben. Zelte wurden abgebaut und Rucksäcke gepackt.

Eine aufgeregte Aufbruchsstimmung lag in der Luft. Ben war bereits mit ihrem Zelt beschäftigt, so dass Ian Fiona nur ein kurzes "Danke!" zuraunte und dann seinem Freund half.

Eine halbe Stunde später war alles fachmännisch verstaut und Ian schulterte seinen Rucksack, da Mister Schwarz auf den Fingern gepfiffen hatte und nun der Klasse durch Winken bedeutete, sich um ihn zu versammeln. Er schien trotz der nächtlichen Ereignisse bester Laune zu sein, denn er trug sein übliches strahlendes Lächeln zur Schau.

„Also schön, Ladies und Gentlemen. Jetzt ist es endlich soweit. Wir werden in genau zehn Minuten aufbrechen zum Blackrock Manor. Dort werden wir dann genau das tun, was schon längst hätte getan werden müssen – wir werden versuchen, den alten Schauergeschichten auf den Grund zu gehen."

Ein Jauchzen und Johlen seitens der Schüler war die Antwort. Dann aber hob Mister Schwarz mahnend die Hand.

„Eines noch: was heute Nacht geschehen ist, war ein ebenso schlechter wie unverantwortlicher Scherz. Ich gehe davon aus, dass derjenige, der verantwortlich ist für dieses Feuerwerk, nun genug Unruhe gestiftet hat und wir somit von weiteren Entgleisungen verschont bleiben. Ich hoffe, dass ich es nicht bereuen werde, diesen Ausflug mit euch gemacht zu haben..."

Ian sah, wie ein spöttisches Grinsen über Miss Parks' Gesicht huschte. Dann wurde er gewahr, wie Mister Schwarz für einen Augenblick ihn ansah. War es Zufall, oder hatte er Ian seine Geschichte nicht abgenommen und hatte ihn daher noch immer in Verdacht? Ian blieb standhaft und erwiderte den Blick. Ihm kamen Davids Worte in den Sinn, und er war fest entschlossen, Mister Schwarz zu zeigen, dass er, Ian Courtsham, sich nicht von David, Mister Schwarz' Schoßhündchen, einschüchtern ließ. Sein Ärger über David weitete sich für einen Moment auf Mister Schwarz aus, weil dieser offenbar eher David als ihm Glauben schenkte.

Ian schaute an der Reihe seiner Mitschüler entlang, bis er David gefunden hatte.

Der hatte jedoch nur Augen für seinen Helden Mister Schwarz und bemerkte Ians feindseligen Blick nicht. Mister Schwarz fuhr mit freundlicher Stimme fort.

„Also dann, ihr habt zehn Minuten, um eure Feldflaschen aufzufüllen oder euch noch einmal hinter einen Busch oder Baum zurückzuziehen. Dann geht es los. Wenn wir zügig marschieren, dürften wir in einer Stunde am Blackrock Manor ankommen."

Kapitel Sieben:
Die letzten Meilen

Wenig später trottete Ian neben Ben her. Er hatte sich fest vorgenommen, mit Amber zu sprechen, aber er wollte einen günstigeren Zeitpunkt abpassen. Insgeheim hoffte er darauf, dass Fiona Amber irgendwie zu ihm lotsen würde - und fühlte sich gleich darauf entsetzlich feige. Fiona und Amber gingen ein gutes Stück vor ihnen, und bei ihnen waren Samantha Miles und ein paar andere Mädchen. Wenn er schon mit Amber über den Vorfall vom Vortag sprechen würde, dann nicht vor der Klatschbase Samantha und Konsorten. Also blieb er vorerst, wo er war – neben Ben, wo er sich auch am wohlsten fühlte. Der Weg war steil und der Untergrund felsig, und der Baumbestand war weniger dicht. Als sie über eine kleine Kuppe kamen, erkannte Ian jedoch, dass sie schon bald wieder in den Schatten des Waldes eintauchen würden. Die Sonne stand vor ihnen über dem Horizont, so dass Ian blinzeln musste, und die sommerliche Frische des Morgens wich nun rasch der Tageshitze. Ian sah den weißblonden Hinterkopf Davids an der Spitze der Gruppe, dicht neben Mister Schwarz. Er stieß unwillkürlich einen verächtlichen Laut aus. Ben sah ihn von der Seite an.

„Was ist denn los?"

Ian schüttelte den Kopf.

„Ach, ich bin einfach stinksauer auf Dave. Was sollte das heute Nacht?"

Ben überlegte eine Weile.

„David hat sich sehr verändert. Wir werden sehen, ob er sich wieder beruhigt oder nicht. Im Augenblick ist es wohl das Beste, ihn einfach in Ruhe zu lassen. Außerdem..."

Ben machte eine bedeutungsschwere Pause, so dass Ian ihn fragend anblickte.

„Außerdem muss ich zugeben, dass ich ihm teilweise Recht geben muss."

Ians Gesicht verfinsterte sich augenblicklich, doch bevor er protestieren konnte, hob Ben beschwichtigend die Hände.

„Bleib ganz ruhig, Ian, ich habe ja nicht gesagt, dass ich dich für denjenigen halte, dem wir die lautstarke Überraschung heute Nacht zu verdanken haben. Aber mal ganz ehrlich, du warst doch nicht einfach pinkeln, oder? So wie du ausgesehen hast...“

Ian wurde rot. Erst jetzt fiel ihm wieder ein, dass er auch Ben nichts von seinem nächtlichen Abenteuer erzählt hatte. Verlegen starrte er auf seine Füße, während sie nebeneinander hergingen.

„Du hast Recht, Ben. Tut mir Leid, ich habe nichts gesagt, weil ich fürchtete du würdest mir nicht glauben...“

Ben grinste.

„Na, dann bin ich aber mal gespannt!“

Und so erzählte Ian von dem nächtlichen Treffen zwischen Mister Bright und Bruder Giacomo. Er sparte nichts aus und gab alles haarklein so wieder, wie er es erlebt hatte. Ben sagte die ganze Zeit über nichts, sondern hörte nur zu. Als Ian geendigt hatte, wartete er unsicher auf Bens Kommentar. Er fragte sich, ob er an Bens Stelle diese haarsträubende Geschichte glauben würde. Für einen quälend langen Moment schwieg Ben, doch dann nickte er langsam.

„Okay Ian. Es war wirklich besser, nichts von alledem Mister Schwarz oder sonst jemandem zu erzählen. Das Ganze klingt doch sehr abenteuerlich... und trotzdem... trotzdem klingt die Version, dass sich irgend eine merkwürdige Vereinigung hier draußen herumtreibt und irgend ein geheimnisvolles Interesse an Blackrock Manor hat, für mich sehr viel wahrscheinlicher als die ganzen Spukgeschichten, die ja offenbar kaum jemand in Frage stellt.“

Ian war heilfroh über diese Worte. Und jetzt wurde ihm erst bewusst, wie sehr es ihn belastet hatte, mit niemandem über die Geschehnisse reden zu können.

„Mister Bright hat gesagt, dass er uns daran hindern wolle, heute zum Blackrock Manor zu gehen. Was um Himmels Willen glaubt er denn, dass wir dort finden könnten?“

Ben zuckte mit den Achseln.

„Ich habe keine Ahnung, Ian. Aber wenn diese Leute wirklich wollen, dass niemand das alte Gemäuer aufsucht, dann haben sie vielleicht auch ein paar Tricks auf Lager, um allzu neugierige Besucher zu vertreiben.“

Ian runzelte die Stirn.

„Du meinst...“

„*Ja, ganz genau. Ich meine Lichter, unheimliche Kinderstimmen und was für Erscheinungen es auch immer dort gegeben hat.*"

Ian pfiff durch die Zähne.

„*Mann oh Mann, Ben! Du könntest Recht haben! Aber dieser Giacomo hat Mister Bright doch verboten uns aufzuhalten...*"

Ben sah Ian ernst an.

„*Natürlich hat er das. Schließlich sollen wir doch mit eigenen Augen erleben, dass es dort „spukt" und uns am besten in die Hosen machen vor Angst. Wenn wir dann zu Hause erzählen, dass all die Geschichten wahr sind, dann hat dieser merkwürdige Orden in Zukunft doch endlich Ruhe vor Schaulustigen...*"

Ian überlegte.

„*Möglich wäre das alles schon. Sag mal Ben, hast du Mister Bright heute Morgen eigentlich gesehen?*"

Ben schüttelte den Kopf.

„*Nein. Sein Zelt stand noch da, aber ich habe keine Ahnung, ob er drin lag. Nachdem, was du heute Nacht belauscht hast, können wir aber wohl getrost davon ausgehen, dass er nicht allzu weit weg sein dürfte.*"

Ian nickte ernst. Ihm ging noch etwas anderes nicht aus dem Kopf.

„*Ben, hast du eine Ahnung, wer dieses Spektakel heute Nacht veranstaltet hat? Ich war es ganz bestimmt nicht, und Mister Bright und dieser Giacomo genauso wenig. Vielleicht gehören ja noch mehr Leute zu diesem seltsamen Orden...*"

„*Das kann ich mir kaum vorstellen. Die würden doch nicht mit Böllern und Heulern arbeiten. Nein, das war einfach ein blöder Scherz, vielleicht von Charlie Campbell... vielleicht von David... wer weiß, vielleicht wollte er uns, oder vielmehr dir, ja eins auswischen?*"

Ians Kiefer mahlten. Das war durchaus möglich, fand er. Warum hatte er nicht selbst daran gedacht? So, wie sich David gestern aufgeführt hatte, als er mit seinem Messer herumgefuchtelt und Ben und ihn geradezu als Verräter hingestellt hatte – David war sehr schnell mit seiner Anschuldigung bei der Hand gewesen, als er Ian aus dem Wald hatte kommen sehen. Wut wallte in Ian auf.

„*Dieser kleine...*"

Ben ließ ihn nicht ausreden.

„*Lass ihn. Wir wissen ja nicht mal, ob er es wirklich war. Wie gesagt, es hätte auch Charlie oder sonst irgendjemand sein können. Ha, sogar Miss Parks hätte den Zauber veranstalten können, weil sie den Ausflug sabotieren will... nein, Ian, jetzt steigere dich in nichts hinein.*"

Ian versuchte, seinen Zorn hinunterzuschlucken, aber es gelang ihm nicht recht. Sie hatten nun wieder den Wald erreicht und die Bäume spendeten ihnen willkommenen Schatten. Nach etwa einer weiteren Meile erreichten sie die alte Zufahrtstraße zum Hotel. Der Asphalt war überall aufgerissen, Wurzelstränge hatten die Teerdecke durchbrochen und hier und da lagen halb vermoderte Baumstämme quer über der einstigen Fahrbahn. Die Natur hatte sich einen Großteil des Terrains zurückerobert, hier konnte längst kein Fahrzeug mehr passieren. Die Zufahrtstraße mochte vor fünfzig Jahren als sorgfältig angelegte Schneise durch den Wald geführt haben. Nun aber bildeten Bäume links und rechts der alten Straße über den Köpfen der Wanderer ein Wirrwarr aus Zweigen, Ästen und Blättern, so dass stellenweise ein dichter Baldachin entstand, der die Sonne aussperrte und die Szenerie in ein grünliches Zwielicht hüllte. Ian hatte einen Moment lang den absurden Gedanken, dass der Wald versuchte, diese Straße zu verhüllen, damit niemand sie finden und ihr folgen konnte.

Mister Schwarz erwartete die Nachzügler und bedeutete den Schülern, sich um ihn zu versammeln. Ob es Absicht war oder nicht, vermochte Ian nicht zu sagen, aber Ben kam unmittelbar neben Fiona und Amber zum Stehen.

Ein Schauer überlief Ian, als Amber ihm einen flüchtigen Blick zuwarf. Er brachte ein leichtes Lächeln zustande, aber zu mehr sollte es vorerst nicht kommen, denn Mister Schwarz setzte zu einer Rede an.

„*So, von hier aus ist es nicht mehr weit. In etwa einer Viertelstunde werden wir endlich unser Ziel erreichen. Deswegen lasst mich einige Regeln festlegen.*"

Mister Schwarz machte eine betont lange Pause, um sicherzugehen, dass jeder ihm zuhörte.

„*Erstens: Blackrock Manor ist seit über fünfzig Jahren nicht instandgesetzt worden. Das heißt, dass das Gebäude unter Umständen baufällig ist. Stürmt also nicht gleich los wie eine Horde Trampeltiere, sondern passt auf, wo ihr eure Füße hinsetzt. Zweitens: Wir werden zunächst eine gemeinsame Erkundungstour machen...*"

Einige Schüler stöhnten auf. Es war offensichtlich, dass jeder das Gemäuer auf eigene Faust erkunden wollte. Ein nachsichtiges Lächeln trat in das Gesicht des jungen Lehrers.

„Ich weiß, ich weiß. Ihr werdet genug Zeit für eure eigenen Nachforschungen haben. Dennoch ist es wichtig, dass wir erst einmal gemeinsam das Gelände sondieren, damit jeder eine ungefähre Ahnung davon hat, wo was ist. Später dann werdet ihr in Gruppen zu viert oder fünft das alte Hotel durchstöbern. Und drittens: Keine Heldentaten! Ich kann mir gut vorstellen, dass ihr alle darauf brennt, etwas von Belang herauszufinden, aber die Sicherheit geht vor. Keine Alleingänge, wenn ihr meinetwegen eine alte Luke findet, die uns bei unserem gemeinsamen Rundgang nicht aufgefallen ist. In solch einem Fall informiert ihr mich sofort. Habt ihr das alle verstanden?"

Ian nickte gemeinsam mit den anderen. Seine Abenteuerlust flammte wieder auf. Mister Schwarz klang gerade so, als erwartete er tatsächlich, dass sie etwas finden würden. Fiona klang ebenfalls aufgeregt, als sie mit gedämpfter Stimme Ben, Amber und Ian ansprach.

„Gut, klingt soweit ja alles ganz vernünftig. Hauptsache, wir kriegen die Gelegenheit, selbst zu suchen. Ich gehe einfach mal davon aus, dass wir unsere Vierergruppe schon zusammen haben?"

Sie schaute Ian an und ihr Blick verriet, dass sie keine Widerrede akzeptieren würde. Mit dem gleichen Blick bedachte sie Amber. Ben lächelte. Fast gleichzeitig antworteten Ian und Amber.

„Ja, klar doch..."

Für einen kurzen Moment trafen sich ihre Blicke, und Ian wurde wieder abwechselnd heiß und kalt. Amber hob kokett eine Augenbraue, sagte aber nichts weiter. Offenbar genoss sie es, Ian schmoren zu lassen.

Und Ian sah ein, dass er das wohl verdient hatte. Mister Schwarz' Stimme übertönte das allgemeine Gemurmel.

„Alles klar dann. Los geht's, lasst uns Geister jagen!"

Miss Parks machte ein Gesicht wie eine gereizte Bulldogge.

„Mister Schwarz, als Begleitperson steht es mir wohl zu, ein paar Regeln hinzuzufügen."

Ein Raunen ging durch die Gruppe, aber Mister Schwarz lächelte nur.

„Aber selbstverständlich, werte Frau Kollegin. Machen Sie nur..."

Ian fand, dass Mister Schwarz etwas sarkastisch klang.

Miss Parks aber nahm daran keinen Anstoß, sondern holte tief Atem, bevor sie begann, ihre eigenen Regeln darzulegen. Ian wurde den Verdacht nicht los, dass sie sich seit ihrem gestrigen Aufbruch auf diesen Augenblick gefreut hatte.

„Es ist kein Geheimnis, dass ich diese sogenannte Exkursion für Zeitverschwendung halte. Leider wurde ich dienstverpflichtet, also werde ich meinen Dienst versehen. Direktor Barnes hat einen guten Grund gehabt, mich mit dieser undankbaren Aufgabe zu betrauen..."

Amber zischte zwischen zusammengebissenen Zähnen, so dass Miss Parks sie nicht hören konnte.

„Ja, den hatte er wohl. Hat wahrscheinlich gehofft, dass die alte Hexe einen Herzinfarkt kriegt und er sie endlich los ist."

Ian musste grinsen. Miss Parks fuhr derweil fort.

„Der Herr Direktor hat mich damit betraut, für Disziplin und Ordnung zu sorgen. Ich werde also stündliche Treffen festsetzen. Zu jeder vollen Stunde werden Sie sich alle versammeln. Mittagspause ist von eins bis drei.

Danach werden Sie alle ihre Beobachtungen niederschreiben..."

Das Raunen der Schüler schwoll an zu einem Chor mühsam unterdrückter Unmutsbekundungen.

Miss Parks lächelte, sie schien große Freude daran zu haben, den Schülern den Spaß zu verderben.

Mit etwas schriller Stimme fuhr sie fort, um die Klasse zu übertönen.

„Wer sich an diese Regeln nicht hält, wird den Rest der Zeit bei mir verbringen. Außerdem werde ich Herrn Direktor Barnes ausführlich Bericht erstatten. Dann werden Sie schon sehen, was Sie davon haben!"

Mister Schwarz' Miene verfinsterte sich. Es bestand kein Zweifel, dass Miss Parks nichts von alledem mit ihm abgesprochen hatte. Das sonst so freundliche Gesicht des Lehrers wirkte für einen Augenblick beinahe bedrohlich. Seine Stimme jedoch klang betont ruhig und sachlich.

„Wenn Sie dann fertig sind, Frau Kollegin, können wir ja aufbrechen."

Die Gruppe war in verbissenes Schweigen verfallen, nur hier und da hörte man gemurmelte Flüche und Verwünschungen. Ian, Ben, Fiona und Amber stapften mit gesenkten Köpfen nebeneinander her.

Ian war nicht wenig erstaunt gewesen, als sogar der stets so vernünftige und gefasste Ben einige äußerst unfeine Schimpfworte in Miss Parks' Richtung gezischt hatte. Diese marschierte mit einem selbstgefälligen Grinsen neben Mister Schwarz, der wiederum seine Wut augenscheinlich in den Griff bekommen hatte.

Nach einer Meile schließlich bot sich der Klasse ein Bild, dass sie vorübergehend allen Ärger vergessen ließ.

Vor ihnen lag Blackrock Manor, das alte Spukhotel, über das noch heute die Menschen düstere Geschichten austauschten. Um diesen Geschichten auf den Grund zu gehen waren sie alle hergekommen.

***

Zunächst kam die Gruppe an ein altes schmiedeeisernes Tor, das die gesamte Breite des Zufahrtweges einnahm und dessen Scharniere zu beiden Seiten der Straße in mächtigen gemauerten Säulen verankert waren.

Ein Zaun von derselben Machart wie das Tor zog sich zur Linken und Rechten in den Wald und verschwand bald zwischen dem dichten Baumbestand aus dem Blickfeld.

Das ehemals imposante Eisentor bot nun einen Vorgeschmack auf den Verfall, dem das alte Hotel ausgesetzt sein musste.

Die schmuckvoll geschwungenen Eisenstreben waren von Rost zerfressen, der linke Torflügel hing nur noch in einer Angel und neigte sich nach innen, stellte so aber immer noch ein gewisses Hindernis dar, denn die beiden Torflügel waren geschlossen und mit einer starken, ebenfalls verrosteten Kette miteinander verbunden.

Mister Schwarz trat vor und rüttelte am Tor, doch es gab keinen Deut nach. Mit einem Gesichtsausdruck, der verriet, dass dieses Hindernis seinen Tatendrang eher anstachelte denn bremste, wandte er sich zur Gruppe um.

„Dann werden wir wohl hinüberklettern müssen."

Ian ließ den Blick an der oberen Kante des Zaunes entlang wandern, wo lange rostige Spitzen emporragten.

Dann wandte er sich zu Miss Parks um und stellte mit großer Genugtuung deren Empörung fest angesichts der Vorstellung, dass sie gezwungen sein würde, über diesen übermannshohen Zaun zu steigen.

Gerade als sich Mister Schwarz als erster daran machen wollte, über das Tor zu klettern, damit er den Schülern von der anderen Seite aus Hilfestellung geben konnte, zerriss ein Krächzen die Stille. Ein großer schwarzer Vogel senkte sich mit rauschenden Flügeln aus dem Blätterdach über ihren Köpfen herab, zog ein paar Kreise und landete dann auf der linken Steinsäule. Alle sahen zu dem Tier auf, dass die Gruppe mit seinen pechschwarzen Augen abzuschätzen schien. Ein seltsames Gefühl überkam Ian - ein Gefühl, das er selbst nicht beschreiben konnte. Dann pickte der Vogel mit seinem schimmernden Schnabel auf den Stein der Säule. Niemand sagte ein Wort, kaum ein Geräusch außer dem Klicken des Schnabels auf dem Stein war zu vernehmen. Ian sah, wie Mister Schwarz die Schultern hob, um sich dann ungerührt wieder daran zu machen, über das Tor zu klettern. Kaum aber, dass er die Eisenstangen des linken Torflügels gepackt hatte, um sich daran hochzuziehen, knirschte es laut, und der Torflügel gab endgültig nach. Die zweite Angel brach aus ihrer Verankerung, und mit einem Scheppern und Krachen fiel der Torflügel nach innen, jetzt nur noch durch die Kette mit dem rechten Flügel verbunden. Wieder krächzte der Rabe und erhob sich flügelschlagend von der Säule und flog in Richtung des alten Hotels davon.

Wiederum wurde eine Weile nicht gesprochen, dann aber zuckte Mister Schwarz erneut die Achseln.

„Na, umso besser. So können wir einer nach dem anderen ohne großen Aufwand über den umgestürzten Torflügel steigen. Scheint ein gutes Omen zu sein, was? Forscherglück!"

Er grinste, und vereinzeltes Kichern war die Antwort. Das alte Tor knarrte und ächzte, als einer nach dem anderen darüber stieg. doch bot es nun kein nennenswertes Hindernis mehr. Wenig später befand sich die gesamte Gruppe auf der anderen Seite und ging auf der alten Zufahrtstraße die letzten zweihundert Yards zum Spukhotel.

kapitel Acht:
Blackrock Manor

Mit weit aufgerissenen Augen betrachteten die Jugendlichen schließlich das Ziel ihrer Reise. Sie standen auf einem gepflasterten, in den vielen Jahren beinahe vollständig mit Moos überwucherten Vorplatz zwischen den Schenkeln eines U-förmig angelegten Gebäudekomplexes. Vor ihnen erhob sich die gut dreißig Yards breite Front des Hauptgebäudes. Ein Treppenaufgang führte hinauf zu einem zweiflügligen Portal aus massivem Holz, das nach Jahrzehnten nun grün und verwittert war. Von dem einstigen Farbanstrich waren nur noch einige wenige braune Flecken geblieben. Über die gesamte Breite des Gebäudes erstreckten sich zwei Reihen von Fenstern, eine auf gleicher Höhe wie das Portal und eine darüber. Die meisten Fenster waren mit verwitterten Läden verschlossen, nur hier und da gähnte eine Öffnung hinter gezackten Rändern aus zerbrochenem Glas. Lange verästelte Risse überzogen die einstmals verputze Fassade des Gebäudes, und wilder Wein sowie Efeu rankten daran empor und bedeckten große Teile vollständig. Überall bröckelte der Putz und enthüllte die Natursteinmauern darunter.

Zur Rechten der Gruppe lag der Ostflügel des Blackrock Manor, der in ähnlich verfallenem Zustand war wie das Hauptgebäude. Zur Linken befand sich die ausgebrannte Ruine des ehemaligen Westflügels - Schuttberge, aus denen verkohlte Holzbalken wie verbrannte und verkrümmte Finger eines Toten ragten. Ginsterbüsche und anderes Gestrüpp wucherten überall in dem Geröll und begruben die Ruine wie unter einem grünen Leichentuch. Der Wald hatte sich wie ein Ring um das Gemäuer gelegt, junge Bäume und dichtes Buschwerk wuchsen an den Mauern empor. Ein schmaler, kaum noch erkennbarer Weg führte um den alten Ostflügel herum in den hinter dem Hotel gelegenen Park.

Als die Gruppe das Gebäude umrundete, sah sie jedoch nichts mehr, das an einen Park erinnerte.

Wo einst gepflegter Rasen, getrimmte Hecken und gestutzte Bäume die Hotelgäste zum Flanieren eingeladen haben mochten, war nur noch Wildnis geblieben. Hinter dem Hauptgebäude befand sich eine ausgedehnte Terrasse, über die man das Hotel durch eine Hintertür betreten konnte. Sinnlos verstreut lagen die verrosteten Überreste von zahlreichen Tischen und Stühlen. Etwas abseits im ehemaligen Park befand sich ein alter Geräteschuppen, dessen Tür verschlossen war.

Ian beugte sich zu Ben hinüber und tuschelte ehrfürchtig.

„Mann, der Kasten ist ja bei Tag schon unheimlich genug. Aber ich glaube, vor dem Brand, als hier noch alles in Schuss war, war das hier ein wirklich eindrucksvolles Gemäuer."

Ben nickte.

„Eindrucksvoll ist es immer noch, auf seine Weise. Ich frage mich, ob uns auch so gruselig zu Mute wäre, wenn diese Schauergeschichten nicht wären."

Ian dachte kurz darüber nach und zuckte mit den Achseln. Sicher, die vielen Geschichten, die jeder hier in der Gegend von Kindesbeinen an immer wieder gehört hatte, ließen das verfallene Hotel in einem sehr schlechten Licht dastehen.

Mister Schwarz hob die Hand, und die Klasse versammelte sich um ihn.

„Der Park hier wird unser Basislager sein. Legt eure Rucksäcke, Zelte und alles andere Gepäck ruhig ab. Dann machen wir eine Viertelstunde Pause, in der ihr eure Taschenlampen, Fotoapparate und was ihr sonst noch benötigen werdet zusammenkramen könnt. Und dann geht es los zur ersten, gemeinsamen Erkundungstour."

Hastig taten alle wie ihnen geheißen. Ian hängte sich die Kamera seines Vaters um den Hals und blickte prüfend durch den Sucher. Dann probierte er die Zoomfunktion aus und war erstaunt, als sich das Gebäude im Sucher immer weiter auf ihn zuschob, bis er schließlich unmittelbar vor der rückwärtigen Mauer zu stehen schien.

Ian schwenkte mit der Kamera nach oben, bis er eines der Fenster so nah vor sich sah, als könnte er direkt hineinsteigen. Langsam fuhr Ian über ein Fenster nach dem anderen, sah durch die vielfache Vergrößerung ganz genau die teilweise verschlossenen, halb verwitterten Läden, das zersplitterte Glas in anderen Fenstern und die noch intakten, milchig trüben Scheiben bei wieder anderen, die jeden Blick in das Innere des Gebäudes so vollständig abschirmten wie die Läden. Als Ian die gesamte untere Fensterreihe durch den Sucher betrachtet hatte, fuhr er mit der oberen Reihe fort. Keines der Fenster gewährte ihm jedoch Einsicht in das Innere des Hotels, denn auch diejenigen, welche nicht durch blind gewordene Scheiben oder Fensterläden vollkommen uneinsehbar waren, offenbarten hinter den gezackten Öffnungen der zerborstenen Scheiben nur gähnende Schwärze. Ian hörte wie Ben, der direkt neben ihm stand, ihm mitteilte, dass es nun losgehen sollte. Ian raunte etwas und suchte die letzten Fenster der oberen Reihe ab.

Plötzlich erschrak er so sehr, dass ihm das Herz aus dem Mund zu springen drohte. Hinter dem äußersten rechten Fenster erkannte Ian ganz deutlich die schemenhaften Umrisse einer Gestalt, die ihn direkt anzusehen schien. Für einen Herzschlag war Ian unfähig, einen klaren Gedanken zu fassen, konnte durch den Sucher nur gebannt auf die Erscheinung starren. Dann drückte er reflexartig den Auslöser. Mit einem kaum hörbaren Klicken nahm die Kamera das Bild auf.

Als Ian mit weit aufgerissenen Augen die Kamera sinken ließ, schaute Ben ihn stirnrunzelnd an.

„Mensch Ian, du siehst mal wieder aus, als hättest du einen Geist gesehen."

Ian sah Ben nicht an, sondern starrte einfach mit großen Augen das alte Hotel an.

„Ich glaube, diesmal habe ich das auch wirklich..."

***

Ian schaute sich auf dem Display der Digitalkamera das eben aufgenommene Bild an. Aber darauf war kein Schemen zu erkennen, lediglich die milchige Fensterscheibe und das undurchdringliche Dunkel des Zimmers dahinter. Mit einer Mischung aus Enttäuschung, Wut und Unverständnis starrte er angestrengt und kopfschüttelnd auf das Display. Ben beobachtete ihn mit hochgezogenen Brauen, doch auf seine Frage, was Ian denn nur gesehen habe, erntete er nur ein barsches *„Nichts! Gar nichts!"*.

Ben seufzte leise, beließ es aber dabei.

Mister Schwarz' Pfiff riss Ian aus seiner Konzentration. Er blickte von dem Display auf und sah den Lehrer auf der alten Terrasse des Hotels inmitten der umgestürzten Eisengestelle von Gartentischen und Stühlen. Mit ausladender Geste winkte er die Schüler zu sich heran. Wenig später hatte sich die gesamte Klasse in einer dichten Traube um ihn versammelt, lediglich Miss Parks stand wie gewöhnlich etwas abseits.

„Sind alle bereit? Dann kann es ja losgehen. Wir sollten allerdings nicht durch den Hintereingang gehen, sondern das Hauptportal nehmen. Dadurch bekommen wir gleich den richtigen Eindruck von dem Gemäuer. Also kommt, folgt mir zur Vorderseite."

Wenig später stand die Gruppe in einem Halbkreis um den Treppenabsatz des Haupteingangs. Mister Schwarz schritt langsam, beinahe ehrfürchtig die Stufen hinauf. Vor der verwitterten, aber immer noch stabil aussehenden Tür wandte er sich noch einmal zu der Klasse um. Ein triumphierendes Lächeln lag in seinem Gesicht. Dann schob er entschlossen den rechten Türflügel auf. Offenbar bedurfte dies einiger Anstrengung, die Angeln waren in all den Jahren eingerostet. Knarrend und ächzend gab die Tür jedoch schließlich nach, und wie ein gähnender Schlund lag der Eingang des Spukhotels endlich vor ihnen. Mister Schwarz schaltete seine Taschenlampe ein, deren Strahl wie ein Finger in die Schwärze hinter dem Portal stieß. Dann verschwand er im Inneren. Die Schüler sahen sich für einen Moment etwas hilfesuchend an, jeder schien darauf zu warten, dass ein anderer als Erster Mister Schwarz folgen würde. Wild entschlossen, dem vermeintlichen Spuk im Fenster auf der Rückseite auf den Grund zu gehen, stapfte Ian schließlich die Stufen hinauf und betrat Blackrock Manor.

Zuerst verschlug es ihm beinahe den Atem, denn die Luft war abgestanden und stickig. Ein beißender Geruch von Moder und Schimmel kribbelte ihm in der Nase. Abgesehen von einem kleinen Viereck vor seinen Füßen, dass durch die in das Portal einfallende Sonne erhellt wurde, lag der Raum vor ihm in vollkommener Finsternis. Ian konnte gerade noch die schattenhaften Umrisse Mister Schwarz' vor sich erkennen und den dünnen Lichtfinger seiner Taschenlampe, der rastlos hin und her zuckte, ohne dass Ian allerdings wirklich etwas sehen konnte.

Er knipste seine eigene Lampe an und machte ein paar vorsichtige Schritte nach vorn, um die nach ihm kommenden Schüler eintreten zu lassen. Seine Schritte wurden stark gedämpft von einem dicken Teppich, in den Ian beinahe einzusinken schien. Mit jedem Schritt stob eine dichte Wolke aus Staub und Schimmelsporen auf. Ian verspürte einen heftigen Hustenreiz und schirmte Mund und Nase mit dem Handrücken ab. In seinem Rücken drängten sich seine Klassenkameraden, auf einmal konnte es niemand erwarten, nun gleichfalls das Spukhotel zu betreten, nachdem Ian den Anfang gemacht und damit das Eis gebrochen hatte. Aufgeregtes Tuscheln erfüllte nun die Finsternis und Ian machte ein paar weitere unsichere Schritte in Richtung von Mister Schwarz' Taschenlampe. Dabei schwenkte er seine eigene, doch vermochte er in dem Lichtkegel kaum etwas klar zu erkennen. Als er den Blick nach oben wandern ließ, zuckte er zusammen. Über ihm hing ein gewaltiges vielarmiges Ungetüm in der Dunkelheit. Nur mit Mühe bekam Ian seinen Pulsschlag wieder unter Kontrolle. Nach etwas eingehenderer Inspektion mit der Lampe entpuppte sich das schwebende Ungetüm als mächtiger Kronleuchter, der gut zwei Yards über Ians Kopf hing. Inzwischen wurde die Dunkelheit zerfetzt von einem Lichtgewitter. Über zwei Dutzend Taschenlampen spien ihr gleißendes Licht in die Schwärze und verwandelten den Raum in ein abstraktes Muster aus Licht und Schatten. Von der anderen Seite des Raumes dröhnte plötzlich Mister Schwarz' Stimme.

„Ruhig jetzt. Alle mal herhören."

Nach und nach ebbte das Gemurmel ab.

„Zwei Dinge, die wir dringend brauchen, wenn wir hier unsere Untersuchungen beginnen wollen, sind Licht und etwas Frischluft. Für beides habe ich gerade eine Lösung gefunden."

Mit einem raschelnden Geräusch wurden schwere Vorhänge von einem Fenster zurückgezogen. Die Scheibe dahinter war noch intakt, aber im Laufe der Jahrzehnte vollkommen blind geworden.

Unter schrecklichem Quietschen wurden die Fensterflügel nun von Mister Schwarz aufgedrückt. Das hereinfallende Sonnenlicht tauchte eine Hälfte des Raumes in ein dämmriges Zwielicht. Das reichte aus, um ein weiteres Fenster etwas weiter rechts des ersten auszumachen. Zielstrebig ging Mister Schwarz darauf zu und ließ auch hier Licht herein.

Damit fiel ausreichend Sonne in den Raum, so dass die Taschenlampen zumindest für den Augenblick überflüssig wurden. Ian erkannte nun, dass sie sich in der Hotellobby befanden. Die beiden Fenster, die Mister Schwarz soeben geöffnet hatte, lagen an der dem Eingangsportal gegenüberliegenden Wand auf einer Galerie, zu der zwei mächtige, geschwungene Treppenaufgänge an der linken und rechten Wand empor führten. Dort oben auf der Galerie stand nun Mister Schwarz, zwischen den beiden Fenstern, durch die jetzt helles Tageslicht herein flutete, das umso gleißender wirkte, da die Augen der Schüler sich erst an die neuen Lichtverhältnisse gewöhnen mussten. Wie ein Prediger auf seiner Kanzel sprach Mister Schwarz zu der Klasse. Er breitete die Arme aus, als wolle er sie segnen.

„Herzlich willkommen in Blackrock Manor! Ich muss euch beglückwünschen, ihr seid sicherlich die ersten seit einigen Jahren, die das Hotel betreten haben, und mit Gewissheit seid ihr die ersten, die nicht ängstlich davonlaufen, sondern hier ausharren, um Licht in die Sache zu bringen."

Damit wandte er den Kopf vielsagend einmal nach links und einmal nach rechts zu den beiden Fenstern, um die Doppeldeutigkeit seiner Worte zu unterstreichen.

„Es ist sehr stickig und muffig hier. Der Staub und Moder tun ihr übriges. Das ist aber auch kein Wunder, die Reinigungskräfte haben schon seit geraumer Zeit frei."

Mister Schwarz grinste, er schien beinahe übermütig. Dann deutete er Richtung Portal. Die Schüler wandten sich um und erkannten im einfallenden Licht nun zwei weitere, bis zum Boden reichende Fenster rechts und links neben dem Eingang. Sie waren mit massiven Holzklappen verschlossen worden.

„Los, lasst noch mehr Licht hinein, damit wir uns ein richtiges Bild machen können."

Die Klasse ließ sich nicht lang bitten und macht sich sogleich daran, die Verriegelungen der Holzklappen zu öffnen. Wenig später war die Lobby sonnendurchflutet und Ian konnte sich einen genauen Überblick verschaffen.

Die Empfangshalle war sehr hoch, gut sechs Yards bis zur Decke, der Raum ging über beide Stockwerke. An der Rückwand, zwischen den beiden Treppenaufgängen zur Galerie, befand sich die Rezeption und gleich daneben eine schwere Holztür.

Ein grün angelaufenes Messingschild mit der Aufschrift „Speisesaal" war daran befestigt. Die Galerie führte durch einen Durchgang zu beiden Seiten aus der Lobby heraus. Weiter gab es jeweils eine Tür in der linken und rechten Wand. An beiden Türen waren verwitterte Messingziffern angebracht, die über die Zimmernummern Aufschluss gaben. Beide Türen standen offen und gaben den Blick frei auf zwei Flure, die sich bald im Dunkeln verloren und von denen weitere Türen zu den Gästezimmern abgingen. Alles war mit einer dicken Staubschicht bedeckt. Staub und Stockflecken machten es unmöglich, die ursprüngliche Farbe des Teppichbodens oder der Tapeten zu bestimmen, die sich stellenweise in ganzen Bahnen von den Wänden abschälten. Ian fand, dass die Lobby vor knapp fünfzig Jahren durchaus beeindruckend und prunkvoll gewirkt haben musste, doch nun war von der Pracht nichts mehr übrig. Selbst der gewaltige Kronleuchter an der Decke bot bei Tageslicht betrachtet ein jämmerliches Bild. Abgesehen von dem Zerfall der Jahrzehnte schien die Lobby noch immer genau so wie zu Betriebszeiten des Hotels. Kein Möbelstück war entfernt worden. Eine Sitzgruppe aus wuchtigen Ohrensesseln, die um einen länglichen Tisch gruppiert waren, vereinnahmte die Wand zur Rechten des Eingangs. Die Lederbezüge waren über die Jahre brüchig geworden und aufgerissen, ließen aber erkennen, dass es sich um exquisite Möbelstücke gehandelt haben musste. An der gegenüberliegenden Wand, zur Linken des Eingangsportals, befand sich ein großer, fast mannshoher Kamin. Auf dem Sims reihten sich zerbröckelnde Gipsbüsten an bronzene Skulpturen. Genau in der Mitte des Simses thronte eine einstmals prunkvolle Uhr.

Vor dem Kamin lagen die mottenzerfressenen Überreste eines Tierfelles. Die Wand über der Feuerstelle zierte ein gewaltiges Gemälde in einem wuchtigen Rahmen. Das Motiv war nicht zu erkennen, zu verstaubt war die Leinwand.

An der Wand hinter dem Empfangsschalter hingen nach all den Jahren noch immer die Zimmerschlüssel an ihren Haken. Ian bekam vor Staunen den Mund kaum zu. Der Ort hatte trotz seines Zustandes – oder gerade deswegen – etwas Ehrfurcht gebietendes. Er schoss etliche Fotos von jeder Kleinigkeit, jedem Detail, das er für wichtig hielt.

Er sah, wie Amber, Fiona und Ben ebenfalls voller Staunen in der Lobby umher schritten, jeden Zentimeter des Raumes mit ihren Blicken abzutasten schienen. Er sah auch David, der sich zu Mister Schwarz und einigen anderen Schülern auf der Galerie gesellt hatte. Dann hörte er ihn mit kaum unterdrückter Begeisterung in der Stimme etwas rufen. Der näselnde Tonfall ging Ian inzwischen gewaltig auf die Nerven, alles Mitleid für David war wie weggewischt. Und so hörte er zunächst nicht auf das, was David rief. Erst als sich alle anderen Schüler, einschließlich Ben, Fiona und Amber, auf die Galerie begaben, um zu sehen, was David so in Aufregung versetzt hatte, horchte auch Ian auf. Ohne besondere Hast ging er den anderen nach. Die Treppenstufen knarrten unter seinen Schritten, als er schließlich als Letzter zur Galerie hinauf schritt. Sogar Miss Parks war bereits oben, stand jedoch, wie nicht anders zu erwarten, abseits der Gruppe. Die Schüler drängten sich um die beiden Fenster, die Mister Schwarz zuerst geöffnet hatte, und stierten hindurch. Ben sah sich nach Ian um und winkte ihn heran.

„Ian, das musst du dir ansehen. Völlig verrückt!"

Ian war nun endgültig von der Neugier gepackt. Er schob sich zwischen seine Mitschüler, bis auch er einen Blick durch eines der Fenster erhaschen konnte. Er sah auf einen großen Raum hinab, der wie die Lobby ebenfalls über beide Etagen reichte.

Es handelte sich um den Speisesaal, der durch die Tür neben der Rezeption unter der Galerie betreten werden konnte. Ian sah überall Tische und Stuhlgruppen im Halbschatten. Der ganze Raum war übersät mit Trümmern und herabgestürzten Balken. Offenbar war die Decke des Raumes zumindest teilweise eingestürzt. Ian hielt unwillkürlich die Luft an. Im Zentrum des Raumes erhob sich ein mächtiger Baum. Es war eine Tanne, die allerdings schon längst vertrocknet war. Nichts als ein braunes Gerippe war geblieben. Das änderte jedoch nichts an ihrer imposanten Größe. Langsam ließ Ian seinen Blick an dem Stamm hinauf wandern – und traute seinen Augen nicht. Die Spitze der Tanne verschwand durch ein klaffendes Loch in der Decke. Durch dieses Loch fiel das Tageslicht ein.

Fiona hatte ihre Brille abgenommen und polierte sie gedankenverloren am Saum ihres T-Shirts.

„*Das ist doch verrückt! Diese Tanne ist durch das Dach des Hotels gewachsen!*"

Ian riss sich von dem Anblick des toten Baumes los und sah sie fragend an. Fiona schien verzweifelt nach einer Erklärung zu suchen.

„*Dieser Baum kann doch unmöglich so sehr gewachsen sein, nachdem Blackrock Manor verlassen wurde... ohne Pflege... ohne Wasser... ich verstehe nicht, wie er so groß werden konnte, dass er schließlich sogar das Dach sprengt...*"

Auch Ian konnte sich keinen Reim darauf machen. Ihm mutete die Tatsache allein seltsam an, dass überhaupt ein Baum inmitten eines Gebäudes stand. Mister Schwarz ergriff das Wort.

„*Schauen wir uns diese seltsame Tanne einmal aus der Nähe an. Mir nach!*"

Damit stieg die Klasse hinter Mister Schwarz die Treppe wieder hinunter und kam vor der Tür neben der Rezeption zum Stehen. Mister Schwarz machte sich an der Tür zu schaffen, doch offenbar bereitete es ihm wegen der völlig eingerosteten Angeln einige Mühe, sie zu öffnen. Ians Blick schweifte während dessen über die Rezeption. Auch dort schien alles unberührt seit dem Brand des Westflügels. Rostige Zimmerschlüssel hingen säuberlich aufgereiht an ihren Haken, eine alte, klobige Kasse stand auf dem Empfangstresen. Direkt daneben lag ein dickes Buch. Ian nahm es und blies den Staub von den Seiten. Es handelte sich um das Gästebuch. Ian überflog einige Seiten und sah zahlreiche Handschriften. Die letzte Eintragung stammte von einem Mister Jonathan Forbes und datierte auf den dreizehnten Mai 1956.

Ein Ächzen und Quietschen machte Ian darauf aufmerksam dass es Mister Schwarz endlich gelungen war, die Tür zum Speisesaal zu öffnen. Wenig später standen die Jugendlichen um das vertrocknete Gerippe der Tanne und blickten am Stamm empor zu dem großen gezackten Loch im Dach. Der Baum war in eine riesige Schale gepflanzt worden, die gute zwei Yards im Durchmesser maß.

Ian stieß Ben an und sagte halblaut:

„*Was hat ein Baum hier überhaupt zu suchen? Das war schließlich ein Hotel und kein Gewächshaus...*"

Statt einer Antwort deutete Ben zu einem Glaskasten an der Wand neben der Tür, durch die sie gerade hereingekommen waren.

Ian wusste zunächst nicht, was Ben meinte, folgte ihm aber, als dieser zu dem Glaskasten hinüberging. Amber und Fiona bemerkten, wie sich Ben und Ian von der Gruppe lösten und gesellten sich zu ihnen. Drei fragende Augenpaare ruhten auf Ben.

„Ich war mit meinem Dad oft in Hotels. Dad war viel auf Reisen und er hat mich manchmal mitgenommen. Vielleicht war das der Grund, warum Mum es irgendwann nicht mehr ausgehalten hat..."

Für einen kurzen Augenblick sah Ben wehmütig aus. Dann fasste er sich jedoch und erklärte:

„Die Gäste wollen doch wissen, was das Hotel ihnen so zu bieten hat. Deshalb gibt es Schaukästen. Informationen, Fotos.... alles, was die Gäste vielleicht interessiert. Dieser Kasten hier sieht ganz so aus wie ein Infokasten, auch wenn man kaum etwas durch den Staub erkennen kann..."

Ben hatte Recht. Die Glasscheibe war trübe und milchig, sodass das Innere des Kastens immer noch nicht zu erkennen war, nachdem Ben den Staub fortgewischt hatte.

„Schade, der Kasten ist natürlich verschlossen. Vielleicht gibt es ja an der Rezeption einen Schlüssel..."

Amber seufzte.

„Und da sage noch mal einer, Frauen seien kompliziert. Lasst mich mal, Jungs..."

Bevor irgendjemand protestieren konnte, hatte Amber mit einem Marmoraschenbecher, den sie von einem der Tische haben musste, den Schaukasten eingeschlagen. Mit einem schiefen Grinsen blickte sie ihre Freunde über die Schulter hinweg an.

„So, ich schätze mal, ein paar Trümmer mehr oder weniger schaden nicht."

Natürlich waren alle im Raum auf das Klirren aufmerksam geworden. Mister Schwarz war mit wenigen Schritten bei ihnen.

„Was um Himmels Willen macht ihr da?"

Seine Stimme klang nicht einmal besonders streng, fand Ian. Amber schaute vollkommen unschuldig drein.

„Mister Schwarz, der Forschung müssen Opfer gebracht werden..."

Ihr koketter Augenaufschlag schien Mister Schwarz' Ärger im Keim zu ersticken. Er lächelte sogar.

„Na, dann kann ich ja von Glück sagen, dass ihr noch nicht gleich damit angefangen habt, die Mauern abzutragen. Also, was haben wir denn hier?"

Damit widmete er sein Interesse dem Schaukasten. Leider war Miss Parks weitaus weniger erbaut von Ambers Aktion. Hatte sie bisher stets abseits gestanden und ihr Desinteresse und Missfallen an der Unternehmung damit überdeutlich demonstriert, schob sie sich nun zwischen einigen Schülern hindurch, die erschrocken vor ihr zurückwichen. Ein boshaftes Lächeln umspielte ihre dünnen Lippen.

„Ich bin nicht bereit, Vandalismus zu tolerieren, Herr Kollege. Solch rüpelhaftes Verhalten muss rigoros unterbunden werden! Miss Sampson wird sich in einem Aufsatz mit ihrem Tun auseinandersetzen. Und diesen Aufsatz wird sie gleich heute Nachmittag, nach der Mittagspause, verfassen!"

Amber schnappte nach Luft. Ihr Gesicht lief puterrot an, und sie schien drauf und dran, Miss Parks zu widersprechen. Jeder wusste, dass die eiserne Jungfrau jedoch nur darauf wartete. Mister Schwarz wandte sich zu Miss Parks um, seine Stirn war gerunzelt. Doch bevor er etwas sagen konnte, fuhr Ian dazwischen.

„Miss Parks, Amber hat nichts verbrochen! Warum müssen Sie uns immer sämtlichen Spaß verderben?"

Miss Parks drehte den Kopf und sah ihn ungläubig, beinahe fassungslos an. Ian kam allerdings erst jetzt so richtig in Fahrt. Er wollte Amber verteidigen, er würde sie in Schutz nehmen gegen diese alte Hexe.

„Außerdem ist dies der Ausflug von Mister Schwarz und nicht ihrer! Warum also richten Sie sich nicht nach ihm, so wie wir alle? Warum wollen Sie immer das letzte Wort haben?"

Ein leises Raunen ging durch die Reihe der Schülerinnen und Schüler. Die Klasse schien kurz davor, in tosenden Applaus auszubrechen. Niemals hatte jemand Miss Parks auf diese Art die Meinung gesagt.

Ians Triumph währte jedoch nur kurz, denn Miss Parks' Miene verfinsterte sich und sie machte zwei schnelle Schritte, bis sie direkt vor Ian stand und ihr Gesicht nur eine Armeslänge vor dem seinen schwebte. Ihre Stimme war ein heiseres Flüstern, kaum mehr vernehmbar.

„Mister Courtsham, sie wollen also sagen, dass ich meine Kompetenzen überschreite, ja?"

Ian überlief es heiß und kalt. Er wusste, dass er spätestens jetzt den Mund halten musste, sich vielleicht sogar bei Miss Parks entschuldigen, um dem allergrößten Ärger doch noch zu entgehen. Andererseits war die angestaute Wut und Frustration über die Schikanen der eisernen Jungfrau zu groß, um sie jetzt wieder hinunterzuschlucken. Und wenn er schon bis zum Hals in Schwierigkeiten steckte, dann sollte die verhasste Lehrerin wenigstens wissen, was er von ihr hielt. Ian beachtete nicht die mahnenden Blicke Fionas, als er antwortete, ohne Miss Parks' stechendem Blick auszuweichen.

„Ich denke, dass Sie einzig und allein darauf aus sind, Ihren Schülern das Leben zur Hölle zu machen, dass es Ihnen Spaß macht, uns zu schikanieren und uns allen die Freude über diesem Ausflug zu nehmen..."

Die Klasse hielt gebannt den Atem an, aber weiter sollte Ian nicht kommen. Mit sich überschlagender Stimme keifte Miss Parks dazwischen.

„GENUG!"

Ian zitterte vor Zorn. Er wusste, dass er nun endgültig zu weit gegangen war. Aber es verschaffte ihm auch eine gewisse Genugtuung, seinem Ärger endlich einmal Luft gemacht und Miss Parks damit so aus der Fassung gebracht zu haben. Tatsächlich schien Miss Parks sprachlos. Offenbar hatte es noch nie ein Schüler gewagt, so mit ihr zu sprechen. Mister Schwarz nutzte die Feuerpause und stellte sich zwischen seine Kollegin und Ian.

„Darüber reden wir später."

Er bedachte Ian mit einem strengen Blick, wandte sich dann aber an Miss Parks. Er beugte sich zu ihr hinunter und sprach leise zu ihr, aber immerhin laut genug, dass alle Umstehenden ihn verstehen konnten.

„Werte Frau Kollegin, was die Kompetenzen anbetrifft, werden wir uns in der Tat noch einmal unterhalten müssen..."

Dann richtete er das Wort an die Klasse.

„Genug jetzt davon, Amber hat uns die Möglichkeit verschafft, einen Blick auf den Inhalt dieses Schaukastens zu werfen, und genau das werden wir jetzt tun."

Ian erhielt etliche versteckte Knüffe und Schulterklopfer – Zeichen der allerhöchsten Anerkennung seitens seiner Mitschüler. Er nahm all dies jedoch kaum wahr, denn gleichzeitig hatte Amber nach seiner Hand gegriffen und drückte sie zärtlich.

„*Dankeschön*", hauchte sie und schenkte ihm ein Lächeln, das ihn für den bevorstehenden Ärger entschädigte.

Die Angst vor der Bestrafung, die unweigerlich kommen musste, war wie weggewischt. Im Gegenteil, Ian hatte das sichere Gefühl, das Richtige getan zu haben. Mit einem leicht dümmlichen Lächeln wandte er sich wie seine Mitschüler dem eingeschlagenen Schaukasten zu.

Er bemerkte nicht Miss Parks' heimtückische Blicke in seinem Rücken. Und er hörte auch nicht, wie sie ihm mit erstickter Stimme hinterher zischte.

„Sie werden schon sehen, was Sie davon haben..."

Hinter der zerbrochenen Scheibe waren einige Fotos neben der Speisekarte des Restaurants und einem kurzen Begrüßungstext für die Gäste befestigt. Die vergilbten Schwarzweißaufnahmen zeigten den Speisesaal, wie er vor fünfzig Jahren ausgesehen haben musste. Eines der Bilder zeigte außerdem mehrere Männer und Frauen, an ihrer Kleidung unschwer als Köche und Küchenpersonal zu erkennen. Zu ihrer Linken stand ein freundlich lächelnder Mann in einem teuer aussehenden Anzug, links eine dunkelhaarige, atemberaubend schöne Frau in einem eleganten Kleid.

Ian hörte Fiona und Amber tuscheln.

„Ob das der damalige Hotelbesitzer Alistair Grayborne und seine Frau sind?"

Ians Interesse galt jedoch zunächst einem anderen Bild, das den Speisesaal zur Weihnachtszeit zeigte. Die Tische waren voll belegt, und im Hintergrund konnte man die festlich geschmückte Tanne erkennen. Nun verstand Ian, warum sich ein solcher Baum innerhalb des Hotels befunden hatte – es hatte sich dabei um eine besonders originelle Weihnachtsdekoration gehandelt. Unter dem Foto war säuberlich ein Datum aufgeschrieben. Weihnachten 1955. Das letzte Weihnachtsfest vor dem Brand, dachte Ian, und ein Schauer überlief ihn. Wie feierlich alles aussah auf dem Foto.

Dann stutzte er und sah noch einmal genauer hin. Fiona hatte Recht gehabt, dachte Ian, und hier war der Beweis. Die Tanne auf dem Foto war stattlich, dreieinhalb bis vier Yards hoch. Aber längst nicht hoch genug um an die Decke zu stoßen.

Der Baum musste also auch nach dem Brand immer weiter gewachsen sein. Diese Erkenntnis faszinierte und beunruhigte Ian gleichermaßen.

Sie waren kaum eine halbe Stunde hier, und schon waren sie auf Dinge gestoßen, die mit dem gesunden Menschenverstand nicht erklärbar schienen. Um sich abzulenken betrachtete Ian das Gruppenfoto genauer.

Wenn der Mann und die Frau links und rechts neben dem Küchenpersonal tatsächlich Mister und Mrs. Grayborne waren, dann hatte Ian hier einen Wahnsinnigen vor sich, der seine ganze Familie umgebracht hatte. Auf dem Foto lächelte ihn jedoch ein freundlicher Mann, etwa Anfang Fünfzig, an. Er sah nett aus, fand Ian, richtig gutmütig. Natürlich wusste Ian, dass das Aussehen eines Menschen selten viel über seinen Charakter aussagte, aber dennoch hatte er sich den Verrückten, der sein eigenes Hotel mitsamt seiner Frau und seinen beiden Kindern angezündet hatte, nicht so vorgestellt.

„Lasst uns dann mal weitermachen", sagte Mister Schwarz. *„Hier gibt es nicht besonders viel zu entdecken, liegt ja alles unter Trümmern."*

Der riesenhafte tote Baum schien ihn nicht mehr sonderlich zu faszinieren. Vielleicht hatte er aber einfach nur selbst keine Erklärung dafür und lenkte deshalb einfach davon ab, dachte Ian. In der Rückwand des großen Speisesaals befand sich eine große zweiflügelige Tür, die zu der Terrasse hinter dem Hotel hinausführte. Hinter einer langen Tischreihe, auf der seinerzeit vermutlich das Frühstücksbuffet aufgebaut worden war, befand sich eine Durchreiche in der Wand und daneben eine Tür. Nach und nach folgte die Klasse ihrem Lehrer durch diese Tür in die angrenzende Küche. Ian gehörte zu den letzten Schülern, die den Speisesaal verließen. Ihm fiel auf, dass auch David, ganz entgegen seiner neuen Gewohnheit, nicht an Mister Schwarz' Seite war, sondern sich mit scheinbar großem Interesse noch einmal dem vertrockneten Baum zuwandte. Aus den Augenwinkeln sah Ian, wie David sich am Stamm zu schaffen machte. Obwohl er sich vorgenommen hatte, David vollkommen zu ignorieren, war Ian doch neugierig und beobachtete genauer, was der kleine weißblonde Junge tat. David hatte sein Springmesser aufschnellen lassen und ritzte etwas in die trockene Rinde des Baumes. Nach wenigen Augenblicken war er fertig und wandte sich mit einem spitzbübischen Lächeln ab, um den anderen in die Küche zu folgen. Im Vorbeigehen bedachte er Ian mit einem gehässigen Seitenblick, worauf Ian jedoch nicht reagierte.

Nachdem nun auch David der Klasse in den Nebenraum gefolgt war, blieb Ian ganz allein im Speisesaal. Er konnte seine Neugier nicht unterdrücken, er wollte wissen, was David in den Stamm geritzt hatte. Ian trat an den Baum heran und begutachtete ihn. David hatte eilig seine Initialen in die Rinde geschnitten: D.P. Die eckigen Buchstaben waren kaum zu entziffern. Ian schüttelte den Kopf. Es schien, als würde sich David tatsächlich mehr und mehr von einem überängstlichen Jungen zu einem selbstherrlichen Aufschneider entwickeln.

Gerade wollte Ian sich abwenden, um eilig den anderen zu folgen, als ihm etwas auffiel. Er beugte sich mit gerunzelter Stirn so weit vor, bis seine Nase beinahe an die Rinde stieß. Ungläubig kniff er die Augen zusammen – aus den Kerben, die David in den Stamm geschnitten hatte, sickerte blutrotes, dickflüssiges Harz.

***

Die Küche lag im Halbdunkel. Das einzige Licht strömte durch die offene Tür aus dem Speisesaal. Es gab keine Fenster, die man hätte öffnen können. Also wurden wieder die Taschenlampen eingeschaltet, die den Raum in ein unstetes Licht tauchten. Auch hier schien, abgesehen von dem Verfall von knapp fünfzig Jahren, noch alles genau so zu sein wie vor dem Brand, auch hier war alles mit einer dicken Staubschicht bedeckt. Die Mitte des Raumes wurde von einem Block mit mehreren Kochstellen vereinnahmt. Ein großer Dunstabzug befand sich direkt darüber. Die Raumhöhe betrug hier nur etwa drei Yards, es musste sich also ein Raum über der Küche befinden, während Lobby und Speisesaal über beide Stockwerke gingen. Töpfe und Pfannen aller erdenklicher Formen und Größen hingen noch immer fein säuberlich aufgereiht an Wandhalterungen. Der Fußboden war gefliest, doch die Farbe der Fliesen war unter der fingerdicken Staubschicht nicht auszumachen. In der hinteren Ecke des Raumes befand sich eine Luke in der Wand. Ben erblickte sie im gleichen Augenblick wie Ian.

„*Speiseaufzug*", murmelte er.

Eine Tür in der anderen Ecke des Raumes stand halb offen. Mister Schwarz stieß sie gänzlich auf und ließ den Strahl seiner Taschenlampe durch die Dunkelheit dahinter wandern. Nach einer kurzen Untersuchung ging er hindurch. Ian, Ben Fiona und Amber, die nun ohnehin kaum mehr von Ians Seite wich und somit ihre Solidarität – vielleicht sogar ihre Zuneigung – bekundete, folgten Mister Schwarz. Hinter der Tür befand sich ein kurzer Gang. Eine Tür am Ende des Flures führte zu einem Waschraum mit Toilette, eine Tür zur Rechten war offenbar der Lieferanteneingang und führte hinaus auf die Terrasse, zwei weitere Türen zur Linken waren aus schwerem Stahl.

„*Dahinter liegen zweifellos die Kühlkammern*", sagte Mister Schwarz. „*Ein Hotel dieser Größe benötigt eine große Menge an Vorräten, besonders, wenn es so weit außerhalb der Stadt liegt.*"

Die Stahltüren konnten mit einem großen Hebel entriegelt werden. Probeweise zog Mister Schwarz an einem, der sich aber kein Stück rührte.

„*Hätte ich mir denken können. Ohne Schmierfett und Öl werden wir diesen Riegeln nicht beikommen.*"

Er hob die Achseln und lächelte.

„*Aber so viel Interessantes wird es wohl nicht zu entdecken geben in einer Kühlkammer, was meint ihr? Wenn da drinnen seit fünfzig Jahren Vorräte lagern, ist es ohnehin besser, diese Türen nicht zu öffnen – das könnte ansonsten wirklich gesundheitsschädlich sein...*"

Ian sah, wie Fiona ob der Vorstellung angewidert das Gesicht verzog. Die Vermutung, dass in den Kühlkammern seit einem halben Jahrhundert die verschiedensten Lebensmittel vermoderten, war nicht abwegig. Schließlich war auch alles andere im Hotel seit der Brandnacht so belassen worden. Ekel stieg in Ian auf, und so gesellte er sich rasch wieder zu den anderen in der ehemaligen Küche.

Als nächstes wurden die Gästezimmer untersucht.

Die Zimmer im Erdgeschoss zweigten von den Fluren links und rechts der Lobby ab, die im Obergeschoss waren über Flure links und rechts der Galerie zu erreichen. Nachdem in jedem der Zimmer die Fenster geöffnet worden waren, herrschte ein wenig Durchzug in dem alten Hotel und vertrieb ganz allmählich die stickige Luft. Sämtliche Räume waren ähnlich ausgestattet und unterschieden sich nur teilweise in ihrem Grundriss und ihrer Größe.

Sie enthielten ehemals prunkvolle Betten mit reich verzierten Holzrahmen. Über die Hälfte der Betten war jedoch längst in sich zusammengebrochen. Das Holz war im Lauf der Jahrzehnte morsch und brüchig geworden, weil der schützende Lack längst abgeblättert war. Die meisten der Zimmer verfügten über ein eigenes Bad, für die übrigen befand sich ein separater Waschraum jeweils in der linken und rechten Gebäudehälfte auf beiden Etagen. Die Zimmer enthielten einen Tisch, zwei Stühle und einen kleinen Wandschrank. Jeder dieser Schränke wurde geöffnet, aber in keinem fand die Gruppe etwas außer Staub und Spinnweben. Das Zimmer, in dem Ian von außen die Erscheinung zu sehen geglaubt hatte, war eines der letzten, das sie in Augenschein nahmen. Eine verwitterte Messingziffer an der Tür zeichnete es als Zimmer Nummer 36 aus.

Aber auch in diesem fand sich nichts Außergewöhnliches. Es war eines der etwas größeren Zimmer. Das Bett vereinnahmte die Mitte des Raumes, flankiert von zwei Nachtschränkchen. Eine Lampe war an der Wand über dem Kopfende angebracht, am Fußende stand ein Tischchen mit zwei Stühlen. Argwöhnisch betrachtete Ian das Fenster. Die Fensterscheibe war intakt, wenn auch milchig und trübe. Es wurde von den Resten einer Gardine umrahmt, mottenzerfressene Stofffetzen, die einmal weiß gewesen waren, über die Jahrzehnte aber ein krank aussehendes Gelb angenommen hatten.

Die Gardinen waren etwa zur Hälfte zugezogen. Hatte Ian lediglich diese Stoffreste gesehen? Er war sich sicher, ein Gesicht erkannt zu haben, ein schemenhaftes, halb transparentes Gesicht, welches trotz der getrübten Fensterscheibe ganz deutlich zu sehen gewesen war.

Dann wiederum musste er sich eingestehen, dass er äußerst angespannt und aufgeregt gewesen war, also hatten ihm seine Augen möglicherweise tatsächlich einen Streich gespielt. Der Großteil der Klasse war bereits weiter gegangen. Ian, Ben, Fiona und Amber waren als letzte in dem Zimmer zurück geblieben. Die drei Freunde schienen nur auf Ian zu warten.

Gerade wandte sich auch Ian zum Gehen, als ihn ein eiskalter Windhauch streifte. Verdutzt hielt er inne. Aus dem Augenwinkel glaubte er, eine Bewegung wahrgenommen zu haben. Er blickte über die Schulter und sah, wie sich die halb verrotteten Gardinen bauschten.

Ungläubig runzelte Ian die Stirn. Das Fenster war nach wie vor geschlossen. Hilfesuchend wandte sich Ian wieder zu seinen Freunden um und sah, dass auch sie fassungslos zum Fenster starrten.

„Wenigstens könnt ihr diesmal nicht sagen, dass ich spinne", flüsterte Ian.

Wie zur Antwort glaubte Ian plötzlich eine Stimme zu hören, dicht neben seinem Ohr aber gleichzeitig unendlich weit entfernt und kaum vernehmbar.

„Sieh unter das Bett..."

Ian stieß einen leisen Schrei aus und war mit einem Satz zwischen seinen Freunden.

„Habt ihr... habt ihr das auch gehört?"

Fiona, Amber und Ben sahen ihn fragend an. Ian schüttelte heftig den Kopf, er spürte, wie sich Frustration in ihm ausbreitete.

„Ja, spinne ich denn wirklich? Ich kann mir doch nicht alles nur einbilden!"

Ben hob beschwichtigend die Hände.

„Wir haben alle den Wind gespürt. Aber dafür muss es eine Erklärung geben. Das Fenster ist zwar verschlossen, aber wahrscheinlich nicht mehr dicht..."

Ian reagierte ungehalten.

„Jetzt erspare mir deine logischen Erklärungen! In diesem Hotel stimmt etwas ganz und gar nicht! Außerdem entstehen solche Geistergeschichten doch nicht grundlos..."

Fiona schritt ein.

„Ian, wir sind alle nervös. Wir alle kennen die Geschichten, und wir erwarten entsprechend irgendetwas Unheimliches vorzufinden. Wir müssen uns aber bemühen, einen klaren Verstand zu behalten..."

Amber fiel Fiona ins Wort.

„Schon gut, Fi. Unser Geisterjäger hier..."

Sie nickte in Ians Richtung.

„...hat zwar manchmal etwas merkwürdige Einfälle, aber wir sollten uns doch wenigstens anhören, was er denn gehört haben will. Dann können Ben und du ja immer noch nach Erklärungen suchen."

Sie lächelte schief, und dann sahen alle drei Ian an, der sich langsam wieder beruhigte.

„Ich habe eine Stimme gehört, die mir gesagt hat, ich solle unter dem Bett nachsehen."

Er kam sich nun selbst etwas albern vor.

Ambers Grinsen breitete sich auf ihrem Gesicht aus.

„Naja, wenn der Geist von Blackrock Manor das unbedingt will, dann tun wir ihm doch den Gefallen. Vielleicht steht das Bett ja auf einem Zipfel von seinem Nachthemd, und er kann deshalb hier nicht weg..."

Dabei machte sie sich bereits am Bett zu schaffen. Etwas zögerlich half Ian ihr. Knarrend und quietschend schoben sie das schwere Bettgestell zur Seite. Der Fußboden, der unter dem Bett zum Vorschein kam, war zentimeterdick mit Staub bedeckt.

„Ich spinne also tatsächlich", sagte Ian. Die Enttäuschung in seiner Stimme war unüberhörbar.

„Es sei denn, unser Gespenst wollte mir noch ein bisschen mehr Staub zeigen. Es gibt ja auch sonst nicht genug davon hier..."

Er scharrte mit dem Fuß in der Staubschicht. Dann hielt er inne, und seine Augen weiteten sich. Amber trat neben ihn und sog scharf die Luft ein. Wenig später wischten alle vier mit den Füßen den Staub beiseite, bis sie freie Sicht auf die blanken Dielen hatten.

Fiona war die erste, die sich wieder fasste. Ihre Stimme klang schrill, als sie in den Flur hinausrief.

„Mister Schwarz! Mister Schwarz, kommen Sie schnell, wir haben etwas gefunden!"

Kapitel Neun:
Von Raben und Teddybären

Angus Bright, der hünenhafte Schotte, kauerte seit über einer Stunde in seinem Versteck. Er hatte sich hinter den Trümmern des niedergebrannten Gebäudeteils verschanzt und wartete nun darauf, dass die Kinder und ihr Lehrer wieder aus dem Hotel herauskommen würden. Er gehorchte Bruder Giacomos Anweisungen nur widerwillig, und er konnte auch nicht verstehen, warum dieser von ihm verlangte, die Gruppe ungehindert in das Gemäuer eindringen zu lassen.

So viele Jahre lang war er nun ein Wächter. Es lag in seiner Verantwortung, Neugierige und Schaulustige möglichst von Blackrock Manor fernzuhalten. Natürlich konnte nicht immer verhindert werden, dass jemand das alte Gemäuer betrat, doch bislang hatte es niemand lange darin ausgehalten. Es war aber auch noch niemals eine ganze Schulklasse in das alte Hotel gegangen. Angus Bright hatte kein gutes Gefühl dabei.

Die Erklärung, dass hier draußen Geschichtsunterricht zum Anfassen abgehalten werden sollte, kam ihm absurd vor. Wenn es nach ihm gegangen wäre, hätte er diesen Lehrer mit seiner Klasse aufgehalten, mit welchen Mitteln auch immer. Aber er durfte nicht. Er war zum bloßen Zuschauer degradiert worden. Angus Bright war mehr als unzufrieden mit seiner Situation.

Er war in keines der wichtigen Geheimnisse des Ordens eingeweiht. Bruder Giacomo verließ sich auf seine Dienste und auf seine Fähigkeiten als Wächter, brachte ihm aber ansonsten kein tieferes Vertrauen entgegen. Und nun, nachdem Bruder Giacomo ihm erst vor wenigen Tagen eingeschärft hatte, an diesem Wochenende ganz besonders gut darauf Acht zu geben, dass sich niemand Zutritt zu Blackrock Manor verschaffte, hatte er den widersinnigen Befehl, die Kinder und die beiden Lehrer völlig unbehelligt zu lassen. Angus Bright verstand das alles nicht, und es machte ihn wütend.

Andererseits musste er wieder daran denken, dass er hier draußen in der Wildnis vielleicht am besten aufgehoben wäre, denn so trat Bruder Giacomo nur äußerst selten an ihn heran und verwickelte ihn in solch undurchsichtige Geschichten. Bitte, er würde also tun, was man ihm aufgetragen hatte. Spätestens morgen würde diese Schulklasse ja wieder verschwunden sein und Angus Bright würde hier draußen wieder seine Ruhe haben. Er holte seine Thermoskanne aus dem Rucksack und schenkte sich einen Becher voll. Gerade als er den Becher an die Lippen setzte, hörte er den Raben.

Das Tier war ständig um das alte Hotel herum zu finden. Genau genommen war sich Angus Bright nicht einmal ganz sicher, ob es immer derselbe Vogel war, den er hier in der Gegend beobachtete.

Auf jeden Fall hatte ihn der Rabe zu der Erkennungsparole inspiriert. Es erfüllte Angus Bright noch immer mit kindlichem Stolz, dass der Orden seinen Vorschlag akzeptiert hatte, diese Parole einzuführen, damit sich die Wächter in den Wäldern gegenseitig erkennen konnten. Begegnete ein Wächter einem Unbekannten, so fragte er diesen, ob er auf der Such nach dem Raben sei. War der Angesprochene ebenfalls ein Wächter, so gab er sich mit der Antwort: „Ich will sein Nest hüten" zu erkennen.

Allerdings wusste Angus Bright nicht einmal, wie viele Wächter sich hier in der Gegend herumtrieben. Genau genommen hatte er erst zwei oder drei andere je in der Nähe von Blackrock Manor gesehen.

Dieser Vorschlag war der einzige, den der Rat des Ordens je von ihm angenommen hatte – nicht, dass Angus Bright besonders viele Vorschläge unterbreitet hätte. Er hielt sich aus der Politik des Ordens heraus. Wahrscheinlich vertraute Bruder Giacomo ihm genau aus diesem Grunde keine Geheimnisse an.

Angus Bright suchte mit seinen Augen den Himmel ab, bis er den großen schwarzen Vogel entdeckte. Er kreiste über dem Hauptgebäude des Hotels. Dann plötzlich stieß er hinab und verschwand aus dem Blickfeld. Offenbar war er durch das Loch im Dach in das Innere des Hotels geflogen. Angus Bright hörte den Vogel noch einmal krächzen.

Seltsam, dachte er. Das Krächzen klang ganz anders als sonst. Irgendwie zornig und aufgebracht.

Angus Bright blieb nicht viel Zeit, darüber nachzudenken, denn nur wenige Sekunden später hörte er lautes Geschrei aus dem Hotel.

***

Mister Schwarz runzelte zunächst die Stirn, als er den Fund von Ian, Ben, Fiona und Amber in Augenschein nahm. Hinter seiner Stirn schien es zu arbeiten, und er sagte eine Weile lang nichts, sondern starrte wortlos auf die Stelle, an der das Bett gestanden hatte. Aus dem Teppichboden war ein Viereck von etwa einem Yard im Quadrat sauber herausgeschnitten worden. In diesem Viereck waren die blanken Holzdielen zu erkennen. In das Holz war etwas eingebrannt. Es erinnerte an ein Zeichen aus einem Fantasyfilm, in dem es um Dämonenbeschwörungen ging. Man sah einen Kreis, in dessen Inneren ein komplexes, verworrenes Muster aus Linien war. Es handelte sich allerdings nicht um Pentagramm oder ein anderes symmetrisches Sternengebilde, sondern war viel komplizierter. Man kam nicht umhin, sich auf den Kreis zu konzentrieren in dem Versuch, eine logische Ordnung in das Linienmuster zu bringen. Doch das schien ganz und gar unmöglich. Die Linien schienen vollkommen willkürlich zu verlaufen, und doch folgten sie irgendeinem komplexen Muster, das sich dem Betrachter allerdings nicht erschließen wollte. Um den Kreis herum standen Abfolgen von Symbolen und Schriftzeichen, die Ian noch nie zuvor gesehen hatte, die ihm aber dennoch merkwürdig bekannt vorkamen. Der Kreis, die Linien und die Symbole waren filigran und sauber in die Dielen eingebrannt, so als seien sie mit einem feinen schwarzen Stift gezeichnet worden. Ian fotografierte das merkwürdige Gebilde mehrfach. Möglicherweise würden sie sich später einen Reim darauf machen können.

Dann hörte Ian das Krächzen des Raben. Es klang wie ein wütender Aufschrei und kam rasend schnell näher, so als ob der Vogel hier, innerhalb des Hotels war...

Ian wandte sich zur Tür, als bereits seine Mitschüler, die noch auf dem Flur standen, erschreckte Schreie ausstießen.

Ian sah einen schwarzen Fleck aus dem Halbdunkel des Flurs auf sich zukommen. Der Fleck wurde größer und er erkannte den Raben, der mit weitgefächerten Schwingen und aufgerissenem Schnabel auf sein Gesicht zuschoss. Das Krächzen war ohrenbetäubend. Ian war unfähig zu reagieren, er starrte wie gelähmt dem großen schwarzen Vogel entgegen. Der Rabe griff ihn an...

Mit einem Schrei, der beinahe menschlich klang, bremste der Vogel abrupt vor der offen stehenden Zimmertür ab. Es hatte beinahe den Anschein, als sei er gegen ein unsichtbares Hindernis geflogen. Krächzend flatterte das Tier direkt vor dem Zimmer einige Male auf und ab. Die Schüler auf dem Flur drückten sich ängstlich und erschrocken mit den Rücken an die Wand.

Dann endete der Spuk. Mit einem letzten heiseren Laut flog der Rabe den Flur in die entgegengesetzte Richtung hinunter und verschwand aus dem Blickfeld.

Ian atmete schwer und brauchte einen Augenblick, um sich wieder zu fassen. Dann bemerkte er, wie Mister Schwarz ihn mit einem seltsamen Blick ansah. Ian starrte fragend zurück. Langsam wurde ihm die Angelegenheit wirklich unheimlich, doch wenigstens war er jetzt nicht mehr der Einzige, dem all diese Merkwürdigkeiten auffielen.

Waren es anfangs nur Ungereimtheiten und seltsame Vorkommnisse, die Ian ins Grübeln gebracht hatten, so gab es inzwischen greifbare Anzeichen dafür, dass irgendetwas ganz und gar nicht mit rechten Dingen zuging. Mister Schwarz ließ seinen Blick zwischen Ian und dem mystischen Zeichen auf dem Fußboden einige Male hin- und her wandern. Dann rief er alle zu sich heran.

„Wir machen erst einmal Mittagspause. Eine Stärkung wird uns sicher gut tun. Danach dann werden wir uns aufteilen und getrennt das Hotel in Augenschein nehmen."

Miss Parks schaltete sich ein.

„Mister Schwarz, zunächst wird nach der Mittagspause erst einmal ein Erlebnisbericht geschrieben. Schließlich ist der pädagogische Anspruch..."

Wie ein eisiger Windhauch wehte Mister Schwarz' Stimme durch den Flur und brachte Miss Parks jäh zum Verstummen. Für einen Augenblick hatte Ian das Gefühl, als würde es tatsächlich kälter. Dazu kam ein Kribbeln ganz tief in seiner Magengrube.

Ian erinnerte sich an den eindrucksvollen Auftritt von Mister Schwarz vor zwei Tagen, kurz nachdem David das Opfer von Terry Paxton und seinen Kumpanen geworden war.

„Werte Frau Kollegin, ich hatte vorhin bereits angedeutet, dass wir uns über ihre und meine Kompetenzen noch unterhalten würden. Dies ist allerdings weder der geeignete Zeitpunkt noch der geeignete Ort. Seien Sie versichert, dass ich mich in Kürze mit Ihnen befassen werde. Bis dahin obliegt es allein mir, über den Ablauf dieser Exkursion zu entscheiden."

Am liebsten hätte Ian Beifall geklatscht, aber irgendwie fühlte er sich unwohl. Er spürte, wie sich seine Nackenhaare aufstellten. Mister Schwarz hatte etwas Einschüchterndes, als er so sprach. Und wie Terry Paxton vor zwei Tagen gab nun sogar Miss Parks wortlos klein bei. Zwar machte sie keinen Hehl aus ihrer Verachtung für ihren jungen Kollegen, aber sie protestierte nicht. Mister Schwarz ergriff noch einmal das Wort, bevor er sich anschickte, den Flur entlang zur Galerie in der Lobby zu gehen.

„Und um weiteren Missverständnissen vorzubeugen: Amber Sampson wird selbstverständlich nach der Mittagspause an den weiteren Untersuchungen teilnehmen."

***

Ian kniff die Augen zusammen, als er vor das Hotel trat. Die Sonne stand hoch am wolkenlosen Himmel, und er musste sich erst allmählich an das grelle Licht gewöhnen. Außerdem traf ihn die Mittagshitze wie ein Schlag, denn in dem alten Gemäuer war es angenehm kühl gewesen. Als sie wenig später ihren Lagerplatz auf der Rückseite erreichten, machte sich Ian gleich daran, seine Wasserflasche aus dem Rucksack zu kramen.

Als er den Rucksack öffnete, fand er einen seltsamen plüschigen Gegenstand darin. Verwundert zog er den Gegenstand heraus und betrachtete ihn. Es war ein dunkelbrauner Teddybär im Matrosenanzug.

Der Bauch des Stofftieres war aufgerissen und die Füllung quoll heraus. Stirnrunzelnd untersuchte Ian den Teddy. Er hatte ihn bestimmt nicht in den Rucksack gesteckt. Was sollte er auch damit anfangen?

Achselzuckend legte er das aufgerissene Stofftier neben seinen Rucksack. Er hatte im Moment ganz andere Sorgen. Dann trank er gierig in großen Schlucken aus seiner Flasche. Das Wasser war lauwarm, aber es stillte den größten Durst. Ian verstaute die Flasche wieder in seinem Rucksack und sah sich um. Er zuckte zusammen, als er den Raben entdeckte, der auf einem der verrosteten Tische saß, die auf der ehemaligen Terrasse verteilt standen. Das Tier saß völlig regungslos da, so als sei es ausgestopft. Ian bemerkte jedoch, dass es ihn unentwegt anstierte aus seinen reglosen schwarzen Vogelaugen. Ian befürchtete, der Vogel könnte ihn noch einmal attackieren, aber zumindest für den Moment machte das Tier keinerlei Anstalten sich zu bewegen.

Ein Schatten fiel auf Ian, der wie hypnotisiert neben seinem Rucksack kauerte und den Raben beobachtete. Als Amber ihn ansprach, schrak Ian zusammen und sah mit einem entsetzten Blick zu ihr auf. Sie lächelte und ließ ihren Blick dann ebenfalls zu dem großen Vogel hinüber wandern.

„Schon seltsam, oder Ian? Dieser Vogel da, meine ich. Und dann was sonst noch passiert ist...“

Sie wandte sich wieder an Ian. Ihr Lächeln war verschwunden. Stattdessen blickte sie ihn fragend an.

„Ja, stimmt. Schätze mal, die Schauermärchen um Blackrock Manor sind doch nicht alle so weit hergeholt...“

Sie ließ sich neben Ian nieder, zog die Beine an sich und umschlang ihre Knie. Sie starrte ins Leere.

„Ja, das auch. Aber ich meine mehr, was SONST so passiert ist...“

Ian wusste zunächst nicht, worauf sie anspielte. Dann traf ihn die Erkenntnis wie ein Schlag und es wurde ihm wieder abwechselnd heiß und kalt.

„Du meinst... das mit... also gestern... oder... naja...“

Ian wurde über seinem Gestammel nun auch noch rot. Amber sah ihn von der Seite an. Sie hob neckisch eine Augenbraue.

„Meine Güte, Ian, jetzt krieg dich wieder ein. Du siehst aus, als hättest du mehr Angst vor mir als vor allen Geistern Englands.“

Ian wurde noch roter, wenn dies überhaupt möglich war. Amber rutschte beinahe unmerklich ein kleines Stück näher.

Wo waren eigentlich alle anderen, fragte sich Ian unwillkürlich.

„Ian, du hast dich gestern am Bach aufgeführt wie der letzte Trottel."

Oh nein, dachte Ian. Jetzt kommt also die Abrechnung. Er hatte es verdient. Amber würde ihm nun klar machen, dass sie nur gute Freunde waren und dass sich daran nichts ändern würde. Das wollte Ian schließlich auch... dass sie Freunde blieben, zumindest. Aber dass sich daran wirklich nichts änderte, wollte er das auch?

„Ja, wie der allerletzte Trottel. Aber..."

Sie kam noch ein kleines Stück näher.

„Vorhin, wie du dich mit der Hexe angelegt hast..... das war echt süß..."

Noch ein Stück näher...

„Also, ich denke ich gebe dir eine zweite Chance..."

Noch näher...

„Einen Versuch hast du noch..."

Ihre Stimme war nicht mehr als ein Hauch.

„Vermassele es nicht wieder."

Ian erstarrte, als sich ihre Lippen berührten. Sie küsste ihn! Und plötzlich waren Raben, Gespenster und neugierig gaffende Mitschüler vergessen. Plötzlich war nichts mehr wichtig. Dieses Gefühl war wunderschön.

So bemerkte er die kleine Gestalt nicht, die sich ihm näherte. Nicht einmal, als die Gestalt sich direkt neben ihm bückte und etwas aufhob. Erst als die Gestalt ihn mit schriller Stimme anschrie, fand Ian langsam wieder zurück in die Realität.

David stand direkt vor ihm. In seiner Hand hielt er den zerfetzten Teddybär. Seine Stimme überschlug sich und wurde durch das Näseln noch weiter verzerrt.

„DU! DU hast also Mister Mighty gestohlen! Und du hast ihn kaputt gemacht!!! Du hast ihn AUFGESCHLITZT!"

Ian verstand kein Wort. Er blickte David ratlos an, seine Gedanken überschlugen sich, er war noch immer wie benebelt von dem Kuss. Neben ihm saß Amber, ihre Schultern berührten sich. Ihre Mitschüler versammelten sich jetzt um sie und beobachteten gespannt die Szene.

Davids Gesicht war puterrot, seine Unterlippe bebte.

Tränen liefen ihm über die Wangen. Mit seinem gewaltigen Nasenverband sah er nun ziemlich seltsam aus, fand Ian. Ringsum kicherten einige Schüler. David drückte den kaputten Teddy an seine Brust. Er starrte Ian aus verweinten Augen an. Ian erschrak unwillkürlich, als er den lodernden Hass in Davids Blick erkannte. Der kleine Junge schrie ihn weiter an.

„Du hast Mister Mighty aufgeschlitzt!", wiederholte David.

Langsam begriff Ian. Mister Mighty musste der Teddybär sein – Davids Teddybär. Aber war David nicht zu alt für so etwas? Und was sollte er überhaupt damit zu schaffen haben? Charlie Campbell meldete sich zu Wort.

„Hey Dave, nettes Kuscheltier hast du da! Hat dir das deine Mama mitgegeben, damit du besser schlafen kannst?"

Gelächter wurde laut. David wandte sich zu Charlie um.

„Halt deine Klappe", zischte er. Charlie ließ sich aber nicht bremsen.

„Ah, jetzt, mit Mister Mighty auf dem Arm, bist du wieder ein ganz tapferer Junge, wie? Solltest Mister Mighty mal zum Onkel Doktor schicken, finde ich. Der sieht gar nicht mehr so „mighty[1]" aus. Und dann solltest du dich gleich auch mal untersuchen lassen…"

Charlie tippte sich vielsagend an die Stirn. Amber mischte sich ein.

„Charlie, halt deine Klappe. Und du, Dave, solltest wirklich…"

„Nein, DU hältst jetzt die Klappe! Ist ja klar, dass du deinen Liebling Ian verteidigen musst. Aber mir ist egal, was du tust. Mir ist egal, was ihr ALLE tut."

David brüllte · nun wieder unkontrolliert. Mehrere Schüler folgten mittlerweile Charlies Beispiel und tippten sich an die Stirn. David schien dies nicht mehr zu bemerken, er wandte sich stattdessen an Ian. Seine Stimme ebbte ab zu einem heiseren, nasalen Zischen.

„Du hast Mister Mighty aufgeschlitzt – und dafür werde ich DICH aufschlitzen…"

Urplötzlich hatte David sein Springmesser in der Hand. Die Klinge schnellte hervor, der Stahl blitzte im Sonnenlicht. Einige Schülerinnen quiekten erschrocken auf. Für einige Sekunden schien die Zeit still zu stehen. Wie in Zeitlupe holte David mit dem Messer aus.

„HALT!"

---

[1] mighty (Engl.) = mächtig

Die Stimme klang wie ein Donnerschlag. David erstarrte mitten in der Bewegung und rührte sich für einen Augenblick nicht mehr. Seine zu Schlitzen verengten Augen fixierten Ian, offener Hass sprühte ihm daraus entgegen. Die Hand mit dem Messer verharrte einen halben Meter vor Ians Gesicht. David wirkte so, als habe man die Zeit angehalten.

Mister Schwarz trat hinzu, ergriff Davids Arm und entwand ihm das Messer. Im selben Augenblick kam David wieder zu sich. Entsetzt blickte er zu Mister Schwarz auf. Für einen kurzen Augenblick wurde Ian wiederum von tiefster Ehrfurcht befallen, als Mister Schwarz da vor ihm stand und David am Arm festhielt.

„David Porter, du kommst jetzt sofort mit mir."

Plötzlich schienen bei David alle Dämme zu brechen. Sein Körper wurde geschüttelt, als er verzweifelt schluchzend hinter Mister Schwarz her trabte, sein Gesicht in seinem Kuscheltier vergraben.

Charlie Campbell war drauf und dran, einen weiteren gehässigen Spruch hinter David herzuschicken, als Amber aufsprang und ihm eine schallende Ohrfeige verpasste. Entsetzt wich Charlie zurück und trollte sich dann wie ein getretener Hund. Langsam zerstreute sich die Ansammlung der Schüler, nur Ben und Fiona blieben. Ben sah sehr ernst aus.

„Ich erkenne David nicht wieder. Sei es, wie es will, ..."

Er wandte sich an Ian.

„... aber du solltest vorsichtig sein. David hat gerade seinen letzten Rest Würde verloren. Charlie hat ihn vor allen bloßgestellt. Und David gibt dir die Schuld an allem. Er hat jetzt praktisch nichts mehr zu verlieren, am Ende kriegt er sogar noch Ärger mit seinem großen Helden Mister Schwarz."

Bens Miene verfinsterte sich.

„David ist jetzt alles zuzutrauen."

kapitel Zehn:
Ein geheimer Zugang

David war mit Mister Schwarz verschwunden, und beide tauchten auch während der Mittagspause nicht auf. Miss Parks hatte sich ebenfalls irgendwo in den wild wuchernden Park hinter dem Hotel zurückgezogen. Es herrschte eine gedrückte Stimmung, als sich Ian, Ben, Fiona und Amber über ein spärliches Mittagessen hermachten, das zur Hauptsache aus Chips und in der Hitze fast flüssig gewordener Schokolade bestand. Die vier Freunde hockten im Kreis, zwischen ihnen lagen ihre Rucksäcke gestapelt. Ian ließ immer wieder seinen Blick unruhig über seine Umgebung wandern. Der Rabe aber war nirgends mehr zu sehen. Fiona lutschte Schokolade von ihren Fingerspitzen und sah dann Ian an.

„Du hat also wirklich keine Ahnung, wie Davids Stofftier in deinen Rucksack gekommen ist?"

Ian ächzte genervt.

„Mensch Fi, wie oft denn noch? Nein, ich weiß nicht, wie der bescheuerte Teddy dahin kam. Und ehrlich gesagt ist mir das auch völlig egal im Moment."

David hatte ihm den Kuss mit Amber gründlich versaut, und darüber war Ian mehr als nur verärgert. Außerdem wollte David mit dem Messer auf ihn losgehen. Nein, es reichte endgültig, er wollte von David Porter nichts, aber auch gar nichts mehr wissen. Letzteres hatte er im Verlauf der letzten Viertelstunde ein halbes Dutzend Mal auch laut geäußert. Amber saß neben ihm und hielt seine Hand. Das war der einzige Grund, warum Ian nicht völlig ausflippte. Ben holte tief Atem.

„Also gut, Leute, legen wir doch mal die Tatsachen auf den Tisch. Seit wir hier angekommen sind, sind ein paar eigenartige Dinge passiert, dazu gibt es glaube ich wohl keine zweite Meinung?"

Er sah Ian, Amber und Fiona der Reihe nach an, aber keiner der drei sagte etwas.

„*Schön. Ich weigere mich zwar immer noch, an Geister zu glauben, aber ich gebe zu, dass hier irgendetwas ganz gewaltig stinkt...*"

Amber zog in gespielter Empörung die Brauen hoch und schnupperte dann demonstrativ an Ians Hals.

„*Naja, okay, frisch riecht er nicht mehr, aber er hat schließlich auch seit gestern früh nicht mehr geduscht!*"

Fiona und Ben kicherten und selbst Ian wurde durch Ambers Scherz etwas aus seiner trüben Stimmung gerissen. Ben winkte ab.

„*Was ich eigentlich meinte, ist, dass es mir so vorkommt, als wolle jemand, dass wir an Spuk glauben. Für mich ist die Sache klar, hier gibt sich jemand die allergrößte Mühe, uns eine richtig schöne Geistergeschichte vorzugaukeln.*"

Ian überlegte. Konnte das stimmen? Für manche der Zwischenfälle hatte er einfach keine rationale Erklärung, aber das musste nicht zwangsläufig heißen, dass es nicht doch eine geben konnte.

Ben sprach nach einer Pause weiter.

„*Mich interessiert im Moment auch nicht so sehr, wie diese Tricks funktionieren. Viel mehr möchte ich wissen, wer dahinter steckt und was das alles soll.*"

Fiona nickte nachdenklich. Amber schnalzte mit der Zunge.

„*Mal angenommen du hättest Recht, Ben. Wer käme denn dafür in Frage, Raben zu dressieren, seltsame Muster in Fußböden zu brennen, Teddybären zu entführen und nachts Feuerwerkskörper zu zünden? Und das alles für ein olles Hotel...*"

Ben sah Amber ernst an.

„*Zunächst mal wissen wir nicht mal, ob das mit den Knallern letzte Nacht und vorhin mit Davids Kuscheltier wirklich was mit der Sache zu tun hat. Ich meine, du sagst es ja selbst: hier wird ein enormer Aufwand betrieben, um unliebsamen Besuchern Angst einzujagen. Dagegen scheinen mir Böller und versteckte Stofftiere doch zu plump.*"

Ian schaltete sich ein.

„*Stimmt schon, Ben. Aber Amber hat trotzdem Recht. Ich meine, wofür der ganze Aufwand? Wenn man uns hier nicht haben will, warum verscheucht man uns nicht viel direkter? Warum hat dieser Giacomo Mister Bright befohlen uns überhaupt bis hierher kommen zu lassen?*"

Fiona hob die Brauen.

„*Also ich finde das logisch.*

Dieser Giacomo will eben nicht allzu viel Aufsehen erregen. Ist doch allemal besser, wenn wir uns selbst ein Bild machen und zu dem Schluss kommen, dass es hier nicht geheuer ist und dann recht bald wieder verschwinden. Was hätte Mister Bright denn auch tun können, um uns aufzuhalten? Uns alle im Schlaf fesseln? Ich meine, klar, er hätte uns noch ein paar mehr Schauergeschichten auftischen können, aber hätte uns das abgehalten?"

Ian schüttelte langsam den Kopf.

"Siehst du. Also lässt man uns erst mal herkommen, jagt uns ein bisschen Angst ein und ist froh, wenn wir von allein wieder verschwinden."

Amber schürzte die Lippen.

"Schön und gut soweit, aber keiner von euch hat mir bis jetzt meine Frage beantwortet..."

Ian, Ben und Fiona sahen Amber fragend an. Die legte den Kopf schief.

"Was soll das Theater? Was hat der olle Kasten denn für Geheimnisse, die wir nicht entdecken dürfen? Gibt es hier eine besonders seltene und wertvolle Unterart des gemeinen Hausstaubs oder was?"

Ben grinste.

"Wohl kaum. Aber wir haben ja noch etwas Zeit das herauszufinden."

Wenig später erschien Mister Schwarz wieder zwischen den Schülern, an seiner Seite David, der überraschenderweise sehr gefasst aussah. Ian stellte sogar fest, dass der weißblonde Junge ihm ein verstohlenes, heimtückisches Grinsen zukommen ließ. Wut wallte in Ian auf, doch er kam gar nicht erst dazu, etwas zu sagen oder gar zu unternehmen, denn Mister Schwarz pfiff auf den Fingern und bündelte somit die Aufmerksamkeit auf sich.

"Gut, wir haben genug Pause gehabt. Jetzt werden wir daran gehen, das Gemäuer etwas genauer in Augenschein zu nehmen. Dazu werden wir uns aufteilen. Findet euch bitte in kleinen Gruppen zusammen, nicht weniger als drei Personen pro Gruppe."

Aufgeregt formierten sich die Jugendlichen, hier und da wurden Auseinandersetzungen laut, wer mit wem in welche Gruppe gehen sollte, aber nach wenigen Augenblicken war die Aufteilung abgeschlossen. Wie bereits längst abgesprochen standen Ian, Ben, Fiona und Amber beisammen.

Mister Schwarz lächelte. David war noch immer an seiner Seite, er hatte sich keiner Gruppe angeschlossen.

"Gut..."

Mister Schwarz' Blick wanderte über die Gruppen und er nickte schließlich zufrieden.

„Sehr gut! Dann kann es ja losgehen. Denkt an Taschenlampen. Und noch einmal: keine Heldentaten. Wenn irgendetwas passiert, wenn ihr irgendetwas findet - ruft mich. Ansonsten treffen wir uns in genau zwei Stunden wieder hier. Also ab mit euch, und viel Glück bei der Geisterjagd!"

Mister Schwarz zwinkerte in die Runde, was aber die meisten Schüler nicht mehr sahen, da sie bereits davon gestoben waren.

Ians Gruppe war schließlich die letzte, die sich noch im Park aufhielt. Sogar Mister Schwarz und David waren zur Vorderseite des Hotels gegangen, und Miss Parks war ohnehin nirgends zu sehen.

Ian schaute seine Freunde an.

„Wo wollen wir hin? Das Hauptgebäude haben wir doch so ziemlich durch, oder? Außerdem stehen wir uns dort doch nur gegenseitig auf den Füßen, wenn alle da herum suchen."

Ben kratzte sich nachdenklich am Kinn. Bevor er allerdings antworten konnte, tat es Fiona für ihn.

„Ich würde sagen, wir schauen uns den verbrannten Westflügel an."

Drei Augenpaare ruhten nun auf ihr. Sie zuckte mit den Achseln.

„Naja, schließlich ist doch da der Brand gelegt worden, oder? Also ist vielleicht auch der Grund dafür, dass Grayborne sein eigenes Hotel angezündet hat, am ehesten da zu finden, meint ihr nicht?"

Amber hob eine Braue.

„Fi, das ist eine verkohlte Ruine. Da werden wir gar nichts finden..."

Plötzlich fielen Ian die Worte Angus Brights wieder ein.

„...aber was geschah mit jenem Teil der Burg, der unter der Erde lag?"

„Natürlich!", platzte es aus ihm heraus.

„Amber, Fi, Ben... wir müssen den Keller untersuchen! Vielleicht gibt es in den Ruinen noch einen weiteren Zugang..."

Ben runzelte zuerst die Stirn, dann breitete sich die Erkenntnis in seinem Gesicht aus.

„Aber klar doch, du hast Recht! Wenn wir etwas finden, dann wird es wohl kaum so offen herumliegen.

Das Hotel selbst ist doch schließlich damals auch von der Polizei inspiziert worden, Spurensicherung und so... wir müssen da nachsehen, wo die vor fünfzig Jahren nicht waren oder wenigstens nicht allzu gründlich nachgesehen haben...“

Fiona und Amber nickten langsam. Dann blies sich Amber eine Haarsträhne aus dem Gesicht.

„Na gut, wenn wir den Kellereingang finden, dann stehen uns wenigstens die anderen auch nicht im Weg. Worauf warten wir noch?“

***

Vor dem Hotel angekommen war niemand mehr zu sehen. Aus dem Hotel drangen aufgeregte Stimmen und Rufe, es klang aber nicht so, als hätte jemand tatsächlich etwas gefunden. Die verkohlten und überwucherten Überreste des Westflügels lagen einsam und verlassen vor den vier Freunden. Einige wenig Vertrauen erweckende Mauerreste erhoben sich vor ihnen, dahinter war der Boden übersät mit Trümmern, geschwärzten Balken und dichtem Gestrüpp. Bei diesem Anblick sank Ians Mut. Wie wollten sie hier etwas finden? Dazu würden sie erst einmal ein Aufräumkommando benötigen. Amber bemerkte sein Zögern und knuffte ihn.

„Hey, jetzt bloß nicht schlapp machen. Hast du eine Ahnung, wie süß ich verschwitzte Jungs finde? Streng dich also mal ein bisschen an!“

Ian öffnete den Mund, aber Amber kicherte nur und machte sich bereits daran, über einige Trümmer hinweg in die Ruine zu steigen. Angestachelt folgte Ian ihr. Er musste sorgsam darauf Acht geben, wohin er seinen Fuß setzte, wenn er nicht umknicken wollte.

Er wischte das Gesträuch zur Seite, das ihm immer wieder den Weg versperrte, balancierte über quer liegende Balken, stieg über Mauerreste und Teile der herabgestürzten Decke und wuchtete dann und wann ein paar Schuttbrocken zur Seite, um sich einen sicheren Stand zu verschaffen. Ben und Fiona waren ihnen gefolgt, und alle vier mussten nun von dem Vorplatz aus nicht mehr zu sehen sein. Gleichzeitig konnten sie auch nicht mehr erkennen, was vor dem Hotel vor sich ging.

Amber war noch immer vor Ian, hüpfte und sprang geschickt zwischen Geröllbrocken herum und blieb schließlich stehen. Sie lehnte mit dem Rücken gegen einen Mauerrest, ihre Wangen leuchteten vor Aufregung, ihr Haar hing ihr ins Gesicht und klebte an der Stirn. Sie lächelte breit, als sie Ian entgegensah.

Als Ian sie erreichte, hauchte sie ihm übermütig einen Kuss auf die Wange, dann waren auch schon Fiona und Ben bei ihnen.

Ian schätzte, dass sie sich nun etwa in der Mitte des ehemaligen Gebäudes befinden mussten. Fiona war außer Atem, stemmte die Hände in die Hüften und sah sich schnaufend in der Geröllhalde um.

„Also... wir... suchen nach... einer Treppe... nach unten... oder sowas... ja?"

Ben nickte.

„Ja... und vielleicht sollten wir uns aufteilen, damit wir schneller vorankommen. Wer etwas findet, pfeift. Allzu weit können wir uns ja nicht voneinander entfernen."

Gesagt, getan. Wenige Augenblicke später stapfte Ian in eine Richtung davon, während seine drei Freunde jeweils eine andere einschlugen. Ein ums andere Mal verfing sich der Saum seines T-Shirts an einem Strauch, seine nackten Beine waren zerkratzt und seine Füße taten ihm weh.

Es gab kaum eine Stelle, an der er sicheren Halt fand, überall lagen gezackte Glasscherben herum. Nach einer Weile versperrte ihm ein massiver Balken den Weg, und er nutzte die Gelegenheit, um sich etwas auszuruhen. Er setzte sich auf den Balken, legte den Kopf in den Nacken und schloss die Augen.

Von seinen Freunden hörte er nichts außer einem gelegentlichen Poltern, wenn ein Klumpen Geröll losgetreten wurde. Als Ians Atem nach einigen Sekunden langsamer und gleichmäßiger wurde, schwappte eine Welle von Fragen und Gedanken durch seinen Kopf. Er dachte an Amber, und unwillkürlich musste er lächeln.

Vor wenigen Tagen noch hätte er nicht im Traum daran gedacht, dass aus ihm und Amber je etwas werden könnte. Andererseits hätte er sich auch im Leben nicht vorstellen können, dass ihn David einmal mit einem Messer attackieren würde.

Das Lächeln verschwand abrupt aus Ians Gesicht. Dann all die Dinge, die er erlebt hatte, seit sie gestern zu diesem denkwürdigen Wanderausflug aufgebrochen waren. Raben, Geisterstimmen, merkwürdige Zeichen auf dem Fußboden, ein schottischer Riese und dessen unheimlicher Ordensbruder...

„Nimm dich in Acht vor der finstersten Nacht..."

Ian sprang mit einem unterdrückten Schrei auf die Füße. Was um Himmels Willen war das gewesen? Er hatte eine Stimme gehört, ganz dicht an seinem Ohr, und doch hatte sie so weit entfernt geklungen...

Gehetzt sah sich Ian um, aber niemand war zu sehen. Als er seinen Blick schließlich nach oben wandern ließ, sah er dort einen schwarzen Punkt am Himmel kreisen.

„Der Rabe...", schoss es ihm durch den Kopf.

Wenn das Tier ihn hier angriff, würde er nicht fliehen können, der Schutt ließ ihn nur im Schneckentempo vorankommen. Was für eine aberwitzige Idee war es nur gewesen sich zu trennen!

Angst stieg in Ian auf und strömte wie Eiswasser durch seine Adern. Er suchte das Geröll ab nach einer Deckung oder etwas, das er zur Verteidigung einsetzen konnte. Immer wieder sah er nach oben, um sicherzugehen, dass der Rabe sich nicht im Sturzflug auf ihn stürzte. Doch der schwarze Punkt bewegte sich noch immer gleichmäßig in seiner Kreisbahn.

Und dann klang wie eine Erlösung ein Pfiff durch die Ruine. Einer seiner Freunde musste den Kellereingang gefunden haben.

So schnell es eben ging stolperte Ian in die Richtung, aus der der Pfiff gekommen war. Immer wieder sah er über die Schulter, aber der Rabe machte keinerlei Anstalten herunterzukommen und ihm zu folgen. So stand Ian wenig später keuchend vor Fiona, Ben und einer triumphierend grinsenden Amber. Ian war heilfroh, nicht mehr allein zu sein, aber er konnte auf den ersten Blick nicht erkennen, warum Amber so grinste. Hinter ihr türmte sich ein hoher Schuttberg auf. Offenbar war an dieser Stelle ein großer Teil einer Wand einfach umgekippt und lag nun flach auf dem Boden. Trümmer und Geröll lagen darauf verstreut. Sogar eine Holztür befand sich noch in ihrem Rahmen und lag nun verschlossen direkt hinter Amber zu ihren Füßen.

Bens fragendem Blick entnahm Ian, dass auch er nicht verstand, warum Amber sie mit einem Pfiff verständigt hatte. Fiona hob die Augenbrauen. Sie wirkte ungeduldig.

„Amber, warum hast du…“

Amber schnitt ihr mit einer Handbewegung das Wort ab. Ihr Grinsen wurde noch breiter, und sie entblößte ihre Zähne. Dann setzte sie ein übertrieben vornehmes Gesicht auf und sprach mit schrulliger, altkluger Stimme.

„Also gut, meine sehr verehrten Expeditionsteilnehmer - es freut mich außerordentlich, Ihnen mitteilen zu dürfen, dass ich soeben den Eingang zum Tal der Könige entdeckt habe.“

Sie verbeugte sich linkisch, dann trat wieder das breite Grinsen in ihr Gesicht. Mit einer ausladenden Geste präsentierte sie ihren Freunden nun das umgestürzte Wandstück hinter ihr.

Ben blies die Wangen auf und schob die Hände in die Taschen seiner Shorts.

„Ja… und? Was gibt es denn nun hier zu sehen, Amber?“

Fiona winkte ab.

„Also wirklich, Amber, mir steht nicht der Sinn nach Albernheiten. Wir hatten vereinbart, dass wir den Kellereingang suchen wollten und…“

Wieder fiel Amber ihr ins Wort.

„Fi, wenn du mal kurz die Gewitterwolken um deinen Kopf verscheuchen könntest? Und dann sieh doch mal genau hin: ich HABE den Eingang gefunden.“

Wahrscheinlich lähmte die unerträgliche Hitze Ians Dankvermögen, aber er sah beim besten Willen weder eine Treppe noch sonst einen Weg nach unten.

Amber schien die Ratlosigkeit ihrer Freunde zu belustigen, doch schließlich erbarmte sie sich. Sie machte zwei Schritte und blieb unmittelbar neben der flach auf dem Boden liegenden Tür auf dem Mauerstück stehen.

"Sagt mal, also wirklich, mit euch soll ich hier bahnbrechende Erkenntnisse sammeln? Ihr stolpert über Ergebnisse und merkt es nicht mal.“

Dann tippte sie mit dem rechten Fuß auf die Tür.

„Fällt euch hier nichts auf? Na?“

Hinter Bens Stirn schien es zu arbeiten. Langsam begann er zu sprechen.

„Dieser Gebäudeteil ist vollständig niedergebrannt. Alles ist eingestürzt…“

Amber nickte ermutigend. Ben fuhr fort.

„Das Feuer hat alles zerstört, es gibt nur noch Trümmer…“

Dann durchzuckte Ian plötzlich die Erkenntnis.

„Natürlich! Wir sind so dämlich!"

Amüsiert wandte Amber den Kopf und sah ihn erwartungsvoll an. Ian sprach weiter, an Fiona und Ben gewandt.

„Du hast Recht, Ben, hier ist alles zerstört. Und doch liegt hier eine völlig unversehrte Holztür herum. Inmitten einer vollkommen ausgebrannten Ruine, neben verkohlten Balken."

Fiona machte den Mund auf, auch sie hatte endlich verstanden.

„Eine Holztür wie diese dürfte nicht hier sein! Sie wäre bei dem Brand auch zerstört worden."

Ben sagte nichts, sondern ging entschlossen auf die Tür zu. Er ging in die Hocke und drückte die Klinke herunter. Ian hielt unwillkürlich die Luft an, als Ben die Tür aufklappte, bis sie senkrecht nach oben ragte. Im Boden unter der Tür gähnte ein schwarzes Loch, in das breite Stufen hinab führten.

Fionas Augen weiteten sich. Amber lächelte voller Genugtuung.

„So, ihr wolltet doch in den Keller, oder nicht? Bitteschön, dann lasst euch nicht aufhalten."

Damit zog sie ihre Taschenlampe aus ihrer Gürteltasche, schaltete sie ein und ließ den Strahl in die Dunkelheit hinab wandern. Die Treppenstufen waren rußgeschwärzt, verkohlte Teppichreste bedeckten hier und da die Absätze. Dann machte sich Amber bereits daran, als erste hinabzusteigen.

Ian ließ seinen Blick noch einmal zu der hochgeklappten Holztür wandern. Sie war in der Tat kein bisschen verkohlt, nicht einmal geschwärzt. Die Angeln waren blank, ohne jegliche Spur von Rost, ebenso die Klinke. Es sah ganz danach aus, als sei die Tür erst viele Jahre nach dem Brand des Hotels hier eingebaut worden. Aber wer sollte so etwas tun - und warum?

Für den Moment war Ian gezwungen, diese Gedanken aus seinem Kopf zu vertreiben, denn auch Fiona und Ben waren nun in dem Loch am Boden verschwunden. Also nahm Ian seine eigene Taschenlampe zur Hand und folgte seinen Freunden. Das Treppenhaus war umso dunkler als Wände und Fußboden in Folge des Feuers pechschwarz waren. Trotz ihrer Taschenlampen sahen die Freunde kaum etwas. Auch das einfallende Tageslicht vermochte lediglich die ersten paar Stufen zu erleuchten.

So tasteten sie sich vorsichtig Stufe für Stufe voran, bis sie am Fuß der Treppe angelangt waren. Vor ihnen lag ein Raum, dessen Ausmaße allerdings im unsteten Licht der Taschenlampen nicht genau abzuschätzen waren. Fiona machte ein paar zaghafte Schritte in die Dunkelheit. Ohne sich zu ihren Freunden umzudrehen teilte sie plötzlich ihre Bedenken mit.

„Mister Schwarz hat uns vor genau solchen Alleingängen gewarnt. Wir sollten wohl besser wieder nach oben und Bescheid sagen."

Amber wollte davon nichts hören.

„Ha! Da haben wir also endlich etwas gefunden, und du willst es gleich den anderen erzählen? Damit gleich die ganze Horde hier unten herum trampelt? Nein danke, ich bleibe hier und sehe mir das erst mal in Ruhe selbst an, bevor ich die Kavallerie rufe."

Fiona wandte sich um, aber bevor sie etwas erwidern konnte ging Ben dazwischen.

„Ich finde Amber hat Recht, Fiona. Mister Schwarz meinte doch gefährliche Aktionen - und das hier sieht doch erst mal nicht gefährlich aus. Einsturzgefährdet ist es bestimmt auch nicht, schließlich wäre doch dann vor fünfzig Jahren bei dem Feuer alles mit zusammengebrochen. Was kann es also schaden, erst mal einen Überblick zu bekommen? Dann können wir Mister Schwarz ja immer noch informieren."

Fiona überlegte kurz, gab sich dann aber damit zufrieden. Ian sah im Lichtkegel seiner Taschenlampe ein Bild der Verwüstung. Fußboden, Wände und Decke waren schwarz, auf dem Boden lagen die Überreste eines Tisches und mehrerer Stühle, nicht mehr als verkohlte Bruchstücke. Türöffnungen in zwei Wänden führten in angrenzende Räume, die Türen selbst waren zu Asche verbrannt. Bei diesem Anblick überfiel ihn wieder eine gewisse Mutlosigkeit. Schön, sie hatten also den Keller gefunden, aber auch hier war alles vollständig verwüstet.

Dann fiel sein Blick auf etwas, das sich an den Wänden entlang zog. Stirnrunzelnd trat er näher. An den Wänden, kurz unterhalb der Decke, verliefen dicke Stränge. Auf den ersten Blick hielt Ian sie für stabile Taue, aber dann dämmerte es ihm, dass es sich um Kabel handeln musste. Die Plastikummantelung leuchtete grellgelb im Licht seiner Lampe.

„Leute, seht euch das mal an..."

Sofort waren seine Freunde bei ihm. Ungläubig betastete Ben das Kabel.

„Aber... die Isolierung hätte doch schmelzen müssen bei dem Brand. Außerdem... die Leitungen werden doch eigentlich in der Wand verlegt, nicht darauf..."

Fiona folgte dem Verlauf der Kabel mit ihrer Taschenlampe. Schließlich tauchte eine gläserne, mit einem Metallgitter verstärkte Halbkugel im Lichtkegel auf.

„Eine Lampe. Und die gehört mit Sicherheit nicht zu der ursprünglichen Einrichtung des Hotels. Die sind mir eher aus wie eine Art Grubenlampe. Und diese Kabel hier sind auch neu, zumindest lange nach dem Brand angebracht. Wenn ich nun noch an die Tür oben denke, dann frage ich mich doch langsam wirklich, wer all das hier eingebaut hat... und vor allem: Wozu das Ganze?"

Ian überlegte.

„Wer auch immer das war - eins ist doch völlig klar."

Er spürte, wie neuer Tatendrang von ihm Besitz ergriff.

„Niemand betreibt einen solchen Aufwand, wenn er nicht irgendwas Wichtiges zu finden hofft. Hier hat sich jemand für eine größer angelegte Expedition eingerichtet."

Amber stieß einen leisen Pfiff aus.

„Okay, da hofft also jemand, irgendetwas zu finden - aber wir haben immer noch keinen blassen Schimmer, was das sein könnte."

Ian grinste verwegen.

„Na, dann lass es uns eben herausfinden!"

Er folgte den gelben Stromleitungen mit dem Strahl seiner Taschenlampe. Sie verschwanden in den angrenzenden Räumen. In einer Ecke des Raumes, in dem sie sich aufhielten, ahnte Ian einen großen schwarzen Klotz. Von diesem Klotz aus verliefen sämtliche Leitungen in alle Richtungen. Stirnrunzelnd trat Ian näher.

Im Lichtkegel seiner Taschenlampe sah er eine Art Maschine. Da war ein großer, runder Behälter und daneben ein Motor. Bevor Ian sich weiter fragen konnte, was dieser Apparat da vor ihm war, stand auch schon Ben neben ihm. Begeisterung lag in seiner Stimme.

„Das ist ein Generator. Damit erzeugen die hier unten ihren Strom. Als Dad mich mal mitgenommen hat zu einer seiner Reisen in die abgelegenen Winkel Afrikas, wo sie keine Stromleitungen haben, da habe ich solche Generatoren schon gesehen. Dieser hier sieht ziemlich modern und leistungsstark aus. Damit kann man mehr als nur Licht machen..."

Amber drängte sich an Ben vorbei. Sie suchte den Generator mit ihrer Taschenlampe ab. Schließlich fand sie einen großen Kippschalter auf der Oberseite des Motors.

„Ist mir im Moment ziemlich egal, Ben, was dieses Ding alles kann. Licht reicht mir fürs Erste..."

Fionas Warnung kam zu spät.

„Amber, warte, so ein Generator macht einen Höllen..."

Klick.

Mit einem ohrenbetäubenden Rattern setzte sich der Motor des Generators in Gang.

War es bis vor einem Augenblick noch bedrückend still in dem ausgebrannten Keller gewesen, so wurden die Räume nun ausgefüllt von Lärm.

Gleichzeitig ging das Licht an, flackernd zunächst, aber dann rasch an Intensität zunehmend. Die Beleuchtung enthüllte Ambers hochrotes Gesicht.

„Uuups..."

Ben schüttelte den Kopf.

„Raus hier, sofort. Spätestens jetzt dürften wir die volle Aufmerksamkeit haben von allen Geistern, Geheimorden und allen, die sich sonst noch so hier in der Gegend herumtreiben."

Ian allerdings machte keinerlei Anstalten sich zu rühren.

„Vergiss es, Ben. Ich bleibe hier unten. Jetzt haben wir Licht und ich wette, der Krach ist oben gar nicht zu hören. Ich will jetzt endlich wissen, was es hier unten zu sehen gibt."

Damit wandte er sich um und verschwand in einem der angrenzenden Räume.

Ben und Fiona blieben mit offenen Mündern stehen, Amber folgte ihm nach einer Schrecksekunde.

Schließlich schienen Fiona und Ben einzusehen, dass es sinnlos war, ihre Freunde von ihrem einmal gefassten Entschluss abbringen zu wollen. Außerdem waren sie selbst neugierig darauf zu erkunden, wonach hier im Keller des alten Spukhotels gesucht wurde.

Die angrenzenden Räume befanden sich allesamt in demselben Zustand der Zerstörung - rußgeschwärzte Steinmauern, verkohlte Teppichreste, Asche und Staub. Je weiter sich die vier Freunde von dem Generator entfernten, desto leiser und unauffälliger erschien ihnen das Rattern, sodass sie inzwischen davon ausgingen, dass oben tatsächlich nichts zu hören sein würde. Der Keller war weitläufig, es gab über ein Dutzend Räume zu erkunden.

Die Orientierung allerdings fiel den Freunden schwer, da sich die Räume in ihrem Verfall alle glichen. Am Ende eines langen Flures schließlich fanden sie eine Tür, die genau wie die Stromleitungen und der Generator nicht hierher gehörte.

Es handelte sich um eine gelb lackierte Stahltür. In dicken schwarzen Lettern prangte die Aufschrift "Refugium" mitten darauf. Ein Hebel diente als Öffnungsmechanismus, doch probeweises Ziehen offenbarte den Freunden, dass sich der Hebel keinen Millimeter bewegen ließ.

Fiona war die Erste, die die Schalttafel in der Wand rechts neben der Tür entdeckte - ein Tastenfeld, bestehend aus den Zahlen 0 bis 9 sowie einer Taste "C" und einer mit dem Aufdruck "Exec". Über dem Tastenfeld befand sich ein schmales Display, links davon zwei Leuchtdioden, von denen eine rot blinkte.

Fiona ließ die Schultern hängen.

„Du liebe Zeit, die meinen es aber ernst. Eine Hochsicherheitstür mit elektronischer Verriegelung. Was ist denn hier so wichtig, dass Außenstehende es auf gar keinen Fall finden dürfen?"

Ben schürzte nachdenklich die Lippen.

„Ich weiß es nicht, Fi. Aber eins ist mal sicher. Hier wurde viel Geld investiert um eine ausgebrannte Ruine vor unbefugten Eindringlingen zu schützen. Irgendwas wirklich Wichtiges oder Wertvolles befindet sich hinter dieser Tür."

Ian wusste selbst nicht, woher die Eingebung kam. Plötzlich überlief ihn ein kalter Schauer.

„Leute, und was wäre, wenn irgendjemand nicht uns aussperren, sondern jemand... oder ETWAS einsperrt?"

Überrascht sahen alle Ian an. Der breitete die Arme aus.

„Ich meine, das könnte doch sein, oder etwa nicht?"

Wir sind uns doch wohl einig, dass hier irgendetwas nicht stimmt. Wer sagt denn, dass, was auch immer hier für diesen Spuk verantwortlich ist, nicht hinter dieser Tür eingeschlossen ist? Weggesperrt, so wie der Schwarze Prinz schon damals etwas wegsperren wollte..."

Fiona versuchte Ian zu beruhigen.

„Ian, ich gebe dir ja insoweit Recht, dass wir wirklich nicht wissen, was hier los ist. Aber du glaubst doch nicht allen Ernstes, dass irgendjemand hier einen Geist eingesperrt hat? Außerdem steht hier "Refugium", also Zufluchtsort. Das klingt für mich viel mehr wie die Zentrale dieses merkwürdigen Ordens..."

Ian verschränkte die Arme und sah Fiona trotzig ins Gesicht. Er fühlte sich nicht ernst genommen.

„Dann sage mir doch bitte, warum die hier eine Tür einbauen sollten, die wahrscheinlich den nächsten Atomkrieg überstehen würde. Und Amber... keine gute Idee!"

Ian hatte aus den Augenwinkeln bemerkt, wie sich Amber dem Tastenfeld genähert hatte und ihren ausgestreckten Zeigefinger darüber gleiten ließ. Sie zuckte zusammen, als Ian sie so anfuhr. Ben gab Ian jedoch Recht.

„Amber, bei jedem Geldautomaten hast du nur drei Versuche. Wer weiß, ob wir hier überhaupt so viele haben. Und wer weiß, was passiert, wenn wir die falsche Kombination eingeben. Davon abgesehen ist es mehr als unwahrscheinlich, dass du durch Zufall den richtigen Code erwischt..."

Amber runzelte genervt die Stirn.

„Schon gut, schon gut. Eine Klingel haben die hier wohl nicht, also können wir wohl endgültig abhauen. Hier geht es nicht weiter."

Fiona grinste schief.

„Immerhin haben wir etwas gefunden, das Mister Schwarz sicherlich interessieren wird."

So wandten sich die vier Freunde zum Gehen. Keiner von ihnen bemerkte die über der Stahltür angebrachte Kamera, die halb in der Wand versenkt und deshalb so gut wie unsichtbar war. Und so ahnte auch keiner der vier, dass ihr Gespräch aufgezeichnet worden war.

kapitel Elf:
kontakt

Hinter dem Hotel, in dem wild wuchernden ehemaligen Park, waren bereits alle Schüler versammelt. Die meisten sahen müde und enttäuscht aus, offenbar war ihre Suche ergebnislos geblieben. Dann aber fiel den Freunden auf, dass um Mister Schwarz herum ein Grüppchen stand, dass sich angeregt mit dem Lehrer unterhielt.

Der Umstand, dass David direkt neben Mister Schwarz stand, hielt Ian davon ab, sofort nachzusehen, was die Gruppe um ihren Geschichtslehrer denn gefunden haben mochte. Seine Neugier und Ambers Knüffe bewegten ihn schließlich dennoch, sich der Gruppe anzuschließen. Davids feindselige Blicke ignorierte Ian, soweit ihm dies möglich war. Er schnappte gerade noch einen Gesprächsfetzen auf. Samantha Miles sprach mit hektischer, aufgeregter Stimme.

„...und das hier sind dann wohl die beiden Kinder, was meinen Sie, Mister Schwarz?"

Zunächst wusste Ian nicht, wovon Samantha redete, doch dann fiel ihm das alte, in brüchiges Leder gebundene Buch auf, das Samantha nun Mister Schwarz unter die Nase hielt. Ian drängte sich zwischen seinen Mitschülern hindurch und versetzte dabei David wie zufällig einen heftigen Stoß mit seinem Ellenbogen. Der zischte etwas zwischen zusammengepressten Zähnen, was Ian allerdings nicht verstand und auch nicht verstehen wollte. Anstatt seinerseits unverzüglich von der Entdeckung der merkwürdigen Tür zu berichten, war Ian gespannt zu erfahren, was Samantha gefunden hatte.

„Sam, was hast du denn da?", fragte Ian, als er endlich direkt neben Samantha und Mister Schwarz stand. Samantha wandte den Kopf und sah Ian triumphierend an.

„Ich habe dieses Buch, scheinbar so eine Art Familienalbum, hinter der Rezeption gefunden. Auf dem Empfangsschalter liegt ja nur das olle Gästebuch, aber darunter, neben einem Stapel alter und halb vermoderter Prospekte, lag eben auch dieses Buch."

Damit sah Samantha wieder zu Mister Schwarz auf, offensichtlich in Erwartung eines Lobes von Seiten des Lehrers. Der jedoch schien in der Tat sehr an dem Buch interessiert zu sein und vergaß darüber, Samantha für den Fund zu gratulieren. Vielleicht hatte er das aber auch bereits getan, dachte Ian, und Samantha wollte nur noch mehr Anerkennung. Mister Schwarz klang nachdenklich, als er mit leicht zusammengekniffenen Augen die vergilbten Fotos in dem Album betrachtete, das Samantha ihm unter die Nase hielt.

„Hmm... ja, ich glaube, du hast Recht. Das sind die beiden Kinder von Grayborne..."

Mister Schwarz fuhr mit dem Zeigefinger über die aufgeschlagene Seite des Buches.

„Christabel und Gabriel...die zwei größten Schätze von Blackrock Manor...", las er stockend vor und schien dann für einen kurzen Augenblick die Nase zu rümpfen.

Fiona drängte sich zwischen Mister Schwarz und Samantha, um einen Blick auf das Foto zu erhaschen. Mister Schwarz hatte jedoch offenbar das Interesse an dem Buch bereits wieder verloren, sehr zu Samanthas Enttäuschung.

„Ein interessanter Fund, Samantha, aber leider wird er uns kaum weiterbringen. Hat sonst noch jemand irgendetwas von Belang entdeckt?"

Ian fand, dass Mister Schwarz angespannt und ungeduldig wirkte. Vielleicht war ihm aber auch Samantha schon länger auf die Nerven gegangen. Nun trat Amber entschlossen vor.

„Und ob wir etwas von Belang gefunden haben!"

Für einen Moment war alles still, und sämtliche Augenpaare ruhten auf Amber, die den Moment sichtlich genoss. Sie ließ sich Zeit mit der Antwort, bis Mister Schwarz sie schließlich bat, ihm doch mitzuteilen, welcher Art dieser Fund denn nun sei.

„Wir haben einen versteckten Einstieg in den Keller gefunden, drüben in den Trümmern des verbrannten Westflügels. Und der Keller hat es wirklich in sich..."

Amber berichtete, was sie entdeckt hatten, und schmückte den Bericht sorgfältig aus, um ihre Zuhörer so sehr es eben ging auf die Folter zu spannen. In Mister Schwarz' Gesicht indes breitete sich langsam ein breites Lächeln aus. Er schien nicht sonderlich überrascht.

Als Amber ihre Ausführungen abgeschlossen hatte, nickte Mister Schwarz anerkennend.

„Da haben wir aber ein paar wahrhaftige Forschernaturen unter uns. Ich gratuliere euch zu diesem Fund."

„Nicht so schnell!"

Miss Parks' Stimme war schrill und herrisch. Ian hatte sie überhaupt nicht bemerkt.

„Amber Sampson hat zum wiederholten Male gegen alle Vereinbarungen gehandelt, genauso Ian Courtsham. Von Ben Ayubu und Fiona Gordon hätte ich allerdings mehr Verantwortungsbewusstsein erwartet. Ein Alleingang der Art, wie er von diesen vier Schülern unternommen wurde, war strikt untersagt. Ich verlange, dass Sie, Herr Kollege, diesmal eine angemessene Strafe verhängen. Andernfalls muss ich mich bei Direktor Barnes über diese Insubordination beschweren..."

Miss Parks hatte die Hände in die schmalen Hüften gestemmt und blickte Mister Schwarz provozierend an. Das Lächeln auf Mister Schwarz' Gesicht gefror. Wortlos löste er sich aus der Traube der Schüler, nahm Miss Parks am Arm und zog sie mit sich. Miss Parks sah ihren jungen Kollegen überrascht an, ging aber ohne zu protestieren mit ihm. Ian konnte sich des Gefühls nicht erwehren, dass Miss Parks allerdings nicht wirklich freiwillig ging. Sie hatte die offene Konfrontation mit Mister Schwarz gesucht, um vor den Augen sämtlicher Schüler ihre Position klarzustellen. Nun aber wurde sie von Mister Schwarz buchstäblich abgeführt.

Die beiden Lehrer verschwanden hinter der Ecke des Hotels, und so sehr auch die Neugier in allen Schülern brannte, so wagte doch niemand hinterherzuschleichen. Nach nur wenigen Augenblicken - Ian hatte das Gefühl, als seien die beiden Lehrer in diesem Moment erst aus seinem Blickfeld verschwunden - tauchte Miss Parks wieder auf. Ihr Gesicht war kreidebleich vor Zorn, ihre Lippen bebten und sie stapfte wortlos an den Schülern vorüber und verschwand im wilden Dickicht des ehemaligen Parks. Mister Schwarz' Miene hingegen war freundlich und unbekümmert, als er sich wieder zu den Schülern gesellte. Er verlor kein weiteres Wort über den Zwischenfall und sprach Amber an, als seien sie überhaupt nicht unterbrochen worden.

„*Diese Tür hat eine elektronische Verriegelung, sagst du? Das ist wirklich interessant. Dann müssen wir nur noch die Nummer herausfinden...*"

Er sagte das, als ob für ihn nicht der geringste Zweifel daran bestand, dass er diesen Code tatsächlich herausbekommen würde.

Ben, der neben Ian stand, runzelte die Stirn.

„*Mister Schwarz, glauben Sie denn, dass uns das gelingen kann? Ich meine, wir wissen doch gar nicht, wer diese Tür dort installiert hat. Wir wissen noch viel weniger, warum all der Aufwand betrieben wurde. Wir wissen nur, dass irgendjemand sich sehr große Mühe damit gibt, Neugierige wie uns auszusperren.*"

Mister Schwarz nickte bedächtig. Er schien in Gedanken versunken zu sein.

„*Ja, da hast du Recht. Man will uns aussperren. Aber davon wollen wir uns doch nicht abhalten lassen, oder?*

Wir werden schon einen Weg finden... so, und nun macht erst mal ein bisschen Pause. Ich für meinen Teil werde mir ein wenig die Füße vertreten."

Damit marschierte Mister Schwarz in die Richtung, in der Miss Parks vor wenigen Augenblicken verschwunden war.

Ian, Ben, Fiona und Amber sahen einander ratlos an. Sie alle hätten darauf wetten mögen, dass ihre Entdeckung wie eine Bombe einschlagen würde und Mister Schwarz die geheimnisvolle Tür unverzüglich würde sehen wollen. Stattdessen standen sie nun ratlos inmitten ihrer Mitschüler und starrten verständnislos hinter Mister Schwarz her. Amber war ehrlich empört.

„*Das kann ja wohl nicht wahr sein! Wir finden hier im Keller eines abgebrannten Spukhotels eine Hochsicherheitstür, Stromgenerator und das ganze Programm, und Mister Schwarz geht erst mal in Ruhe spazieren?*"

Ben schüttelte bedächtig den Kopf.

„*Ich glaube kaum, dass sein Spaziergang gemütlich wird. Es ist doch wohl klar, wohin er geht... Miss Parks und er sind gerade heftig aneinander geraten, und da wird es wohl noch einiges zu klären geben. Wir kennen doch alle die Hexe. Wir wissen, wie biestig sie werden kann, und dass sie beim alten Barnes einen Stein im Brett hat, wissen wir auch. Ich schätze, sie kann und wird Mister Schwarz große Schwierigkeiten machen...*"

Fiona sah Ben entsetzt an.

„*Du meinst wirklich, dass Miss Parks Mister Schwarz in Bedrängnis bringen könnte?*"

Ben nickte nur ernst.

„Ja. Mister Schwarz lässt sich nach Möglichkeit nichts anmerken, solange wir in der Nähe sind. Aber tatsächlich weiß auch er, dass Direktor Barnes im Zweifelsfall eher Miss Parks Glauben schenken würde."

Amber stieß einen verächtlichen Laut aus.

„Das wird die alte Hexe nicht tun! Und ich werde mir jetzt anhören, was Mister Schwarz mit ihr zu besprechen hat. Dann können wir ihm später bei Barnes Schützenhilfe geben."

Damit marschierte Amber auch schon los, bevor jemand sie aufhalten konnte. Ian folgte ihr, halb, weil er sie zurückhalten wollte, halb, weil er selbst darauf brannte zu hören, was Mister Schwarz der alten Jungfer zu sagen hatte. Weder Ian noch Amber schenkten Ben oder Fiona Beachtung, geschweige denn dem Rest der Klasse. Zielstrebig eilten sie auf das wild wuchernde Dickicht zu, in dem erst Miss Parks und wenig später Mister Schwarz verschwunden war. Ian hielt Amber an der Schulter fest und legte den Zeigefinger an die Lippen. Wenn die beiden Lehrer sie entdeckten, wären Amber und er in Schwierigkeiten. In leicht geduckter Haltung pirschten die beiden weiter. Der einstige Park war nunmehr ein dichter Wald, unter dem Blätterdach zahlreicher Laubbäume staute sich die schwüle Hitze des Nachmittags. Mister Schwarz war nirgends zu sehen, ebenso wenig Miss Parks. Amber und Ian hielten inne, um zu lauschen. Es dauerte einen Moment, dann hörten sie die entfernte Stimme ihres jungen Geschichtslehrers, der offenbar wütend auf jemanden einredete. So leise sie konnten schlichen Amber und Ian weiter, bis sie sich nicht weiter wagten aus Angst, entdeckt zu werden. Der Stimme nach zu urteilen war Mister Schwarz nicht mehr weit entfernt, Amber und Ian hatten keine Schwierigkeiten, ihn zu verstehen. Sie kauerten sich an den Stamm einer mächtigen Eiche und spitzten die Ohren.

Mister Schwarz war aufgebracht. Er brüllte nicht, aber sein Tonfall war schneidend. Miss Parks hörten sie nicht, Mister Schwarz schien sein Gegenüber nicht zu Wort kommen zu lassen.

„Wir haben das hier gemeinsam geplant, und ich warne Sie, sich jetzt quer zu stellen. Sie werden mich nicht aufhalten, verstanden? Es ist zu wichtig, als dass ich mich von Ihnen jetzt noch von meinem Vorhaben abbringen ließe."

Es entstand eine kurze Pause. Amber und Ian hielten den Atem an. Die Antwort, die Mister Schwarz erhielt, konnten sie nicht verstehen, die andere Stimme war zu leise. Schließlich sprach Mister Schwarz wieder.

„Dann hoffe ich, auch um Ihretwillen, dass es jetzt keine weiteren Unstimmigkeiten geben wird. Sie haben doch wohl ein ebenso großes Interesse daran wie ich, dass wir diesen kleinen Ausflug ohne weitere Zwischenfälle hinter uns bringen. Morgen ist schließlich alles vorbei..."

Damit schien das Gespräch beendet zu sein, denn Ian und Amber vernahmen Mister Schwarz' Schritte, als er zurück zum Lager stapfte. Die beiden verharrten noch ein paar Minuten in ihrer Deckung, um sicherzugehen, dass niemand sie bemerkte. Schließlich richteten sie sich auf und sahen sich an. Ian sprach im Flüsterton, für den Fall, dass Miss Parks noch in der Nähe war.

„Na gut, wir werden ja erleben, was jetzt passiert."

***

Ben und Fiona nahmen inzwischen das Fotoalbum, das Samantha gefunden hatte, näher in Augenschein. Das Album enthielt keine persönlichen Bilder der Familie Grayborne. Es schien vielmehr als eine Art Willkommensgruß für neue Gäste gedient zu haben. Wer sich im Blackrock Manor als Gast eingemietet hatte, hatte, während er auf die Zimmerschlüssel und Formulare wartete, Gelegenheit gehabt, in dem Album zu blättern und so die Hotelbesitzer, deren Kinder sowie das Personal kennen zu lernen.

Das Album enthielt einige Dutzend Fotographien, die nach Jahreszahlen sortiert waren. Jedes Jahr waren neue Aufnahmen gemacht worden, wodurch man einen Eindruck davon gewann, wie sich die Menschen im Laufe der Zeit verändert hatten.

Die erste eingetragene Jahreszahl war 1934, doch die dazugehörigen Aufnahmen waren so gelbstichig und verwittert, dass man nur noch helle und dunkle Flecken erkennen konnte. Die Bilder wurden mit fortlaufender Jahreszahl allerdings immer besser.

So betrachteten Ben und Fiona Aufnahmen aus dem Jahre 1938, die einen jungen Mann in sehr altmodisch anmutendem Frack neben einer Frau in einem einfachen, aber schicken Kleid zeigten. Das mussten Alistair Grayborne und seine Frau Angela in jungen Jahren sein. Ein anderes Foto aus dem gleichen Jahr zeigte eine kleine Schar von Bediensteten, alles in allem nicht mehr als zwölf oder dreizehn Personen. Genau ließ sich die Zahl nicht mehr ausmachen, denn das Foto war am Rand stark angelaufen.

Die folgenden Jahre wurden allesamt durch weitere Bilder dokumentiert. Ben und Fiona sahen, wie die Zahl der Bediensteten ab dem Jahre 1945, vermutlich wegen des Endes des Zweiten Weltkrieges, stetig wuchs, bis das Personal schließlich die stattliche Zahl von 28 Personen erreichte, wie eine Fotographie aus dem Jahre 1949 belegte. Im Jahre 1944 war die Frau neben Alistair Grayborne, der nun deutlich stattlicher aussah, mit einem Baby auf dem Arm abgebildet. Ein schnörkeliger, verblasster Eintrag unter dem Bild besagte, dass Gabriel Grayborne in diesem Jahr, am dreizehnten April, geboren worden war.

Ein anderes Foto, diesmal aus dem Jahre 1948, zeigte die Graybornes - Alistair, Angela und den kleinen Gabriel an der Hand seines Vaters - mit der neugeborenen Tochter Christabel, die als kleines Bündel in Decken eingewickelt in den Armen ihrer Mutter lag. Auch unter diesem Bild prangte ein Satz, der stolz die Geburt "des kleinen Engelchens" am vierundzwanzigsten Januar des gleichen Jahres kundtat.

Die letzten Aufnahmen aus dem Sommer des Jahres 1955 schließlich machten Ben und Fiona stutzig. Eine Aufnahme - diejenige, die Samantha Mister Schwarz unter die Nase gehalten hatte - zeigte die beiden Kinder, Christabel und Gabriel. Christabel steckte in einem niedlichen Kleidchen, ihre hellen Haare waren zu zwei Zöpfen geflochten. Gabriel trug einen Anzug mit Fliege, in dem er als Elfjähriger etwas verloren aussah. Wirklich interessant war allerdings das allerletzte Foto in dem Album. Es zeigte das versammelte Personal vor dem Hotel. Neben den Bediensteten stand Alistair Grayborne. Allein. Von Angela Grayborne war nirgends etwas zu sehen, ebenso wenig von den beiden Kindern. Zudem fand Fiona, dass Alistair Grayborne sehr traurig aussah.

Auf allen vorangegangenen Bildern hatte er, so sehr ihn die Jahre auch sonst verändert hatten, stets freundlich gelächelt - ein herzliches, offenes, warmes Lächeln. Auf der letzten Aufnahme aus dem Jahre 1955 jedoch war das Lächeln aus seinem Gesicht verschwunden.

Bens Interesse galt mehr den Bediensteten auf dem Foto. Eine junge Frau in der schmucken Uniform einer Empfangsdame zog seinen Blick auf sich. Sie war atemberaubend schön. Ihr dunkles Haar war zu einem strengen Zopf zurückgebunden, wie es sich für eine Bedienstete geziemte, was ihrer Schönheit jedoch keinen Abbruch tat. Ihr Gesicht war vornehm, mit hohen Wangen, einer schmalen, geraden Nase und vollen, sinnlichen Lippen. Ihre Augen, das konnte Ben selbst auf diesem knapp fünfzig Jahre alten Foto erkennen, waren verführerisch und geheimnisvoll.

Offenbar hatte Ben allzu offensichtlich diese junge Frau angestarrt, denn Fiona stieß ihn recht unsanft mit dem Ellenbogen an.

„Mach doch mal den Mund wieder zu!"

Und dann fügte sie mit gespielter Empörung hinzu: *„Männer!"*

Ben indes konnte sich noch immer nicht ganz von diesem Foto losreißen, die Frau übte eine unglaubliche Faszination auf ihn aus. Hätte sie ihm denn nicht bereits auf den anderen Fotos auffallen müssen? Ben blätterte noch einmal zurück.

Und er fand seine Annahme bestätigt. Diese wunderschöne Frau war auf keinem anderen Foto zu sehen.

Vermutlich hatte sie ihre Stelle erst in jenem Jahr angetreten. Und doch ahnte Ben, dass er diese Frau schon einmal gesehen hatte.

Mister Schwarz' Rückkehr riss Ben aus seinen Gedanken. Der junge Lehrer sah gereizt und unruhig aus. Ian und Amber waren nirgends zu sehen.

„Schön, macht noch ein bisschen Pause, dann könnt ihr meinetwegen zu einem weiteren Erkundungsgang aufbrechen... was diese seltsame Tür angeht..."

Damit wandte sich Mister Schwarz an Fiona und Ben und zog sogleich fragend eine Augenbraue hoch.

„Wo sind denn Ian und Amber?"

Ben war zu perplex, um sich spontan eine gute Ausrede einfallen zu lassen. Doch glücklicherweise war Fiona spontaner.

„*Ach wissen Sie, Mister Schwarz, die zwei Turteltauben wollten einfach nur ein bisschen allein sein.*"

Dabei schenkte sie Mister Schwarz ein entwaffnendes, verschwörerisches Lächeln, so dass dieser offenbar zufrieden war mit Fionas Erklärung. Er lächelte nun sogar seinerseits wieder etwas.

„*Ach so, ich verstehe. Naja, wenn die beiden zurück kommen, dann richtet ihnen doch bitte aus, dass ich mir diese Tür jetzt gleich einmal ansehen werde. In der Zwischenzeit könnt ihr also ruhig noch weitere Nachforschungen anstellen. Wir treffen uns dann am frühen Abend, so gegen sechs, alle wieder hier, und dann kann ich euch hoffentlich berichten, dass ich Näheres über diese merkwürdige Tür herausgefunden habe.*"

Er nickte Ben und Fiona lächelnd zu, wandte sich dann an die gesamte Klasse und gab das weitere Programm bekannt.

„*Bis sechs Uhr könnt ihr jetzt tun und lassen, was ihr wollt. Wenn ihr aber noch einmal in das Hotel geht, denkt an unsere Regeln. Achtet bitte wirklich darauf, dass euch nichts zustößt.*

Ich selbst werde jetzt ein paar eigene Nachforschungen anstellen. Um sechs dann tauschen wir uns noch einmal über unsere Entdeckungen aus. Viel Erfolg, also!"

Und damit wandte sich Mister Schwarz zum Gehen und war wenig später um das Hotel herum verschwunden.

Als Ian und Amber wenig später zu Ben und Fiona stießen, tauschten sich die Freunde über die jeweiligen Erlebnisse aus. Da Mister Schwarz nun bereits verschwunden war und Miss Parks ohnehin nicht wieder aufzutauchen schien, beratschlagten die vier Freunde, was sie nun tun sollten.

Ihre Mitschüler verlustierten sich inzwischen mit diversen Leckereien aus ihren Rucksäcken oder waren ihrerseits zu einer neuerlichen Erkundungstour in das alte Hotel aufgebrochen.

Fiona sah nachdenklich aus.

„*Naja, schließlich gibt es auch noch den Ostflügel.*"

Amber nickte energisch.

„*Dann ist doch alles klar - gehen wir!*"

Ian wurde von Amber an der Hand mitgezogen, als sie ohne auf irgendwelche weiteren Einwände zu warten um das Hotel herum zum Vorplatz ging. Ben und Fiona blieb nichts anderes übrig, als ihr zu folgen.

Der Ostflügel war deutlich kleiner als das Hauptgebäude, aber was von der Fassade noch übrig war ließ erkennen, dass dieser Gebäudeteil einst genauso ausgesehen hatte. Verputzte Natursteinmauern, zwei übereinander liegende Reihen Fenster, Giebeldach. Der Eingang war allerdings deutlich unauffälliger als das große Hauptportal. Eine einfache, halb vermoderte Holztür, die den vier Freunden keinen nennenswerten Widerstand bot, führte ins Innere des Ostflügels.

Nachdem auch hier alle Fenster, soweit es noch möglich war, geöffnet worden waren, lag der Raum, in dem sie sich befanden, in einem dämmrigen Zwielicht. Es war ein länglicher Raum, der beherrscht wurde von einem breiten Treppenhaus. Das geschnitzte Geländer ließ erahnen, wie schön das Treppenhaus vor fünfzig Jahren ausgesehen haben mochte. Eine Treppe führte nach oben und endete an einer Tür. Ein mit Grünspan überzogenes Schild trug die Aufschrift "Privat". Die zweite Treppe führte hinunter und verschwand alsbald im Dunkeln. In der Wand zur Linken der Freunde befand sich eine weitere Tür mit der kaum noch lesbaren Aufschrift "Bedienstete".

„Dies war also das Wohnhaus der Hoteleigentümer und der Angestellten", sagte Ben halblaut.

„Ich würde sagen, wir sehen zuerst oben nach. Unheimlich, wir sind drauf und dran, die Wohnung des wahnsinnigen Grayborne zu durchsuchen."

Ian, Amber und Fiona nickten stumm. Etwas zaghaft stieg Ben als erster die Treppe hinauf. Das Holz ächzte unter seinem Gewicht. Er erklomm Stufe für Stufe, bis seine Hand nach dem Türknauf tastete.

Ein morsches Krachen ließ die Freunde zusammenfahren, dann gaben die Stufen unter Ben nach und brachen ein. Ben war sogar zu überrascht, um zu schreien. Entsetzt sah Ian, wie sein Freund keine zwei Yards von ihm entfernt mit rudernden Armen fiel. Bens Sturz war nicht sehr tief, aber sein Schrei beim Aufprall verursachte Übelkeit bei Ian. Unfähig etwas zu sagen beugte Ian sich vor und sah in das Halbdunkel unter der Treppe. Er erkannte Ben nur als schattenhaften Umriss. Fiona war die erste, die sich fasste und laut Bens Namen rufend die Stufen hinuntereilte. Amber und Ian folgten ihr mit weichen Knien. Unten angekommen beugte sich Fiona über den stöhnenden Ben, Amber sah ihr besorgt zu, die Hände vor das Gesicht gepresst.

Der eisige Windhauch, der Ian streifte, kam aus dem Nichts. Die Härchen in seinem Nacken und an seinen Unterarmen stellten sich auf. Er war wie gelähmt, sah wie in Zeitlupe, wie Amber auf ihn aufmerksam wurde, sich langsam zu ihm umwandte, während Fiona noch immer über Ben gebeugt am Boden kniete, zersplitterte Holzbohlen, die bis gerade eben noch Treppenstufen gewesen waren, lagen unter und auf Ben. Ian glaubte, ein heiseres Kichern zu hören - und dann war der Spuk vorbei. Wie vom Donner gerührt stand er da, hörte Ambers Stimme, die ihn fragte, ob alles in Ordnung mit ihm sei. Unwillkürlich schüttelte sich Ian wie ein nasser Hund. Amber zog eine Augenbraue hoch, dann aber drehte sie sich zu Fiona um, als diese sich mit einem Stoßseufzer der Erleichterung aufrichtete und Ben die Hand reichte, um ihm aufzuhelfen.

Ben kam auf wackeligen Beinen zum Stehen, belastete prüfend erst den einen, dann den anderen Fuß und brachte schließlich ein dünnes Lächeln zu Stande.

„Nichts passiert, wie es aussieht. Glück im Unglück..."

Fiona ließ Bens Hand nicht los, ihr Gesicht war voller Sorge einerseits und maßloser Erleichterung andererseits. Sie brachte nicht mehr heraus, als immer wieder Bens Namen zu flüstern. Ben lächelte sie etwas unsicher an.

Ian befand sich in einem Zustand völliger Verwirrung. Bens Sturz, das Kichern... er blickte zu der Tür mit der Aufschrift "Privat" hinauf. Das obere Viertel der Treppe war zusammengebrochen, Die Tür war damit unerreichbar. Ian konnte sich des Eindrucks nicht erwehren, dass der Einsturz der Treppe kein Zufall gewesen war. Es schien gerade so, als wolle jemand nicht, dass sie die Wohnräume des alten Grayborne betraten. Und dann wieder dieser eisige Hauch, so wie er ihn bereits einmal gespürt hatte kurz bevor sie das geheimnisvolle Zeichen unter dem Bett gefunden hatten. Ian war noch immer zu verwirrt, um etwas zu sagen. Selbst seiner Erleichterung darüber, dass Ben seinen Sturz unbeschadet überstanden hatte, konnte er keinen Ausdruck verleihen. Zu viele Fragen und Gedanken kreisten in seinem Kopf. Glücklicherweise schienen Fiona und auch Amber zu sehr auf Ben konzentriert, um auf Ian zu achten. Ian war das sehr recht, ihm war nicht danach, seine Gedanken den anderen mitzuteilen.

Fiona sah noch immer äußerst besorgt aus, so als glaube sie Ben nicht recht, dass ihm wirklich nichts fehlte.

„Wir sollten hier verschwinden. Dieses alte Hotel ist es nicht wert, dass wir uns den Hals brechen."

Amber sah sie entgeistert an.

„Fi, das ist nicht dein Ernst! Das war gerade ziemliches Pech, okay. Aber es ist doch nichts passiert! Wir werden eben vorsichtiger sein - aber wir können doch jetzt nicht aufhören, nur weil..."

Fiona fauchte Amber an, bevor diese ihren Satz beenden konnte.

„Nur weil Ben sich gerade fast das Genick gebrochen hätte, meinst du das? Du hast leicht reden, dir ist schließlich wirklich nichts passiert! Und Ian auch nicht!"

Fiona blickte vielsagend von Amber zu Ian.

„Also nichts, was Miss Amber Sampson betreffen würde. Warum sich also Sorgen um andere machen, nicht wahr?"

Fionas Augen funkelten wütend, sie stand vor Ben wie eine Löwin, die ihr Junges verteidigt. Amber sah zunächst überrascht aus, dann stieg ihr die Zornesröte ins Gesicht.

„Na, das ist jetzt aber wirklich interessant. Du hältst mich also für egoistisch, ja?"

Fiona zischte unbeeindruckt von Ambers aufwallendem Zorn zurück.

„Egoistisch wäre noch geschmeichelt. Selbstverliebt trifft es wohl eher..."

Ian hielt die Luft an. Er kannte Amber gut genug um zu wissen, dass Fiona sie an einem wunden Punkt getroffen hatte. Ben wollte beschwichtigend eingreifen, aber Fiona ließ das nicht zu.

„Ich habe doch recht! Amber denkt zuerst immer an sich. Solange es Amber gut geht, ist alles in bester Ordnung. Aber wehe, Amber hat mal ein Problemchen..."

Ian sah ein feuchtes Glitzern in Ambers Augenwinkel und wusste, dass Fiona sie tief verletzt hatte. Umso mehr, als sie wenigstens zum Teil Recht hatte. Amber ließ tatsächlich ihre Launen an anderen aus, das hatte Ian selbst oft genug zu spüren bekommen. Nun aber sagte Amber kein Wort, nickte langsam und wandte sich von Fiona ab. Schweigend schritt sie zu der Tür, hinter der die ehemaligen Wohnbereiche der Bediensteten lagen, öffnete sie und verschwand in der Dunkelheit dahinter.

Endlich erlangte Ian die Fassung wieder.

Er warf Fiona einen finsteren Blick zu und eilte Amber nach, um sie aufzuhalten. Ben indes starrte ungläubig Fiona an.

„Warum hast du das gemacht?", fragte er sie.

Fiona drehte sich zu ihm um, antwortete aber nicht, sondern schlang stattdessen ihre Arme um Ben und drückte ihn fest an sich.

Ian knipste seine Taschenlampe an, um in der Dunkelheit hinter der Tür etwas sehen zu können. Im Lichtkegel sah er Ambers Rücken, der sich rasch von ihm entfernte. Sie hatte ihre Taschenlampe nicht angeschaltet, sondern eilte mit raschen Schritten in die Schwärze vor ihr. Auch auf Ians Rufen blieb sie nicht stehen. Dennoch war sie nur wenige Schritte von Ian entfernt, er würde sie mühelos einholen und einfach festhalten, damit die Situation geklärt werden konnte. Fiona war zu weit gegangen, aber Ian konnte sich denken, dass die große Sorge um Ben, den Fiona schon seit geraumer Zeit heimlich anhimmelte, dafür verantwortlich war. Warum nur mussten Mädchen immer so unberechenbar sein? Ian erkannte im Halbdunkel einen langen Flur, von dem zu beiden Seiten in regelmäßigen. Abständen Türen abgingen. Eine weitere Tür tauchte am Ende des Flures auf. Ian rief erneut.

„Amber, bleib doch stehen. Lauf nicht weg, das ist zu gefährlich!"

Amber antwortete nicht, aber Ian hörte ihr Schluchzen. Jetzt, da er hinter ihr war, konnte auch Amber im Schein von Ians Taschenlampe die Tür vor sich am Ende des Flurs erkennen. Zielstrebig hielt sie darauf zu, riss sie ohne zu zögern auf und warf sie hinter sich zu, sobald sie hindurch war, direkt vor Ians Nase. Mit einer Mischung aus Verblüffung und aufkeimendem Ärger griff Ian nach der Klinke und drückte sie herunter.

Die Tür ließ sich nicht öffnen. Verwirrt rüttelte Ian daran, zog und schob, aber die Tür rührte sich keinen Millimeter, so als sei sie fest verschlossen. Es musste also ein Schlüssel von der anderen Seite gesteckt haben, und Amber hatte sofort hinter sich abgeschlossen. Ian kam es seltsam vor, denn Amber hätte kaum Zeit dazu gehabt, schließlich war er unmittelbar hinter ihr gewesen. Auch hatte er kein Klicken beim Umschließen gehört. Aber eine andere Erklärung gab es schließlich nicht. Erbost hämmerte Ian gegen die Tür.

„Amber, lass den Quatsch. mach die Tür wieder auf!"

Es kam keine Antwort von der anderen Seite der Tür, dabei war Ian sich sicher, dass Amber ihn gehört hatte. Ian sah hilfesuchend über seine Schulter. Bens Silhouette hob sich vor dem Zwielicht in der Türöffnung am anderen Ende des Flurs ab.

Ian konnte sein Gesicht nicht erkennen, Fiona war überhaupt nicht zu sehen. Das Letzte, was sie jetzt brauchen konnten, war ein Streit zwischen Amber und Fiona. Zähneknirschend dachte Ian an David und daran, dass ihr Freundeskreis vor kurzem noch aus fünf Personen bestanden hatte. Wut stieg in Ian auf. Gerade erst hatte er seine Gefühle für Amber entdeckt, aber er hatte auch in David einen neuen Erzfeind gefunden. Wenn jetzt auch noch die Freundschaft zwischen Amber und Fiona zerbrach - nein, das durfte nicht geschehen! Er würde Amber zur Vernunft bringen und später ein ernstes Wort mit Fiona reden. Energisch hämmerte Ian erneut gegen die Tür.

„Amber, jetzt mach endlich diese blöde Tür auf! Was soll denn der Quatsch?"

Nichts. Amber und ihr dreimal verfluchter Sturkopf, dachte Ian. Immer wieder drückte er die Klinke herunter, rammte schließlich sogar die Schulter gegen die Tür, aber nichts half. Ian wandte sich von der Tür ab und lehnte sich mit dem Rücken dagegen. Er sog tief die Luft ein und schloss die Augen. Wie konnte er Amber dazu bewegen, die Tür zu öffnen, geschweige denn je wieder ein Wort mit Fiona zu reden? Er fühlte sich entsetzlich machtlos, und das frustrierte ihn. Als ob sie nicht schon genug hätten, dass sie in Atem hielt, aber nein, nun mussten sich Fiona und Amber noch in die Haare kriegen.

Plötzlich zuckte Ian zusammen. Er hatte ein Geräusch in seinem Rücken gehört. Ein Quietschen und Rumpeln war von jenseits der verschlossenen Tür zu hören, dann ein heftiges Poltern, gefolgt von Scheppern und Klirren. Ian kam nicht erst dazu sich zu fragen, was diese Geräusche verursacht haben mochte, denn Ambers schriller Schrei vertrieb alle anderen Gedanken aus seinem Kopf. Ohne nachzudenken warf er sich mit seinem ganzen Gewicht gegen die Tür. Mit sich überschlagender Stimme schrie er Ambers Namen. Plötzlich war Ben neben ihm und stemmte sich ebenfalls gegen die Tür. Ein berstendes Geräusch spornte die beiden Jungen an, sich noch mehr anzustrengen. Langsam gab die Tür nach, das alte Holz splitterte unter dem wiederholten Aufprall der beiden Freunde.

Mit einem Krachen zerbrach sie schließlich, und Ian stolperte hindurch und wäre fast der Länge nach hingefallen. Ben war bei ihm. Noch immer rief Ian Ambers Namen, hektisch zuckte seine Taschenlampe durch die Finsternis. Schließlich streifte der Lichtkegel Amber. Ian stürzte auf sie zu, sah ihre vor Angst geweiteten Augen, die ihm entgegen starrten.

Sie saß zusammengekauert in einer Ecke, die Knie angezogen und fest mit den Armen umschlungen. Als Ian sie in die Arme schloss, spürte er, wie Amber zitterte. Er umarmte sie ganz fest und hörte, wie sie immer wieder denselben Satz vor sich hin stammelte.

„Es war hier... es war hier..."

Ians Herzschlag raste, die Härchen in seinem Nacken stellten sich auf und er fröstelte. Er hatte das ungute Gefühl,, dass irgendjemand - oder irgendetwas - sie in diesem Moment beobachtete.

Amber hatte ihr Gesicht an seiner Schulter vergraben. Ohne sich umzusehen wusste er, dass Ben hinter ihm stand. Und dann hörte er auch Fionas Stimme.

„Amber, hör mal, es tut mir leid, ich..."

Dann brach sie ab. Offenbar sah sie ein, dass es kaum einen unpassenderen Augenblick für eine Aussprache geben konnte als diesen.

Ian wandte langsam den Kopf, sah sich in der Dunkelheit um. Der Strahl von Bens Taschenlampe wanderte ruhig und langsam durch die Schwärze.

In dem Lichtkegel erkannte Ian große, wuchtige Objekte... Möbelstücke, vermutlich Schränke. Bens Stimme war kaum mehr als ein Flüstern.

„Amber, was hast du gesehen? WAS war hier?"

Amber schluchzte laut auf, doch dann gelang es ihr tatsächlich, mit zittriger Stimme eine Antwort zu geben.

„Das Mädchen... das kleine Mädchen... es war hier..."

Ian runzelte die Stirn. Von was für einem Mädchen sprach Amber da? Das machte doch gar keinen Sinn.

„Es... es hat..."

Amber rang mit ihrer Fassung.

„Es hat den Schrank umgestoßen... und alles... ist herausgefallen..."

Fiona mischte sich ein.

Ian hörte, dass sie sich wirklich Mühe gab, sachlich zu klingen, doch noch während sie sprach war ihm klar, dass Amber es ganz anders auffassen würde.

„Hmm... es war stockdunkel hier, du hattest nicht mal deine Taschenlampe an. Wie konntest du also ein kleines Mädchen erkennen? Und... wo ist es jetzt?"

Amber spie mehr, als dass sie sprach, ihre Stimme überschlug sich beinahe und klang in der geisterhaften Stille umso schriller.

„Glaubst du, ich denke mir das alles bloß aus? Denkst du, ich will nur wieder im Mittelpunkt stehen? Denkst du das? Es war hier - und ich habe es gesehen! Ich habe die Kleine hier, in diesem Zimmer gesehen, weil sie geleuchtet hat! Sie ist ein Geist! Ja, verdammt noch mal, ich habe einen Geist gesehen!"

Niemand sagte etwas. Jedem der Freunde war klar, dass Amber nicht log. Ihr Entsetzen, ihre Aufregung waren nicht gespielt. So etwas konnte niemand vortäuschen.

Amber hatte tatsächlich einen Geist gesehen - oder sie war zumindest davon überzeugt, einen gesehen zu haben. Wieder einmal war es Ben, der einen vernünftigen und einleuchtenden Vorschlag machte.

„Also gut, wir stellen hier alles auf den Kopf. So langsam glaube selbst ich nicht mehr an Zufälle. Irgendetwas ist hier, in diesem Zimmer, und wir werden es finden. Also, Lampen an, lasst uns alles systematisch absuchen."

Ian war für einen kurzen Augenblick versucht zu widersprechen. Er wollte es Amber nicht zumuten, noch länger hier in diesem Raum zu bleiben. Amber aber löste sich von ihm und knipste wortlos ihre Taschenlampe an.

„Na dann. Ich will wissen, ob ich wirklich spinne. Und wenn mich hier jemand für dumm verkauft, dann will ich das auch wissen. Denjenigen will ich dann nämlich in die Finger kriegen."

Ihre Stimme klang heiser und Ian wunderte sich über sie. Es musste wohl der Mut der Verzweiflung sein, der Amber antrieb, dachte er.

Aber er musste Ben Recht geben. Dies alles war kein Zufall. Die seltsamen Vorkommnisse häuften sich - es schien beinahe so, als kämen sie des Rätsels Lösung immer näher.

Wenig später hatten sie verschlossene Fensterläden gefunden, die sie mit einiger Mühe öffnen und so das Tageslicht hereinlassen konnten. Das Zimmer bot ein Bild der Verwüstung.

Es musste sich einst um die Gemeinschaftsküche und Aufenthaltsraum der Bediensteten gehandelt haben. Eine kleine Küchenzeile sowie eine Sitzgruppe um einen länglichen Tisch gaben Anlass zu dieser Vermutung.

Die Rückwand des Raumes war vollständig mit Schränken zugestellt. die bis an die Decke reichten. Einer dieser Schränke war umgestürzt, und altes Geschirr, Gläser und einige Töpfe lagen nun im ganzen Zimmer verstreut.

Ian konnte sich kaum ausmalen, wie schwer der umgestürzte Schrank wohl sein mochte, jedoch erschien es ihm unmöglich, dass ein kleines Mädchen ihn hätte umkippen können. Dieser Gedanke kam ihm selbst im gleichen Augenblick absurd vor. Was hätte ein kleines Mädchen ohnehin hier zu suchen gehabt? Und dann fielen ihm ganz plötzlich wieder die unheimlichen Legenden ein, die sich um Blackrock Manor rankten, und die für Ian inzwischen weit weniger unglaublich klangen. Man könne Stimmen hören, erzählten sich die Leute. Manchmal, wenn alle anderen Geräusche verstummten, höre man die leisen Stimmen von Kindern. Das hatten irgendwann einmal Wanderer berichtet, die sich hierher getraut hatten.

Stimmen hatte auch Ian gehört, und Amber hatte nun sogar ein Kind gesehen. Was also, wenn die Gerüchte alle wahr waren? War es dann nicht ein furchtbarer Fehler gewesen, überhaupt hierher zu kommen? Brachte Mister Schwarz sie nicht alle in schreckliche Gefahr?

Zum allerersten Mal überfielen Ian Zweifel daran, was sie hier taten. Andererseits jedoch musste irgendwann einmal jemand der Sache auf den Grund gehen. Irgendwann musste es aufhören, das Rätsel musste gelüftet werden. Nach allem, was sie nun schon erlebt hatten, nachdem Ben gestürzt und Amber fast zu Tode erschreckt worden war, war es nun etwas Persönliches geworden.

Im selben Augenblick fiel Ians Blick auf das Ding, das an der Rückwand des umgestürzten Schranks befestigt war.

Mit gerunzelter Stirn betrachteten die vier Freunde das Objekt. Klebestreifen hielten es an Ort und Stelle, und es musste seit wer weiß wie langer Zeit zwischen dem Schrank und der Wand dahinter geklemmt haben. Nun, da der Schrank umgestürzt war, war es ans Tageslicht gekommen. Es handelte sich um ein kleines Büchlein, eine Art Tagebuch.

Mit geschickten Fingern löste Fiona die Klebestreifen und sah dann fragend in die Runde. Ben und Ian nickten ihr aufmunternd zu, Amber würdigte sie keines Blickes.

Vorsichtig nahm Fiona das Büchlein und schlug es auf. Mit halblauter Stimme las sie vor. Sie stockte dann und wann etwas, denn die Schrift war offenbar nur sehr schwierig zu entziffern.

„Gott sei meiner Seele gnädig, wenn sie es ist, die diese Aufzeichnungen nun in Händen hält. Wenn aber jetzt jemand diese Zeilen liest, der reinen Herzens ist, dann heißt das, dass sie es nicht gefunden hat und dass all meine Mühen, all die Gefahren vielleicht doch nicht umsonst waren..."

Mit erhobenen Brauen schaute Fiona ihre Freunde über den Rand ihrer Brillengläser hinweg an. In ihrem Blick lag Triumph.

Im gleichen Moment wurden die Fensterläden wie durch einen gewaltigen Windstoß zugeschlagen. Augenblicklich war der Raum in stockfinstere Dunkelheit getaucht. Hastig tastete Ian nach seiner Taschenlampe. Dann fiel ihm ein, dass er sie auf den Tisch in der anderen Ecke des Zimmers gelegt hatte. Er hatte sie ja nicht gebraucht, als die Läden erst geöffnet waren. Angst kroch eiskalt seinen Rücken hinauf.

„Macht doch mal jemand Licht... bitte..."

Fionas Stimme klang flehend. Ian hörte, wie Ben sich erhob und mit langsamen, vorsichtigen Schritten den Raum durchmaß. Nach einer Weile, die Ian wie eine Ewigkeit schien, schaltete Ben seine Lampe ein. Ian sah nun, dass er einige Meter weit entfernt von ihnen stand, drüben am Tisch. Natürlich, sie hatten ja alle ihre Lampen dort liegen lassen...

Ian wandte sich zu den beiden Mädchen um. Der Lichtkegel von Bens Lampe schien Fiona ins Gesicht. Ian sah, wie Fiona ihn ansah. Ihre Augen weiteten sich vor Entsetzen. Er spürte ein unangenehmes Kribbeln im Nacken und dann fiel ihm auf, dass Fiona nicht ihn anstarrte, sondern dass ihr fassungsloser Blick über seine Schulter in die Dunkelheit hinter ihm gerichtet war. Ihre Lippen formten tonlos einige Worte. Irritiert drehte sich Ian um...

Da war es. Das kleine Mädchen schwebte direkt vor ihm in der Luft. Ian schrie auf, der Schreck trieb auf einen Schlag sämtliche Körperwärme aus seinen Gliedern.

Die Gestalt des Mädchens leuchtete bläulich, sie war transparent, und ihre Konturen verschwammen, als ob ihre Form nur sehr flüchtig und instabil wäre und sich jede Sekunde in Luft aufzulösen drohte. Das Gesicht der Erscheinung war das Kindes... eines Kindes mit unaussprechlich traurigen, dunklen Augen.

Der Schrei erstarb in Ians Kehle, er war vor Schreck noch immer wie gelähmt, er bekam nichts davon mit, was Ben, Amber und Fiona in diesem Moment taten. Diese Erscheinung vor seinem Gesicht beanspruchte seine ganze Aufmerksamkeit, sein ganzes Denken. Und dann hörte er die Stimme. Das kleine Mädchen sprach, obwohl es die Lippen nicht bewegte. Die Stimme war leise, nur ein Hauch, und doch schienen ihre Worte den ganzen Raum auszufüllen.

„Ihr müsst fort. Sie kommt hierher... sie ist sehr böse... ihr müsst fort..."
Ian war unfähig zu irgendeiner Bewegung. Er konnte nur fassungslos die Erscheinung des kleinen Mädchens anstarren.

„Geht fort, geht doch fort... sie ist gleich hier... sie ist schrecklich wütend... sie ist böse..."
Die Konturen des Mädchens verschwammen immer mehr, wie die eines Schneemannes, der in der Sonne schmolz. Ihre traurigen dunklen Augen blickten Ian direkt an, großes Leid und Schmerz lagen darin. Dann, genau in dem Moment, in dem sich die Erscheinung endgültig auflöste und in einer Schwade aus bläulich schimmerndem Dunst verwehte, schienen sich die Augen zu weiten.

„Sie ist hier..."
Für einige quälende Sekunden war es totenstill, nur der Strahl von Bens Taschenlampe zuckte durch die Finsternis.

Dann kam die Kälte. Sie schien aus dem Boden aufzusteigen und umwehte die Freunde als eisiger Hauch. Jeder von Ians schnellen, flachen Atemzügen wurde zu weißem Dampf, der im Schein von Bens Lampe zu diffusen Mustern verwirbelte. Doch da war mehr als diese Dampfwölkchen. Etwas verdichtete sich, war zunächst nur kaum wahrnehmbarer Nebel, nahm dann jedoch rasch an Substanz zu.

„Raus hier, worauf wartet ihr denn?", schrie Ben seine Freunde an.
Ian war zunächst unfähig zu irgendeiner Bewegung.

Erst als sich Ambers Fingernägel in seinen Oberarm krallten, gewann er seine Fassung wieder. Amber zerrte wie wild an ihm, Fiona war bereits hinter Ben, nicht mehr als eine Silhouette im Dunkeln. Ians Knie waren so weich, dass er kaum einen Fuß vor den anderen setzen konnte. Die Kälte war nun klirrend und schnitt bei jedem Atemzug in die Lungen. Bildete sich Ian das nur ein oder vibrierte der Boden? Und woher kam dieses Kichern? Amber riss an seinem Arm, Ian registrierte, wie ihre Fingernägel sich tief in sein Fleisch gruben, aber er spürte keinen Schmerz.

Becher und Geschirr klirrten in den Schränken, der Boden bebte tatsächlich! Das Kichern wurde lauter und füllte nun den ganzen Raum aus. Ian stöhnte auf, als ihn unvermittelt etwas am Rücken traf. Er stolperte vorwärts. Etwas zischte haarscharf an seinem Ohr vorbei und zerplatzte an einer Wand. Eine Tasse? Ein Teller? Aber woher...

Wieder ein Treffer, diesmal am Hinterkopf, ließ Ian Sterne sehen. Er hörte Bens Fluchen und Fionas entsetzten Aufschrei. Immer mehr Gegenstände zischten durch den Raum, zerplatzten an den Wänden, klirrten und schepperten. Ian spürte, dass etwas hinter ihm war, doch er wagte nicht, sich umzudrehen. Amber zog ihn weiter, sie waren nun bei Ben und Fiona. Hintereinander stürmten sie durch die Tür in den langen Flur. Mit einem dumpfen Geräusch schlug etwas direkt neben Ians Kopf in dem Türrahmen ein. Aus den Augenwinkeln sah er ein metallisches Blitzen - ein Küchenmesser!

Kaum dass alle vier durch die Türöffnung hindurch waren, ertönte ein schrilles Kreischen. Ian hatte das Gefühl, als würde es ihm das Trommelfell zerfetzen. Er hielt sich die Ohren zu, was aber wenig nützte. Als er noch einmal über die Schulter in den Raum zurückblickte, sah er zu seinem maßlosen Entsetzen eine blau schimmernde Gestalt mit wehenden Haaren und wallendem Kleid. Er erkannte nicht viel außer den Augen, die wie Feuer brannten und der großen schwarzen Öffnung mitten im Gesicht - ein weit aufgerissener Mund. Die Erscheinung schrie...

„Weiter, weiter! Raus hier!"

Ben stürmte voran, der Strahl seiner Taschenlampe tanzte im Rhythmus seiner Schritte auf und ab.

Fiona, Amber und Ian hatten ihre Lampen liegen gelassen, so dass Ben nun über die einzige spärliche Lichtquelle verfügte. Der Flur erschien Ian endlos, so als ob er sich immer mehr ausdehnte und in die Länge zog. Sie mochten ihn etwa zur Hälfte durchquert haben, als mit einem berstenden Geräusch die Türöffnung hinter ihnen gesprengt wurde. Krachend wurden die Bodendielen hinter ihnen eingedrückt, wie unter dem Schritt eines Riesen. Das Herz schlug Ian bis zum Hals, Adrenalin flutete durch seine Adern und trieb ihn vorwärts. Die Luft selbst schien zu knistern von einer unheimlichen Kraft, Ian spürte, wie sich seine Haare aufstellten.

Dann waren sie an der anderen Tür, der Flur lag hinter ihnen. Als alle vier den Raum mit der eingestürzten Treppe erreicht hatten, warf Fiona die Tür zu. Ein Grollen, das so tief war, dass man es mehr in der Magengrube spürte als dass man es hören konnte, drang aus dem Flur hinter der Tür. Dann hämmerte etwas dagegen, so heftig, dass das Türfutter zitterte. Beim dritten und vierten Schlag zeigten sich bereits Risse im Holz der alten Tür.

„Los, raus! Raus!"

Ben war an der Eingangstür. Nur noch da durch, und sie wären auf dem Vorplatz des Hotels und damit hoffentlich in Sicherheit. Schon machte sich Ben an der Tür zu schaffen.

„Verschlossen! Das gibt es doch gar nicht! Sie ist verschlossen!"

Seine Stimme bebte. Die Tür zu dem Wohnbereich des Personals würde nicht mehr lange standhalten, nur noch wenige Sekunden, und sie würde einfach zerbrechen und das, was auch immer dahinter war, würde zu ihnen gelangen.

Die Schläge klangen wie Donnerhall in Ians Ohren - und so bemerkte er erst nicht, dass sie von der Eingangstür kamen, an der Ben wie besessen zerrte. Beide Türen gaben im gleichen Augenblick nach. Ian sah nur noch aus den Augenwinkeln, wie sich etwas Riesiges, Finsteres in den Raum ergoss. Ben wurde im selben Moment mit einem überraschten Aufschrei ins Freie gezogen.

Dann ging alles sehr schnell und Ian konnte sich später nicht mehr an Einzelheiten erinnern. Er wurde von bärenstarken Händen gepackt und nach draußen gezerrt, gerade als die Dunkelheit ihn einzuhüllen drohte.

Gleißendes Sonnenlicht blendete ihn und er erkannte zunächst nur einen gewaltigen Schatten. Er schrie, weil er glaubte, das Ding aus dem Haus sei ihm gefolgt. Dann hörte er wie aus weiter Ferne eine tiefe, knurrige Stimme.

„Ich habe ja gewusst, dass ihr Ärger machen würdet!"

Ian kannte die Stimme. Er kniff die Augen zusammen, um besser sehen zu können.

Vor ihm stand Mister Bright mit einer schweren Axt in der Hand.

kapitel Zwölf:
Ein Riese mit einer Axt

Widerstandslos gingen die vier Freunde mit dem hünenhaften Schotten. Dabei war es nicht einmal die Axt in seinen Händen, noch der finstere Gesichtsausdruck, der sie nicht ans Weglaufen denken ließ. Es war vielmehr das Unverständnis dessen, was vor wenigen Minuten geschehen war. In Ians Kopf kreisten die Gedanken wie ein großer Strudel, der alles mit sich riss und ein einziges Chaos hinterließ.

Hatten sie tatsächlich einen Geist gesehen? Oder vielmehr sogar zwei Geister? Was war da hinter ihnen her gewesen? Was hatte den ganzen Korridor hinter ihnen verwüstet? Verstohlen, mit gesenktem Kopf, warf er einen kurzen Blick auf seine Freunde, die ebenfalls wortlos vor Mister Bright dahin schlurften. Der Schotte ging hinter ihnen und schien sie genau im Auge zu haben.

Weder Fiona, noch Ben, noch Amber erwiderten seinen Blick. Sie stierten auf ihre Füße und marschierten wie Roboter um das Hotel herum zu ihrem Versammlungsplatz auf der ehemaligen Terrasse. Ian sah, dass Fiona kalkweiß im Gesicht war. Bens Miene war ernst, hinter seiner Stirn jedoch schien es wie verrückt zu arbeiten. Und Amber schließlich rang offenbar mit ihrer Fassung. Ihre Lippen bebten, eine vereinzelte Träne lief über ihre Wange.

Mister Brights donnernde Stimme ließ Ian zusammenzucken.

„So, dann will ich mir doch mal euren sauberen Lehrer zur Brust nehmen. Das hätte ich schon längst tun sollen! Ihr habt doch alle gar keine Ahnung, in was ihr hier hereingeplatzt seid...“

Ian konnte es sich nicht verkneifen, einen fragenden Blick über die Schulter zu werfen. Mister Brights Gesicht war gerötet vor Zorn.

„Sieh nach vorn, Junge. Und sei froh, dass du überhaupt noch laufen kannst...“

Ruckartig riss Ian den Kopf wieder herum und starrte ergeben auf den Boden vor seinen Füßen.

Mister Bright wirkte nun wieder so bedrohlich auf ihn wie bei seinem unfreiwilligen Zusammenstoß mit ihm im Wald in der vorigen Nacht.

Ian registrierte kaum die Ausrufe seiner Mitschüler, als Mister Bright ihn und seine drei Freunde direkt in die Mitte der alten Terrasse dirigierte. Auch Mister Bright schien sich nicht um die Jugendlichen zu kümmern, die sich in einem respektvollen Abstand um ihn, Ian, Fiona, Ben und Amber versammelten. Er rief nur laut nach Mister Schwarz. Als auch sein dritter Ruf scheinbar ungehört verhallte, wandte er sich an den nächstbesten Schüler. Charlie Campbell quiekte erschrocken auf, als sich die große Pranke Mister Brights auf seine Schulter herabsenkte.

„Wo ist euer Lehrer, Söhnchen?"

Mister Brights Stimme glich nun mehr einem Knurren. Charlie stammelte, dass er es nicht wisse und sank dann buchstäblich unter Mister Brights prüfendem Blick zusammen. Dann wandte sich der Riese an alle Versammelten. Seine Axt legte er betont lässig über die Schulter.

„So, da führt euch euer Lehrer also erst hierher, lässt euch dann allein durch dieses Gemäuer schnüffeln und verschwindet dann einfach spurlos? Hmm..."

Er ließ seinen finsteren Blick langsam über alle anwesenden Schüler wandern, bis er schließlich an Samantha Miles hängen blieb. An sie erinnerte er sich offenbar, hatte sie ihn doch letzte Nacht mit ihren Fragen zu Blackrock Manor gelöchert. Mister Brights Stimme klang plötzlich bedeutend sanfter, als er Samantha ansprach.

„Wo ist denn euer Lehrer nun, Kleine? Ich will ihm bestimmt nichts tun, aber ich muss mich mit ihm unterhalten. Ihr alle seid hier nicht sicher, und euer Lehrer muss einsehen, dass ihr hier verschwinden müsst. Wenn ihr bald aufbrecht, erreicht ihr noch bequem euren alten Lagerplatz an den Needle Rocks, bevor es dunkel wird."

Mister Bright ging ein paar Schritte auf Samantha zu und ging vor ihr in die Knie, um sie nicht durch den Größenunterschied noch weiter einzuschüchtern. Seine Axt legte er neben sich auf den Boden und umfasste dann Samanthas Arme. Dabei war er jedoch sehr behutsam, es war eine beruhigende Geste, die nichts Bedrohliches an sich hatte. Ganz langsam hob Samantha den Kopf und blickte Mister Bright in die Augen. Ihre Stimme zitterte leicht, als sie ihm endlich antwortete.

„Ich glaube, Mister Schwarz wollte sich diese komische Tür genauer ansehen...“

Mister Bright runzelte die Stirn, so dass seine buschigen Brauen über der Nase zusammenstießen.

„Was für eine Tür, Mädchen?“

„Naja, Amber und die anderen...“

Sie reckte ihr Kinn in die Richtung, in der Ian, Ben, Fiona und Amber noch immer wie begossene Pudel standen.

„...die haben da diese Tür gefunden... im Keller. Eine Stahltür, mit so einem komischen Tastenfeld... drüben, im verbrannten Teil...“

Mister Bright richtete sich langsam wieder auf, bis er schließlich wie ein Turm vor Samantha stand.

„Und er hat gesagt, er wolle sich diese Tür ansehen, ja?“

Samantha nickte.

„Ja. Ich glaube, er sucht einen Weg, um sie zu öffnen...“

Mister Bright wandte sich langsam von Samantha ab.

Mit der Rechten massierte er sein stoppeliges Kinn, offenbar tief in Gedanken versunken.

„Die Tür kriegt er nicht auf... verflucht, die Tür DARF er nicht aufkriegen...“

Dann fuhr er ruckartig herum und blickte Ian direkt an.

„DU, Junge, du und deine drei Freunde - ihr kommt jetzt sofort mit mir zu eurem Lehrer. Ihr werdet ihm berichten, was euch zugestoßen ist, und dann werde ich ihn schon zur Vernunft bringen.“

Mit einer ausladenden Bewegung seiner Linken fuhr er fort.

„Der Rest von euch bleibt hier. Vielleicht solltet ihr schon mal euren Kram zusammenpacken.“

Dann bückte er sich und hob seine Axt auf, die er sogleich wieder schulterte. Mit einer Handbewegung gab er Ian, Ben, Fiona und Amber zu verstehen, dass sie sich in Bewegung setzen sollten.

„Los, auf geht's. Ihr wisst doch schließlich, wo diese Tür ist! Dorthin gehen wir jetzt.“

Ohne Widerspruch marschierte Ian los.

Der chaotische Strudel in seinem Kopf hatte sich mittlerweile etwas verlangsamt, so dass sich etliche Fragen herausbildeten. Und diese Fragen wurden schnell so drängend, dass sie Ian sogar seine Angst vergessen ließen.

Kaum dass sie außer Hörweite der anderen waren, wandte sich Ian an Mister Bright, ging aber dabei gehorsam weiter.

„Mister Bright... darf ich... Ihnen eine Frage stellen?"

Der Riese nickte knapp.

„Ich... wir... ich meine, was WAR das, was uns verfolgt hat?"

Mister Bright verzog keine Miene und antwortete nicht.

„Ich meine... es spukt doch nicht WIRKLICH, oder? Oder doch? Wir.... wir haben da.... etwas gesehen... Amber hat..."

Nun fiel Mister Bright ihm ins Wort.

„Junge, ihr habt viel mehr gesehen, als ihr hättet sehen dürfen. Und ihr wart in Gefahr, in sehr großer Gefahr. Ich habe so etwas hier noch nicht erlebt, nicht in dieser Intensität."

Nun schaltete sich auch Fiona ein.

„Also wissen Sie, was hier vor sich geht? Sie haben es die ganze Zeit gewusst?"

Ian fand, dass Fiona beinahe anklagend klang, und er hoffte, dass sie damit nicht Mister Brights Zorn erneut aufwallen ließ. Der aber blieb ganz ruhig.

„Kleine, ich weiß gerade so viel wie jemand, der hier seit etlichen Jahren als Wächter eingesetzt ist. Ich weiß, dass man Neugierige von hier fernhalten sollte, und ich weiß, dass es schierer Wahnsinn ist, eine Horde Kinder hier von der Leine zu lassen."

Fiona war mit dieser Antwort keineswegs zufrieden.

„Was geht also hier vor sich? Was ist denn so gefährlich?"

Mister Bright schaute sie fragend an.

„Kind, ihr habt es doch am eigenen Leib erfahren. Hätte ich nicht die Tür eingeschlagen, um euch da rauszuholen..."

Fiona blieb abrupt stehen und sah Mister Bright direkt an, die Hände hatte sie in die Hüfte gestemmt. Sie sah auf einmal überhaupt nicht mehr eingeschüchtert aus.

„Mister Bright, ihr Orden hat doch diesen ganzen Hokuspokus hier veranstaltet! Sie sagen ja selbst, dass man Neugierige, besonders eine Horde Kinder, von hier fernhalten muss. Und um das zu bewerkstelligen, hat sich Ihr Orden eine ganze Menge einfallen lassen, nicht wahr? Geistererscheinungen, präparierte Treppen, die plötzlich zusammenbrechen... und jetzt spielen Sie sich noch als Retter in höchster Not auf? Ohne Sie und Ihren Verein wären wir niemals in Gefahr gewesen!"

Ian zuckte zusammen. Hatte Fiona den Verstand verloren?

Offenbar wurde sie einfach nicht damit fertig, einmal keine Antwort auf eine Frage zu finden. Fiona ertrug es nicht, wenn sie etwas *nicht* wusste. Er fürchtete bereits, dass Mister Bright sie nun bei lebendigem Leibe auffressen könnte, aber zu Ians grenzenlosem Erstaunen schmunzelte der Riese nur amüsiert.

„Mädchen, du gefällst mir! Du hast Mumm! Ihr alle habt Mumm, besonders du, Junge…"

Damit wandte er sich an Ian, der unwillkürlich zusammenzuckte.

„Ich war mir ja zunächst nicht ganz sicher, ob du mich tatsächlich belauscht hattest, gestern Nacht. Aber jetzt, da deine Freundin hier so selbstverständlich von meinem Orden spricht, ist wohl der letzte Zweifel ausgeräumt. Natürlich habe ich gesehen, wie du aus dem Wald gestolpert bist, gestern, nachdem das Feuerwerk begonnen hatte. Bist ja dicht genug an mir vorbeigerannt."

Ian schrak unwillkürlich zusammen. Mister Brights Mundwinkel zuckten belustigt.

„Jaja, ich weiß. Du hast mich natürlich nicht bemerkt, warst viel zu erpicht darauf, zu deinen Freunden zu kommen. Was ich bis eben nicht genau wusste, war, wie viel du vorher belauscht hattest. Du Satansbraten hast dich also wirklich die ganze Zeit irgendwo verkrochen und zugehört? Meinen Respekt, Junge. Dass sich mal ein Dreikäsehoch so an mich heranschleichen würde…"

Ian wurde schlecht und innerlich verfluchte er Fiona. Die stand noch immer ungerührt da und starrte Mister Bright mit einer Mischung aus Neugier und Empörung an. Schließlich wandte sich der Schotte wieder an sie.

„Also Mädchen, leider muss ich dir sagen, dass du auf dem Holzweg bist. Hier gibt es keinen inszenierten Hokuspokus. Oder glaubst du tatsächlich, ich bräuchte solchen Budenzauber, wenn ich unliebsame Besucher vertreiben wollte?"

Dabei schielte er vielsagend zu seiner Axt.

„Ich weiß selbst nicht annähernd genug über diesen Ort, und ich denke, ich will auch gar nicht allzu viel darüber wissen. Genau genommen weiß wohl keiner ganz genau, was hier vor sich geht. Mein Orden erforscht dieses Gemäuer seit geraumer Zeit. Offenbar steht man kurz davor, irgendwelche wichtigen Erkenntnisse zu erlangen. Fest steht, dass hier in letzter Zeit deutlich mehr los ist als sonst, und damit meine ich nicht den Fremdenverkehr…"

Fiona runzelte die Stirn. Mister Bright fuhr ungerührt fort.

„Mädchen, ich habe euch doch schon gesagt, dass ich sowas wie vorhin selbst noch nicht erlebt habe. Ich habe keine Ahnung, was ihr angestellt habt, aber ihr habt damit irgendwas gehörig aufgeschreckt. Mir ist es völlig egal, ob du mir glaubst oder nicht. Du meinst, ich würde euch erst in eine Falle schicken, um euch dann aus genau dieser Falle wieder zu retten? Also bitte!"

Amber, die bisher nur apathisch dagestanden hatte, sah nun ebenfalls auf.

„Aufgeschreckt?"

Mister Bright wurde wieder ernst.

„Ja, Mädchen. Irgendwas scheint nicht besonders glücklich darüber, dass ihr hier herumschnüffelt. Ich selbst bin auch nicht sonderlich erfreut, aber das ist etwas anderes. Ich bin wirklich nicht das Schlimmste, das hier draußen umgeht. Was das Schlimmste ist, weiß ich nicht, und es ist nicht meine Aufgabe, das herauszufinden - und darüber bin ich auch verdammt froh. Eure Aufgabe ist es noch viel weniger. Mein Orden kümmert sich darum. Und ich stelle sicher, dass mein Orden dabei nicht gestört wird."

Fiona hatte sich halb abgewandt, ihr Gehirn schien die neuen Informationen zu verarbeiten. Mister Bright wandte sich nochmals an sie.

„Mädchen, ihr habt irgendwas verdammt falsch oder auch verdammt richtig gemacht. Das kommt sicher auf den Blickwinkel an. Auf jeden Fall hat das, was ihr getan habt, irgendwas hier ziemlich aus der Ruhe gebracht. Und aus genau diesem Grunde werdet ihr von hier verschwinden, und zwar bevor es dunkel wird. Los, Abmarsch, ich will mir euren Lehrer vorknöpfen."

Damit war das Gespräch vorbei. Ohne Widerworte setzten sich die vier Freunde wieder in Bewegung. Ian versank erneut in Gedanken. Sagte Mister Bright die Wahrheit? Und wenn das so war, warum war er dann plötzlich so offen zu ihnen? Was konnte man überhaupt noch glauben? Der Gedanke, von hier zu verschwinden, schien jedenfalls nicht länger unbequem. Für Ians Geschmack hatten sie wirklich genug Aufregung gehabt. Und trotzdem spürte er, dass er niemals wieder ruhig würde schlafen können, wenn er nicht endlich erfuhr, was hier vor sich ging. Andererseits, wenn er es wüsste - würde ihn dann nicht dieses Wissen erst recht um den Schlaf bringen?

Ian lief ganz automatisch vor Mister Bright her, kletterte über Geröll und Schutt, als sie den eingestürzten Westflügel erreichten, stieg die Treppe hinab in den ausgebrannten Keller, in dem die Grubenlampen hell brannten.

Das Rattern des Generators drang wie durch Watte an sein Ohr.

Und dann, mit einem Schlag, waren alle Gedanken aus seinem Kopf verbannt. Urplötzlich wurde seine ganze Aufmerksamkeit in Anspruch genommen von etwas, dass er niemals für möglich gehalten hätte. Es überlief Ian eiskalt und er nahm alles überdeutlich wahr, als Adrenalin durch seinen Körper flutete Er hörte Mister Brights Knurren, hörte, wie seine Freunde nach Luft schnappten, genauso fassungslos wie er selbst.

Sie hatten Mister Schwarz gefunden. Ihr junger Lehrer stand mit dem Rücken zu ihnen und drehte sich langsam, wie in Zeitlupe um. Ian wurde kalt. Mister Schwarz lächelte sie an, dann fiel sein Blick auf Mister Bright und sein Lächeln wurde noch breiter. Eine Reihe strahlend weißer Zähne glänzte in Mister Schwarz' Gesicht.

Hinter Mister Schwarz lag die Stahltür. Sie war offen.

kapitel Dreizehn:
Ein offenes Geheimnis

„Gehen Sie von der Tür weg. Ich warne Sie..."

Mister Bright machte ein paar Schritte auf Mister Schwarz zu. Ian konnte sehen, wie angespannt der Hüne war. Seine Pranken schlossen sich so fest um den Griff seiner Axt, dass die Knöchel weiß hervortraten. Mister Schwarz jedoch sah nicht sonderlich eingeschüchtert aus. Er wirkte lediglich ungeduldig und genervt. Trotzdem tat er, was Mister Bright von ihm verlangte, worauf sich dieser etwas entspannte.

„Gut. Und nun verraten Sie mir, wie Sie diese Tür aufbekommen haben! Ohne den richtigen Zugangscode ist es unmöglich..."

Mister Schwarz fiel ihm ins Wort.

„Guter Mann, diese Tür war nicht verschlossen, als ich hierher kam. Ich habe sie so vorgefunden..."

Dabei nickte er in Richtung der Türöffnung. Mister Brights Miene verfinsterte sich.

„Ich weiß genau, dass diese Tür immer verschlossen ist! Und nur ein Mann kennt den Zugangscode. Also erzählen Sie keine Märchen - wie haben Sie diese Tür aufgekriegt?"

Mister Schwarz seufzte und setzte sein typisches Gesicht auf, das er immer hatte, wenn er einem besonders begriffsstutzigen Schüler etwas zum wiederholten Male erklärte.

„Sehen Sie, ich habe es gar nicht nötig, Sie anzulügen. Ich war bislang immer sehr aufrichtig und freundlich zu Ihnen. Sie tauchen abends unvermittelt an unserem Lager auf und erschrecken meine Schüler fast zu Tode. Und was habe ich getan? Ich habe Ihnen einen Platz am Feuer angeboten und Sie herzlich willkommen geheißen. Ich habe auch nie ein Geheimnis daraus gemacht, was das Ziel unserer Reise ist und was wir vorhaben. Sie mögen diese Unternehmung für wenig sinnvoll... ja, sogar für irrsinnig halten, aber sich darüber zu streiten, würde eindeutig zu weit führen. Ich bin meinem Schulleiter gegenüber verpflichtet, und der hat diesen Ausflug bewilligt.

Ob Sie dies nun für richtig halten oder nicht, spielt für mich also keine Rolle.“

Mister Bright schwieg, aber Ian kam es so vor, als wäge der Riese ab, ob er den jungen Lehrer ausreden oder lieber sofort in Stücke hacken sollte. Vielleicht irritierte es ihn auch, dass Mister Schwarz so seelenruhig mit ihm sprach, gänzlich unbeeindruckt davon, dass er einem Bullen von Mann gegenüberstand, der ziemlich übler Laune war und eine große Holzfälleraxt in den Händen hielt.

„Jetzt sind wir also hier. Meine Schüler haben diese Tür entdeckt und mir davon berichtet. Als betreuender Lehrer habe ich die Pflicht, mich darum zu kümmern, ohne meine Schüler in Gefahr zu bringen. Deswegen bin ich hier, um die Tür zunächst genauer in Augenschein zu nehmen. Allein. Um niemanden zu gefährden, sollte tatsächlich irgendeine Gefahr von dieser Tür ausgehen.“

Mister Schwarz' Blick ruhte unentwegt auf Mister Bright, so als wolle er ihn niederstarren.

„Ich darf wohl annehmen, dass an diesem Ort nicht grundlos eine solche Hochsicherheitstür eingebaut wurde? Und Ihrem Auftreten nach machen Sie sich große Sorgen. Nur sehen Sie, ich weiß überhaupt nicht, was hinter dieser Tür liegt. Dennoch bin ich vorsichtig und verantwortungsbewusst genug, allein hierher zu kommen. Sie hingegen - sie wissen um die Gefahren an diesem Ort. Sie wissen, dass etwas hinter dieser Tür liegt, das besser eingeschlossen bliebe.

Aber, mein lieber Mister Bright, SIE bringen nichts desto trotz vier meiner Schüler hier herunter.“

Ian zuckte zusammen. Mister Schwarz' Stimme klang nach wie vor betont ruhig und sachlich, es lag kein Vorwurf darin. Dennoch war der Tadel unmissverständlich. Mister Bright schwieg, aber er ließ seine Axt etwas weiter sinken. Mister Schwarz indes war noch nicht fertig.

„Und nun stehe ich Ihnen Rede und Antwort, obwohl Sie sich wie ein Berserker gebärden mit Ihrer Axt. Sie werden mir also vielleicht Recht geben, Mister Bright, wenn ich behaupte, dass Sie derjenige sind, der einige Antworten schuldig ist.“

Mister Bright knurrte leise.

„Ich weiß nicht, was hinter dieser Tür liegt. Ich weiß nur, dass es gefährlich ist und...“

Mister Schwarz hob eine Augenbraue. Ian fand, dass er leicht spöttisch aussah.

„Sie wissen es nicht? Wenn ich nicht ganz falsch liege, dann sind Sie hier so eine Art Wachposten, ja? Und dennoch wissen Sie überhaupt nicht, was Sie hier bewachen? Verzeihen Sie, wenn ich zynisch klinge, aber es wäre demnach durchaus möglich, dass sich hinter dieser Tür beispielsweise ein Laboratorium befindet, in dem Drogen hergestellt werden? Oder andere gefährliche Stoffe. Kampfstoffe, zum Beispiel, wie Giftgas?"

Mister Bright starrte den jungen Lehrer an.

„DAVON wüsste ich!"

Mister Schwarz nickte übertrieben.

„Sicher, denn für so etwas würden Sie sich nicht hergeben, nicht wahr? Kein aufrichtiger Mensch würde das. Sie würden sogar zur Polizei gehen und den ganzen faulen Zauber auffliegen lassen. Sie machen schließlich keinen Hehl daraus, was Sie denken. Sie sind ein offener und ehrlicher Mensch..."

Mister Brights Gesicht rötete sich.

„Hören Sie, Mister, wenn Sie mich auf den Arm nehmen wollen..."

Mister Schwarz hob beschwichtigend die Hände.

„Aber nicht doch. Nur überlegen Sie doch selbst einmal. Wenn Ihre Auftraggeber hier etwas verstecken würden, das - sagen wir mal - nicht ganz astrein ist... denken Sie, man würde Sie dann einweihen? Es ist doch ganz offensichtlich, dass Sie sich mit derlei Machenschaften nicht abfinden würden... aber natürlich, ich weiß ja nicht einmal, für wen Sie überhaupt arbeiten, und ich kenne auch Ihre Arbeitsbedingungen und Befehlsstrukturen nicht... mir kommt es lediglich seltsam vor, dass ein Wächter nicht weiß, worauf er eigentlich aufpasst..."

Volltreffer. Ian konnte förmlich spüren, wie es in Mister Brights Kopf zu arbeiten begann. Mister Schwarz lächelte nun wieder.

„Unter Umständen machen wir uns aber viel zu viele Sorgen. Tatsache ist doch, dass die Tür offen stand. Jemand muss sie geöffnet haben, eben diese gewisse Person, die den Zugangscode kennt. Das hätte dieser Jemand sicher nicht getan, wenn es gefährlich wäre..."

Mister Bright runzelte kurz die Stirn, ließ dann seinen Blick zwischen Mister Schwarz und der Tür und hin und her wandern und senkte schließlich endgültig seine Axt. Ian konnte sehen, dass sich die Gedanken in Mister Brights Kopf überschlugen.

Mister Schwarz lächelte derweil nur. Schließlich schien der schottische Hüne eine Entscheidung gefällt zu haben.

„Ich werde es Ihnen nicht erlauben, dort hinein zu gehen. Schon gar nicht mit den Kindern. Wir schließen diese Tür jetzt einfach wieder. Dann gehen Sie nach oben zu Ihren Schülern. Ich möchte Ihnen dazu raten, nicht über Nacht hier zu bleiben, aber ich kann es Ihnen nicht verbieten. Die Entscheidung liegt bei Ihnen. Dennoch bitte ich Sie, an die Ihnen anvertrauten Jugendlichen zu denken. Dies ist nicht der rechte Ort für eine Schulklasse.“

Ian fand, dass Mister Bright nun sehr ruhig und vernünftig klang. Und Mister Schwarz wirkte nicht sonderlich enttäuscht darüber, dass er nun nicht erfahren sollte, was hinter der Tür lag. Ian selbst aber konnte es nun nicht mehr aushalten.

„Wir sind nun schon einmal hier. Warum können wir jetzt nicht erfahren, was hier vorgeht? Mister Bright, Sie haben uns doch schon so vieles erzählt...“

Mister Bright hob die Hand.

„Schluss jetzt, Junge. Ich habe euch in der Tat viel zu viel erzählt. Geht nun mit eurem Lehrer.“

Damit machte er zwei lange Schritte zu der offenstehenden Tür und zog diese zu sich heran. Mit einem bemerkenswert leisen Klicken schnappte sie zu. Der Weg, der vor kurzem noch offen vor ihnen gelegen und ihnen alle Antworten versprochen hatte, war nun wieder versperrt.

***

Wenig später befanden sich die vier Freunde und Mister Schwarz wieder auf dem Versammlungsplatz hinter dem Hotel. Auf dem Weg dorthin war kaum gesprochen worden, zu sehr hatten alle ihren Gedanken nachgehangen. Ian schielte auf seine Armbanduhr. Viertel vor sechs.

In einigen Stunden würde die Sonne untergegangen sein und Ian wartete gespannt, aber auch mit einem unguten Gefühl in der Magengrube darauf, was dann geschehen würde. Mister Bright war in dem Keller geblieben.

Die Mitschüler bedrängten Ian, Ben, Fiona und Amber, denn sie wollten alle wissen, was denn bloß geschehen war, nachdem der axtbewehrte Riese mit ihnen verschwunden war. Ian bemerkte, dass nur David scheinbar kein Interesse an ihrer Geschichte hatte.

Er heftete sich lieber an Mister Schwarz' Fersen, als dieser wortlos in den wild wuchernden Park spazierte, nachdem er das nächste Treffen für acht Uhr angesetzt hatte.

Um halb sieben war die Neugier der Mitschüler gestillt, und Ian fühlte sich müde und ausgelaugt. Er hatte sich mit Ben, Fiona und Amber ein ruhiges Eckchen der weitläufigen Terrasse gesucht, um dort zu beratschlagen, was sie nun noch tun konnten.

Nach einigem Hin und Her ergriff Ben das Wort.

„Lasst uns erst mal sortieren, was wir eigentlich wissen. Wir sind uns wohl diesmal alle einig, dass im Ostflügel etwas war. Es war schließlich wie der Teufel hinter uns allen her. Und ich bin mir tatsächlich gar nicht mal so sicher, ob uns letztendlich tatsächlich nichts passiert wäre, wenn Mister Bright uns nicht da raus geholt hätte. "

Die anderen nickten betreten. Ben fuhr fort.

„Das hieße dann, dass dieser Orden da wirklich nicht dahinter steckte, oder dass sie bereit sind, Neugierige nicht nur zu erschrecken, sondern notfalls auch ziemlich wirkungsvoll, sagen wir mal, von weiteren Erkundigungen abzuhalten. Die Treppe war ja auch schon eine Klasse für sich... "

Fiona schenkte Ben einen mitleidigen Blick, den dieser allerdings nicht zu bemerken schien. Er sprach unbeeindruckt weiter.

„Dann Mister Bright, der sich wie ein Berserker aufführt, uns dann aber eine ganze Menge Informationen verrät. Warum sollte er das tun? Nur, weil wir danach gefragt haben? Doch wohl kaum. Außerdem stellt sich mir die Frage, wie viel Mister Bright eigentlich wirklich weiß. Mister Schwarz hatte schon Recht, oder was meint ihr? Und ich fand, dass seine Ansprache einen ziemlichen Eindruck auf Mister Bright gemacht hat. Ich glaube, der ist in so gut wie gar nichts eingeweiht. "

Fiona mischte sich ein.

„Ja, oder aber er spielt uns den Idioten nur vor. Mal ehrlich, wenn der hier als Wachposten aufgestellt ist, dann wird er auch wissen, worauf er aufpasst. Das ist doch von vorne bis hinten ein falsches Spiel, das hier gespielt wird. "

Ian überlegte kurz, dann sprach er seine Gedanken aus.

„Ich weiß nicht so genau. Für mich passt das alles immer weniger zusammen. Und diese Aktionen mit dem Feuerwerk letzte Nacht, und vorhin mit dem bescheuerten Teddybär - wer soll das denn gewesen sein?

Solche Aktionen scheinen mir doch ziemlich kindisch, damit hat Mister Bright oder einer seiner Ordensbrüder bestimmt nichts zu tun."

Amber nickte.

„*Eben. Kindisch, du sagst es doch selbst. Wenn ich an kindisch denke, dann fällt mir Charlie Campbell ein. Ist mir ehrlich gesagt aber auch ziemlich egal, wer es war. Für mich steht fest, dass es einer aus unserer Klasse gewesen ist. Es war doch wohl klar, dass irgendwelche Spinner den Klassenausflug dazu nutzen würden, die Sau raus zu lassen.*"

Fiona stimmte Amber zu und schenkte ihr dabei ein versöhnliches Lächeln.

„*Das sehe ich genauso. Es sollte uns nicht kümmern, wir haben hier ein ganz anderes Kaliber von Geheimnis vor uns. Ich komme allerdings nicht über die geöffnete Tür hinweg. Nicht mal Mister Schwarz kann mir erzählen, dass die einfach so offen stand.*"

Ben hob die Schultern.

„*Stimmt, seltsam ist das schon. Aber warum hätte Mister Schwarz lügen sollen? Wenn er gewusst hätte, wie die Tür aufgeht, dann wüsste er auch eine Menge mehr über diesen Ort. Und wenn dem so wäre, dann würde er doch nicht seine ganze Klasse mit hierher bringen.*"

Fiona gab sich geschlagen.

„*Stimmt, das macht keinen Sinn. Ach, ist es nicht zum Verrücktwerden? Wir drehen uns im Kreis. Immer, wenn wir etwas Neues herausbekommen, entstehen dadurch nur noch mehr Fragen.*"

Amber schürzte die Lippen.

„*Mister Bright hat gesagt, dass wir irgendetwas getan haben müssten, was dafür gesorgt hat, dass im Ostflügel die Hölle losbricht. Also überlegen wir doch mal. Was war denn, kurz bevor diese Erscheinungen aufgetaucht sind?*"

Ian dachte nach, und nach wenigen Sekunden durchzuckte es ihn wie ein Blitz.

„*Aber klar doch, daran haben wir ja in der Panik gar nicht mehr gedacht! Das alte Tagebuch!*"

Ben sah ihn an, dann erhellte die Erkenntnis sein Gesicht.

„*Natürlich! Kaum, dass wir dieses Buch hinter dem Schrank entdeckt hatten, ist der Teufel los gewesen. Fiona hat ein paar Zeilen daraus vorgelesen, und zack - Showtime!*"

Ian, Ben und Amber blickten Fiona an, die schuldbewusst auf ihre Fußspitzen starrte.

„*Ich habe es fallen gelassen.*

Ich habe mich so erschrocken und bin dann nur noch gerannt, wie ihr auch, und habe nicht mehr an das Buch gedacht. Ich wollte nur raus."

Amber rollte mit den Augen, sagte aber nichts. Schließlich war sie dabei gewesen und konnte demnach nur zu gut verstehen, dass keiner von ihnen noch einen klaren Gedanken hatte fassen können. Ian zwang sich zu einem aufmunternden Lächeln.

„Fi, das kann dir kein Mensch übel nehmen. Es hat schließlich keiner von uns daran gedacht, dieses blöde Buch mitzunehmen."

Ben nickte nachdenklich.

„Das ist richtig. Trotzdem wüsste ich doch zu gerne, was in diesem Buch steht. Schade..."

Amber blies die Wangen auf.

„Dann müssen wir es uns eben holen. Fiona, du hast es dort liegen gelassen, wo wir es auch gefunden haben? In demselben Raum?"

Ian, Ben und Fiona starrten Amber fassungslos an. Ian fand als erster die Sprache wieder.

„Amber, du willst doch nicht allen Ernstes noch einmal da rein? Erinnere dich doch mal bitte, was das letzte Mal passiert ist, als wir da waren!"

Amber schaute Ian ungerührt an. Er kannte diesen Blick. Er verriet, dass Amber ihren Entschluss gefasst hatte und sich nun nicht mehr davon würde abbringen lassen.

„Ich weiß nicht, wie ihr das seht, aber irgendjemand will uns hier für dumm verkaufen. High-Tech-Türen und all der Schnickschnack. Wahrscheinlich ist der ganze alte Kasten hier verdrahtet, mit Kameras und allem Drum und Dran. Und irgendwer lacht sich halb kaputt darüber, dass wir uns wie Kleinkinder durch die Gegend scheuchen lassen. Dieser Mister Bright kann mir erzählen, was er will. Und vielleicht hat er ja wirklich selbst keine Ahnung. Aber für mich steckt da dieser Orden dahinter. Keine Ahnung, wie die all diese Tricks mit Geistern und so hingekriegt haben, aber im Grunde ist das hier für mich nur eine ziemlich gut gemachte Geisterbahn."

Angesichts der fragenden Blicke ihrer Freunde hob Amber die Brauen.

„Na klar, ich habe mir beinahe in die Hose gemacht. Und genau deshalb werde ich diesem Orden, oder wer auch immer diesen Zirkus veranstaltet hat, jetzt mal zeigen, dass sie mir keine Angst mehr einjagen."

Ian war hin- und hergerissen zwischen offener Bewunderung für so viel Mut und hilfloser Verwirrung angesichts solcher Risikobereitschaft.

„Amber, jetzt hör doch mal zu! Wenn tatsächlich dieser Orden dahintersteckt und die uns wirklich so dringend aus dem Ostflügel vertreiben wollen, dann fallen denen vielleicht noch ganz andere Dinge ein, wenn wir jetzt immer noch nicht aufgeben."

Ben räusperte sich.

„Irgendwie glaube ich nicht mehr, dass der Orden dahinter steckt. Warum sollten die dafür sorgen, dass der Schrank umfällt, damit wir dieses Buch finden? Wenn dieses Buch so enorm wichtig ist, dann hätte es der Orden sich doch längst unter den Nagel gerissen. Und wenn sie nichts davon wussten, dann passt das nicht mit der Idee zusammen, dass sie den Schrank erst umständlich manipuliert haben, um ihn im Zuge ihrer Spukvorführung umkippen zu lassen. Es sei denn natürlich, das Buch ist auch nur eine falsche Fährte."

Fiona schüttelte energisch den Kopf.

„Nein Ben. Das wäre dann doch eindeutig zu viel Aufwand. Der Orden will uns nicht hier haben, gut und schön. Ich lasse mich auch darauf ein, dass sie gewisse Vorkehrungen getroffen haben, um uns hier zu verscheuchen. Aber würden sie falsche Spuren auslegen, die uns dazu ermutigen, hier weiter herumzuschnüffeln? Und uns dann wieder wegjagen, damit wir diesen Spuren doch nicht nachgehen können? Das ist widersinnig. Wenn sie uns vergraulen wollen, dann veranstalten sie nicht erst eine Schnitzeljagd mit uns."

Amber stand auf, ihr Gesichtsausdruck zeigte unmissverständlich, dass sie nicht länger warten wollte.

„Ich hole mir dieses Buch. Angenommen, der Orden wusste nichts davon, dann will ich es vor ihnen haben. Ich habe so ein Gefühl, dass wir darin endlich ein paar Antworten finden. Und wenn nicht - dann war es den Versuch allemal wert. Geister oder nicht, ich gehe jetzt. Wenn ihr euch nicht traut..."

Dabei blickte sie Ian provozierend an. Der machte den Mund auf, sah aber im gleichen Moment ein, dass Widerworte ohnehin nichts einbringen würden. Außerdem brannte er selbst darauf, endlich ein paar Fragen von ihrer Liste streichen zu können.

kapitel Vierzehn:
Finsternis

Die Sonne stand bereits tief über dem Horizont, als sich die vier Freunde vor dem Ostflügel einfanden. Das Gebäude erhob sich drohend vor ihnen, und die Reste der Tür, die Mister Bright mit der Axt eingeschlagen hatte, gähnten ihnen wie ein gezahnter Schlund entgegen. Sämtliche Fenster im Untergeschoss waren nun hinter ihren geschlossenen Läden verborgen. Im Inneren musste es stockfinster sein.

Ein Schauer überlief Ian bei dem Gedanken, in diese Dunkelheit vordringen zu müssen. Auch Amber schien nun, angesichts des Gebäudes, nicht mehr ganz so entschlossen wie noch wenige Minuten zuvor.

Sie tat jedoch ihr Bestes, um sich nichts anmerken zu lassen.

„Ich gehe da jetzt rein. Ihr könntet in der Zwischenzeit versuchen, die Läden aufzubekommen, damit ich drinnen Licht habe..."

Ian fiel ihr ins Wort.

„Du willst ja wohl nicht allein gehen? Vergiss es, Ben und ich werden das machen. So was ist eh Männersache."

Ambers Augen blitzen amüsiert auf.

„Oh ja, großer starker Mann, geh da rein und besiege das Böse! Mal ehrlich Ian, das ist echt süß, aber deine Vorstellungen sind ziemlich veraltet..."

Ian wandte sich hilfesuchend an Ben. Dessen Gesicht zeigte jedoch keinerlei Regung. Er streckte nur die Hand mit seiner Taschenlampe aus, um sie Amber zu überreichen. Amber, Fiona und Ian hatten ihre Lampen in dem Chaos zurückgelassen.

Trotzdem gab sich Ian nicht geschlagen.

„Okay, aber ich komme trotzdem mit. Wenn du unbedingt so verrückt sein willst, da rein zu gehen, dann nicht allein. Beim letzten Mal sind uns Töpfe und Messer und so was um die Ohren geflogen. Wenn ich nicht aufpasse, schaffst du es diesmal noch, sämtliche Geister Englands in Aufruhr zu versetzen!"

Der Scherz brachte nicht die gewünschte Erheiterung und Auflockerung der äußerst angespannten Situation. Amber nickte nur knapp und ging dann auf die Eingangstür zu. Ben legte Ian die Hand auf die Schulter.

„Ihr geht rein, schnappt euch das Buch und haut sofort wieder ab, okay? Mister Bright wird euch kein zweites Mal raushauen."

Ian nickte, sah einige Sekunden lang Ben fest in die Augen, drehte sich dann um und folgte Amber. Die war unmittelbar vor der zertrümmerten Tür stehen geblieben. Sie hatte Bens Taschenlampe eingeschaltet und leuchtete durch die gezackte Öffnung hindurch in das Innere des Gebäudes.

Dann stieg sie hinein. Ian wandte sich noch einmal um und sah, wie sich Fiona und Ben an den Fensterläden zu schaffen machten. Dann stieg auch er in das Gebäude, aus dem sie vor kurzem erst mit knapper Not entkommen waren.

Im Inneren herrschte Dunkelheit. Der Flur zum Aufenthaltsraum musste zu ihrer Linken liegen, aber es war nichts zu erkennen. Seltsame, dumpf klingende Geräusche kündeten von den Bemühungen Bens und Fionas, die Fensterläden zu öffnen. Endlich wurden die Läden vor einem der Fenster zurückgeklappt, und trübes Licht fiel durch die milchige Scheibe.

Vor ihnen lag die eingestürzte Treppe nach oben, die zweite Treppe, die nach unten führte, endete nach wenigen Metern in einem gähnenden Schlund aus undurchdringlicher Finsternis. Amber ließ den Strahl der Taschenlampe in den Flur links von ihnen wandern. Ian zog die Brauen zusammen - er glaubte nicht, was er sah: Der Fußboden war unversehrt. Dabei hatte er auf ihrer wilden Flucht vor dieser Erscheinung doch genau gehört, wie die Dielen von etwas Riesigem zerschmettert worden waren. Hatte er sich am Ende alles nur eingebildet? Das war unmöglich!

Ein Blick in Ambers Gesicht verriet ihm, dass auch sie nicht recht verstand, was hier vorging. Als sie seinen Blick bemerkte, zwang sie sich zu einem Lächeln.

„Komm schon, lass uns schnell machen. Besonders heimelig finde ich es hier nicht..."

Damit ging sie voran und betrat den langen Flur, Ian folgte ihr auf dem Fuße. Ben und Fiona hatten inzwischen zwei weitere Fensterläden aufklappen können, so dass der Korridor in einem dämmrigen Zwielicht vor ihnen lag.

Der uralte Teppichboden war ausgetreten und an etlichen Stellen löchrig, aber das waren nur die Spuren des Alters. Auch hier war der Boden nirgends eingedrückt. Ian schüttelte unwillkürlich den Kopf. War denn alles nur ein böser Traum gewesen? Amber schritt zügig voran, und ehe es Ian so recht bewusst wurde, standen sie vor den Resten der Tür, die Ben und er aufgebrochen hatten. Der Aufenthaltsraum lag in völliger Dunkelheit. Ian konnte hören, wie sich Ben und Fiona an den Fenstern zu schaffen machten, doch offenbar gelang es ihnen nicht, noch weitere zu öffnen. Erstaunlich, dass so alte Fensterläden solchen Widerstand boten, dachte Ian.

Dann fiel sein Blick auf das beinahe unterarmlange Messer, das tief im Türrahmen steckte. Die Klinge war matt und mit Rostflecken überzogen. Schlagartig kehrte die Furcht zurück. Sie hatten also doch nicht geträumt! Im Lichtkegel der Taschenlampe, die über den Boden des Aufenthaltsraumes wanderte, tauchten immer weitere Indizien dafür auf. Töpfe, Pfannen, zerbrochenes Geschirr. Es sah aus, als hätten die Vandalen gewütet. Ian wandte seinen Blick von dem Chaos ab und betrachtete wieder das Messer. Es hatte ihn um Haaresbreite verfehlt. Hätte es ihn getroffen... daran durfte er nicht einmal denken.

„Los jetzt, Amber. Hier sind wir also. Schnapp dir das verflixte Buch, ich greife mir unsere Taschenlampen. Und dann nichts wie raus hier."

Amber antwortete nicht, setzte sich aber prompt in Bewegung. Ian wusste nicht, ob es Einbildung war, aber ihm kam es so vor, als sei es noch immer unnatürlich kalt in dem Raum. Das Licht der Taschenlampe wirkte ebenfalls gedämpft - und irgendwie bläulich. Ian sah sich nach den drei Lampen um, die noch immer auf dem Tisch in der Ecke des Raumes liegen mussten. Amber suchte mit Bens Lampe den Fußboden nach dem Tagebuch ab, das Fiona fallen gelassen hatte. Ian musste daher praktisch ohne Licht auskommen. Vorsichtig tastete er sich an der Wand entlang. Die dumpfen Geräusche, die von Ben und Fiona verursacht wurden, die noch immer mit den verschlossenen Fenstern rangen, klangen weit entfernt, drangen wie durch Watte an Ians Ohr. Er war nur darauf konzentriert, seine Angst in den Griff zu bekommen, den nächsten Schritt zu machen, um dann endlich den vermaledeiten Tisch zu finden und darauf die Lampen.

Endlich stieß Ian mit dem Oberschenkel gegen die Tischkante. Er konnte nichts erkennen. Hatte Amber ihre Lampe ausgeschaltet? Warum sollte sie das tun? Ian sah über die Schulter. Da war Amber, den Strahl der Lampe vor sich auf den Boden gerichtet. Das Licht wirkte weit weg und blass, Ambers Konturen hoben sich unwirklich davor ab. Vielleicht machte die Lampe schlapp. Ian wandte sich wieder um. Das war nur ein Grund mehr, sich zu beeilen. Mit der flachen Hand tastete er die Tischplatte ab. Es lag nichts darauf. Na super, dachte er bei sich. Die Lampen müssen bei dem ganzen Krawall herunter gerollt sein. Er ging vorsichtig auf die Knie und begann, den Fußboden unter dem Tisch zu betasten. Staubgewölle schmiegte sich um seine tastenden Finger, die sich langsam vorarbeiteten. Ian fröstelte. Der Fußboden fühlte sich eiskalt an. So kalt, dass seine Finger rasch taub wurden. Erschrocken zog Ian seine Hand zurück. Noch einmal wandte er sich zu Amber um. Er sah, wie sie sich nach etwas bückte, aber sie war kaum noch zu erkennen. Sie schien so weit entfernt zu sein, eingehüllt von einem Dunst, der im ersterbenden Licht ihrer Lampe blau glühte.

Ians Nackenhaare stellten sich auf. Es ging wieder los! Er wollte Amber warnen, rief ihren Namen, doch seine Stimme drang nicht bis zu ihr vor. Es war, als blieben seine Worte auf dem Weg zu ihr in meterdicker Watte stecken.

Sie mussten hier raus! Wenn er nur Licht machen könnte! Er konnte Amber kaum noch sehen, stolperte in die Richtung, in der er ihre von blauem Nebel eingehüllte Silhouette zu erkennen glaubte. Ian verlor die Orientierung, stolperte und stieß hart mit dem Knie gegen einen umgekippten Stuhl. Er sackte zusammen, versuchte sich instinktiv abzustützen. Seine Hände fanden Halt an der Tischplatte. Aber der Tisch war doch eben noch hinter ihm gewesen... er hatte sich nach Amber umgedreht, hatte sich in ihre Richtung bewegt, weg von dem verfluchten Tisch. Ihm wurde schwindelig, die Kälte war nun unerträglich. Er stieß sich mit den Händen ab, als wolle er den Tisch von sich fort drücken.

Dabei verlor er wie ein Betrunkener den Halt und fiel der Länge nach hin. Amber war nirgends mehr zu sehen, Ben und Fiona längst nicht mehr zu hören.

In wilder Panik schlug Ian um sich, er wusste nicht mehr, wo links und rechts war, und er verlor zunehmend das Bewusstsein dafür, wo oben und unten war. Ein sonderbarer Gedanke schoss ihm durch den Kopf. Er hatte einmal von Ertrinkenden gelesen, die unter Wasser vollkommen die Orientierung verloren und, statt an die rettende Oberfläche zu schwimmen, immer weiter in die Tiefe tauchten. So musste sich das anfühlen. Ian drohte zu ertrinken. Er ertrank in Dunkelheit.

Plötzlich fand seine Hand etwas - einen länglichen Gegenstand. Reflexartig schlossen sich seine Finger darum. Ian handelte nicht mehr bewusst, sein Körper gehorchte ihm nicht mehr. Er atmete nicht einmal. Seine Finger krampften sich um den Gegenstand. Es fühlte sich an, als würde Ian fallen. Ein Sturz in bodenlose Schwärze.

Dann zerschnitt ein gleißend heller Lichtstrahl die Finsternis, die so dicht war, dass man sie greifen konnte. Und mit einem Schlag war Ian wieder zurück. Er lag auf dem Rücken, der Strahl der Taschenlampe, die er mit der Rechten umklammert hielt wie ein Ertrinkender eine Rettungsleine, war an die Decke über ihm gerichtet. Für einen kurzen Augenblick, ein oder zwei fassungslose Lidschläge nur, glaubte Ian, ein Gesicht über sich zu sehen. Ein Gesicht aus blauem Dunst. Wunderschön, doch unendlich grausam. Dann war es vorbei. Ian schrie. All sein Entsetzen entlud sich in diesem Schrei. Er hörte erst auf zu schreien, als Amber ihn an der Schulter packte und heftig schüttelte.

„Ian! IAN! Um Himmels Willen, ich bin es doch! IAN!"

Eine Ohrfeige von Amber holte ihn zurück in die Wirklichkeit. Mit weit aufgerissenen Augen starrte er Amber an, unfähig etwas zu sagen. Amber sah ihn besorgt an.

„Komm hoch, Ian. Wir verschwinden hier. Ich sehe, du hast eine Lampe gefunden? Das muss reichen, vergiss die anderen beiden. Wir haben, wofür wir gekommen sind."

Sie hob mit einem gezwungenen Lächeln das Tagebuch vor Ians Gesicht. Ian war erst zu verwirrt, um zu begreifen, was sie ihm da zeigte. Dann weiteten sich seine Augen, und er richtete sich mühsam auf. Amber half ihm dabei und schob ihn dann ungeduldig in Richtung des Flurs.

Ian ging wie ein Roboter vor ihr her, unfähig, auch nur einen einzigen klaren Gedanken zu fassen. Er zitterte noch immer. Sie eilten den Korridor entlang zum Ausgang, wo Ben und Fiona sie mit großen Augen erwarteten. Der Gesichtsausdruck der beiden veränderte sich schlagartig, als sie Ian erblickten, der selbst wie ein Geist aussah. Alle Farbe war aus seinem Gesicht gewichen, seine Lippen waren bläulich verfärbt und bebten unkontrollierbar. Fiona stürmte auf Ian zu, um den Amber nun einen Arm legte.

„Ach du liebe Güte, was ist denn mit dir passiert?"

Ian stammelte nur zusammenhangslose Worte, deren Bedeutung seinen drei Freunden verborgen blieb. Amber wandte sich an Ben.

„Habt ihr ihn denn nicht schreien gehört? Ihr hättet uns ja ruhig entgegen kommen können!"

Der Vorwurf in ihrer Stimme war unüberhörbar. Ben hob wie zur Abwehr die Hände vor seine Brust.

„Ian hat geschrien? Nein, das... das haben wir wirklich nicht gehört. Eigentlich haben wir überhaupt gar nichts gehört. Aber nun lasst uns erst mal von hier verschwinden. Ian sieht aus, als könnte er eine Stärkung vertragen. Und dann erzählt ihr genau, was passiert ist. Hast du das Tagebuch denn gefunden, Amber?"

Ben war die Anspannung deutlich anzusehen. Er schien sogar die Luft anzuhalten, als er Ambers Antwort abwartete. Fiona ging es nicht anders. Beide machten ihrer Erleichterung mit einem Stoßseufzer Luft, als Amber wortlos das Büchlein hoch hielt. Ben erbot sich, Ian zu stützen, was dieser aber ablehnte. Dann marschierten die vier Freunde zurück zum Lagerplatz hinter dem Hotel. Fiona sah sich suchend um.

„Lasst uns eine Ecke abseits von den anderen suchen. Ich habe keine Lust, dass Samantha sich wieder einmischt und wichtig macht."

Ben übernahm die Führung und lotste seine drei Freunde durch die überall auf der Terrasse verstreut herumsitzenden Grüppchen ihrer Mitschüler hindurch. Aus den Augenwinkeln sah Ian, wie Charlie Campbell sich mit einem Radio abmühte, offenbar aber keinen Sender herein bekam. Charlie schimpfte dabei unentwegt auf das Radio ein. Samantha und ihre Freundinnen saßen im Schneidersitz um das alte Fotoalbum herum, das Samantha hinter der Rezeption gefunden hatte. Einige der anderen Schüler beschäftigten sich mit ihren Handies, mit dem Lesen von Comics oder dem Verzehr von in der

Sommerhitze inzwischen weich gekochten Süßigkeiten. Auf etlichen Gesichtern zeigte sich Langeweile. Ian wurde darüber wütend. Wie konnten seine Mitschüler hier so gelangweilt herumsitzen? Sie schienen überhaupt nicht zu merken, was hier eigentlich vor sich ging. Sie sehnten sich offenbar nur nach ihren Fernsehern und Computern daheim.

Schließlich führte Ben sie in den verwilderten Park und blieb vor dem alten und windschiefen Gerätehäuschen stehen.

„Hier sind wir unter uns, schätze ich. Es scheinen sich ja alle auf der Terrasse zu befinden. Außer... hat jemand Mister Schwarz oder Miss Parks gesehen?"

Alle zuckten mit den Achseln. Ben suchte mit seinen Blicken den Park ab, konnte aber keinen der beiden Lehrer entdecken.

„Na, ist ja auch egal. Vielleicht streiten sie gerade mal wieder darüber, was für eine Strafe denn für uns angemessen wäre."

Mit einem kräftigen Ruck zog Ben an der Tür, deren verrostete Angeln noch recht stabil wirkten. Wider Erwarten ging sie ganz leicht auf, wenn auch unter deutlich vernehmbarem Knarren. Gerade, als Ben die alte Hütte betreten wollte, blieb er wie angewurzelt stehen.

„Hier... hier drinnen ist jemand... ", sagte er halblaut.

Er zog seine Taschenlampe hervor und knipste sie an. Ihr Strahl zerschnitt die Dunkelheit im Inneren der Hütte und beleuchtete eine Gestalt, die zusammengekauert in der hinteren Ecke auf dem Boden saß.

Ein blasses Gesicht mit verquollenen, roten Augen starrte ihnen entgegen.

„Miss Parks!", entfuhr es allen vier Freunden gleichzeitig.

Ben nahm seine Lampe herunter, um Miss Parks nicht zu blenden. Die Lehrerin erhob sich mühsam.

Ihre Stimme klang seltsam anders, als die vier Freunde sie kannten. Sehr viel ruhiger - und trauriger.

„Ihr seid es, Kinder. Ich... ich hatte mich etwas zurück gezogen, weil... ja, weil ich einen schlimmen Heuschnupfen habe... und da ist es gut, wenn ich an einen kühlen und dunklen Ort gehe und mich etwas ausruhe."

Sie brachte sogar ein müdes Lächeln zustande.

„Aber... es geht schon besser. Ich werde euch jetzt allein lassen. Dann könnt ihr euch in Ruhe unterhalten."

Damit ging sie mit raschen Schritten an den Freunden vorbei, die ihr ungläubig nachsahen. Amber strich sich ihre Haare aus der Stirn und schüttelte den Kopf.

„Das habe ich gerade geträumt, oder? Was ist denn mit der los?"

Ben klang nachdenklich.

„So habe ich sie jedenfalls noch nie gesehen. Die ist vollkommen fix und fertig. Die Geschichte mit dem Heuschnupfen ist großer Quatsch. Geweint hat sie, so wie ihre Augen aussahen..."

Ian machte eine wegwerfende Handbewegung.

„Und wenn schon. Vielleicht hat Mister Schwarz sie sich mal so richtig vorgeknöpft. Und das hätte sie auch verdient, die alte Hexe!"

Ben, Fiona und Amber nickten langsam, aber merkwürdig kam ihnen diese Begegnung dennoch vor. Ian erinnerte sie daran, weswegen sie hierher gekommen waren.

„Das Tagebuch, schon vergessen? Wir wollten uns das Tagebuch ansehen. Ich erzähle euch, was vorhin passiert ist, und dann finden wir hoffentlich endlich ein paar Antworten. Irgendetwas hat mich... wie soll ich sagen? Angegriffen? Heimgesucht? Ich kann es einfach nicht besser erklären. Auf jeden Fall will ich jetzt wissen, wer oder was es auf uns abgesehen hat. Aber, wenn es geht, dann lassen wir bitte die Tür offen stehen, damit etwas Licht in den Schuppen fällt. Dunkelheit kann ich zur Zeit nicht besonders gut vertragen."

Ben, Fiona und vor allem Amber sahen Ian mit einer Mischung aus Neugier und Verwunderung an, dann nickte Ben knapp. Er bückte sich nach einem Stein, den er vor die Tür legte, um zu verhindern, dass sie zufiel. Dann schaltete er noch einmal die Taschenlampe ein und suchte kurz den Schuppen ab, dessen hinterer Teil trotz des einfallenden Lichtes in einem düsteren Zwielicht lag.

„Sieht okay aus. Außer Miss Parks ist hier seit Ewigkeiten niemand gewesen. Nicht besonders gemütlich, aber wenigstens sollten wir unsere Ruhe haben."

Als alle im Schneidersitz auf dem Fußboden saßen, erzählte Ian knapp, was ihm widerfahren war. Dabei bemerkte er selbst, dass ihm die Worte fehlten, um seinen Freunden verständlich zu machen, was er gefühlt hatte. Schließlich glaubte er aber, dass seine Freunde zumindest einen recht guten Eindruck von dem Schrecken gewonnen hatten, den er durchlebt hatte.

Keiner sagte etwas, alle drei sahen Ian besorgt an. Dann zog Amber das Tagebuch hervor.

„Also schön, irgendjemand will auf gar keinen Fall, dass wir erfahren, was hier drin steht. Aber genau das werden wir jetzt! Fi, du hast wahrscheinlich die wenigsten Probleme mit dieser komischen Schnörkelschrift. Also lies du…"

Damit überreichte Amber das Buch Fiona, die es beinahe ehrfürchtig entgegen nahm. Amber schmiegte sich derweil an Ian. Fiona schlug das Buch auf und hielt es so, dass möglichst viel von der Abendsonne, die durch die offene Tür in den Schuppen schien, auf die Seiten fiel.

Dann begann sie zu lesen.

kapitel Fünfzehn:
Das Tagebuch

Gott sei meiner Seele gnädig, wenn sie es ist, die diese Aufzeichnungen nun in Händen hält. Wenn aber jetzt jemand diese Zeilen liest, der reinen Herzens ist, dann heißt das, dass sie es nicht gefunden hat und dass all meine Mühen, all die Gefahren vielleicht doch nicht umsonst waren.

Fiona blickte kurz auf.

„Soweit waren wir ja schon. Es geht dann ganz normal weiter mit verschiedenen Eintragungen. Diese Einleitung sieht so aus, als sei sie nachträglich verfasst worden. Das Tagebuch gehörte einer gewissen Barbara Rawlins, die hier offenbar im Hotel angestellt war. In unregelmäßigen Abständen hat sie immer wieder Eintragungen gemacht. Es sind allerdings nicht allzu viele. Es sieht sogar so aus, als seien etliche Seiten herausgetrennt worden. Scheinbar hat die Verfasserin ihre Aufzeichnungen auf das Wichtigste gekürzt. Also gut, die Aufzeichnungen beginnen mit dem ersten Mai 1934."

Damit begann Fiona laut vorzulesen.

1. Mai 1934

Ich bin so froh, dass ich diese Anstellung bekommen habe. Das Hotel sieht prächtig aus, altehrwürdig und majestätisch. Beinahe wie ein verwunschenes Schloss liegt es inmitten des tiefsten Waldes, weit weg von der Stadt. Vielleicht wird es dann und wann ja auch etwas langweilig, so weit weg von Vergnügungen wie Theatern und Tanzlokalen, aber ich bin sicher, dass es mir sehr gut gefallen wird. Auch wenn Hotel Blackrock Manor gerade erst eröffnet, wird bereits in der Stadt viel darüber gesprochen. Es wird sicher wunderbar, ein Teil dieses Hotels zu sein. Ich werde hart arbeiten und mein Bestes tun. Und Mr. und Mrs. Grayborne sind sehr nett. Vor allem Mr. Grayborne ist so elegant und weltmännisch. Er hat mir heute die Hand geschüttelt und gesagt: 'Barbara, ich freue mich, dass Sie bei uns anfangen.'

Ich Schaf bin darüber sogar errötet, aber Mr. Grayborne ist ein Gentleman und hat sich nichts anmerken lassen.

Meine lieben Eltern werden stolz auf mich sein. Nun muss ich aber zu Bett. Morgen beginnt zeitig mein erster Arbeitstag.

8. Mai 1934

Die Arbeit macht mir Freude, und Mr. und Mrs. Grayborne helfen höchstpersönlich mit, wo immer sie nur können. Diese Anstellung zu bekommen war ein großes Glück für mich. Ich verstehe mich gut mit meinen Kolleginnen. Nach der Arbeit sitzen wir oft im Gemeinschaftsraum beisammen, trinken Tee und spielen Karten, lesen oder unterhalten uns ganz einfach über das Hotel. Ich bin sehr glücklich und zufrieden.

Fiona machte eine kurze Pause und runzelte die Stirn.

„Hier fehlt jetzt eine ganze Menge, weiter geht es mit einem Eintrag aus dem Jahre 1940."

18. Oktober 1940

Der Krieg wütet schrecklich. Wir können das Dröhnen und Krachen der Bomben hören. Die Luftschlacht tobt über unserem Land, doch es scheint, als würde es langsam besser. Wir sind Gott sei Dank verschont geblieben. Es ist ein Segen, dass Blackrock Manor so weit außerhalb liegt. Wäre ich nun in der Stadt, ich hätte große Sorgen, dass auch wir einer Bombardierung zum Opfer fallen könnten. Natürlich bleiben die Gäste aus, nur sehr wenige finden in diesen schrecklichen Zeiten zu uns. Viele der Bediensteten mussten entlassen werden, da es nicht genug Arbeit und nicht genug Geld gibt.

Die verbliebenen Bewohner des Hotels hat der Krieg jedoch noch enger miteinander verbunden. Ganz besonders mit Mr. und Mrs. Grayborne habe ich ein so gutes Verhältnis wie noch nie zuvor. Neulich sprach mich Mrs. Grayborne auf dem Flur an und sagte:

'Barbara, du bist schon so lange bei uns, hast mit uns auch die schweren Zeiten durchgestanden. Mein Mann und ich sind dir sehr dankbar für die Treue, die du uns und unserem Haus hältst. Bitte, nenn mich doch Angela. Und wenn wir einmal etwas für dich tun können, so sage es mir bitte.'

Trotz der Schrecken des Krieges war das einer der wunderbarsten Tage meines Lebens. Welch eine Ehre. Ich schätze die Graybornes sehr und habe sie immer schon gemocht. Heute hat Angela mich zur Hausdame ernannt, da Janet gekündigt hat und zu ihrer Mutter aufs Land gereist ist. Ihr Vater ist Pilot und wurde von einem deutschen Jäger abgeschossen. Das arme Ding. Ich bin nun ihre Nachfolgerin. Ich werde Angelas Vertrauen in mich nicht enttäuschen.

Fiona blätterte weiter und rutschte noch etwas näher zur Tür, um so besseres Licht zu haben.

14. April 1944

Gestern ist der kleine Gabriel geboren worden. Doktor Pratchett und Edna, die Hebamme, kamen mit dem Zweispänner des Doktors am späten Nachmittag und gingen sofort zu Angela. Wir waren alle sehr aufgeregt, und es dauerte bis in den späten Abend, bis Alistair schließlich erschöpft, aber überglücklich in unserem Gemeinschaftsraum auftauchte und uns berichtete, dass er stolzer Vater eines gesunden Sohnes sei.

Der Krieg hat uns alle furchtbar mitgenommen. Ich habe den guten Alistair lange nicht so glücklich gesehen.

Nach einer kurzen Pause blätterte Fiona weiter.

Die kleine Christabel hat heute früh, noch vor Sonnenaufgang, das Licht der Welt erblickt. Angela bat mich wenige Stunden nach der Geburt zu sich. Doktor Pratchett war noch bei ihr. Die arme Angela sah furchtbar geschwächt aus, und das ernste Gesicht des Doktors verhieß nichts Gutes. Die kleine Christabel schlief selig in ihrem Bettchen. Alistair und Gabriel waren ebenfalls in dem Zimmer. Gabriel war sichtlich aufgeregt, ihn freute es, dass er nun ein Geschwisterchen hatte. Aber Alistair war voller Sorge. Ich kenne ihn gut genug, so dass ich dies gleich erkannte.

Angela winkte mich an ihr Bett. Die Arme konnte nur flüstern. 'Barbara', sagte sie, 'ich möchte dich um etwas bitten. Ich bin sehr schwach und habe bei der Geburt viel Blut verloren. Wie es scheint, werde ich einige Zeit im Bett verbringen müssen. Ich möchte dich bitten, deine Stellung als Hausdame aufzugeben. Ich weiß, dass ich mich immer auf dich verlassen kann, deshalb, Barbara, bitte ich dich, von jetzt an als Kindermädchen für Gabriel und Christabel zu arbeiten.'

Ich war erschrocken und gerührt und habe natürlich gleich Ja gesagt. Was für eine Freude, als Kindermädchen der Graybornes arbeiten zu dürfen. Doch ich konnte sehen, dass es schlimm um Angela stand.

Später unterrichtete mich Alistair, dass Angela eine Infektion habe und aufgrund des Blutverlustes äußerst geschwächt sei. Er mache sich die allergrößten Sorgen um sie.

Ich werde jeden Tag für Angela beten. Eine große Erleichterung für uns alle ist, dass Doktor Pratchett für eine Weile hier bleiben wird, um Tag und Nacht sofort zur Stelle zu sein. Alistair hat ihm eines der besten Zimmer gegeben.

Angela ist eine starke Frau. Sie wird es schaffen.

Sie muss es schaffen.

Wieder pausierte Fiona und sah ihre Freunde der Reihe nach an. Alle waren sehr ernst. Amber bat Fiona schließlich halblaut, dass sie doch weiterlesen solle. Fiona nickte langsam und blätterte weiter.

4. März 1948

Angela scheint sich endlich vollständig erholt zu haben. Sie unternimmt täglich lange Spaziergänge im Park, bei denen Alistair sie begleitet, so oft er eben kann. Allzu häufig ist dies nicht der Fall, denn das Hotel läuft ausgezeichnet.

Wie haben wir um Angela gebangt. Alistair hat während der vergangenen Wochen Übermenschliches geleistet. Tagsüber hat er gearbeitet, und nachts hat er am Bett seiner Frau ausgeharrt. Ich konnte ihm ansehen, wie erschöpft der Arme war. Von Ruhe und Schonung wollte er nie etwas hören. Doch obwohl er in einem so jammervollen Zustand war, ist er doch stets den Gästen und dem Personal gegenüber freundlich geblieben. Und nun endlich, da er seine geliebte Angela gesund und munter weiß, blüht er förmlich zu neuem Leben auf.

Ich gönne dieser Familie ihr Glück von ganzem Herzen. Was mussten sie nicht alles durchstehen. Erst der Krieg, dann Angelas Ringen mit dem Tode. Ich bin stolz und froh darüber, dass ich während all dieser schlechten Zeiten bei ihnen sein durfte.

Ein leises Aufatmen war in dem kleinen Schuppen zu hören. Obwohl keiner der vier Freunde Barbara Rawlins kannte - und sehr wahrscheinlich lebte sie ohnehin nicht mehr -, so ging ihnen ihre Geschichte nahe. Auch wenn sie noch immer keinerlei Antworten auf die merkwürdigen Geschehnisse erhalten hatten, lieferten ihnen die Aufzeichnungen von Barbara Rawlins ein eindrucksvolles Bild davon, wie das Leben in dem Hotel, in dessen Ruinen sich nun so unheimliche Dinge ereigneten, damals ausgesehen hatte.

Fiona blätterte weiter und fuhr fort.

184

Heute wurde der große Weihnachtsbaum im Speisesaal aufgestellt. Angela hatte die Idee gehabt, und auch als Alistair ihr einzureden versuchte, was für ein Aufwand dies sei, hatte sie sich nicht davon abbringen lassen.

Es waren einige Umbauarbeiten nötig, um den Baum durch das Gebäude in den Speisesaal zu befördern. Türen wurden ausgehängt, der Empfangsschalter musste abgebaut und fortgeschafft werden.

Nun, da ich diese Zeilen niederschreibe, höre ich noch immer die Handwerker, die alles wieder herrichten. Doch den Baum haben die Kinder und ich schon in Augenschein genommen.

Er steht in einem großen, mit Erde aufgefüllten Sockel und wird nun dort - innerhalb des Gebäudes - weiter wachsen und gedeihen.

Die Kinder sind bereits äußerst gespannt darauf, wie es an Weihnachten sein wird, wenn der Baum festlich geschmückt ist und über dreihundert Kerzen daran leuchten.

So ist Angela. Nachdem sie bei Christabels Geburt beinahe gestorben war, hat sie neuen Lebensmut geschöpft. Ich kenne keine Frau, die so voller Elan steckt wie Angela. Und sie kann uns alle damit anstecken.

Ich bin nun schon so lange Zeit hier und ich fühle mich mehr als Teil der Familie denn als Angestellte.

Fiona blätterte weiter. Wieder fehlten etliche Seiten.

Für das Weihnachtsfest erwarten wir sehr viele Gäste. Überhaupt war es ein ausgezeichnetes Jahr, das Hotel war oft ausgebucht.

Gäste kommen von sehr weit her, um wenigstens eine Nacht im Blackrock Manor zu verbringen. Unser Weihnachtsbaum ist inzwischen so etwas wie eine Berühmtheit. Deshalb kommen wohl auch die meisten Gäste um Weihnachten herum.

Alistair und Angela haben sogar zwei neue Dienstmädchen eingestellt: Linda und Tabitha.

Beide sind hübsche junge Dinger, die uns hoffentlich tatkräftig unterstützen werden. Ich gehe Angela zur Hand, so gut es geht. Sogar Gabriel und Christabel helfen mit. Die Kinder sind so reizend.

27. Dezember 1954

Das Weihnachtsfest liegt hinter uns. Es waren sehr anstrengende Tage, aber ich bin überzeugt, dass es den Gästen gut gefallen hat. Die junge Tabitha hat sich mehr als bezahlt gemacht. Sie schien überall gleichzeitig zu sein und niemals stillzustehen. Sie war uns allen wirklich eine große Hilfe. Ich habe gehört, wie Alistair gesagt hat, er wolle sie fest anstellen. Linda hingegen sind einige äußerst peinliche Missgeschicke unterlaufen. Einmal ist sie sogar über ihre eigenen Füße gestolpert, mitten im Speisesaal, das ungeschickte Ding. Zum Glück war ihr Tablett leer. Nicht auszudenken, wenn sie ein volles Tablett über den Gästen ausgeschüttet hätte.

4. Januar 1955

Alistair und Angela haben Linda entlassen. Auf der Neujahrsfeier ist sie ausfallend gegenüber einem Gast geworden. Außerdem hat uns Tabitha darauf aufmerksam gemacht, dass Linda Alkohol trinkt, sogar während ihres Dienstes.

Und bestohlen hat das undankbare Gör die Graybornes auch. Tabitha hat wertvolles Besteck in Lindas Sachen gefunden.

Die kleine Diebin kann nur froh sein, dass Alistair ein so gutmütiger und nachsichtiger Mann ist. Er hat von einer Strafanzeige abgesehen. Linda ist heute Mittag abgereist.

Wie gut, dass Tabitha so aufmerksam ist. Sie ist bereits ein Aushängeschild für das Hotel. Und eine so wunderhübsche junge Dame ist sie, mit ihren pechschwarzen Haaren und den hellen Augen.

Sie arbeitet so viel wie zwei der anderen Angestellten zusammen und ist dabei stets freundlich und zuvorkommend. Jetzt sollte alles etwas ruhiger werden, das Weihnachtsgeschäft ist vorüber, und die meiste Arbeit ist vorerst getan.

Bald kommt der Frühlingsschmuck auf unsere Tanne im Speisesaal.

21. Januar 1955

Was für ein unschöner Streit war das heute. Zwei der Zimmermädchen sind wie die Furien über Tabitha hergefallen. Es ist während einer Pause draußen im Park geschehen. Emily und Laura, so heißen die beiden zänkischen Gören, haben Tabitha beschimpft und ihr die Uniform zerrissen. Jenkins, der Gärtner, musste dazwischen gehen und die arme Tabitha vor den beiden Angreiferinnen in Schutz nehmen. Als Alistair davon erfuhr, wurde er sehr böse. Er hat unsere Tabitha ins Herz geschlossen. Er hat Emily und Laura sogar kündigen wollen, aber Tabitha, das Engelchen, hat ihn später gebeten, es nicht zu tun. Es sei nur ein kleiner Streit gewesen, und die beiden würden sich bestimmt entschuldigen und damit wolle sie es gut sein lassen.

Alistair hat alle drei in sein Büro bestellt, wo sich die beiden Wildkatzen bei Tabitha entschuldigen mussten.

So fleißig und so großherzig ist unsere Tabitha. Es ist für alle ein großes Glück, dass sie ihre Stellung hier erhalten hat.

13. März 1955

Schon wieder gab es Streit unter den Dienstmädchen. Und schon wieder behaupteten diese dummen Dinger, dass Tabitha schuld daran sei. Ich muss zugeben, dass sich derartige Zwischenfälle gehäuft haben, aber was sollte Tabitha denn getan haben, um die anderen Mädchen so gegen sich aufzubringen?

Vielleicht ist es der pure Neid und auch etwas Eifersucht, denn Tabitha ist der Liebling von Alistair und Angela.

Angela sprach heute im Vertrauen mit mir und sagte, dass sie Tabitha wahrscheinlich eine andere, bessere Stellung geben würden, damit sie etwas Abstand zu den gewöhnlichen Dienstmädchen erhielte. Ich halte das für einen guten Einfall, und es ist Tabitha sehr wohl zuzutrauen, dass sie auch mit einer anspruchsvolleren Aufgabe gut zurecht kommt. Ab nächster Woche wird Tabitha im Service eingesetzt, als Oberkellnerin im Hotelrestaurant.

21. April 1955

Die arme Angela fühlt sich nicht gut. Seit drei Tagen hütet sie nun schon das Bett. Sie klagt über Übelkeit, und sie wird von einem hässlichen Fieber geplagt. Alistair hat vorhin mit Doktor Pratchett telefoniert. Der gute Doktor wird morgen nach Angela sehen. Gott Lob haben wir zur Zeit nicht allzu viele Gäste, so dass Angela sich keine Gedanken zu machen braucht. Wir schaffen die Arbeit auch gut ohne sie.

28. April 1955

Wir sind in solcher Sorge um Angela. Selbst Doktor Pratchett ist ratlos. Das Fieber ist weiter gestiegen, hinzu kommen Atemnot und grässliche Schmerzen am ganzen Leib. Seit gestern ist Angela kaum noch ansprechbar, denn Doktor Pratchett hat ihr ein starkes Schmerzmittel verabreicht, das Angela die meiste Zeit des Tages schlafen lässt.

Wenn ich nur wüsste, was ich tun kann. Alistair ist außer sich vor Kummer. Selbst die junge Tabitha nimmt Anteil und lässt es sich nicht nehmen, sich täglich nach Angela zu erkundigen. Sie bringt ihr sogar täglich den Tee an das Krankenbett.

Der Herr sei ihrer Seele gnädig. Er nehme sie zu sich und behüte ihre Seele.

Angela ist heute Nacht gestorben. Doktor Pratchett, der die letzten Tage unentwegt bei ihr war, konnte nicht mehr für sie tun, als ihre schrecklichen Schmerzen zu lindern.

Ich bin nicht in der Lage, mehr zu schreiben. Es ist so furchtbar.

Schweigend sah Fiona von dem Tagebuch auf. Das Licht der Abendsonne reichte inzwischen kaum noch aus, die verschnörkelte Handschrift entziffern zu können. Wortlos streckte sie die Hand nach Ben aus. Der verstand und legte seine Taschenlampe hinein. Jeder der vier Freunde war auf eine sonderbare Art und Weise betroffen von dem letzten Eintrag. Sie waren abgetaucht in die Vergangenheit des Hotels und hatten einige Personen aus dem Blickwinkel von Barbara Rawlins kennen gelernt. Sie wussten, dass die Geschichte von Blackrock Manor im Sommer 1956, also gut ein Jahr nach der letzten Eintragung, die Fiona soeben vorgelesen hatte, in einer Katastrophe enden würde. Bisher hatten sie jedoch noch nicht den kleinsten Anhaltspunkt, warum Alistair Grayborne das Hotel in Brand hätte setzen sollen.

Amber klang nachdenklich, als sie ihre Theorie darlegte.

„Vielleicht ist er nie über den Tod seiner Frau hinweggekommen. Und weil ihn einfach alles zu sehr an die glückliche Zeit mit ihr erinnert hat, hat er es eines Tages nicht mehr ausgehalten und wollte alles zerstören."

Ben war skeptisch.

„Wenn er es in seinem Hotel nicht länger ertragen konnte, dann hätte er es verkaufen können. Ganz egal, wie verzweifelt der Mann war, ich glaube nicht, dass er seine Kinder geopfert hätte. Und außerdem heißt es doch, seine Frau und die beiden Kinder seien in den Flammen umgekommen. Wir wissen jetzt aber, dass seine Frau an irgendeiner merkwürdigen Krankheit gestorben ist. Er hat also wieder geheiratet. Und ich habe auch eine Ahnung, wer die Glückliche war..."

Alle sahen ihn fragend an. Ben erklärte sich.

189

„Samantha hat doch das Familienalbum gefunden. Auf dem letzten Foto aus dem Sommer 1955 war Grayborne allein abgebildet. Jetzt wissen wir auch warum. Die Kinder waren vermutlich bei Verwandten. Außerdem ist auf demselben Foto auch das gesamte Personal abgelichtet. Unter anderem auch eine besonders hübsche Dunkelhaarige, die auf keinem der vorigen Bilder zu sehen war. Und trotzdem habe ich sie schon auf einem Bild gesehen, hier im Hotel. Gerade ist mir endlich eingefallen, wo das war. Und ihr alle habt sie auch gesehen...“

Ian dachte angestrengt nach. Was konnte Ben meinen? Außer dem Familienalbum hatten sie doch keine weiteren Bilder gefunden, deshalb war Samanthas Fund doch so aufregend gewesen. Ben grinste Amber schief an.

„Na, jetzt enttäuschst du mich aber. Gerade du solltest dich doch am besten daran erinnern. Schließlich bist du es gewesen, die uns freie Sicht verschafft hat...“

Ian verstand zunächst immer noch nicht, doch dann sickerte die Erkenntnis durch.

„Aber klar! Amber, du hast diesen Schaukasten eingeschlagen. Im Speisesaal, bei dem toten Baum. Da drin hingen ein paar Fotos!“

Ben nickte zufrieden, und auch Fiona und Amber war nun zweifelsfrei anzusehen, dass sie sich ebenfalls erinnerten. Ben fuhr fort.

„Wir wussten noch nicht einmal ganz sicher, wer da auf dem bewussten Foto abgebildet war, aber wir hatten ja bereits vermutet, dass es Alistair Grayborne und seine Frau waren. Naja, seine Frau mag es gewesen sein, aber es war ganz sicher nicht Angela. Es war die dunkelhaarige Schöne aus dem Fotoalbum. Das Bild aus dem Fotoalbum stammt aus dem Sommer 1955, das Foto im Speisesaal von Weihnachten 1955.“

Fiona nickte bedächtig.

„Das heißt, dass die gute Tabitha Alistair Graybornes zweite Frau wurde - und zwar recht bald schon. Es muss noch in demselben Jahr passiert sein, in dem Angela gestorben ist.“

Ben lächelte triumphierend.

„Siehst du? Das klingt für mich nicht sonderlich verzweifelt.“

Jetzt wollten die vier Freunde es jedoch genau wissen. Fiona schaltete die Taschenlampe ein und beleuchtete damit die aufgeschlagene Seite des Tagebuches, das sie nun auf ihren Knien balancierte.

„Also hört zu, der nächste Eintrag stammt vom 2. Juni 1955.“

Dann las sie weiter vor.

2. Juni 1955

Es ist nun fast einen Monat her, seit Angela von uns gegangen ist. Die Kinder weinen die Nächte hindurch, und Alistair stürzt sich in die Arbeit, um sich von seiner Trauer abzulenken.

Aber ich sehe ihm an, dass er am Ende seiner Kräfte ist.

Das Hotel wird nie mehr das gleiche sein ohne Angela. Sie war die gute Seele und die treibende Kraft. Ihr Tod ist ein schrecklicher Verlust für uns. Sie fehlt uns, weil sie eine so herzensgute und liebevolle Frau war, und sie fehlt uns auch, weil Alistair ohne sie seinen Antrieb verloren hat.

Gestern hat er Tabitha zur Empfangsdame gemacht. Angela hat oft in der Rezeption die Gäste begrüßt.

Tabitha wird sie dort nun vertreten.

30. Juli 1955

Ich mache mir die allergrößten Sorgen um Alistair. Er hat angefangen zu trinken. Morgens erscheint er übernächtigt und verkatert, manchen Tag hat er sich erst gar nicht gezeigt. Ich habe versucht, mit ihm zu sprechen, aber er lässt niemanden an sich heran.

Niemanden außer Tabitha, wie es scheint. Ich weiß nicht, wie sie es anstellt, doch sie scheint als einzige einen Zugang zu ihm gefunden zu haben.

8. August 1955

Tabitha ist jeden Abend bei Alistair.

Sie treffen sich hinter verschlossenen Türen. Obwohl ich als Kindermädchen jederzeit Zugang zu den privaten Räumlichkeiten habe, bekomme ich niemals etwas von diesen Treffen mit. Alistair empfängt Tabitha in seinem Büro und verschließt dann die Tür.

191

Ich habe keine Ahnung, worum es bei diesen Treffen geht, aber es ist natürlich auffällig, dass Tabitha sich allabendlich in die Privaträume von Alistair begibt.

Die Bediensteten reden schon. Und ich muss zu meiner Schande eingestehen, dass mir diese Treffen ebenfalls höchst unpassend vorkommen. Vielleicht gibt es aber eine ganz vernünftige Erklärung dafür. Alistair scheint kaum mehr in der Lage, dieses Hotel zu führen.

Möglicherweise gibt er Tabitha Anweisungen, damit sie es für ihn tun kann.

Fiona sah für einen Moment auf. In ihrem Blick lag Skepsis. Amber sprach aus, was offenbar alle vier dachten.

„*Abendliche Treffen hinter verschlossener Tür? Zwischen einem verzweifelten Trinker und einer umwerfend attraktiven jungen Frau?*

Und dabei geht es um das Geschäft? Wer's glaubt..."

Fiona meldete dennoch leise Zweifel an.

„*Aber warum sollte eine Frau wie Tabitha sich mit Alistair Grayborne einlassen?*"

Ben lächelte vielsagend.

„*Fiona, deine Gutgläubigkeit in allen Ehren! Tabitha wittert ihre Chance. Alistair ist verzweifelt, dazu kommt der Alkohol. Und sie setzt ihre weiblichen Reize ein, um die neue Mrs. Grayborne zu werden.*

Diese Barbara Rawlins schreibt doch ein ums andere Mal, wie gut das Hotel lief. Wenn dem so war, dann hatte Alistair Grayborne Geld, und nicht zu wenig davon."

Fiona rümpfte die Nase.

„*Du meinst, sie würde sich für so etwas hergeben? Nur wegen des Geldes?*"

Ben nickte.

„*Aber ja. Manche Frauen würden für Geld und hohes Ansehen noch ganz andere Dinge tun.*"

Amber hob eine Augenbraue und grinste schief.

„*Na, sieh mal einer an, da kennt sich jemand mit Frauen aus, was? Du hast uns wohl nicht alles erzählt, Ben?*"

Ben wandte sich an Amber, sein Gesicht war ernst.

„*Was das angeht, habe ich meine Erfahrungen gemacht, in der Tat.*

Nachdem meine Mutter Dad und mich verlassen hatte, waren plötzlich eine Menge junger Damen an meinem Vater interessiert. Er hat einen sehr gut bezahlten Job, er kommt viel in der Welt herum, er kennt einflussreiche Leute. Naja, wahrscheinlich hat er sich Trost erhofft, jedenfalls ließ er sich mit einer jungen Frau namens Naomi ein. Sie schien wirklich nett zu sein. Und dann hat sie meinen Vater ausgepresst wie eine Zitrone, und er hat es einfach nicht gemerkt... jedenfalls lange Zeit nicht."

Ambers Grinsen war von ihrem Gesicht verschwunden. Dafür lächelte Ben nun entschuldigend.

„Das konntest du ja nicht wissen, Amber. Wie du sagst, ich hatte euch nicht alles erzählt. Aber ich möchte gerne hören, wie es mit Tabitha und Alistair weiterging. Wir haben nur noch wenig Zeit, eigentlich müssten wir langsam zurück zum Lager. Es ist schon bald dunkel."

Fiona sah Ben noch einige Sekunden lang an, dann nickte sie und fuhr fort, aus dem Tagebuch vorzulesen.

14. August 1955

Was ist nur in Alistair gefahren? Es gibt nun keinen Zweifel mehr, denn die beiden machen nicht länger einen Hehl daraus. Tabitha und er sind ein Paar. Ich finde das pietätlos. Angela ist seit kaum einem Vierteljahr tot, und schon hat Alistair eine Neue.

Und Tabitha? Hat sie denn keinen Anstand? Was will ein so junges Ding wie sie von einem reifen Herrn wie Alistair? Er könnte ihr Vater sein!

Wenn das die arme Angela wüsste. Die Bediensteten zerreißen sich hinter vorgehaltener Hand das Maul. Gestern kam ich hinzu, als sich Laura und Emily über diese neue Affäre unterhielten. Sie bemerkten mich erst nicht, so dass ich einiges von ihrem Gespräch mithörte.

Merkwürdigerweise schien Alistair ihnen leid zu tun. Sie äußerten sich abfällig über Tabitha und darüber, wie sie alle Menschen in ihrem Umkreis manipuliere.

Als ich Laura und Emily darauf ansprach, wollten sie mir allerdings keine Auskunft geben.

12. September 1955

Sie werden heiraten. Das hätte ich nicht von Alistair gedacht. Aber er scheint glücklich zu sein, also will ich es ihm gönnen. Ich muss nur jeden Tag an Angela denken und daran, dass Tabitha ihren Platz niemals wird einnehmen können.

Ich habe inzwischen meine Ohren gespitzt und einige Gespräche unter den Bediensteten belauscht. Ich vermag nicht zu beurteilen, ob es der reine Neid ist, der sie treibt, doch ist Tabitha immer mehr Zielscheibe ihres Spotts und ihrer Anfeindungen.

Natürlich wagt es niemand, der zukünftigen Misses Grayborne gegenüber etwas anderes als Respekt zu zeigen, doch kaum, dass sie außer Hörweite ist, fallen äußerst unschöne Äußerungen.

Ich beginne mich ernsthaft zu fragen, ob Tabitha tatsächlich der Engel ist, für den ich sie gehalten habe.

4. Oktober 1955

In einer Woche wird die Trauung hier im Hotel vollzogen werden. Tabitha war strikt dagegen, sich in der kleinen Kapelle im nächsten Dorf zu vermählen.

Es wird also der Pater nach Blackrock Manor kommen. Ich finde das anmaßend. Es kommt doch auch der Berg nicht zum Propheten! Warum also muss ein Geistlicher sein Gotteshaus verlassen, um seinen Segen zu geben?

9. Oktober 1955

Der Geistliche ist unpässlich und kann am Tage der Hochzeit nicht nach Blackrock Manor kommen. Tabitha hat sich furchtbar aufgeregt.

Die Kinder mögen ihre Stiefmama im Übrigen überhaupt nicht. Die kleine Christabel sagte mir heute beim Frühstück, dass sie sogar Angst vor ihr habe.

Am späten Abend kam ein Telefonanruf.

Der Geistliche habe eine Vertretung gefunden, so dass die Trauung zu dem vereinbarten Termin doch vollzogen werden könne. Nun ist es also unausweichlich. Übermorgen wird Tabitha die neue Mrs. Grayborne sein.

11. Oktober 1955

Die Trauung ist vollzogen. Ein hagerer Mann in wehender Soutane und breitkrempigem schwarzen Hut traf am frühen Vormittag ein und stellte sich als Pater Peregrino vor. Er vollzog die Trauung um 3 Uhr nachmittags. Eine nennenswerte Feier im Anschluss gab es nicht. Tabitha hatte keinerlei Freunde oder Verwandte eingeladen, Alistairs Verwandtschaft schien die neue Verbindung nicht gutzuheißen und hatte zum großen Teil abgesagt. Trotzdem wirkt Alistair so glücklich, wie ich ihn nur selten gesehen habe. Die Trauung selbst war kurz und wenig ergreifend. Pater Peregrino ist ein mürrisch wirkender, alter Mann, der die Zeremonie routiniert und ohne Leidenschaft abgehalten hat.

Möge der Herr Alistair seinen Segen geben. Ich glaube, er hat einen falschen Weg eingeschlagen, doch ich wünsche ihm von Herzen alles Gute.

Der Pater hat sich ein Zimmer für die Nacht genommen und will erst morgen wieder zurück.

23. Dezember 1955

Der große Weihnachtsbaum im Speisesaal wurde heute geschmückt. Ich musste daran denken, wie Angela diesen Baum unbedingt hier haben wollte, und die Tränen stiegen mir in die Augen. Tabitha lässt sich kaum blicken, so als gingen sie die Vorbereitungen nichts an. Überhaupt hat sie sich sehr zurückgezogen. Ihre Arbeit im Hotel verrichtet sie kaum. Sie hält sich oft im Keller des Westflügels auf. Alistair scheint dies kaum zu stören. Neulich nahm er mich zur Seite und erzählte mir, dass Tabitha einen Ausbau des Hotels plane. Ich habe dazu nichts weiter gesagt, doch was gibt es in einem Keller auszubauen?

Fiona sah auf. In den Gesichtern aller vier Freunde war eine Mischung aus Erstaunen und Verstehen zu erkennen. Schnell fuhr Fiona fort.

14. Februar 1956

Alistair ist seiner jungen Frau verfallen, anders kann ich mir nicht erklären, wie er ihr ein solches Verhalten durchgehen lassen kann. Sie kommandiert das Personal herum, als seien es ihre Leibeigenen. Laura und Emily wurde auf ihre Veranlassung hin gekündigt.

Ich muss ihre Arbeit tun, während sie sich ihren angeblichen Bauplanungen im Westflügel widmet. Tatsächlich hat sie einen Trupp Bauarbeiter bestellt, die irgendeinen Wanddurchbruch für sie machen sollen.

Alistair erzählte mir, dass Tabitha vorhabe, eine Sauna und ein Schwimmbecken einzubauen.

Das ist doch absurd! Im Keller des Westflügels eine Sauna und ein Schwimmbecken - ich mag gar nicht an die Kosten denken, zumal uns die Gäste ausbleiben. Angela hätte einem solchen Vorhaben niemals zugestimmt. Wenn es darum ging, riesige Tannenbäume im Hotelinnern aufzustellen, dann war Angela mit Feuereifer dabei.

Aber sie wusste stets, wenn ein Vorhaben durchsetzbar war. Und sie hätte niemals das Geld mit beiden Händen zum Fenster hinaus geworfen.

14. März 1956

Zwei weitere Dienstmädchen haben gekündigt, weil sie die andauernden Schikanen von Tabitha nicht länger ertragen konnten. Die Bauarbeiten im Westflügel dauern nun schon zwei Wochen an.

Tabitha hat den kompletten Westflügel absperren lassen. Nur die Bauarbeiter und sie selbst haben Zutritt. Nicht einmal Alistair darf hinein, doch er stört sich nicht daran.

Sie behauptet, es sei eine Überraschung für ihn.

Als sich gestern die beiden Kinder heimlich hineinschleichen wollten, hat Tabitha sie am Kragen wieder herausgezogen.

Sie hat die Kleinen angeschrien und ihnen sogar ein paar Ohrfeigen gegeben.

Das alles kann so nicht weitergehen. Was Tabitha treibt, geht nicht mit rechten Dingen zu. Sie hat etwas vor, und ich muss herausfinden, was das ist.

23. März 1956

Heute ist es mir endlich gelungen. Ich habe einen Moment abgewartet, in dem Tabitha nicht persönlich die Bauarbeiten überwacht, und habe mich dann mit einer kleinen Notlüge an dem Bauaufseher vorbeigemogelt. Ich habe ihm gesagt, dass Mister Grayborne auf einer alten Bauzeichnung einen Hinweis entdeckt habe, demzufolge einige Wände tragend wären, die auf den neuen Plänen nicht so vermerkt seien. Ich solle mir ansehen, welche Wände eingerissen würden, um sicherzustellen, dass es keine Katastrophe gebe. Die alte Bauzeichnung könne ich nicht herausgeben, denn sie sei wirklich sehr alt und liege in Mister Graybornes Büro unter einer Panzerglasscheibe, sicher verwahrt als historisches Dokument aus den Anfangstagen des Hauses, lange bevor es zu einem Hotel gemacht wurde.

Ich bin mir sicher, dass Tabitha schon bald von meinem Schwindel erfahren wird, aber wenigstens habe ich jetzt mit eigenen Augen gesehen, was auf ihre Veranlassung unter dem Westflügel getrieben wird.

Sie hat eine Wand vollständig einreißen lassen und den Bauarbeitern nun den Auftrag erteilt, ein brunnenartiges Loch in den Boden zu graben. Der Untergrund, auf dem Blackrock Manor steht, ist felsig, es bereitet den Arbeitern scheinbar große Mühe, den Anweisungen Folge zu leisten. Dennoch ist das Loch bereits beachtlich. Es sieht aus wie in einem Bergwerk.

Ich konnte ein paar Gesprächsfetzen zwischen den Arbeitern aufschnappen. Man wundert sich offenbar über den Sinn dieses Vorhabens.

Fest steht, dass dort weder eine Sauna, noch ein Schwimmbad gebaut werden sollen.

Tabitha hat natürlich davon erfahren, dass ich ihr Geheimnis gesehen habe. Sie hat mich zu sich in Alistairs Büro bestellt. Das arrogante Ding hat mir tatsächlich mit dem Rauswurf gedroht. Sie hat gesagt, ihr gehe meine Art, mich in das Leben ihres Mannes einzumischen, schon seit längerer Zeit auf die Nerven.

Sie hat Alistair wortlos meine Kündigung vorgelegt, doch er hat nicht unterschrieben. Er hat gesagt, dass ich die einzige Verbliebene sei, die seit dem ersten Tag für ihn gearbeitet habe und dass er mir niemals kündigen werde.

Ich habe an der Tür gelauscht, als Tabitha mich aus dem Büro geschickt hat. Die beiden hatten einen sehr heftigen Streit.

Spät am gestrigen Abend hat Tabitha mich noch einmal aufgesucht. Sie muss völlig den Verstand verloren haben! Sie hat mir gedroht, mich aus allem herauszuhalten. Sie legte mir nahe, selbst zu kündigen, denn wenn ich mich weiter einmischen würde, könne es womöglich sein, dass ich oder eines der Kinder urplötzlich krank würde und dann eines merkwürdigen Todes sterben müsse - es würde ja nicht zum ersten Mal in diesem Haus vorkommen.

Oh gütiger Herr, behüte Alistair vor diesem Teufelsweib. Und gib mir die Kraft, ihr Einhalt zu gebieten.

kapitel Siebzehn:
Alte Geheimnisse, neue Rätsel

Fassungslos starrten sich die vier Freunde an. Niemand sprach ein Wort, aber sie alle dachten dasselbe. Tabitha, die zweite Frau von Alistair Grayborne - war sie es gewesen, die Angela Grayborne umgebracht hatte? Was hatte diese Frau im Schilde geführt?

Fiona wollte sich wieder in die Aufzeichnungen von Barbara Rawlins vertiefen, da wurden die Freunde von einem Geräusch aufgeschreckt. Ein Ast hatte geknackt, direkt vor ihrem Unterschlupf. Jemand musste unmittelbar hinter der geöffneten Tür stehen.

Ian griff nach einem alten Holzpfosten, der auf dem Boden lag, und sprang auf.

„Wer ist da?"

Einige endlose Sekunden geschah nichts, doch niemand der vier Freunde brachte den Mut auf, nachzusehen, wer hinter der Tür lauerte. Dann erschien eine kleine Gestalt in der Türöffnung, die untergehende Sonne im Rücken. Ian kniff die Augen zusammen, um besser sehen zu können, wer da vor ihm stand. Als er den hellen, fast weißen Haarschopf erkannte, wallte sofort die Wut in ihm auf.

„David! Was willst du hier? Hast du uns etwa belauscht?"

David schob die Hände in die Hosentaschen und grinste hämisch.

„Und ob. Es lohnt sich eben, etwas genauer hinzuhören, wenn sich die vier Wichtigtuer zu einer geheimen Besprechung zurückziehen."

Hohn lag in seiner Stimme. Ian war versucht, David den Holzknüppel über den Kopf zu ziehen. Stattdessen ergriff Fiona das Wort.

„David, was ist nur los mit dir? Was haben wir dir denn bloß getan?"

Der hellblonde Junge spuckte Fiona vor die Füße.

„Pfft! Spar dir das, Miss Oberschlau. Ich habe genug gehört. Mister Schwarz wird sich bestimmt sehr dafür interessieren, dass ihr hier wichtige Dokumente versteckt.

Wolltet wohl nicht mit den anderen teilen, hä? Schließlich sind die ja bestimmt längst nicht so supertoll wie ihr! Naja, jetzt hat es sich jedenfalls mit der Heimlichtuerei..."

Ian wurde von einer solchen Wut gepackt, dass er mit erhobenem Knüppel auf David losging.

„Das wirst du nicht tun, du mieser kleiner..."

Ben trat vor Ian und stoppte so dessen Vormarsch. Er sah Ian tief in die Augen und schüttelte nur langsam den Kopf. David hingegen, der für einen kurzen Moment ehrlich erschrocken gewirkt hatte, fasste sich sofort wieder, als er sah, dass Ben Ian aufhielt.

„Willst du mich jetzt also auch zusammenschlagen, so wie Terry? Bist ja ein ganz Mutiger, vor deiner Freundin! Musst sie wohl beeindrucken, was?"

Er reckte das Kinn in Ambers Richtung.

„Ihr seid kein Stück besser als Terry und seine Bande. Ihr seid sogar noch erbärmlicher. Terry hat wenigstens nie so getan, als wäre er mein Freund."

Mit diesen Worten wandte sich David zum Gehen. Ben hatte einige Mühe, Ian davon abzuhalten, hinter David her zu rennen. Fiona und Amber sahen dem kleinen Jungen, der bis vor kurzem ihr Freund gewesen war, fassungslos nach.

Es dauerte eine Weile, bis sich die Gemüter wieder soweit beruhigt hatten, dass sie sich wieder dem Tagebuch widmen konnten. Schließlich aber saßen sie alle wieder wie zuvor, Fiona hatte das Buch aufgeschlagen auf ihren Knien und suchte im Schein der Taschenlampe nach der richtigen Stelle. Dann endlich fuhr sie fort zu lesen.

14. April 1956

Ich bin Tabitha aus dem Weg gegangen, was nicht besonders schwierig war. Sie verbringt die meiste Zeit des Tages im Keller des Westflügels, um die Bauarbeiten zu beaufsichtigen.

Ich bin mir jedoch sicher, dass sie vornehmlich verhindern will, dass ich noch einmal dort auftauchen könnte.

Scheinbar will sie mit allen Mitteln verhindern, dass irgendjemand von ihren Plänen erfährt.

Ich habe in einem stillen Moment das Gespräch mit Alistair gesucht. Doch er ist seiner Frau vollständig verfallen, fürchte ich. Jedenfalls will er nichts davon hören, dass sie möglicherweise etwas Unrechtes tun könnte. Sie sei wegen der Umbauarbeiten nur sehr im Stress, sagt er.

Mit seiner Hilfe brauche ich also nicht zu rechnen, im Gegenteil. Ich muss befürchten, dass Tabitha von allem erfahren würde, was ich mit Alistair besprächte. Was ist nur aus dem Alistair Grayborne geworden, der mich damals so freundlich hier empfangen hat? Jenem stolzen Gentleman und herzensguten Vater? Er kümmert sich so gut wie niemals um Christabel und Gabriel. Ich bin mir absolut sicher, dass auch dahinter dieses fürchterliche Weib steckt. Sie hasst die Kinder, und die Kinder hassen sie.

An die Polizei kann ich mich auch nicht wenden, denn was könnte ich schon beweisen?

Ich denke darüber nach, einfach mit den Kindern fortzugehen. Doch das hieße, dass ich Alistair im Stich lassen würde mit einer rücksichtslosen und bösen Frau. Das kann ich nicht. Ich bin es ihm schuldig - und ich bin es Angela schuldig. Gott gebe ihrer Seele Frieden.

29. April 1956

Pater Peregrino logiert seit gestern in unserem Hause. Die Anwesenheit eines Geistlichen tut mir gut und lässt mich Kraft schöpfen. Der Pater bewohnt Zimmer 36 - ein sehr abgelegenes Zimmer. Er hat darauf bestanden, denn er möchte sich hier erholen.

Ich werde den Pater heimlich aufsuchen und um Rat bitten. Ich weiß sonst niemanden, an den ich mich vertrauensvoll wenden könnte.

Es ist schön, mit jemandem sprechen zu können, der mir zuhört. Der Pater mag ein mürrischer alter Mann sein, doch er nimmt sich Zeit für meine Berichte.

Mehr noch, er scheint sich sehr für meine Beobachtungen zu interessieren. Tagsüber unternimmt der Pater ausgedehnte Spaziergänge, so dass wir immer erst abends sprechen können.

Die Bauarbeiten scheinen sich dem Ende zu nähern. Immer mehr Arbeiter ziehen ab. Als ich gestern den Pater aufsuchte, fand ich seine Zimmertür verschlossen. Auf mein Klopfen rührte sich nichts, aber es drangen seltsame Geräusche aus dem Zimmer an mein Ohr.

Es klang beinahe so, als würde der alte Mann die Möbel verrücken. Weiß der Himmel, was der alte Kauz dort drinnen angestellt hat.

Vorhin öffnete er mir, als sei nichts geschehen. Sämtliche Möbel standen an ihrem Platz, aber ich arbeite nun so lange in diesem Hotel, dass ich es sofort bemerke, wenn etwas verändert wurde. Das Bett ist verschoben worden. Es stand ein wenig anders als zuvor. Merkwürdig.

Wenn der Pater seine Schlafstatt schon an einem anderen Platz möchte, warum bittet er nicht das Personal, ihm diesen Wunsch zu erfüllen? Und weshalb sollte er das Bett nur um ein winzig kleines Stück verrücken?

Fiona sah von dem Tagebuch auf und legte die Taschenlampe neben sich. Dann nahm sie die Brille ab und rieb sich die Augen.

Es musste sie sehr anstrengen, im Halbdunkel der Hütte die verschnörkelte Handschrift zu entziffern.

Amber war voller Ungeduld.

„Mach schon, Fi, lies doch weiter! Es wird spät, wir müssen wirklich langsam zurück...“

Weiter sollte sie mit ihrem Satz nicht kommen, denn eine große Gestalt erschien im Türrahmen und sperrte das letzte bisschen Sonnenlicht aus, so dass sich Finsternis über die vier Freunde legte.

„Das würde ich aber auch sagen. Hier steckt ihr also! Ich habe mir schon Sorgen gemacht - wenn euch David nicht zufällig gefunden hätte, hätte ich als nächstes das ganze Hotel auf den Kopf gestellt. Und was habt ihr da für ein Buch?"

Mister Schwarz' Stimme klang ruhig, aber Ian hörte den mühsam unterdrückten Zorn sehr wohl heraus. Der Lehrer war nur als Schatten in der Türöffnung zu erkennen, die Taschenlampe, die Fiona soeben abgelegt hatte, beleuchtete lediglich seine Schienbeine. Angst stieg in Ian auf. Es war zu dunkel hier, er fühlte sich mehr als unwohl. Wieder wurde ihm kalt.

„Also los, raus mit euch, sofort. Und Fiona, gib mir doch bitte dieses Buch."

Der Tonfall ließ keinen Widerspruch zu. Mister Schwarz streckte die Hand aus und Fiona überreichte ihm widerwillig das Tagebuch.

„Ich dachte, ich hätte mich klar ausgedrückt, als ich die Regeln festgelegt habe. Keine Alleingänge. Wir sind als Klasse hierhergekommen. Wieso sollte ich euch ständig einen Sonderstatus einräumen? Ich habe euch bislang so gut es ging vor meiner Kollegin Miss Parks in Schutz genommen. Aber alles hat Grenzen. Wenn ihr hier wichtige Dokumente entdeckt, dann steht es euch nicht zu, sie zu unterschlagen. Und auch ihr habt euch gefälligst an Vereinbarungen zu halten. Wir haben einen Zeitpunkt für ein Treffen vereinbart - acht Uhr. Es ist jetzt halb neun, und die einzigen, die sich nicht haben blicken lassen, seid ihr."

Keiner der vier Freunde sah Mister Schwarz direkt an. Ian war hin- und hergerissen. Er fand es ungerecht, dass sie ihren kostbaren Fund so einfach herausgeben mussten, denn schließlich waren sie es gewesen, die durch ihre Ideen und ihren Mut das Tagebuch an sich gebracht hatten. Andererseits konnte er Mister Schwarz verstehen. Er war ihr Lehrer und hatte die Verantwortung für sie zu tragen. Und es stimmte, dass er sie bisher äußerst nachsichtig behandelt und sogar vor Miss Parks in Schutz genommen hatte.

Nachdem der junge Lehrer keinerlei Antwort von den vier Freunden erhielt, abgesehen von Fionas offensichtlichem schlechten Gewissen, das sich darin äußerte, dass sie schuldbewusst auf ihre Fußspitzen starrte, warf er einen Blick auf das Tagebuch. Die Sonne war zur Hälfte untergegangen, spendete aber gerade noch ausreichend Licht.

Mister Schwarz überflog einige Seiten, blätterte dann vor bis zum Ende des Büchleins und las mit augenscheinlichem Interesse die letzten Eintragungen. Es musste sich dabei um genau jene Einträge handeln, zu denen Fiona nicht mehr gekommen war.

Mister Schwarz' Miene verfinsterte sich zusehends. Nach kurzer Zeit schüttelte er energisch den Kopf und klappte das Buch zu. Dann sah er die vier Freunde der Reihe nach an.

„Ein recht interessanter Fund. Interessant vor allem wegen der zeitgenössischen Augenzeugenberichte. Den Wahrheitsgehalt müsste man natürlich erst prüfen."

Plötzlich platzte es aus Amber heraus. Sie machte einen Schritt auf den Lehrer zu und breitete beschwörend die Arme vor ihm aus.

„Mister Schwarz, dieses Tagebuch ist genau das, wonach wir die ganze Zeit gesucht haben! Den Wahrheitsgehalt prüfen? Ja, bitteschön, wie denn? Außer Schauermärchen gibt es keine Überlieferungen, die Aufschluss über den Brand geben könnten. Keine - außer eben diesem Tagebuch! Das sind die allerersten Berichte einer Zeugin! Barbara Rawlins war dabei, damals! Und wir haben ihr Tagebuch gefunden, wir, nicht die anderen. Warum sollen nicht wir es dann als erste lesen dürfen?"

Fiona schaltete sich ein, ihre Stimme klang jedoch deutlich unsicherer als Ambers.

„Wir wollten Ihnen das Buch doch gar nicht vorenthalten, Mister Schwarz. Wir waren nur so gespannt, und nachdem wir es gefunden hatten, waren sie gerade nicht da gewesen..."

Mister Schwarz hob die Hand und brachte die Mädchen damit zum Verstummen. Ambers Augen funkelten allerdings trotzig.

„Es ist gut. Ich werde mir dieses Buch in aller Ruhe anschauen und versuchen, mir ein Urteil zu bilden. Die Tatsache allein, dass es die einzige Überlieferung ist, Amber, bedeutet nicht, dass die Quelle uneingeschränkt glaubwürdig ist. Wir haben hier schließlich ein Tagebuch, ein Tagebuch einer alternden Haushälterin, wie es scheint, die vernarrt ist in ihren Chef und die sich nicht damit abfinden kann, dass er nach dem Tode seiner Frau eine andere als sie selbst geheiratet hat. Natürlich mag sie die neue Lebensgefährtin ihres Angebeteten nicht, derentwegen sie übergangen wurde. Eine Nebenbuhlerin um die Gunst Alistair Graybornes, die jünger und hübscher ist, muss den Zorn dieser Person erregt haben. Und weil sie sich sonst nicht zu helfen weiß, denkt sie sich Schauermärchen aus..."

Mister Schwarz hatte sich sichtlich in Rage geredet. Ian war verblüfft.

Warum regte sich der Lehrer so sehr über die Aufzeichnungen von Barbara Rawlins auf?

Amber schien nun ebenfalls immer wütender zu werden. Ian hielt es für sehr unklug, sich jetzt gegen Mister Schwarz aufzulehnen. Lieber hätte er irgendwie versucht, den Lehrer wieder auf ihre Seite zu ziehen. Allerdings wollte ihm nicht einfallen, wie er das bewerkstelligen konnte.

Und noch viel weniger hatte er eine Idee, wie er Amber aufhalten sollte.

„Mister Schwarz, sie haben die Aufzeichnungen doch gar nicht gelesen! Barbara Rawlins war keine eifersüchtige Frau, die ihrer Konkurrentin übel mitspielen wollte. Sie hat Tabitha sogar noch in Schutz genommen, aber als dieses Miststück dann die Kinder geschlagen hat und..."

Mister Schwarz trat nun seinerseits einen Schritt vor und erhob mahnend seinen Zeigefinger, der beinahe Ambers Nasenspitze berührte.

Seine Stimme klang ruhig, aber schneidend.

„Es reicht jetzt, junges Fräulein. Du wirst wohl schwerlich die Personen kennen, über die du hier sprichst und urteilst. Und derlei Ausdrücke möchte ich in diesem Zusammenhang nicht wieder hören, haben wir uns verstanden? Das Buch bleibt bei mir, basta. Und auch ihr Vier bleibt von nun an in meiner Nähe. Wir gehen jetzt alle gemeinsam hinüber zum Lagerplatz. Dort werdet ihr euch, genau wie alle anderen, anhören, was ich zu sagen habe. Und ihr werdet euch, genau wie alle anderen, danach richten. Strapaziert meine Geduld nicht weiter, ihr steckt bereits jetzt in Schwierigkeiten..."

Damit wandte sich Mister Schwarz um und ging in Richtung der alten Terrasse davon. Es war klar, dass er von den vier Freunden erwartete, dass sie ihm folgten.

Amber stemmte die Hände in die Hüften, aber Ian nahm sie beim Arm und schüttelte den Kopf. Sie würden nichts mehr zu lachen haben, wenn sie außer Miss Parks auch noch Mister Schwarz zum Feind hätten. Schweigend und übel gelaunt stapften sie also ihrem Geschichtslehrer nach. Dabei rasten wieder allerlei Gedanken durch Ians Kopf. Er verstand nicht, dass Mister Schwarz sich dermaßen über Amber aufregte.

Eigentlich hätte er sich doch freuen können über den Fund des Tagebuchs. Amber hatte schließlich Recht, es war tatsächlich der erste und einzige Zeitzeugenbericht, den es gab.

Ob Mister Schwarz ihn nun für besonders glaubwürdig hielt oder nicht, es war ein sensationeller Anhaltspunkt, der ihnen Aufschluss über die Geschehnisse von vor knapp fünfzig Jahren geben konnte.

Mister Schwarz hatte nur ein paar Eintragungen überflogen, woher wollte er also wissen, ob die Aufzeichnungen von Barbara Rawlins glaubwürdig waren oder nicht? Obwohl, dachte Ian, er recht gut Bescheid zu wissen schien über die Zusammenhänge damals, über den Umstand, dass Alistair Grayborne eine zweite Frau gehabt hatte - all das schien ihn nicht sonderlich überrascht zu haben.

Wenig später hatten sich alle Schülerinnen und Schüler im Halbkreis um Mister Schwarz versammelt. Ian, Ben, Fiona und Amber hielten größtmöglichen Abstand, während David mit einem selbstgefälligen Lächeln unmittelbar zur Rechten des Lehrers stand.

Miss Parks war zwar anwesend, hielt sich aber in einiger Entfernung und warf Mister Schwarz einige Blicke zu, die Ian nicht recht deuten konnte.

Mister Schwarz ließ sich nichts von der Konfrontation mit Amber anmerken. Er lächelte in die Runde seiner Schüler, als sei nichts geschehen. Einerseits verachtete Ian ihn für dieses scheinheilige Grinsen, andererseits aber war er dankbar dafür, dass Mister Schwarz sie nicht vor versammelter Mannschaft bloßstellte.

„So, der Tag neigt sich dem Ende zu, und morgen schon werden wir uns auf den Heimweg machen. Ihr habt einige interessante Entdeckungen machen können..."

Ian sah aus den Augenwinkeln, wie Samantha Miles, das alte Fotoalbum mit beiden Armen fest umschlungen, selig grinste.

„...und wir werden uns noch eingehender mit euren Funden beschäftigen. Wer weiß, vielleicht können sie tatsächlich dazu beitragen, ein etwas genaueres Bild von den Vorkommnissen zu gewinnen."

Dabei breitete sich sein Lächeln über das ganze Gesicht aus. Amber zischte neben Ian.

„Das könnte unser Fund ganz gewiss, wenn er denn nur 'glaubwürdig' wäre! Pah!"

Ian legte ihr zur Beruhigung eine Hand auf die Schulter, aber er verstand ihre Wut sehr gut.

Mister Schwarz fuhr indes fort.

„Ich fände es schön, wenn wir nun alle gemeinsam dem Spukhotel einen letzten Besuch abstatten würden. Im Dunkeln, wenn die Geister endlich alle aus ihren Schlupflöchern kommen..."

Einige Schüler lachten über diesen Scherz, aber andere sahen so aus, als gefiele ihnen diese Vorstellung überhaupt nicht.

„Ich schlage also vor, dass ihr eure Lampen kontrolliert, euch noch einmal stärkt und dass wir dann in einer Stunde, um Viertel vor Zehn, alle zusammen zu unserem letzten Besuch aufbrechen."

Ian sah sich um und konnte auf den meisten Gesichtern seiner Klassenkameraden erkennen, dass sie nicht sonderlich erpicht auf diesen letzten Besuch bei Dunkelheit waren. Mister Schwarz aber hatte sich bereits abgewandt und begab sich nun zu seinem eigenen Zelt - ein untrügliches Zeichen dafür, dass er für seinen Vorschlag das Einverständnis der Schüler voraussetzte.

Gemurmel und manche halblauten Proteste setzten ein, doch Mister Schwarz hatte die Entscheidung gefällt. Die Schülertraube zerstreute sich langsam auf der Terrasse. Selbst Charlie Campbell war das ständige Grinsen vergangen, als er sich wieder neben sein Radio hockte.

Ian, Ben, Fiona und Amber schlurften mürrisch zu ihren Rucksäcken. Ian hatte nicht nur ein mulmiges Gefühl, sondern richtige Angst, noch einmal in das Gebäude zu gehen. Mister Bright hatte sie mehrfach gewarnt. Warum nur hörte Mister Schwarz nicht auf den Schotten? Er war schließlich der Wächter dieses Ortes, und ganz egal, wie viel er wissen mochte, eines war doch zweifellos sicher: Mister Bright musste einen guten Grund dafür haben, dass er sie unbedingt nach Einbruch der Dunkelheit weit weg von dem Hotel wissen wollte. Irgendetwas würde geschehen in dieser Nacht, dieses Gefühl steigerte sich allmählich zur Gewissheit.

Was wussten sie schon über diesen Ort? Das Tagebuch der Barbara Rawlins hatte ihnen einige Hinweise geliefert, aber eben keine Antworten. Und nun hatte Mister Schwarz das Tagebuch, ohne dass sie die letzten und wahrscheinlich wichtigsten Eintragungen gelesen hätten. Sollten sie ihren Lehrer bitten, ihnen das Tagebuch zurückzugeben? Nein, das wäre vollkommen sinnlos.

Mister Schwarz hatte ihnen überdeutlich zu verstehen gegeben, was er davon hielt, dass sie sich ohne sein Wissen mit Beweismaterial beschäftigten.

Es half alles nichts. Sollten sie sich weigern, mit Mister Schwarz noch einmal in das Gemäuer hineinzugehen? Nein, das war ausgeschlossen. Ian wollte nicht als Feigling dastehen. Außerdem war da noch immer die nagende Neugier hinter seiner Furcht. Die Neugier zu erfahren, was hier vor sich ging. Und in der Gemeinschaft konnte ihnen schließlich nichts passieren - es würde sehr viel sicherer sein, wenn sie mit der ganzen Klasse loszögen.

Man konnte es ohnehin nicht ändern. Ian fügte sich mit einem Seufzen in sein Schicksal. Zunächst aber wollte er sich stärken. Da er keine Taschenlampe mehr hatte, durchwühlte er im Dunkeln seinen Rucksack und zog seinen Proviantbeutel hervor. Dabei fiel ein Zettel mit heraus, dem Ian zunächst jedoch keine Beachtung schenkte. Er setzte sich im Schneidersitz neben seinen Rucksack, nahm ein Sandwich aus seinem Beutel und biss gierig hinein. Amber, Ben und Fiona setzten sich mit ihren Broten zu ihm. Keiner sagte ein Wort, schweigend aßen die Freunde und hingen ihren eigenen Gedanken nach. Einige Mitschüler hatten derweil in der Mitte der Terrasse ein Lagerfeuer entfacht, dessen warmer Schein ihnen nun etwas Licht spendete.

Versonnen griff Ian nach der Kamera seines Vaters und schaltete sie ein. Er wollte noch einmal die Aufnahmen betrachten, die er an diesem Tag gemacht hatte, auch wenn er im Verlauf der letzten Stunden überhaupt nicht mehr daran gedacht hatte, Fotos zu schießen.

Die ersten Aufnahmen zeigten Ians Klassenkameraden zum Beginn der Wanderung. In allen Gesichtern spiegelte sich Tatendrang. Ian fiel es schwer sich vorzustellen, dass diese Bilder erst gestern aufgenommen worden waren. Es schien eine Ewigkeit seitdem vergangen zu sein. Rasch übersprang er die nächsten Bilder, bis das Display die erste Aufnahme des alten Hotels anzeigte. Ian erinnerte sich, wie imposant das Gebäude auf sie gewirkt hatte, schon bei vollem Tageslicht. Das war nur einige Stunden her, und sie hatten noch keine Ahnung gehabt, welche Schrecken auf sie warteten. Dann sah Ian das Bild, das er von dieser Terrasse aus aufgenommen hatte. Ian entsann sich, dass er einen Schemen gesehen zu haben glaubte, doch auch jetzt, als er noch einmal genau hinsah, erkannte er nichts dergleichen.

Es folgten Aufnahmen der Lobby und des Speisesaals mit dem toten Baum, der auf irgendeine Weise doch nicht tot zu sein schien, da er weitergewachsen war und noch immer harzte. Das war das erste greifbare Mysterium gewesen, dem sie begegnet waren. Schemen, Stimmen - dergleichen konnte man sich einbilden. Diese Tanne aber stand mitten im Speisesaal, es gab keinen Zweifel an ihrer Existenz. Dann kamen Bilder von der Küche und den mächtigen Stahltüren, hinter denen Mister Schwarz die Kühlkammern vermutet hatte. Und dann folgte ein gutes Dutzend Aufnahmen von jenem seltsamen Symbol, das sie unter dem Bett gefunden hatten. Ian runzelte die Stirn, als er erneut versuchte, das komplexe Muster nachzuvollziehen, eine Regelmäßigkeit oder Symmetrie zu entdecken. Nach einigen Sekunden begannen die Linien und Muster zu verschwimmen, und er rieb sich die Augen. Doch als er wieder hinsah, schienen die Linien sich noch immer hin- und her zu verschieben, sich in immer neuen, noch verschlungeneren Mustern zu formieren. Ian musste unwillkürlich an jene Bilder denken, die auf den ersten Blick nur bunte Muster darstellten, aber bei längerem konzentriertem Hinsehen ein verstecktes Motiv enthüllten. Im Kunstunterricht hatten sie einmal einige dieser Bilder betrachtet. "Magic Eyes" hatte Mrs. Biggs, ihre Kunstlehrerin, diese Bilder genannt. Also konzentrierte sich Ian erneut auf die Muster und Linien auf dem Display der Kamera. Er kniff die Augen zusammen, ging mit den Augen näher an das Display heran, dann wieder weiter weg. Er erkannte immer noch nichts, im Gegenteil. Es wurde immer verworrener, diffuser. Die Linien verschoben und drehten sich, schlängelten und wanden sich, als seien sie lebendig...

„Ian, sag mal...geht es dir nicht gut?"

Ambers Stimme weckte ihn wie aus einem Traum. Sie sah ihn mit erhobenen Brauen an.

„Ich... wieso? Nein, alles klar..."

Amber schüttelte leicht den Kopf.

„Zu starrst seit gut zwei Minuten dein Display an, als wärst du hypnotisiert. Du hast mir erst gar nicht geantwortet, warst wie weggetreten..."

Ian hob die Schultern.

„Tut mir leid, ich habe mir noch mal meine Aufnahmen angesehen."

Er lächelte verlegen, und Amber ließ es gut sein. Ian aber merkte erst jetzt, dass er tatsächlich wie hypnotisiert gewesen war. Nervös riskierte er einen neuerlichen Blick auf das Display. Das Muster lag verschlungen da, aber es bewegte sich nicht. Rasch wechselte Ian zum nächsten Bild. Es war verwackelt, zeigte den Blick aus dem Zimmer hinaus auf den Flur. Am Rand des Bildes zeigte sich die geöffnete Tür. Ian erinnerte sich daran, wie der Rabe auf ihn zugeschossen kam, um kurz vor seinem Gesicht abzudrehen und wieder zu verschwinden. Das war ebenfalls ein Vorfall gewesen, den er sich unmöglich eingebildet haben konnte, denn alle hatten den Raben gesehen. Ian betrachtete die Aufnahme. War da ein schwarzer Fleck am Ende des Flurs zu sehen? Das Bild war zu verschwommen, man erkannte so gut wie nichts. Lediglich ein Detail war klar auszumachen. Die großen Messinglettern auf der Zimmertür: 36. Das war die Nummer des Zimmers, in dem sie das geheimnisvolle Zeichen entdeckt hatten. Ian zögerte. Wo war ihnen die Nummer 36 schon begegnet?

Ein schrilles Pfeifen und Kreischen ließ Ian aus seinen Gedanken aufschrecken. Sein Herz schlug bis zum Hals, als er sich gehetzt nach dem Ursprung des Geräusches umsah. Dann verebbte es und Ian hörte stattdessen Charlie Campbells Stimme.

„'Tschuldigung, Leute, aber irgendwie scheint mein blödes Radio echt den Geist aufgegeben zu haben. Erst kriege ich keinen Sender, und dann fiept es so grausam...“

Ganz langsam beruhigte sich Ian wieder. Dann meldete sich noch einmal Charlie zu Wort.

„Na, wer sagt's denn, nun kriege ich doch was rein. Total verrauscht, kann's kaum verstehen. Müssen Nachrichten sein... ach, ist ja spannend, da geht es gerade um Blackrock Manor...“

Nur Sekunden später stand beinahe die gesamte Klasse um Charlies Radio herum. Ian lauschte angestrengt. Wirklich, vor lauter Rauschen war kaum etwas zu verstehen. Doch da war eine Stimme, die etwas sagte.

„Blackrock Manor... verflucht... uralt... böse... weg... geht... weg...“

Ian runzelte die Stirn. Was für Nachrichten sollten das sein? Außerdem klang die Stimme jung, viel zu jung für eine Nachrichtensprecherin, mehr nach einem Kind...

Es war Ian, als hätte man ihn mit Eiswasser übergossen. Ein Blick in die Richtung seiner Freunde verriet ihm, dass auch ihnen die Erkenntnis gekommen war. Das Rauschen aus dem Radio nahm zu, man konnte nur noch ahnen, was gesagt wurde.

„Weg... geht... weg..."

Dann schwoll das Rauschen an, und man konnte nichts mehr verstehen. Rasch zogen sich Ian, Ben, Fiona und Amber zurück. Fiona sprach im Flüsterton, als sie sich an ihre Freunde wandte.

„Uns ist, glaube ich, wohl allen klar, dass das keine Nachrichten waren? Das war wieder eine Warnung. Genau so was hat doch die Geistererscheinung des kleinen Mädchens gesagt, kurz bevor uns im Westflügel alles um die Ohren geflogen ist..."

Fionas Stimme zitterte. Amber hingegen klang entschlossen.

„Ja, eindrucksvoll, nicht wahr. High Tech, das ganze Programm. Sogar einen Störsender haben die hier irgendwo. Stören den Radioempfang und lassen Charlie stattdessen ihr eigenes Programm empfangen..."

Fiona sah verwirrt aus.

„Geht so etwas denn?"

Ben nickte.

„Ja, das wäre möglich. Wenn ein solcher Sender irgendwo hier in der Nähe sein sollte, dann wäre sein Signal ohne weiteres stärker als das der Radiosender. Demnach würde es diese Sender überlagern."

Amber nickte zufrieden.

„Genau. Und wenn sie den Radioempfang stören, dann hat das noch einen weiteren Vorteil für unseren sauberen Orden."

Ian runzelte die Stirn.

„Und welchen?"

Anstelle einer Antwort zog Ben, der ganz offensichtlich verstand, worauf Amber hinaus wollte, sein Handy aus der Hosentasche. Wortlos hielt er es Fiona und Ian unter die Nase. Auf dem Display standen zwei Worte, die sich langsam wie Säure in Ians Bewusstsein fraßen.

'KEIN EMPFANG'

„Aber... aber das heißt ja...“

Fiona war fassungslos.

„Das heißt ja, dass wir völlig von der Außenwelt abgeschnitten sind! Wir könnten nicht mal Hilfe rufen!“

Ben nickte grimmig.

„Das ist richtig. Sämtliche Funksignale werden gestört. Also kein Radioempfang und keine Funknetzverbindung für Handies. Ziemlich clever. Verflucht clever.“

Ian schüttelte nur ungläubig den Kopf. Er wandte sich ab, wollte nachdenken, aber wieder einmal überschlugen sich die Gedanken in seinem Kopf. Neben seinem Rucksack sah er etwas Weißes im Dunkeln aufblitzen. Es war der Zettel, den er eben versehentlich mit seiner Provianttüte aus dem Rucksack gezogen hatte. Ian bückte sich danach. Er konnte sich nicht erinnern, einen solchen Zettel in seinem Rucksack gehabt zu haben. Es war ein Blatt Papier, das zweimal gefaltet war.

Er faltete es auseinander, konnte in der Dunkelheit aber nicht erkennen, was darauf stand. Er ging ein paar Schritte in Richtung des Lagerfeuers. Viel stand nicht auf dem Zettel.

Ian runzelte die Stirn, als er schließlich lesen konnte, was da geschrieben stand.

Es waren drei große, dicke Buchstaben.

TNT

Und darunter, etwas kleiner und in recht krakeliger Schrift:

Das ist euer Ende

Verwirrt wandte sich Ian zu seinen Freunden um und zeigte ihnen das Blatt Papier. Ben massierte sich nachdenklich das Kinn, als er die seltsame Botschaft las.

„TNT... das ist doch ein Sprengstoff, oder?“

Fiona nickte, sie schien ganz in ihrem Element, als sie Ben antwortete.

„Ja, TNT ist die gebräuchliche Abkürzung für Trinitrotoluol. Es ist bis zum heutigen Tag der wohl wichtigste Sprengstoff, der sowohl für militärische Zwecke als auch anderweitig eingesetzt wird, zum Beispiel zur Sprengung von Gebäuden. Soweit ich weiß, kann man es heute mit relativ geringem Aufwand herstellen. Mister Reynolds hat letztes Jahr in Chemie mal so etwas gesagt."

Amber blies sich eine Haarsträhne aus der Stirn.

„Und was soll das? Was haben wir mit TNT zu tun?"

Fiona dachte nach.

„Hmm... was hat Mister Schwarz vorhin doch gleich zu Mister Bright gesagt? Wenn Mister Bright nicht wisse, auf was er hier eigentlich aufzupassen habe, dann könne doch alles Mögliche unter diesem Hotel sein..."

Ian nickte.

„Stimmt. Er hat auch ein Beispiel genannt... ein Drogenlabor... oder eine Fabrik für Kampfstoffe..."

Amber sah ungläubig von einem zum anderen.

„Ihr meint doch nicht..."

Ben zuckte mit den Achseln.

„Also, ich weiß inzwischen nicht mehr, was ich glauben soll und was nicht. Aber theoretisch wäre es doch möglich. Die betreiben hier eine Waffenfabrik. Das hier einiges an High Tech Ausrüstung liegt, ist uns inzwischen allen klar. Und für Sprengstoff finden sich immer Abnehmer..."

Fiona zuckte merklich zusammen.

„Ben, mal den Teufel nicht an die Wand! Die stellen hier doch keine Kampfstoffe her..."

Ben sagte nichts, sondern sah Fiona nur lange an. Sein Blick sprach Bände. Offenbar hielt er es für keineswegs unmöglich. Fiona sah ihn beinahe flehend an.

„Aber... aber dann dürfen wir auf gar keinen Fall da rein! Wenn die wirklich Sprengstoffe herstellen und mitbekommen, dass wir davon wissen, dann..."

Sie schluckte und ließ ihren Satz unvollendet. Amber mischte sich ein.

„Gut und schön, nehmen wir mal an, Ben hat Recht. Wer sollte uns dann diese Botschaft zukommen lassen? Und wenn schon eine Botschaft, warum dann so eine? Entweder will uns jemand warnen oder nicht, aber wenn ja, dann würde dieser jemand doch nicht so einen seltsamen Zettel bei einem von uns verstecken..."

Bevor Ian etwas erwidern konnte, unterbrach ein Ruf die Stille. Es war die Stimme von Samantha Miles, die aufgeregt nach Mister Schwarz rief. Ian sah sich um. Die Schüler hatten sich um jemanden versammelt. Ian konnte nicht erkennen, um wen es sich handelte, er tippte aber auf Mister Bright. Er würde wohl ein weiteres Mal versuchen, sie alle zum Gehen zu bewegen. Die vier Freunde setzten sich gleichzeitig in Bewegung um nachzusehen, was vor sich ging.

Dann blieb Ian fast das Herz stehen, als er einen Blick auf die Gestalt erhaschte, um die sich seine Mitschüler versammelt hatten. Es war nicht Mister Bright, die Gestalt war viel kleiner und schmaler. Das Auffälligste war ein großer, breitkrempiger Hut. Dann konnte er die Gestalt zwischen zwei Klassenkameraden hindurch deutlich erkennen. Sie trug ein wallendes schwarzes Gewand, eine Art Robe, und eben jenen Hut, dessen Schatten das Gesicht verhüllte. Ian wusste, wer das war, auch wenn er das Gesicht des Mannes nie gesehen hatte. Und wie zur Bestätigung ertönte die leise, schneidende Stimme, die Ian bereits in der vorigen Nacht gehört hatte.

„Ich bin Pater Giacomo Peregrino. Ich möchte euren Lehrer sprechen.“

kapitel Siebzehn:
Giacomo Peregrino

Ian machte den Mund auf, brachte aber kein Wort heraus. Dort stand der Mann, mit dem sich Mister Bright letzte Nacht heimlich getroffen hatte. Ian starrte fassungslos zu der hageren Gestalt hinüber, die jetzt den Kopf wandte und seinen Blick erwiderte. Giacomo zeigte keine Regung, Ian war sich jedoch sicher, dass der Mann ihn wiedererkannte.

Fiona tuschelte etwas kaum hörbar dicht neben seinem Ohr.

„Peregrino… so hieß doch auch der Priester, der im Tagebuch erwähnt wird…"

Ian erinnerte sich an die Eintragungen, in denen es darum ging, wie sich Barbara Rawlins mit einem Priester namens Peregrino besprochen hatte – konnte das ein Zufall sein? Der Name Peregrino war allerdings keinesfalls weit verbreitet, schon gar nicht in England.

Der geheimnisvolle Mann, den Ian in der vergangenen Nacht als Bruder Giacomo kennengelernt hatte, ließ seinen Blick über die Schülerinnen und Schüler wandern. Dann endlich zeigte sich Mister Schwarz. Er kam um das Hotel herum und ging ohne zu zögern auf Giacomo zu. Seine Überraschung über das Erscheinen des Fremden war ihm nicht anzumerken.

„Ich bin Mister Schwarz, der Lehrer dieser Klasse. Und sie sind…?"

Giacomo Peregrino nahm den Hut vom Kopf. Darunter zeigte sich ein kahler Schädel. Seine Haut war blass, die Lippen dünn. Seine Nase war lang und schmal und die Wangenknochen ragten deutlich aus dem Gesicht hervor. Ian fühlte sich schaudernd an einen Totenschädel erinnert. Die Augen Giacomos aber waren höchst lebendig. Sie lagen tief in den Höhlen und hatten eine durchdringende hellgraue Färbung. Der Blick des Priesters war stechend und zeugte von Härte und Unnachgiebigkeit.

„Mein Name ist Giacomo Peregrino. Ich bin Pater und Ordensvorsteher. Von meinem Orden werden Sie noch nichts gehört haben, und es braucht sie auch nicht weiter zu interessieren."

Giacomo setzte den breitkrempigen Hut wieder auf, so dass sein Gesicht wiederum im Schatten lag. Ian war froh darüber, dass er das unheimliche Antlitz des Paters nicht mehr zu sehen brauchte. Mister Schwarz sagte nichts, sondern blickte den hageren Mann nur fragend an. Der ließ eine ausgedehnte Pause entstehen, in der er Mister Schwarz lange und durchdringend musterte. Dann endlich fuhr er fort.

„Sie haben Bekanntschaft gemacht mit Bruder Angus. Er hat mich davon in Kenntnis gesetzt, dass Sie im Zuge Ihrer höchst unangemessenen Nachforschungen in diesem Gemäuer die Stahltür zu unserem Refugium entdeckt haben. Besagte Tür habe sogar offen gestanden, bis Bruder Angus sie wieder verschloss, bevor Sie sich Zutritt verschaffen konnten."

Mister Schwarz öffnete den Mund, um darauf zu antworten, doch Giacomo hob eine dürre, langfingrige Hand und gebot ihm zu schweigen.

„Es ist überflüssig, dass Sie sich dazu äußern. Wir wissen beide, dass dies Tatsachen sind. Es entspricht ebenfalls den Tatsachen, dass Sie sich und Ihre Schüler in allergrößte Gefahr gebracht haben. Für Sie mag dies alles hier ein Abenteuerspielplatz sein, doch ist Ihnen niemals der Gedanke gekommen, dass schon jemand vor Ihnen hier Nachforschungen angestellt hat? Jemand, der klüger ist als Sie und besser vorbereitet?"

Mister Schwarz setzte erneut zu einer Erwiderung an, doch wieder verstummte er, als Giacomo Peregrino mahnend seinen dürren Zeigefinger erhob.

„Mein Orden ist seit sehr langer Zeit mit der Untersuchung dieses Ortes befasst. Wir bevorzugen es, ungestört von Abenteurern und selbsternannten Geisterjägern hier unseren Studien nachzugehen. Im Laufe der Jahre haben wir allerhand zutage gefördert. Dinge, die zu begreifen Ihr enger weltlicher Geist wohl kaum imstande wäre. Und weil das so ist, haben wir unsere Entdeckungen unter Verschluss gehalten. Deshalb unser Refugium. Deshalb auch die Geheimtür…"

Ian zuckte zusammen, als Amber dem Pater ins Wort fiel.

„Und deshalb auch die Spukshow, ja? Und die angesägte Treppe…und…"

Mit einer Behändigkeit, die Ian dem Pater niemals zugetraut hätte, wirbelte dieser herum und stand mit wenigen schnellen Schritten direkt vor Amber. Seine rabenschwarze Soutane bauschte sich raschelnd ob der Schnelligkeit seiner Bewegung. Amber blieben alle weiteren Worte im Halse stecken. Wie gebannt starrte sie in die stechenden Augen des Paters.

Dessen Stimme war eiskalt.

„Kind, mische dich nicht ein in Dinge, die dein unreifer Verstand nicht fassen kann. Du bist hier einem uralten Geheimnis näher gekommen, als es gut für dich ist. Geheimnisse bleiben manchmal aus gutem Grund ungelüftet, denn ihre Enthüllung brächte Angst und Schrecken über die Menschen. Wenn du dich also bereits vor Dunkelheit und Stimmen und Raben fürchtest, dann würde die Kenntnis dessen, was tief unter diesem Gemäuer begraben liegt, deinen kleinen Verstand zerbrechen und dich in den Wahnsinn stürzen. "

Die Worte machten offenbar großen Eindruck auf Amber. Zögernd wich sie ein paar Schritte zurück, ihre Augen waren weit aufgerissen. Pater Giacomo schien sie mit seinem Blick durchbohren zu wollen. Dann aber meldete sich endlich Mister Schwarz zu Wort.

„Hören Sie, Pater, diese Schauergeschichte ist ja durchaus beeindruckend. Und wir haben sie auch brav angehört. Aber nun unterlassen Sie bitte alle weiteren Einschüchterungsversuche... "

Ian staunte nicht schlecht. Mister Schwarz schien tatsächlich gänzlich unbeeindruckt von Pater Giacomo, der sich nun betont langsam wieder zu dem jungen Lehrer umwandte. Als die Blicke der beiden Männer sich trafen, hatte Ian das Gefühl, dass es für einen Augenblick kälter wurde.

„Sie wollen es tatsächlich nicht begreifen? Nun ja, offenbar können Sie es einfach nicht. Sie klammern sich an ihr fest gefügtes Weltbild. Alles ist für Sie erklärbar. Die Mysterien der Welt sind allesamt nichts weiter als Rätselspiele für die Wissenschaft, deren alleiniger Ehrgeiz es ist, jedes Geheimnis zu lüften, ganz gleich, welche Folgen dies nach sich zöge... "

Diesmal war es Mister Schwarz, der dem Pater das Wort abschnitt.

„Sparen Sie sich alles Weitere. Sie hüten hier ein Geheimnis, das Sie offenbar als Ihr Eigentum betrachten. Wer gibt Ihnen das Recht, sich hier als Wächter aufzuspielen? Wer sagt uns denn, dass dieses sogenannte Geheimnis, auf das Sie hier im Dienste der Menschheit aufpassen, nicht doch ganz weltlicher Natur ist? Vielleicht haben Sie nur selbst etwas zu verbergen. Die Kirche verstand sich schon immer darauf, Dinge für sich selbst in Anspruch zu nehmen und sie vor den Augen der Welt zu verbergen. Die Bibliothek des Vatikans, zum Beispiel...wie viele Schriften liegen dort, die niemals in die falschen Hände gelangen dürfen? Ich frage mich nur – wenn sie nun doch einmal an die Öffentlichkeit gelangten, was würde man in diesen Schriften lesen? Was steht darin, dass die Kirche um jeden Preis verheimlichen möchte? "

Pater Peregrino schüttelte langsam den Kopf.

„Ich hielt Sie bisher für einen Narren, der es nicht besser weiß. Nun aber erkenne ich, dass Sie schlimmer sind. Es geht hier darum, Ihre eigene Eitelkeit zu befriedigen. Sie wollen derjenige sein, der das Geheimnis um diese Ruine aufdeckt. Sie wollen, dass Ihr Name genannt wird, wenn man dereinst davon sprechen wird, wer denn der tollkühne und kluge Entdecker war, der den Geistererscheinungen auf den Grund gegangen ist. Sie behaupten, dies geschehe zum Wohle der Wissenschaft, doch letzten Endes geht es nur um Sie. Ihnen ist nichts heilig, sie sind ein Verblendeter. Die Kirche ist die Bewahrerin vieler Geheimnisse, die einfach nicht für die Augen solcher Menschen, wie Sie einer sind, bestimmt sind."

Mister Schwarz lachte bitter.

„Aber sie sind für IHRE Augen bestimmt, nicht wahr? Denn Sie sind besser als ich. Sie horten das Wissen wie einen Schatz, Sie bestimmen, was die Welt wissen darf und was nicht."

Plötzlich bemerkte Ian einen riesenhaften Schatten, der sich aus der Dunkelheit des alten Parks schälte. Mister Bright schritt tonlos auf Bruder Giacomo zu und blieb unmittelbar neben ihm stehen. Seine Stimme klang drohend.

„Sie sollten besser nicht so mit Pater Peregrino sprechen, Mister."

Mister Schwarz zeigte sich unbeeindruckt. Es war Giacomo, der Mister Bright eine Antwort gab.

„Schweig still! Ich habe nicht um Deinen Beistand gebeten. Du hattest Anweisungen, den Park zu überwachen!"

Mister Bright sah erschrocken zu dem kleineren Giacomo herab.

„Aber Bruder Giacomo…"

„Scher dich fort! Befolge meine Anweisungen, du Tölpel."

Wie ein geprügelter Hund schlurfte Mister Bright nach einem kurzen Moment, in dem er offenbar versuchte zu verstehen, womit er die Feindseligkeit Giacomos verdient hatte, wieder in Richtung des alten Parks davon. Pater Giacomo Peregrino wandte sich wieder an Mister Schwarz.

„Weil Sie ein solcher Narr sind, wird es wenig Sinn haben, Sie von hier vertreiben zu wollen. Ich werde Sie stattdessen mit Ihren eigenen Waffen schlagen. Ihre Ignoranz wird noch heute Nacht zu Ihrem Fluch werden, wenn Sie gesehen haben, warum wir dieses Geheimnis so lange gehütet haben.

Heute Nacht werden die allzu engen Grenzen Ihres Verstandes gesprengt werden!"

Ian wurde kalt. Was meinte dieser hagere Pater? So wie er sprach klang es, als erwartete er den Tag des Jüngsten Gerichts für diese Nacht.

„Ja, ich werde es Ihnen gestatten, selbst zu sehen. Sie werden es nicht begreifen und auch nicht verkraften, aber Sie sollen es sehen. Ich werde Ihnen den Zugang zu unserem Refugium gewähren, auf dass Ihre Eitelkeit und Ihre Verblendung Ihr Untergang sein mögen."

Ian glaubte, sich verhört zu haben. Totenstille lag über der alten Terrasse, niemand schien auch nur zu atmen. Hatte der seltsame Pater gerade gesagt, dass er ihnen den Zugang zu dem Heiligtum gewähren wollte? Dass sie sehen dürften, was hinter der Stahltür lag? Aber was machte das alles für einen Sinn? Warum hatte man erst alles daran gesetzt, sie zu vertreiben, sie zu verängstigen? Oder hatte dieser geheimnisvolle Orden tatsächlich nichts mit all jenen seltsamen Vorkommnissen zu tun? Wer aber steckte dann dahinter?

Unwillkürlich erschauerte Ian. Ihm war plötzlich eine plausible Erklärung eingefallen dafür, dass der Pater sie nun plötzlich nicht mehr aufhalten wollte - es war eine Falle!

Man würde sie an irgendeinen Ort unter der Erde führen – und sie dann dort einsperren – oder schlimmeres. Entsetzt blickte Ian seine Freunde an. Er sollte jedoch nicht dazu kommen, ihnen seine Gedanken mitzuteilen, denn Mister Schwarz ergriff das Wort.

„Wenn Sie glauben, Pater, dass Sie uns mit Ihren Reden abschrecken würden, haben Sie sich getäuscht. Sie bieten uns an, Ihr Allerheiligstes zu sehen und drohen uns gleichzeitig, dass uns das, was wir dort zu sehen bekämen, den Verstand rauben würde. Ein psychologisch sehr fadenscheiniger Trick. Sie hoffen nun, dass wir es nicht wagen werden, Ihr Angebot wahrzunehmen – aber genau das werden wir tun!"

In genau diesem Augenblick wehte ein eisiger Hauch über die Terrasse. Ian sah, wie die langen Haare einiger seiner Mitschülerinnen flatterten. Ians Atem kondensierte vor seinem Mund zu weißem Dampf.

Und dann hörte er die Stimmen - Kinderstimmen. Unüberhörbar stießen sie einen Schrei aus, der so voller Angst und Verzweiflung war, dass es Ian fast das Herz zerriss.

„Das dürft ihr nicht! Neeeiiiiiin…"

Dann war es vorbei, wiederum lag Totenstille über der versammelten Gruppe. Ian sah, wie sich seine Mitschüler gehetzt umsahen, einige zitterten am ganzen Leib. Lediglich Mister Schwarz stand ungerührt da, wie ein Fels in der Brandung.

„Pater, sie machen sich lächerlich. Bevor sie nun noch ein paar mehr Gespenster vorbeifliegen lassen, nehme ich Sie beim Wort. Zeigen Sie uns Ihr großes Geheimnis."

Dann wandte er sich an seine Klasse.

„Das ist es doch, wofür wir hergekommen sind! Nehmt alle eure Taschenlampen mit. Wir gehen der Sache jetzt auf den Grund – gemeinsam! Und ihr werdet zu Hause berichten können, dass ihr dabei wart, als das Geheimnis von Blackrock Manor gelüftet wurde."

Er betonte das Wort "Geheimnis" so stark, dass es ironisch klang. Dennoch wirkte Mister Schwarz wirklich aufgeregt. Ein Blick in die Runde offenbarte ihm, dass kaum jemand aus der Klasse allzu glücklich war über die Vorstellung, diesem unheimlichen Pater in dessen "Refugium" zu folgen. Einzig David war sofort neben Mister Schwarz und augenscheinlich bereit zum Aufbruch. Dass ausgerechnet der Angsthase David Porter sich als erster anschickte, seinem großen Vorbild Mister Schwarz zu folgen, schien einige der anderen Jungen zu fuchsen. Sie wollten nicht als Feiglinge dastehen. Und so machte sich nach und nach die ganze Klasse daran, in den Rucksäcken nach Taschenlampen, und was immer sie sonst für dieses Wagnis dabei haben wollte, zu kramen.

Ian selbst, Amber, Fiona und Ben gehörten zu den letzten, die unentschlossen einfach da standen. Ians Gedanken überschlugen sich. In ihm schrillten sämtliche Alarmglocken, irgendein Gefühl sagte ihm, dass es ein gewaltiger Fehler war, dem Pater zu folgen.

Andererseits fraß ihn die Neugier beinahe auf. Endlich würden sie hinter das Geheimnis kommen. Und das, was sie herausfänden, würde ihnen wahrscheinlich überhaupt nicht gefallen.

Er bemerkte, dass Mister Schwarz in seine Richtung sah. Ihn fröstelte. Der Blick des Lehrers war hart, kalt. Und er verriet, ohne dass es weiterer Worte bedurft hätte, dass Mister Schwarz keinen Widerspruch dulden würde. Sie würden dem Pater folgen, und zwar alle. Ian senkte den Blick. Wenigstens war ihm die Entscheidung, was zu tun war, so abgenommen worden.

Er würde sich jedoch in Acht nehmen.

Und letzten Endes war es tatsächlich besser, in der Gruppe zu bleiben.

***

Angus Bright war außer sich vor Zorn. Er hatte sich damit abgefunden, dass man ihn im Unklaren ließ, dass er in die Angelegenheiten des Ordens kaum eingeweiht wurde. Er hatte sich auch an die barsche, abweisende Art des Paters gewöhnt. Aber dass er vor diesem Lehrer und seiner versammelten Klasse so bloßgestellt und gemaßregelt worden war, das schlug dem Fass den Boden aus. Er wollte Pater Giacomo beistehen, ihn vor jenem Lehrer, der ihm ganz und gar nicht geheuer war, in Schutz nehmen, und zum Dank wurde er fortgeschickt wie ein räudiger Hund. Bitte, sollten sich der Pater und der Lehrer doch gegenseitig an die Gurgel gehen, ihn ging das nichts mehr an.

Er machte sich nur Sorgen um die Kinder. Hier waren zwei Männer, die jeder für sich irgendein Ziel verfolgten, und Mister Bright konnte sich des Verdachtes nicht erwehren, dass beide Männer ohne Rücksicht auf Verluste diesen Zielen nachgehen würden. Er selbst hatte nicht im Mindesten eine Ahnung, worum es hier ging, aber er wusste, dass hier allerhand Seltsames geschah. Angus Bright war kein furchtsamer Mann, er war auch nicht sonderlich abergläubisch.

Die Einsamkeit in den Wäldern hatte aus ihm einen Mann gemacht, der sich auf seine eigenen Fähigkeiten verließ und auf das, was er sah und hörte. Er war nicht sehr gebildet, aber sein Verstand war durchaus scharf, und er hatte einen ausgeprägten Instinkt.

Dieser Instinkt sagte ihm nun, dass hier, in dieser alten Hotelruine, etwas nicht mit rechten Dingen zuging. Würde wahrhaftig sein Orden dahinterstecken, so hätte man ihn doch wenigstens über diese Abschreckungsvorkehrungen informiert – schließlich war er der Wächter.

Nein, hier ging etwas vor sich, etwas, wofür er keine Erklärung hatte. Er hatte aber ein sicheres Gefühl, dass es gefährlich war, vor allem für die Kinder.

Er hatte vier von ihnen – die beiden Mädchen, die freche Rothaarige und die Stille, Nachdenkliche sowie den Farbigen und diesen Satansbraten Ian, der ihm letzte Nacht offenbar heimlich gefolgt war – aus dem Ostflügel befreit. Die Tür war verschlossen gewesen, er hatte sie mit seinem Beil einschlagen müssen. Drinnen war der Teufel los gewesen, irgendetwas hatte einen Höllenlärm veranstaltet und den Kindern eine Heidenangst eingejagt.

Dann hatte der Lehrer, dieser Mister Schwarz, vor der geöffneten Stahltür gestanden. Er hatte behauptet, die Tür sei bereits offen gewesen – und nun wollte Bruder Giacomo doch tatsächlich den Lehrer und die Kinder dort hinein lassen – in das Refugium, zu dem nicht einmal Mister Bright selbst je Zutritt gehabt hatte.

Angus Bright war kein Freund von psychologischen Schachzügen, er konnte nicht beurteilen, was Bruder Giacomo damit bezweckte. Aber es gefiel ihm nicht. Er bewachte dieses Hotel seit etlichen Jahren im Auftrag des Ordens. Und ausgerechnet heute würde eine Schulklasse auf Besichtigungstour in das Refugium geführt? Das ergab keinen Sinn. Und es machte Mister Bright ungeheuer wütend.

Was aber konnte er tun? Er war zum Zuschauer degradiert worden. Bruder Giacomo wollte ihn offenbar aus dem Weg haben.

Dann hörte er die Geräusche. Meckerndes Lachen, nur halbherzig unterdrückte Stimmen. Es klang nach Jugendlichen, aber er hatte die Stimmen vorher nie gehört. Es konnte niemand aus der Schulklasse sein, denn die musste sich in diesem Moment auf dem Weg in das Refugium befinden. Lautlos schlich sich Mister Bright näher an die Stimmen heran, bis er verstehen konnte, was gesprochen wurde.

Das zuckende Licht einer Taschenlampe tanzte einige Meter vor ihm hin und her. Er hielt kurz inne, um zu lauschen.

„Na los, T, wir zeigen's dem Scheißkerl. Damit rechnet der nicht – wird 'ne schöne Überraschung, wenn der nachher in seine Koje kriecht…"

Wieder heiseres, meckerndes Lachen. Dann eine andere Stimme. Der Sprecher lallte etwas.

„Ja, genau. Der wird sein blaues Wunder erleben. Wenn der glaubt, dass er so mit uns umspringen kann, dann hat der sich aber gewaltig getäuscht!

Und die kleine Ratte, um die kümmern wir uns auch noch. Der hat noch nicht genug...gestern das Feuerwerk war ja schon cool, heute dann dieser blöde Teddy von dem kleinen Hosenscheißer...aber das große Finale steht noch aus!"

Eine dritte Stimme mischte sich ein.

„Jau, Alter, die ha'm sich mit den Falschen angelegt. Mit TNT ist nicht zu spaßen, Alter, ey..."

Mister Bright zuckte zusammen. TNT? Was um alles in der Welt trieben diese Gestalten dort vorne? Wie eine Raubkatze pirschte er weiter, bis er die vier Silhouetten in der Dunkelheit vor sich ausmachen konnte. Sie standen vor einem Zelt. Ein Zelt? So weit von den anderen Zelten entfernt? Dann musste dies das Zelt eines der beiden Lehrkräfte sein. Ein markerschütterndes Rülpsen unterbrach Mister Bright in seinen Gedanken. Wieherndes Gelächter folgte.

„Scheiße, ey, kannst ja das nächste Mal gleich so 'ne Hupe mitbringen, damit uns wirklich jeder hört...los, jetz' mach...rein da ins Zelt, einer nach dem ander'n... ich geh als erster...ich sag doch, ich scheiß auf den Typen – hätte selbst nich' geglaubt, dass ich das so wörtlich meine..."

Mister Bright sah, wie eine der Gestalten, begleitet von dem boshaften Kichern der anderen in das Zelt kroch. Es wurde Zeit einzugreifen. Mister Bright schaltete seine Taschenlampe ein und sprang vor. Die drei Gestalten drehten sich verwirrt um, drei glasige Augenpaare stierten Mister Bright an. Erst nach einer Schrecksekunde sickerte die Erkenntnis durch, dass sie ertappt worden waren.

„Scheiße, Mann! T! Godzilla hat uns am Arsch!"

Ohne Vorwarnung stoben die drei Gestalten auseinander, während der vierte aus dem Zelt herauskroch. Halb belustigt, halb angewidert sah Mister Bright, dass dieser vierte Bursche mit heruntergelassener Hose hervorkam. Damit verschwand der letzte Zweifel, was diese vier im Schlafsack des Lehrers hinterlassen wollten. Eine gewaltige Pranke zuckte vor und schloss sich wie ein Schraubstock um das Genick des Burschen. Wie einen unartigen Welpen zog Mister Bright ihn hoch und leuchtete ihm mit seiner Lampe direkt ins Gesicht. Er kümmerte sich nicht darum, dass die anderen drei ihm entkamen – solange er einen hatte, würde er auch die anderen früher oder später kriegen.

Der Lichtkegel der Lampe enthüllte ein feistes, sommersprossiges Gesicht. Die kleinen verkniffenen Augen waren trübe, offenbar war der Junge betrunken.

„Ey Mann, wa…wa…"

Mister Bright knurrte mehr, als dass er sprach. Seine Laune war ohnehin schon finster – der widerliche Streich, den diese Kerle dem Lehrer spielen wollten, trug nicht dazu bei, dass sie sich aufhellte.

„Wer bist du, Bürschchen? Und was haben deine Kumpane und du hier zu suchen?"

Der Junge starrte wie hypnotisiert in das Licht der Lampe. Er stammelte zusammenhangsloses Zeug, brachte aber keinen klaren Satz heraus. Mister Bright schüttelte ihn, was aber außer kläglichem Jammern keine Antworten einbrachte.

„Kleiner, ich frage dich nur noch einmal…"

Eine heisere, beinahe schrille Stimme drang an Mister Brights Ohr. Verwirrt sah er über seine Schulter. Irgendwo hinter ihm tanzte der Lichtschein einer Taschenlampe. Jemand rief seinen Namen. Das war doch…

Der Bursche nutzte die Ablenkung und entwand sich wie ein Wiesel Mister Brights Griff. In wilder Panik, die ersten paar Meter überwand er hüpfend, während er seine Hose aus den Kniekehlen hochzog, türmte der Junge. Mister Bright setzte nicht nach, er war zu überrascht, jene Stimme nach ihm rufen zu hören. Nach einigen Augenblicken antwortete er dem Ruf schließlich.

„Miss Parks, ich bin hier."

***

Ian trottete hinter seinen Mitschülern her, die, angeführt von Pater Giacomo Peregrino und Mister Schwarz, sich einen Weg durch den Schutt und das Geröll des verfallenen Westflügels bahnten. Es war mittlerweile tiefe Nacht, und die vielen Lichtkegel der Taschenlampen zuckten hin und her. Die herumliegenden Trümmer wirkten in dem Wechselspiel aus Licht und Schatten wie groteske Ungetüme, und es fiel Ian schwer zu unterschieden, was bloße Schatten und was tatsächliche Hindernisse waren.

Dennoch ging er wie ein Schlafwandler, denn seine Gedanken drehten sich um etwas ganz anderes als um den beschwerlichen Gang zu der Geheimtür, durch die sie Pater Peregrino in den alten Keller führen würde.

Es war Irrsinn, diesem wildfremden Pater einfach zu folgen. Was wussten sie schon über ihn? Womöglich handelte es sich nicht einmal um einen wirklichen Pater, sondern um einen Wahnsinnigen, der sie alle in eine ausweglose Falle führte.

Mehrfach stolperte er und fing sich nur mit Mühe, und anhand der Flüche seiner Mitschüler schloss er, dass auch sie Mühe hatten, dem Pater und ihrem Lehrer zu folgen, ohne sich dabei die Beine zu brechen.

Dieser Ausflug war längst kein einfacher Schulausflug mehr, dachte Ian. Vielmehr machte er sich inzwischen die allergrößten Sorgen, ob sie je wieder heil nach Hause gelangen würden.

Und dennoch folgte auch er dem Pater. Was hätte er auch sonst tun sollen? Er sah sich um, erkannte im unsteten Licht der Taschenlampen Amber neben sich. Sie hatte keine eigene Lampe, genauso wenig wie Fiona. Sie hatten ihre Taschenlampen im Ostflügel zurückgelassen – dort, wo sie das Tagebuch von Barbara Rawlins gefunden hatten, wo sie zum ersten Mal jene schreckliche Erscheinung gesehen hatten, wo er später bei dem Versuch, die Lampen zurückzuholen, vor Angst und Schrecken fast gestorben wäre.

Nun hatten sie keine Lampen mehr, und auch das Tagebuch hatten sie verloren, bevor sie in Erfahrung bringen konnten, was Tabitha, die zweite Frau von Alistair Grayborne, unter dem Westflügel gesucht hatte. Die Entwicklungen der letzten paar Stunden schienen vollkommen absurd. Pater Giacomo Peregrino tauchte wie aus dem Nichts auf – und ehe man sich versah, folgte man eben diesem nun in sein geheimes Refugium. Ihre Handies waren allesamt unbrauchbar, ansonsten hätte

Ian längst seine Eltern verständigt und sie von den mehr als seltsamen Vorkommnissen unterrichtet.

Doch er war allein, ganz allein auf sich gestellt. Amber, Fiona und Ben waren die einzigen Vertrauten, die er hatte. Und dennoch – was würden sie schon tun können, wenn Pater Peregrino sie tatsächlich in eine Falle lockte?

Ian wandte den Blick zum Himmel.

Er war wolkenlos, zahllose Sterne blitzten und blinkten über ihm – und da war der Mond, der voll und fahl sein kaltes Licht über ihnen ausgoss.

Vollmond – oder doch nicht? Der Mond war nicht vollkommen rund. Er hatte eine merkwürdige Form, als ob ein Schatten auf ihn fiele.

Plötzlich fiel Ian wieder die Prognose ein, die er im Fernsehen gesehen hatte. Heute Nacht stünde ihnen eine totale Mondfinsternis bevor. Für einige Minuten würde es stockfinster werden, der Mond würde vollständig im Schatten verschwinden. Ein Schauer überlief Ian. Dann schüttelte er unwillkürlich den Kopf. Sie würden ohnehin nichts davon mitbekommen. Sie würden sich irgendwo unter der Erde befinden, in dem geheimen Zufluchtsort jenes unheimlichen Ordens, während sich hier draußen am Himmel der Mond verfinstern sollte.

Wie hatte es in der Wetterprognose geheißen? Die Sternenkonstellation, die heute Nacht für die Mondfinsternis sorgen würde, trüge sich nur etwa alle fünfzig Jahre zu. Wann hatte es eine solche Konstellation also zum letzten Mal gegeben? Ian rechnete im Kopf nach. Sie hatten das Jahr 2005. Demnach wäre dieses Phänomen zum letzten Mal im Jahre 1955 aufgetreten…vielleicht auch erst 1956…

Ian blieb vor Schreck fast das Herz stehen.

***

Vollkommen außer Atem trat Miss Parks zu Mister Bright. Sie war kreidebleich, im Licht von Mister Brights Lampe wirkte sie beinahe weiß. In ihren Augen erkannte er eine Mischung aus loderndem Zorn und ehrlicher Angst und Sorge.

„Mister Bright, ich verlange endlich zu wissen, was hier vor sich geht! Um meinen feinen Kollegen mache ich mir keine Sorgen – für ihn täte es mir kaum Leid, wenn er in Schwierigkeiten geriete. Aber ich trage die Verantwortung für die Klasse noch immer mit. Mister Schwarz mag das anders sehen, doch ich fürchte, dass er ohnehin seine ganz eigenen Ziele mit diesem Ausflug verfolgt.“

Mister Bright runzelte die Stirn.

Miss Parks sprach weiter, ohne ihm Gelegenheit zu geben, sich zu äußern.

„Was hat Ihr Pater vor? Was führt er im Schilde? Was verbergen Sie hier? Was haben er und mein sauberer Kollege geplant?"

Mister Bright hob eine Pranke abwehrend vor seine Brust.

„Nun mal langsam und der Reihe nach, Madam. Zunächst mal bin ich verwundert, Sie hier zu sehen. Warum begleiten Sie nicht Ihren Kollegen? Und zweitens habe ich nicht die leiseste Ahnung, was Pater Peregrino vorhat. Ich bin nicht eingeweiht, und wenn ich es wäre, dürfte ich nicht…"

Miss Parks fuhr ihn barsch an.

„Hören Sie auf mit dem scheinheiligen Getue! Ein Wächter, der nicht weiß, was er bewacht – das glaube ich Ihnen einfach nicht. Und warum ich nicht bei meinem Kollegen bin? Weil ich ihm auch kein Wort mehr glaube! Hier wird ein falsches Spiel gespielt! Dieser Auftritt Ihres Paters war nichts weiter als Schauspiel! Und das Gleiche kann ich auch über meinen unverschämten jungen Kollegen sagen!"

Mister Brights Augen verengten sich.

„Was wollen Sie damit sagen?"

Miss Parks stemmte die Hände in die Hüften und sah Mister Bright prüfend an, so als wolle sie ergründen, ob er wirklich nicht Bescheid wusste. Nach einer kurzen Pause sprach sie weiter, und ihre Stimme ließ keinen Zweifel daran, dass sie wusste, wovon sie sprach.

„Ich will damit sagen, dass Ihr Pater Peregrino und mein sauberer Kollege Mister Schwarz uns etwas vormachen. Die beiden haben sich gerade eben nicht zum ersten Mal getroffen – oh nein…"

Mister Bright wollte nicht glauben, was er da hörte.

„Sie meinen…"

Miss Parks nickte bestimmt.

„Ja. Ich meine, dass die beiden sich kennen."

Mister Bright wandte sich halb von Miss Parks ab und schüttelte den Kopf. Er weigerte sich, das eben Gehörte zu glauben, denn es würde bedeuten, dass er nicht nur in keines der Ordensgeheimnisse eingeweiht war, sondern dass Pater Giacomo Peregrino ihn vorsätzlich belogen hatte.

„Woher wollen Sie das wissen?"

Miss Parks' Antwort traf ihn wie ein Schlag.

„Ich habe bereits vor einigen Stunden ein Gespräch der beiden belauscht."

Mister Bright spürte, wie ein unbändiger Zorn in ihm aufwallte. Er klammerte sich an einen letzten Strohhalm – vielleicht log diese Frau ihn an?

„Wann soll das gewesen sein? Wann wollen Sie dieses Gespräch belauscht haben?"

Miss Parks schien nicht im Mindesten verunsichert.

„Vier meiner Schüler hatten eine gewisse Tür - eine Stahltür, glaube ich, sagten sie – entdeckt. Damit hatten Sie wiederholt gegen die Regeln verstoßen, und ich wollte ihnen die entsprechende Strafe zukommen lassen. Mister Schwarz aber war über alle Maßen aufgebracht, als er von dieser seltsamen verschlossenen Tür hörte. Er untergrub meine Autorität und schickte mich sogar fort. Ich ging, um nicht vor den Schülern einen Streit unter Kollegen auszutragen."

Mister Bright schüttelte wieder den Kopf. Das konnte, durfte nicht wahr sein. Miss Parks fuhr indes fort.

„Es gab einen hässlichen Streit zwischen diesem unverschämten jungen Kerl und mir. Er sprach mir jegliche Kompetenz ab...er drohte mir sogar! Wenn ich mich weiter einmischte, würde er...aber das tut jetzt nichts zur Sache. Dafür wird sich Direktor Barnes interessieren, es soll nicht ihre Sorge sein."

Mister Bright wurde ungeduldig.

„Kommen Sie zum Punkt – wann soll sich Ihr Kollege mit Pater Peregrino getroffen haben?"

Miss Parks nickte und fuhr fort.

„Nun ja, ich ging und überließ es meinem sauberen Kollegen, sich weiter mit den Schülern herumzuplagen. Ich ging in dem alten Park spazieren, um einen klaren Kopf zu bekommen. Schließlich setzte ich mich in eine Mulde, hinter einigen blickdichten Sträuchern. Ich wollte nicht, dass mich jemand fand, schon gar nicht dieser unverschämte...Nun ja, ich saß also dort und versuchte mich zu beruhigen, als ich Schritte in meiner Nähe hörte. Ich verhielt mich still, denn ich wollte schließlich allein sein...und dann hörte ich, wie Mister Schwarz mit jemandem sprach."

Mister Bright fixierte Miss Parks.

„Und worum ging es denn bei diesem Gespräch?"

„Mister Schwarz sagte, dass er sich nicht von seinem Vorhaben abbringen ließe. Er sagte, dass dies hier gemeinsam geplant worden sei und man also die gleichen Interessen verfolge, zumal morgen alles vorbei wäre.

Es sollte keine weiteren Unstimmigkeiten und Zwischenfälle geben. "

Mit geschlossenen Augen wandte sich Angus Bright endgültig ab. Er hatte gemeinsam mit den vier Schülern, die den Zugang zu dem Refugium seines Ordens entdeckt hatten, wenig später Mister Schwarz vor eben dieser Stahltür getroffen. Und sie war offen gewesen. Keine weiteren Zwischenfälle also…Mister Schwarz würde sich nicht von dem *gemeinsamen* Plan abbringen lassen… Die Tür sei bereits offen gewesen, hatte der Lehrer behauptet.

Und das machte plötzlich sogar Sinn. Man hatte sie für ihn geöffnet…

Angus Bright sah ein, dass er hintergangen worden war. Und nur, um allerletzte Zweifel auszuräumen, fragte er.

„Warum sind sie so sicher, dass es Pater Peregrino war, mit dem Ihr Kollege gesprochen hat?"

Er wusste selbst, dass es niemand anderes gewesen sein konnte, aber er wollte die endgültige Bestätigung. Er wollte es jetzt wissen.

Miss Parks' Stimme war ganz ruhig.

„Nachdem mein sauberer Kollege gegangen war, kam Ihr Pater ganz nah an meiner Mulde vorbei. Ich konnte seine schwarze Soutane durch die Sträucher hindurch ganz deutlich sehen… "

Mister Bright nickte langsam. Er biss die Zähne fest zusammen und rang um Beherrschung.

Er war hintergangen und belogen worden. Miss Parks indes war noch nicht fertig.

„Selbstverständlich habe ich Mister Schwarz darauf angesprochen. Er hat mir aber keine Antwort gegeben. Stattdessen hat er mir nochmals gedroht, mich herauszuhalten. Er hat sogar… "

Sie brach ab und sah auf ihre Füße. Offenbar war die Erinnerung an die Auseinandersetzung mit ihrem jüngeren Kollegen alles andere als angenehm. Nach einer Weile sah sie Mister Bright in die Augen.

„Mister Schwarz muss den Verstand verloren haben. Er war mir richtiggehend unheimlich…er hat mich gepackt und geschüttelt, und in seinen Augen habe ich eine Art Besessenheit gesehen. Ich…ich habe mich losgerissen und bin vor ihm geflüchtet, habe mich in dem alten Geräteschuppen versteckt. Ich war ganz außer mir… "

Mister Bright hatte genug gehört.

Sein Herz pochte hinter seinen Schläfen, er war außer sich vor Zorn – und er machte sich die allergrößten Sorgen um die Kinder. Er würde nicht zulassen, dass den Kindern etwas zustieß.

„Dann schauen wir doch mal in dem Zelt Ihres feinen Kollegen nach – vielleicht findet sich ja etwas…"

Ohne auf eine Antwort zu warten, duckte sich der hünenhafte Schotte in das Zelt von Mister Schwarz. Miss Parks sah, wie der Lichtkegel seiner Taschenlampe in dem Zelt hin und her wanderte. Nach kurzer Suche tauchte Mister Bright wieder auf. In seiner Hand hielt er Mister Schwarz' Rucksack.

„Na also, das ist doch schon was. Dann wollen wir mal sehen…"

Mister Bright zog den Reißverschluss des Rucksacks auf und begann, den Inhalt zu durchwühlen. Er zog ein alt aussehendes Buch hervor und betrachtete es. Dann schlug er es auf und leuchtete mit seiner Lampe. Mit zusammengekniffenen Augen las er, was dort stand. Er schien Mühe zu haben, die Schrift zu entziffern. Nach einem kurzen Moment sah er Miss Parks an.

„Das ist ein Tagebuch. Geschrieben von einer gewissen Barbara Rawlins. Ich kann bei dieser Dunkelheit allerdings kaum etwas lesen. Außerdem haben wir auch keine Zeit für so etwas. Ich werde jetzt Pater Giacomo und Mister Schwarz folgen und die Kinder dort rausholen."

Miss Parks protestierte.

„Ich begleite Sie natürlich!"

Mister Bright winkte ab.

„Nein, das tun Sie ganz gewiss nicht. Keiner von uns beiden hat eine Ahnung, was hier heute Nacht passieren soll. Und deshalb werde ich jetzt die Kinder holen – dabei kann ich Sie nicht brauchen – vielleicht wollen die beiden Herrschaften ja nicht, dass ich die Kinder mit mir nehme…dann könnte es hässlich werden."

Mister Brights Stimme war vollkommen ruhig und beherrscht, doch in seiner Miene spiegelte sich äußerste Entschlossenheit. Wortlos verstaute er das Tagebuch wieder in dem Rucksack und reichte diesen Miss Parks.

„Hier, sehen Sie zu, ob Sie nicht irgendetwas von Interesse in diesen Aufzeichnungen finden können. Wir treffen uns auf der alten Terrasse wieder – und ich verspreche Ihnen, dass ich die Kinder heil zu Ihnen zurückbringen werde."

Bereits im Gehen fügte er hinzu, mehr zu sich selbst.

„Das Gleiche kann ich Ihnen allerdings nicht für Ihren Kollegen garantieren."

Miss Parks sah dem gewaltigen Schatten nach. Dann schulterte sie Mister Schwarz' Rucksack und setzte sich selbst in Bewegung, um Mister Bright zu folgen. Als dieser bemerkte, dass er Gesellschaft hatte, blieb er stehen.

Doch Miss Parks hob eine Hand, bevor er sie zurückschicken konnte.

„Ich komme mit. Ich trage die Verantwortung für die Kinder. Und ich lasse Sie nicht allein gehen, gerade weil wir nicht wissen, was Mister Schwarz und Ihr Pater vorhaben."

Sie verschwieg den wichtigsten Grund, der sie bewog, mit Mister Bright zu gehen. Sie wollte auf gar keinen Fall allein zurückbleiben.

kapitel Achtzehn:
Tabithas Plan

Pater Giacomo ging in die Hocke, um die Tür in dem umgestürzten Mauerstück aufzuklappen. Aus der Öffnung im Boden drang grelles Licht und stieß wie ein leuchtender Arm in den Nachthimmel. Das Rattern des Generators, das bislang nur als leises Summen vernehmbar gewesen war, schwoll schlagartig an. Pater Giacomo richtete sich auf und bedeutete Mister Schwarz mit einer einladenden Geste, die Stufen in den alten Keller hinabzusteigen. Der kam der Aufforderung ohne zu zögern nach. Ian hatte den Eindruck, als habe Mister Schwarz vergessen, dass seine gesamte Schulklasse bei ihm war. Er schien sich ganz und gar auf das zu konzentrieren, was nun vor ihm lag. Nachdem Mister Schwarz in der Öffnung verschwunden war, sahen sich die Schüler ratlos an. Pater Giacomo winkte ungeduldig.

„Los, los! Hinunter mit euch, nur immer eurem Lehrer nach. Ich gehe als Letzter und schließe die Tür. Unten übernehme ich wieder die Führung."

Zögernd stieg ein Schüler nach dem anderen in den alten Keller hinab. Ian, Amber, Ben und Fiona gehörten zu den letzten.

Mister Schwarz ging in dem großen Raum am Fuß der Treppe auf und ab, er wirkte zunehmend nervös. Schließlich kam Pater Giacomo selbst die Treppe hinunter und zeigte durch ein erneutes Winken an, dass alle ihm folgen sollten.

Das gleißende Licht der in regelmäßigen Abständen angebrachten Grubenlampen warf lange Schatten auf die rußgeschwärzten Wände. Die nahezu armdicken Kabel, die in Augenhöhe an den Wänden verliefen, wirkten beinahe organisch auf Ian, wie pulsierende Adern eines gewaltigen Lebewesens, in dessen Eingeweiden sie sich nun bewegten.

Wenig später gelangten sie an die Hochsicherheitstür, die vor einigen Stunden schon einmal offen gestanden hatte, als Mister Bright Ian und seine Freunde auf der Suche nach Mister Schwarz hierher geführt hatte.

Pater Giacomo stellte sich vor das Tastenfeld und schirmte es damit vor allen Blicken ab, sodass Ian nicht sehen konnte, welche Kombination er eingab. Jede Eingabe wurde von einem leisen Piepton quittiert – insgesamt achtmal. Dann hörten sie ein leises Zischen, gefolgt von einem Klicken, und die schwere Tür schwang wie von Geisterhand auf. Pater Giacomo drehte sich langsam zu der Klasse um. Die dünnen Lippen in seinem eingefallenen, skelettartigen Gesicht waren zu einem hintergründigen Lächeln gekräuselt.

„Also bitte, treten Sie ein, und Sie werden es sehen…"

Mister Schwarz zögerte nicht und trat an dem hageren Pater vorbei in den Gang, der sich hinter der schweren Stahltür erstreckte. Nach und nach folgten die Schüler ihrem Lehrer. Ian schlug das Herz bis zum Hals. Gerade, als er über die Schwelle trat, durchzuckte es ihn. Vor seinem inneren Auge sah er eine Erscheinung…eine Frau in einem blutroten Abendkleid, die einen langen Gang entlang schritt. Sie war direkt vor ihm, sie ging durch eben jenen Gang, der hinter der Tür lag. Aber der Gang hatte sich verändert. Es war ein Flur, mit einem dicken Teppich ausgelegt. Altmodische, zweiarmige Lampen waren an den Wänden angebracht und spendeten diffuses Licht. Da waren außerdem Gemälde an den Wänden…

Pater Giacomo, der noch immer vor dem Tastenfeld neben der Tür stand, legte eine knochige Hand auf Ians Schulter. Die Erscheinung verpuffte, und es lag wieder der rußgeschwärzte, von Grubenlampen in grelles Licht getauchte Gang vor ihm. Ian schüttelte sich, schloss und öffnete mehrfach die Augen. Erst dann bemerkte er die Hand des Paters, und er machte unwillkürlich ein paar schnelle Schritte nach vorn, um sie abzuschütteln. Als schließlich alle Schülerinnen und Schüler durch die Tür hindurch gegangen waren, folgte auch Pater Giacomo und zog die schwere Tür hinter sich zu. Mit einem weiteren, beachtlich leisen Klicken war ihnen der Rückweg versperrt.

Der Pater übernahm wiederum die Führung. Zunächst sah der Gang nicht anders aus als der Teil des Kellers, durch den sie gekommen waren. Auch hier waren Teppiche, Tapeten und das sämtliche Mobiliar, das hier einst gestanden haben mochte, ein Raub der Flammen geworden. Wände und Fußboden waren nur noch blanker Stein. Auch hier verliefen die Kabelstränge, die die Grubenlampen miteinander verbanden.

Allerdings gab es hier weitere Leitungen, die unter der Decke verliefen. Ian konnte nicht erkennen, wozu diese dienten. Aber er war auch noch zu sehr mit der Vision beschäftigt, die er soeben gehabt hatte - die Frau in dem blutroten Kleid. Er hatte nicht erkennen können, um wen es sich gehandelt hatte, denn er hatte nur den Rücken der Frau gesehen und ihr langes, rabenschwarzes Haar, das in seidigen Wellen bis zur Hüfte hinab fiel. Und doch war er sich sicher, dass er diese Person nicht zum ersten Mal gesehen hatte. Er hatte sie schon einmal in seinem Traum vor sich gehabt. Auch in seinem Traum war sie vor ihm hergegangen – und zwar durch eben diesen Flur, in dem er selbst nun schicksalsergeben hinter dem Pater und Mister Schwarz her trottete. Ian spürte, wie er eine Gänsehaut bekam. Schon wieder sah er Dinge, die er sich nicht erklären konnte. Mit jedem Schritt fühlte er sich unwohler. Was würden sie zu sehen bekommen?

Ein Geräusch drang an sein Ohr. Ian hielt es zunähst für das Rattern des Generators. Den allerdings konnten sie nicht mehr hören, seit Pater Giacomo Peregrino die Tür hinter ihnen geschlossen hatte. Dennoch klang das Geräusch ganz ähnlich. Die Lautstärke nahm zu, bis der Gang nach rechts abknickte und Pater Giacomo unvermittelt stehen blieb. Vor ihnen versperrte eine zweite Tür den Durchgang.

War die erste Tür bereits eindrucksvoll gewesen, so war diese hier ein wahres Ungetüm aus reinem Stahl, verstärkt durch vier armdicke Riegel, die von einer Wand zur anderen reichten. Unmittelbar vor dieser Tür ging ein Raum von dem Flur ab. Ian warf einen Blick hinein, denn der Ursprung des Geräusches schien in jenem Raum zu liegen. Was er sah, ließ ihn vor Verwunderung den Atem anhalten. In dem riesigen Raum befand sich eine Vielzahl kompliziert aussehender Geräte. Ians Blick fiel zuerst auf einen zweiten Stromgenerator, der für das Geräusch verantwortlich war. Dieser Generator war noch größer und klobiger als derjenige, den Amber vor wenigen Stunden unvorsichtigerweise eingeschaltet hatte. Aber es mischte sich eine Vielzahl anderer Geräusche unter das Rattern des Generators. Ein stetiges Piepen, Klicken und Zischen war zu hören.

Die Ursache dafür waren verschiedene Computer, Monitore und andere Apparate, die Ian nicht einordnen konnte.

Seine Mutter hatte ihn früher, als sie noch als Krankenschwester gearbeitet hatte, einige Male durch das Krankenhaus geführt, in dem sie beschäftigt gewesen war. Ian fand, dass etliche Geräte, die hier, unter der ausgebrannten Ruine des Spukhotels, vor ihm standen, große Ähnlichkeit mit jenen Apparaten hatten, die er bei seinem Rundgang durch die Klinik zu sehen bekommen hatte.

Demnach wären es also irgendwelche medizinischen Vorrichtungen. Insgesamt gewann Ian immer mehr den Eindruck, dass es sich bei dem Raum um ein Laboratorium handelte.

In gläsernen Röhren hoben und senkten sich Kolben, in Reagenzgläschen waren verschiedenfarbige Flüssigkeiten zu sehen, grell leuchtende Lämpchen und Anzeigen prangten überall auf den Geräten. Der Raum selbst war sauber gekachelt, ganz in weiß. Und dann fiel Ian der große Metalltisch auf, der hinter einem zur Hälfte zugezogenen Vorhang hervor lugte. Ungläubig ließ er den Blick durch den Raum wandern. An der Decke waren drei parallele Reihen von Leuchtstoffröhren angebracht, von denen im Moment nur die mittlere Licht spendete, wodurch der Raum in einem dämmrigen Zwielicht lag.

An einer Wand schließlich entdeckte Ian etwas, das überhaupt nicht zu der High Tech Ausstattung des Raumes passen wollte. Ein deckenhohes Regal aus Metall stand dort, über und über gefüllt mit uralt aussehenden Büchern, die hinter einer dicken Glasscheibe standen und lagen. Die meisten waren in brüchiges Leder gebunden, andere bestanden nur noch aus losen Seiten, die mit einer Schnur zusammengebunden waren. Neben den teilweise enorm dicken Folianten lagen zusammengerollte Pergamente, Schriftrollen in allen Größen.

Ian fiel die Kinnlade herunter. Diese uralten Bücher bildeten einen drastischen Kontrast zu der steril wirkenden Atmosphäre des Laboratoriums.

Pater Giacomo trat schließlich neben die Tür und drückte auf einen Knopf in der Wand. Zischend schob sich eine Metalltür seitlich vor die Öffnung – so schnell, dass Ian froh sein musste, dass er und die anderen nicht auf die Idee gekommen waren, in den Raum hineinzugehen - die Tür hätte sie sonst wie eine Guillotine getroffen.

Der Pater lächelte wieder sein hintergründiges Lächeln.

„Mein Laboratorium – das braucht Sie nicht zu interessieren. Dieser kurze Einblick, den ich Ihnen gewährt habe, ist bereits mehr, als Ihnen gebührt. Was ich Ihnen tatsächlich zu zeigen gedenke, befindet sich hinter dieser Tür."

Damit wandte er sich mit einer einladenden Geste zu der Stahltür um, die den Gang blockierte. Mister Schwarz trat ohne zu zögern einen Schritt näher. Er wirkte ungeduldig, sogar seltsam erregt.

„Schön. Also, soll ich jetzt Bitte-bitte sagen? Oder machen Sie die Tür auch so auf?"

Ian sah eine Reihe von Zähnen im Schatten aufblitzen, der Pater Peregrinos Gesicht war. Dem Anschein nach machte sich der Pater über Mister Schwarz lustig. Aufreizend langsam bewegte er sich zu der Schalttafel neben der Tür und tippte mit übertriebener Ruhe eine Kombination ein. Dann wandte er sich, noch immer grinsend, wieder zu Mister Schwarz um. Einige Sekunden geschah nichts. Dann, gerade als Ian befürchtete, der Pater hätte sie hereingelegt, war ein Rumpeln und Rattern zu hören, das von jenseits der Stahltür herrührte. Schließlich folgte ein scharfes Zischen, dann vier dumpfe Schläge, als die mächtigen Riegel mit ungeheurer Wucht zur Seite gerammt wurden. Und endlich schob sich die Tür im Ganzen einen halben Meter nach hinten und schwang dann langsam und nahezu lautlos auf. Rotes Licht strömte aus dem nun offenen Durchgang. Pater Peregrino wirkte in dem Widerschein noch furchteinflößender.

„Bitte sehr. Der Weg ist nun frei. Nun werden Sie mit eigenen Augen sehen, weshalb wir hier einen solchen Aufwand betreiben."

Mit diesen Worten wandte sich der Pater um und durchschritt die nun geöffnete Tür, seine Konturen verschwammen in dem scharlachroten Zwielicht. Ian fragte sich, warum in diesem Abschnitt rote Lampen angebracht worden waren, denn das diffuse Licht erschwerte die Sicht beträchtlich. Gepaart mit den Strängen von Kabeln, die an der Wand und unter der Decke verliefen, wirkte der Gang nun noch organischer. Ian schauderte, aber er folgte Mister Schwarz und seinen Mitschülern. Mit jedem Schritt, den sie tiefer in diesen blutroten Tunnel eindrangen, kam es Ian vor, als entferne er sich eine Meile von dem letzten Ausweg aus diesem Albtraum. Mit jedem Schritt wurde es unausweichlicher, dass sie dem finsteren Geheimnis von Blackrock Manor begegnen würden.

Erst schrie alles in ihm noch danach umzukehren, fortzulaufen, und doch folgte er wie hypnotisiert Mister Schwarz und Pater Peregrino. Schritt für Schritt ging er voran, drang weiter vor in die Eingeweide dieses alten Gemäuers.

Das blutrote Licht waberte, pulsierte, er fühlte sich wie im Inneren einer gewaltigen Ader, in der das Blut um ihn herum strömte. Er folgte dieser Ader, bis er das Herz erreicht haben würde, das Herz von Blackrock Manor.

Seine Angst und seine Zweifel rückten plötzlich und ohne, dass Ian sich dessen bewusst gewesen wäre, mit jedem Schritt, den er tat, in eine weite Ferne, immer weiter fort.

Er ging voran, ohne nachzudenken. Mattigkeit legte sich wie ein schweres Tuch auf seine Gedanken, der Gang verschwamm vor seinen Augen, er nahm die anderen vor sich nur noch schemenhaft war.

Und dann, ganz allmählich nur, schärfte sich sein Blick wieder. Er konnte zumindest eine Person jetzt ganz deutlich vor sich ausmachen.

Dass diese Person eben noch nicht da gewesen war, verwunderte Ian nicht mehr. Denn es war ihm nun völlig einerlei. Er wurde jetzt nur noch von einem einzigen Wunsch getrieben.

Er wollte sein Ziel erreichen, seine Bestimmung – das Herz. Er wusste nicht, was seine Bestimmung sein sollte, aber auf einmal war ihm bewusst, dass er seinem Ziel sehr nahe war.

Er brauchte nur dieser Frau zu folgen, die nun unmittelbar vor ihm den Gang entlang schritt. Außer dieser Frau war nun niemand mehr wichtig, er sah auch sonst niemanden mehr.

Sie war es, die ihn nun führte. Sie hatte auf ihn gewartet. Sie hatte gewusst, dass er kommen würde, um sein Schicksal zu erfüllen. Große Zufriedenheit erfüllte Ian. Er war am richtigen Ort, zur richtigen Zeit.

Jetzt würde alles gut werden…

Das Kleid der Frau war blutrot, in dem purpurnen Schein der Lampen in diesem Gangabschnitt hatte es eine unnatürlich intensive Farbe, schien beinahe zu leuchten. Es bauschte sich hinter der Frau, waberte wie blutroter Dunst, vermischte sich mit den glänzenden Kaskaden pechschwarzen Haares, das weit in den Rücken der Frau hinab wallte.

Oh, wie war diese Frau wunderschön. Ian konnte sie nur von hinten sehen, aber er wusste ganz sicher, dass das Gesicht dieser Frau unbeschreiblich schön sein musste.

Er hatte Amber zu diesem Zeitpunkt bereits völlig vergessen, sein Herz gehörte nur dieser Schönen vor ihm, für sie würde er alles geben, wirklich alles. Ian wusste, dass er für diese Frau sterben würde…

***

Mit einem Krachen traf Mister Brights Faust die Stahltür.

„Verflucht nochmal!", brüllte der Schotte.

„Dieser verfluchte Bastard hat die Tür hinter sich zugemacht, und ich kenne den Zugangscode nicht! Das hat sich der Alte ja fein ausgedacht! Deshalb also hat er mir nie etwas anvertraut. Ich sollte bloß nie auf den Gedanken kommen, einmal auf eigene Faust hinter dieser Tür nachzusehen."

Wieder krachte seine Faust gegen die Tür. Dann wandte er sich mit wutverzerrtem Gesicht von der Tür ab und funkelte Miss Parks an, die vollkommen regungslos einige Meter von ihm entfernt stand.

Diese schenkte ihrem hünenhaften Begleiter jedoch keine Beachtung, sondern las mit gerunzelter Stirn in dem alten Tagebuch, das sie aus Mister Schwarz' Zelt geborgen hatten. Mister Bright, den seine Hilflosigkeit noch wütender machte, fuhr Miss Parks an.

„Anstatt jetzt Ihre Gute-Nacht-Lektüre zu lesen, sollten Sie mir lieber dabei helfen, einen Weg zu den Kindern zu finden!"

Miss Parks sah für einen kurzen Augenblick von dem Buch auf und hob eine Augenbraue.

„Genau das tue ich gerade. Während sie versuchen, eine Hochsicherheitstür mit bloßen Händen einzuschlagen, untersuche ich diese Aufzeichnungen. Vielleicht finden sich wichtige Hinweise darin. Erzählen Sie mir also nicht, ich täte nichts Sinnvolles. Wenigstens vergeude ich keine Zeit mit einer solchen Kraft- und Zeitverschwendung wie Sie es tun…"

Damit vertiefte sich Miss Parks wieder in die Aufzeichnungen von Barbara Rawlins, während Mister Bright vor Wut beinahe zu schäumen begann.

Dennoch wusste der Schotte, dass die schrullige Lehrerin Recht hatte. Niemals würde er diese Tür aufbrechen können – sie war schließlich hier, *damit* sich niemand unbefugt Zutritt zu dem Refugium verschaffen konnte. In dem alten Tagebuch jedoch konnte unmöglich etwas über die Stahltür geschrieben stehen, denn sie war erst viel später eingebaut worden. Aber möglicherweise fanden sich Hinweise darauf, was Bruder Giacomo und dieser arrogante Mister Schwarz vorhatten. Sollte die alte Schachtel also lesen, er würde sich inzwischen etwas einfallen lassen, wie er die Tür öffnen könnte. Er holte tief Luft und schloss kurz die Augen, um sich zu beruhigen. Dann begann er damit, die Schalttafel neben der Tür einer genauen Untersuchung zu unterziehen. In höchster Konzentration betrachtete er die Tafel, strich sanft mit den Fingern darüber, suchte nach einer Möglichkeit, die Abdeckung abzunehmen, damit er an die Elektronik dahinter gelangen konnte.

Sowohl Miss Parks als auch Mister Bright waren so sehr beschäftigt, dass niemand von ihnen die Treppe im Auge behielt, die nach oben in die Ruine des Westflügels führte. Und so bemerkten sie beide nicht den tanzenden Schatten im Treppenhaus, als etwas zu ihnen in den Keller herunterkam.

***

Der Schacht führte senkrecht in die Tiefe. Eine Treppe, bestehend aus Metallsprossen, die an der Wand festgeschraubt waren, wand sich nach unten. Weitere Grubenlampen ergossen ihr scharlachrotes Licht in den Schacht, der wie eine offene Wunde im Boden vor Pater Giacomo Peregrino lag.

Dieser wandte sich zu Mister Schwarz und der Klasse um.

„Wir sind beinahe am Ziel. Wir müssen allerdings noch etwas tiefer, um zu dem wahren Geheimnis von Blackrock Manor vorzudringen. Das Hotel ist überhaupt nicht von Interesse. Das Geheimnis, das hier unten verborgen ist, ist älter, viel älter als das Gebäude, das vor einem halben Jahrhundert abgebrannt ist. Und doch ist eben dieser Brand untrennbar mit dem verbunden, was dort unten liegt. Denn schon vor etwa fünfzig Jahren ist schon einmal jemand allzu neugierig gewesen...“

Ian war noch immer wie benommen.

Er hörte die Worte des unheimlichen Paters wie aus großer Ferne. Die Erscheinung der Frau, die er die ganze Zeit vor sich gesehen hatte, war verschwunden. Irritiert sah sich Ian nach ihr um. Wie sollte er ihr folgen, wenn er sie nicht finden konnte? Beklommenheit breitete sich in ihm aus. Er war seiner Bestimmung doch schon so nahe. Er wollte sie suchen, trat einige Schritte vor an den Rand des Schachtes und sah in die Tiefe. Plötzlich packte ihn jemand an der Schulter und zog ihn mit einem Ruck von der Kante zurück. Für einen Augenblick war Ian wieder völlig klar im Kopf. Entsetzt wich er noch weiter von dem Schacht zurück. Hatte er sich etwa gerade eben dort hinab stürzen wollen? Er sah sich um. Wer hatte ihn zurückgehalten?

Mister Schwarz' stechende Augen blickten ihn für einen Augenblick forschend an, dann nahm der Lehrer seine Hand von Ians Schulter. Pater Peregrino indes sprach ungerührt weiter.

„Genau genommen hat die Neugier einer Person vor fünfzig Jahren erst dazu geführt, dass dieses uralte Geheimnis wieder entdeckt wurde. Es wäre damals beinahe zur Katastrophe gekommen. Doch wenigstens wissen wir seitdem, dass wir sehr gut aufpassen müssen."

Mister Schwarz fiel dem Pater ins Wort. Seine Stimme klang überraschend barsch.

„Schluss jetzt mit dem Geschwätz. Wir haben keine Zeit zu verlieren…"

Für einen Wimpernschlag konnte Ian die Anspannung von Mister Schwarz beinahe greifen. Und er wusste, dass der Lehrer Recht hatte. Irgendwie wusste er es. Auch er hatte keine Zeit zu verlieren. Er musste jener wunderschönen Frau folgen, er musste in den Schacht hinunter. Pater Peregrino nickte.

„Nun denn. Genug also mit den Spielchen. Bringen wir es hinter uns."

Seine Stimme klang seltsam verändert. Hatte der Pater bisher in einem unheilvollen, feierlichen Ton zu ihnen gesprochen, so klang seine Stimme jetzt sehr viel nüchterner. Und wenn es Ian nicht egal gewesen wäre, dann hätte er die Anspannung darin gehört.

***

Der Vogel schoss die Treppe hinunter in den ausgebrannten Kellerraum und stürzte sich krächzend und mit rauschenden Flügeln auf Miss Parks. Diese schrie gellend auf, als schwarz schimmernde Krallen ihr einige blutende Wunden auf dem Kopf beibrachten.

Vor Schmerz und Entsetzen ließ sie das Tagebuch fallen und hob die Arme schützend vor ihr Gesicht, als der Rabe eine Kurve flog, um dann erneut auf sie zuzurasen. Mister Bright war herumgewirbelt und rannte zu Miss Parks, stieß sie aus dem Weg, so dass die messerscharfen Krallen des Vogels sie verfehlten.

Dann stellte sich der hünenhafte Schotte zum Kampf. Mit einem ohrenbetäubenden Krächzen machte der schwarze Vogel eine weitere Kehrtwende in dem geräumigen Kellerraum und flog dann mit weit gespreizten Flügeln auf Mister Brights Gesicht zu. Dieser hob die Fäuste.

Das grelle Licht der Grubenlampen ließ das Gefieder des Vogels schillern wie flüssigen Teer, Schnabel und Klauen blitzten auf, die kleinen schwarzen Vogelaugen funkelten böse. Mister Brights Rechte zuckte vor, als der Vogel in Reichweite kam. Der aber veränderte seine Flugbahn im letzten Augenblick und entging dem Hieb. Seine Klauen gruben sich wie Pflugscharen in Mister Brights Unterarm und durchzogen ihn mit tiefen, blutenden Schnitten.

Der Hüne grunzte vor Schmerz und Wut, wirbelte herum und schlug erneut nach dem Vogel, der jedoch abermals wie ein geübter Jagdflieger der vorschnellenden Faust auswich.

Das Flügelschlagen übertönte sogar das Rattern des Generators, als der gefiederte Albtraum sich schon wieder auf Mister Bright stürzte. Dieser erwartete den Angriff mit entschlossener Miene. Er war in zu viele Kämpfe verwickelt gewesen, als dass er sich nun vor einem Vogel fürchten würde.

Der riesenhafte Mann bewies beeindruckende Reflexe, als er sich im letzten Moment unter dem Raben wegduckte. Die Krallen zischten haarscharf über seinen Kopf hinweg. Mit dem nächsten Wimpernschlag schoss Mister Brights Faust in die Höhe und traf einen Flügel des Vogels. Dieser geriet ins Taumeln und wurde aus seiner Flugbahn geworfen, fing sich jedoch erschreckend schnell wieder.

Mister Bright war für eine Sekunde verwirrt.

Ein solcher Hieb hatte bereits manchen kräftigen Kerl auf die Bretter geschickt, dieser unheimliche Vogel jedoch schien keineswegs benommen oder gar verletzt. Im Gegenteil, nach einer weiteren Kehrtwende stob er mit ungebremster Wucht auf Mister Bright zu.

Bevor er jedoch wieder in Reichweite der Fäuste kam, drehte er ab, zischte zwei Meter an Mister Bright vorbei und stürzte sich auf ein Ziel hinter dem Schotten.

Miss Parks schrie gellend auf. Doch nicht auf sie hatte es der Vogel abgesehen. Mister Bright wirbelte herum und sah, wie sich die Klauen des Tieres in das am Boden liegende Tagebuch gruben.

Mit einem Kreischen, das nichts mehr mit einer Vogelstimme gemein hatte, hackte der Rabe auf das Buch ein.

Das alte Papier zerriss unter den wütenden Schnabel- und Krallenhieben.

Miss Parks, die nach Mister Brights Stoß zu Boden gefallen war, trat nach dem Vogel, wovon dieser sich jedoch nicht von seinem Zerstörungswerk abbringen ließ.

„Das Buch! Um Gottes Willen, das Buch! Mister Bright, tun Sie doch…"

Mehr brauchte Miss Parks nicht zu sagen. Ein blutüberströmter Arm schoss vor, eine Pranke schloss sich wie ein Schraubstock um den Kopf des Vogels und riss ihn von dem Buch fort.

Die Flügel peitschten wütend, als sich der Vogel vergeblich dem eisernen Griff von Mister Bright zu entwinden suchte.

Rasiermesserscharfe Krallen zuckten durch die Luft, wollten sich in das Fleisch an den Armen des Peinigers graben. Mit vor Schreck geweiteten Augen sah Miss Parks, wie der riesenhafte Schotte den Vogel nun auch mit der anderen Hand ergriff. Sein Gesicht zeigte keine Regung, nur die Augen verrieten den Zorn des Schotten.

Mit einem heftigen Ruck drehte Mister Bright dem Vogel den Hals um.

Ein paar Mal noch schlugen die Flügel des Vogels, noch einmal öffneten und schlossen sich die Klauen ins Leere, kraftlos und endgültig.

Dann warf Mister Bright den Kadaver des Tieres wie ein Stück Abfall fort. Der leblose Vogel krachte gegen eine Wand, glitt daran hinab und blieb mit ausgestreckten Flügeln liegen.

Starr vor Schreck starrte Miss Parks erst auf den Kadaver und dann auf Mister Bright, der sich daran machte, einen Stoffstreifen von seinem Hemd zu reißen, um damit seinen blutenden Unterarm zu verbinden.

Ihm waren weder Schmerz noch Furcht noch sonst eine Regung anzusehen. Er wickelte den Stoff um seinen Arm, so gleichgültig, wie ein Sanitäter es bei einem Verletzten täte.

Dann fiel Miss Parks' Blick auf das Tagebuch, das unweit von ihr auf dem Boden lag. Einige Seiten waren herausgerissen und lagen zerfetzt um das Buch herum. Wie ein Blitz durchzuckte sie die Erkenntnis, dass der Vogel das Buch hatte zerstören wollen. Der Vogel musste die Tollwut gehabt haben. Aber warum hatte er sie dann nicht viel früher draußen angegriffen? Und warum war er so gezielt auf das Tagebuch losgegangen? Alles in Miss Parks sträubte sich dagegen, dem Vorgehen des Tieres etwas Geplantes, Rationales zuzugestehen. Es war ein Tier, all das war ein Zufall gewesen. Das zumindest versuchte sie sich einzureden. Doch es sollte ihr nicht gelingen. Zuviel war geschehen. Zögernd rutschte sie auf dem Fußboden zu dem Tagebuch hinüber und hob es auf. Dabei fiel ihr erst auf, wie arg die Aufzeichnungen in Mitleidenschaft gezogen worden waren. Viele Seiten waren so sehr beschädigt, dass sie kaum mehr als ein paar Worte und unzusammenhängende Satzteile entziffern konnte. Ein schreckliches Gefühl beschlich sie, ein Gefühl, das ihr sagte, dass in diesem Tagebuch äußerst wichtige Informationen gestanden hatten, die sie nun nie mehr würden entschlüsseln können. Sie hatte kaum Zeit gehabt in den Aufzeichnungen zu lesen, hatte nur die ersten paar Eintragungen durchgesehen. Hilflosigkeit und Verzweiflung stiegen in ihr auf. Sie würden die Kinder nicht mehr erreichen können, sie würden dem unheimlichen Treiben ihres verhassten Kollegen und des Paters hilflos ausgeliefert sein. Sie blätterte hastig durch die verbliebenen Seiten, doch sie fand kaum einen Eintrag, von dem sie mehr als einige wenige Zeilen lesen konnte. Sie legte das Buch nieder und begann hastig, die verstreuten Seiten aufzuklauben. Es waren mehr Fetzen als alles andere. Miss Parks spürte, wie ihr die Tränen in die Augen schossen. Dies alles war zu viel für sie. Dann durchflutete plötzlich der Schmerz ihren Körper. Erst jetzt wurde sie sich ihrer eigenen Verletzungen bewusst.

Ihre Kopfhaut brannte wie Feuer, und sie spürte warmes Blut an ihrer Wange hinab rinnen. Sie fühlte, wie eine Ohnmacht sie zu übermannen drohte. Alles vor ihren Augen begann sich zu drehen.

Da wurde sie von einer starken Hand gepackt, gerade als sie umzusinken drohte.

„Ist schon in Ordnung, M'am. Der Vogel ist tot. Er hat sie ganz schön erwischt, aber allzu schlimm sieht es nicht aus. Das heilt schon wieder. Jetzt aber dürfen wir uns keine Pause erlauben.“

Ungläubig sah Miss Parks zu dem Riesen auf. Ihre Augen waren feucht. Mister Bright begegnete ihrem Blick, er sah unerwartet sanft und mitfühlend aus.

Dann hielt er ihr eine halb zerfetzte Seite aus dem Tagebuch vor das Gesicht. Zunächst erkannte sie nicht, was darauf stand. Fragend runzelte sie die Stirn. Mister Bright zog sie sacht auf die Füße.

„Dies hier ist ein Eintrag vom 18. Mai 1956. Soweit ich es noch lesen kann, geht es hier um eine gewisse Tabitha, die etwas Ungeheures vorhat. Irgendwas von Krypta steht da, und von einem Sarkophag. Und von Blut. Dann ist die Rede von Kindern und einem Opfer. Ich werde nicht recht schlau daraus, aber irgendjemand, ich nehme an, es war ihr feiner Herr Kollege, hat das Datum dick unterstrichen.“

Miss Parks hielt sich mit Mühe aufrecht, ihre Beine zitterten und sie wurde plötzlich von rasenden Kopfschmerzen heimgesucht, als sie versuchte zu verstehen, was Mister Bright ihr sagen wollte. Hilflos sah sie zu dem Hünen auf. Mister Bright sah zornig, aber beherrscht aus.

„Ich weiß, dass am 18. Mai 1956 das Hotel abgebrannt ist. Der Eintrag bezieht sich auf die Nacht, als es geschah. Und ich habe noch ein weiteres Wort entziffern können. Ich kann es kaum glauben, aber es steht hier, schwarz auf weiß…“

Miss Parks' Augen verengten sich. Mister Bright hob ihr den Papierfetzen vor die Augen und deutete mit dem Finger auf eine bestimmte Stelle, so dass sie es selbst lesen konnte. Es dauerte einen Augenblick, bis sie das Wort entziffert hatte.

Dann traf es sie wie ein Schlag.

„Peregrino!“

Mister Bright nickte grimmig.

„*Ich habe keine Ahnung, wie es möglich sein kann, aber der alte Bastard war damals dabei. Es mag vielleicht auch ein Vorfahre des Paters gewesen sein, aber irgendwas sagt mir, dass er es selbst gewesen ist. Das würde sein Interesse für die Ruine hier erklären, seine Besessenheit.*"

Ohne ein weiteres Wort ging Mister Bright zu der Schalttafel neben der Stahltür hinüber.

„*Ich sehe keinen Weg, wie wir diese Tür aufbrechen können. Ich habe aber auch so ein Gefühl, dass dieser Vogel uns unbedingt davon abhalten wollte, diese Tür zu öffnen. Irgendwie hat der Vogel gewusst, dass ein Hinweis in dem Buch zu finden wäre. Also was soll's, wir haben nichts zu verlieren…versuchen wir unser Glück…*"

Langsam und hochkonzentriert tippte Mister Bright einige Zahlen auf der Tafel. Jede Eingabe wurde von einem Signalton begleitet. Es piepte insgesamt acht Mal. Dann geschah einige Herzschläge lang nichts. Die Zeit schien still zu stehen. Miss Parks schloss die Augen.

Ein scharfes Zischen ließ sie ihre Augen wieder öffnen. Was sie sah, entlockte ihr einen kleinen Freudenschrei. Die schwer gepanzerte Stahltür schwang auf und gab den Weg in einen langen Korridor frei. Ungläubig trat Miss Parks näher, ihr Interesse galt der Zahlenkolonne auf dem Display der Schalttafel.

18051956

Mister Bright nickte zufrieden.

„*Na bitte. Der alte Mister Bright mag nicht der klügste Kopf sein – aber ich kann mich doch immer noch auf mein Gefühl verlassen.*"

Er bedachte Miss Parks mit einem kurzen Seitenblick.

„*Also los, wir haben keine Zeit zu verlieren. Jetzt ist der Weg frei, wir holen die Kinder da raus!*"

Mit schnellen Schritten marschierte Mister Bright den langen Korridor entlang, der nun nicht länger versperrt war. Miss Parks folgte ihm dicht auf den Fersen.

Beide waren schon eine gute Minute lang fort, als sich in dem Kellerraum etwas regte. Ein krallenbewehrter Vogelfuß zuckte, die schwarz schimmernden Klauen spreizten und schlossen sich wieder. Dann bewegte sich ein nachtschwarzer Flügel, zitterte und bebte. Mit einem leisen Knirschen, das vom Hämmern des Generators übertönt wurde, drehte sich der Kopf des Raben, der in einem unnatürlichen Winkel auf dem Körper saß, langsam zurück in seine natürliche Ausgangsstellung. Zwei pechschwarze Augen begannen wie Kohlen zu glimmen. In ihnen loderte eine furchtbare Bosheit. Mit einem Ruck wälzte sich der Vogel herum, kam dann unbeholfen auf die Füße. Der Kopf wankte etwas haltlos hin und her. Dann spreizte der Rabe die Schwingen. Hüpfend bewegte er sich durch den Raum bis zu der Stahltür, die noch immer offen stand. Dann schwang er sich auf und flog mit erst kraftlosen, dann immer sichereren Flügelschlägen dem Schotten und der Frau hinterher.

kapitel Neunzehn:
Ein Hauch von Ewigkeit

Während des Abstiegs überkam Ian ein Gefühl von tiefer Ehrfurcht. Irgendwie wusste er, dass sie nun einen Bereich betraten, der nicht mehr zu dem alten Hotel gehörte. Dies war nicht mehr Blackrock Manor.

Sie befanden sich tief unter dem niedergebrannten Westflügel, und sie stiegen immer weiter hinab. Ian schätzte, dass der Schacht gut zwanzig Yards nach unten führte. Die Schritte der Schülerinnen und Schüler auf den Metallsprossen hallten als Echo von den Wänden des Schachtes wider, so dass es klang, als seien Hunderte von Menschen auf dem Abstieg. Das blutrote Licht ließ alles noch unwirklicher erscheinen.

Ian suchte derweil immer noch nach jener wundersamen Frau. Hoffentlich würde er sie am Fuß des Schachtes wiederfinden. Sie musste ihn schließlich zu seiner Bestimmung führen. Hier unten lag sein Ziel. Dessen war er sich sicher. Das Geheimnis von Blackrock Manor war zugleich auch seine Bestimmung.

Endlich waren alle unten angekommen. Pater Peregrino erwartete die letzten Jugendlichen am Fuß der Treppe, während Mister Schwarz unruhig auf und ab schritt. Suchend sah Ian sich um. Es war, als hätten sie eine andere Welt betreten.

Die Wände hier unten bestanden aus großen, grob behauenen Natursteinen. Moose und Flechten wucherten überall, und Rinnsale von Wasser schimmerten im roten Licht wie frisches Blut, das an den Mauern herabströmte.

Hier und da ragten uralte, von Rost zerfressene Fackelhalterungen aus den Wänden wie verkrüppelte Gliedmaßen. Der Boden bestand aus einer Art Kopfsteinpflaster und war von der Feuchtigkeit und dem überall wachsenden Moos rutschig und schmierig. Die Luft schmeckte schal und abgestanden.

Und dann sah Ian die Frau endlich wieder. Sie stand am Ende des Ganges, der sich nun vor der Gruppe erstreckte.

Ihr Kleid bauschte sich um sie, ihre Haare flossen um ihren Kopf, ihre Schultern. Dann drehte sie sich endlich um. Ganz langsam, wie in Zeitlupe. Ian war wie erstarrt, konnte es nicht abwarten endlich das zweifellos wunderschöne Gesicht der Frau zu sehen. Fast war er versucht, zu ihr zu laufen, sich ihr zu Füßen zu werfen, aber er blieb wie gebannt stehen. Die Frau stand gut 50 Yards von ihm entfernt, und doch konnte er jede Einzelheit an ihr überdeutlich erkennen, so als stünde er direkt vor ihr. Er sah ihr makelloses Profil, Haut wie Porzellan, edle Wangen. Dann erkannte er die vollen, rotglänzenden Lippen. Ein wohliger Schauer überlief Ian. Endlich hatte sie sich ganz zu ihm herumgedreht, und er konnte ihr in die Augen sehen, die unter schweren, dunkel geschminkten Lidern überraschend hell, fast strahlend wirkten. Sie sah ihn an, und ihr Blick ging ihm durch Mark und Bein. Sie hob eine Augenbraue, eine winzige, beinahe spöttisch wirkende Geste, und der Hauch eines Lächelns umspielte ihre sinnlichen Lippen. Ein nie gekanntes Verlangen regte sich in Ian. Er wollte bei dieser Frau sein. Für immer. Er wollte alles für sie tun, ihr jeden Wunsch erfüllen. Er würde ihr folgen, ganz gleich, wohin sie ihn führen mochte. Und es war gut, es war richtig. Es war ihm bestimmt.

Die Frau wandte sich aufreizend langsam wieder von Ian ab. Dann setzte sie sich erneut in Bewegung und verschwand hinter einer Biegung des Ganges. Ian machte sich ohne zu zögern daran, ihr zu folgen. Er nahm nicht wahr, dass ihn Ben, Fiona und vor allem Amber voll Unverständnis anstarrten. Und selbst, wenn er ihre Blicke gesehen hätte – diese drei waren nicht länger von Bedeutung für ihn. Alles, was zählte, war die geheimnisvolle Schöne.

Mister Schwarz bemerkte Ians Vormarsch, aber er hielt ihn nicht auf. Stattdessen lächelte er. Dann setzte er sich selbst in Bewegung und bedeutete der Klasse und Pater Peregrino, ihm zu folgen. Der Pater setzte sich mit ein paar schnellen Schritten an die Spitze der Gruppe und hielt Ian mit einer knöchernen Hand an der Schulter fest, da dieser zunehmend schneller geworden war und nun beinahe in Laufschritt verfallen wäre.

***

Die vier Jungen kauerten in der Dunkelheit zwischen den Bäumen des ehemaligen Parks. Jeder hockte auf seinem ausgerollten Schlafsack. Nach ihrer Begegnung mit Mister Bright vor dem Zelt des verhassten Geschichtslehrers waren sie schlagartig nüchtern gewesen.

Jetzt ging eine Flasche mit billigem Whisky herum, und mit jedem tiefen Schluck kehrte der Mut der Vier langsam zurück. Dazu setzte sich ein tollkühner Plan in den umnebelten Köpfen fest.

Terry Paxton, der Anführer der Bande, die sich selbst TNT nannte, was für 'Terry 'N Team' stehen sollte, ergriff nach einem besonders tiefen Zug aus der Flasche das Wort.

„Okay, Jungs. Da hat uns eben also dieser Godzilla-Typ erwischt. Keine...keine Ahnung, wo der Arsch hergekommen is'...aber jetz' isser bestimmt weg. Und deshalb....“

Terry unterbrach sich, um lautstark zu rülpsen, was mit wieherndem Lachen honoriert wurde.

„Deshalb sage ich euch, wir machen jetz' weiter. Soll jeder wissen, dass man sich nich' mit TNT anlegt, außer, man will richtig eins aufs Maul...“

Nickend, wie um sich selbst zu bestätigen, gab er die Flasche an Duncan O'Flaherty weiter. Der griff gierig danach und schüttete sogleich den Whisky in sich hinein.

Jonas Kelly gab seinem Anführer derweil Recht.

„Das is' mal klar, T. Wir lassen uns jetz' nich' aufhalten, nich' von Godzilla oder sonst wem.“

Ewan Mitchell, der vierte im Bunde, hieb bekräftigend mit der Faust in seine Handfläche.

„Genau, T. Wir sollten gleich los und die Sache zu...zu Ende bringen, ja.“

Duncan O'Flaherty setzte die nun leere Whiskyflasche ab und schleuderte sie in die Dunkelheit, wo sie klirrend an einem Baumstamm zerplatzte.

„Wir ha'm auch nich' mehr so viel zu saufen, also könn'wer auch los un'n bisschen Action machen.“

Wild entschlossen und leicht schwankend erhoben sich TNT. Es dauerte eine Weile, bis sie sich mit Hilfe ihrer Taschenlampen soweit orientiert hatten, dass sie grob die Richtung einschätzen konnten, in der das Hotel lag. Dann machten sie sich auf den Weg.

Nach einer Weile gelangten sie tatsächlich zu dem Lagerplatz der Klasse und fanden ihn verlassen vor.

Nachdem sie wahllos einige Zelte eingerissen hatten, ein paar Rucksäcke unter lautem Johlen in die Dunkelheit geschleudert und ein paar andere auf der Suche nach Geld, Handies oder Alkohol durchstöbert hatten, beschlossen sie, auf der Vorderseite des Hotels nachzusehen, ob sie dort nicht vielleicht noch mehr Schaden anrichten konnten.

So entdeckten sie den Lichtkegel, der wie ein blass leuchtender Finger in den Himmel stieß.

Sie waren allesamt viel zu betrunken, um sich irgendwelche klaren Gedanken zu machen. Sie wollten einfach nur erkunden, woher das Licht kam.

Sie stolperten, rutschten und krochen durch die Trümmer des alten Westflügels, fielen hin, schnitten sich Handflächen und Knie auf, aber fühlten kaum Schmerz.

Schließlich waren sie doch TNT, die gefährlichste Gang weit und breit, und so würden ein paar Abschürfungen und blaue Flecke sie nicht aufhalten.

Schließlich hatten sie den Ursprung des Lichts gefunden.

Die Tür, die den Eingang zum Keller tarnte, lag offen vor ihnen. Aus dem Inneren drang das Rattern des Generators zu ihnen herauf. Terry Paxton kratzte sich an seinem flaumigen Kinn.

„Alter, was is'n das? Ha'm die hier so'ne Station oder was?"

Jonas Kelly beugte sich zaghaft vor, um einen genaueren Blick in die Tür zu werfen. Seine Stimme klang ehrfürchtig.

„Mann T… vielleicht…vielleicht is'ja dieser Godzilla hier 'raus gekomm'!
Ich meine, vielleicht ha'm die da so Ex…Experi…na so Versuche gemacht mit Leuten, un' der is' dann abgehau'n…"

Es folgte ein reger Austausch über verschiedene Theorien, die allesamt auf Science Fiction und Horrorfilme zurückzuführen sein mochten. Schließlich fällte Terry eine Entscheidung.

„Wir geh'n da jetz' runter und seh'n nach. Wenn das echt so'n Labor is', dann will ich sehen, was die da unten machen. Vielleicht ha'm die ja echt irgend so'n Alienzeugs oder so…"

Und so machten sich die vier betrunkenen Jungen, die sich selbst TNT nannten und keinen Sinn für Vernunft oder gar Gefahr mehr hatten, an den Abstieg.

Keiner von ihnen hatte Augen für das beeindruckende Schauspiel, das sich zur gleichen Zeit am Nachthimmel abspielte, als der Mond endgültig im Schatten versank. Und wie sollten sie auch ahnen, dass damit der Moment gekommen war, auf den zwei Männer, die sich im selben Augenblick tief unter den Ruinen des Hotels aufhielten, sehr lange gewartet hatten – einer von ihnen sogar seit neunundvierzig Jahren…

***

Fassungslos vor Zorn hämmerte Mister Bright gegen die Panzertür.

„Das kann doch alles nicht wahr sein! Noch eine verdammte Tür, noch dicker als die erste! Was um Gottes Willen gibt es denn hier unten? All diese Sicherheitstüren…was versteckt dieser alte Bastard hier? Was hat er denn mit den Kindern vor?"

Mister Bright hatte die Zahlenkombination 18051956 in das Tastenfeld eingegeben – erfolglos. Die Tür hatte sich nicht geöffnet. Es war zwecklos, ohne den Zugangscode würde niemand diese Tür öffnen können. Eher hätten sie sich mit bloßen Händen einen Tunnel durch den Fels darunter hindurch graben können.

Resigniert wandte sich Mister Bright ab. Wut und Verzweiflung trieben ihn fast in den Wahnsinn. Er konnte nichts mehr für die Kinder tun. Was auch immer Pater Peregrino und dieser verfluchte Lehrer mit ihnen vorhatten, er würde es nicht mehr verhindern können.

Miss Parks hatte derweil den Schalter entdeckt, der die Automatiktür zu Pater Peregrinos Geheimlabor öffnete. Zischend ruckte sie zur Seite, während sich im Inneren gleichzeitig die Beleuchtung einschaltete. Für einige Herzschläge waren alle anderen Gedanken aus Mister Brights Kopf verbannt. Ungläubig machte er einige Schritte in das Labor und ließ den Blick über die Apparaturen und Geräte schweifen.

„Was hat der Orden eigentlich noch alles hier unten versteckt?"

Miss Parks schob sich an ihm vorbei. Ihr Interesse galt mehr den alten Büchern und Folianten im hinteren Teil des Raumes. Sie legte den Kopf schief, als sie die wenigen Buchrücken, die mit einem Titel versehen waren, in Augenschein nahm.

Geistesabwesend richtete sie das Wort an Mister Bright.

„Sie sagten, Sie gehörten zu einem Orden? Aus wie vielen Mitgliedern besteht ihr Orden eigentlich?"

Angus Bright hob die Schultern.

„Ich weiß es nicht. Als Wächter wurde ich nie zu einer Versammlung des Ordens eingeladen. Ich habe Bruder Giaco…ich meine dem Pater einmal einen Zettel mit meinen Ideen und Vorschlägen mitgegeben, und er hat sie dann dem Rat vorgetragen. Es ging da hauptsächlich darum, dass ich eine Erkennungsparole für die Wächter vorgeschlagen habe."

Der riesige Schotte sah zu Boden.

„Ich war damals so stolz, als der Pater mir sagte, der Rat habe meinen Vorschlag angenommen. Das war der einzige Augenblick, in dem ich mich dazugehörig fühlte. Ansonsten habe ich nie irgendwas mitgekriegt, ich habe immer nur Befehle empfangen. Und eigentlich waren das immer dieselben Befehle – ich sollte aufpassen, dass niemand dem Pater hier draußen in die Quere kommt."

Versonnen ließ der Hüne seine Finger über die kalte Stahlplatte des Seziertisches gleiten.

„Ich weiß von einer Handvoll anderer Wächter, die auch in den Wäldern unterwegs sind. Selten genug begegneten wir uns mal zufällig irgendwo. Ich habe aber keine Ahnung, wo die anderen jetzt sind. Da sie nicht hier sind, wissen sie vermutlich nicht einmal, was hier heute Nacht vor sich geht. Der Pater hat ihnen wohl noch weniger erzählt als mir."

Miss Parks hörte Mister Bright nur halb zu, ihr Interesse galt einem schweren, uralten Wälzer. Ihre Augen verengten sich zu Schlitzen. Das Buch war in brüchiges, schwarzbraunes Leder gebunden, das aus irgendeinem Grund Miss Parks einen Schauer über den Rücken jagte. Zwei rostige Schlösser hielten die Buchdeckel zusammen.

Das Buch wirkte zugleich abstoßend und seltsam faszinierend auf Miss Parks. Die Glasscheibe verhinderte, dass sie es aus dem Regal nehmen konnte. Also versuchte die Lehrerin, die Scheibe zur Seite zu schieben.

Es gelang ihr nicht, ein Riegel hielt die Scheibe an Ort und Stelle.

„Mister Bright, helfen Sie mir. Ich muss diese Scheibe zur Seite schieben. Diese Bücher - ich muss mir diese Bücher ansehen... ich muss wissen, was für ein Buch das hier ist...“

Dann fügte sie hinzu, mehr zu sich selbst.

„Es kann nicht sein. Es darf einfach nicht wahr sein...“

Mister Bright verstand nicht, wie ein paar staubige Wälzer ihnen jetzt noch weiterhelfen sollten, aber gleichzeitig wallte sein Zorn über die Ausweglosigkeit der Situation wieder in ihm auf.

Er packte einen Metallhocker, der neben dem Seziertisch stand, und stapfte zu dem Regal herüber. Mit einer Hand schob er Miss Parks beiseite, dann ließ er den Hocker in die Glasscheibe krachen. Er legte all seinen Zorn, all seinen Frust, all seine Angst um die Kinder in den Schlag. Dennoch zerbrach die Scheibe nicht. Lediglich ein paar Risse zogen sich spinnwebartig über das Glas.

„Panzerglas, natürlich. Hier unten ist ja schließlich gar nichts ungesichert...“

In seiner Wut noch mehr angestachelt, schlug Mister Bright mit dem Hocker wieder und wieder auf die Glasscheibe ein. Es knirschte und knackte, doch das Glas wollte nicht nachgeben. Miss Parks war einige Schritte zurückgewichen.

Der Schotte wütete wie ein Berserker, das ganze deckenhohe Stahlregal erbebte unter seinen wuchtigen Schlägen. Sein Gesicht war eine wutverzerrte Fratze, die Zähne waren gebleckt wie die eines Tiers. Und dann, mit einem endgültigen Wutausbruch, begleitet von wilden Gebrüll, zerplatze die Scheibe in winzig kleine Splitter, die Mister Bright wie ein Sprühregen einhüllten und ihm etliche kleine Schnitte zufügten. Dieser bemerkte das kaum. Er schleuderte den Hocker achtlos beiseite und besah sich schwer atmend sein Werk der Zerstörung.

Miss Parks drängte ungeduldig zu dem Regal und zog das seltsame Buch heraus. Mit dem Ärmel wischte sie die Glassplitter von dem Buchdeckel. Ihre Augen weiteten sich.

Im selben Moment griff sie der Rabe zum zweiten Mal an. Unbemerkt war er in das Labor geflattert und stürzte sich nun auf Mister Bright. Der schrie vor Schmerz und Überraschung auf, doch er reagierte reflexartig wie ein Raubtier.

Er wirbelte herum, seine prankenartigen Hände griffen nach dem Vogel, der um seinen Kopf herumflatterte und immer wieder auf ihn herabstieß. Die Flügelschläge waren ruckartig, unbeholfen. Der Rabe bewegte sich nicht mehr so flink wie zuvor. Zwar wich er den zupackenden Händen aus, aber der folgende Faustschlag traf ihn mit voller Wucht. Miss Parks kreischte voller Entsetzen, als der Vogel, der längst tot hätte sein sollen, gegen die Wand des Labors prallte und zu Boden fiel. Dort blieb er aber nicht liegen, sondern rappelte sich wieder auf und hüpfte benommen hin und her. Mister Bright stürzte sich auf das angeschlagene Tier. Diesmal würde er den Vogel eben in Stücke reißen…

Der Rabe rettete sich unter den Seziertisch, sein Krächzen war ohrenbetäubend. Mister Bright war rasend vor Zorn, mit nur einer Hand packte er den Tisch und warf ihn um. Erneut entwich ihm das gefiederte Ungetüm, hüpfte zwischen Schränken und Anrichten und den überall im Raum verteilten Apparaturen herum. Mister Bright tobte wie ein verwundetes Nashorn und hinterließ eine Spur der Verwüstung in dem Bestreben, den Raben endlich zu fassen zu kriegen. Seine Wut war grenzenlos, er war wie von Sinnen.

Endlich kam der Vogel aus seiner Deckung hervor, spreizte die Flügel und erhob sich taumelnd in die Luft. Mister Bright packte einen Glaszylinder, der auf einer Anrichte stand, und schleuderte ihn nach dem Tier. Das Wurfgeschoss zersplitterte neben der Tür des Labors, durch die der Vogel floh. Mister Bright setzte ihm nach, stürmte seinerseits auf den Gang. Dort sah er, wie der Rabe sich am Rahmen des Tastenfeldes festkrallte und mit seinem schwarzen, messerscharfen Schnabel auf die Tasten einhieb. Im selben Augenblick, als Mister Brights Hände nach vorn zuckten, um das Tier zu ergreifen, war ein lautes Zischen, gefolgt von dumpfen Schlägen zu vernehmen. Die Riegel der Tür ruckten zur Seite. Für einen Lidschlag war Mister Bright abgelenkt. Der Rabe stob auf, rauschte an dem Kopf des Hünen vorbei und flog einige Meter den Gang zurück. Dann, als die Tür sich im Ganzen ein Stück nach hinten schob, um endlich zischend aufzuschwingen, schoss der Vogel zurück, an Mister Brights zupackenden Händen vorbei in den Gang, der sich hinter der Panzertür fortsetzte.

Dabei stieß er ein solch ohrenbetäubendes Kreischen aus, das kein normaler Rabe je zu Stande gebracht hätte.

„Miss Parks, los jetzt! Die Tür…das Vieh hat irgendwie die Tür geöffnet, wir müssen hinterher!"

Die Englischlehrerin trat hinter Mister Bright aus dem Labor. Ihr Gesicht war aschfahl, ihre Augen weit aufgerissen. Das Buch hielt sie noch immer mit beiden Händen vor sich. Ihre Lippen bebten, ihre Stimme zitterte. Sie schien endgültig einer Ohnmacht nahe.

„Dieses Buch…dieses Buch dürfte es überhaupt nicht geben."

„Vergessen Sie das verfluchte Buch! Lassen Sie es liegen, wir müssen…"

„Dieses Buch darf nicht existieren. Es ist doch nur eine Erfindung! Die Erfindung eines Schriftstellers, der damit den Lesern seiner Horrorgeschichten Angst machen wollte…dieses Buch darf einfach nicht existieren!"

Ihr Mund formte tonlos ein Wort. Mister Bright fuhr die Lehrerin ungeduldig an.

„Was? Was soll das denn für ein Buch sein?"

Aus Miss Parks Augen sprach das blanke Entsetzen.

„Das Necronomicon!"

***

Sie bewegten sich durch ein Labyrinth von Gängen. Bald schon fanden sich keine Grubenlampen mehr an den Wänden, dafür waren die verrosteten Wandhalterungen mit frischen Fackeln bestückt, die Pater Peregrino in Brand setzte. Eine Fackel nahm er mit sich und leuchtete so das Dunkel vor der Gruppe aus. Der Boden war uneben und glitschig, die Wände aus groben Steinen gefügt. Uralte, teilweise vermoderte Balken stützten die Decke ab, von der stellenweise mächtige Felsbrocken herabgestürzt waren und die Gänge nahezu blockierten. Manchmal konnten die Schüler sich nur einzeln an einem solchen Hindernis vorbeischlängeln. Dann, nachdem Ian längst die Orientierung verloren hatte, kamen sie in einen Bereich, der völlig anders aussah als die Stollen, durch die sie hierher gelangt waren.

Ursprünglich war dieser Bereich einst von einem schweren Portal von den anderen Gängen abgeteilt gewesen, doch außer einem hohen Rahmen und den Überresten von massiven Türangeln war nichts mehr von diesem Portal übrig geblieben.

Die Wände waren sauber und ordentlich gemauert, der Boden mit geglätteten und gleichmäßigen Steinplatten bedeckt. Die Decke war deutlich höher und wurde von gotischen gekreuzten Spitzbögen getragen. Ian, der noch immer verzweifelt nach der roten Dame suchte, nahm die bemerkenswerte Anlage dieses Bereiches nur am Rande seines Bewusstseins war. Dennoch überkam ihn ein Gefühl der Ehrfurcht, so wie man es in majestätischen Kathedralen oder Kirchen bekommt. Doch hier war es anders. In einer Kirche fühlte man sich ergriffen, beeindruckt und tief berührt. Dieser Ort hier aber strahlte etwas Bedrohliches aus und nichts Erhabenes. Stelen, die mit Fresken und Ornamenten verziert waren, reihten sich in scheinbar exakt bemessenen Abständen an den Wänden entlang. Ians Blick wanderte über die Wand zu seiner Linken. Die Stelen begrenzten langgezogene Nischen in der Wand, die als pechschwarze Schatten im dunklen Mauerwerk auszumachen waren. Pater Peregrino, der Ian seit einer Weile immer wieder beobachtete, trat neben ihn. Er senkte seine Fackel und leuchtete eine der Nischen aus. Ian schrak zusammen. Das flackernde Licht der Fackel erhellte eine Reihe von drei flachen Steintafeln, die nebeneinander in der Nische lagen. Darauf gebettet lag jeweils ein gelblich braun verfärbtes Skelett eines Menschen.

Die sterblichen Überreste trugen Rüstungen, die matt und rostig waren. Einer der drei Totenschädel war auf die Seite gerollt und schien Ian nun aus leeren Augenhöhlen anzustarren. Der Blick des Toten schien seltsam lebendig, irgendetwas bewegte sich in den leeren Augenhöhlen. Mit einem kaum wahrnehmbaren Kratzen wand sich schließlich ein bleicher, fingerlanger Wurm aus der Augenhöhle, kroch über den Totenschädel und verschwand zwischen den weitgehend zahnlosen Kiefern des Toten.

Samantha stieß einen erstickten Schrei aus.

„Was ist das für ein Ort?"

Pater Peregrino klang nüchtern, beinahe gelangweilt.

„Dies ist die Krypta der Familie Black. Sie haben ihre Toten hier bestattet. Das war durchaus so üblich, dass eine Familiengruft zu einer Burg gehörte. Zumal…auf einem Gottesacker hätte niemals ein Geistlicher einen Black beigesetzt."

Pater Peregrino hob die Fackel wieder vor sich, der grausige Inhalt der Nische verschwand in einem undurchdringlichen Schatten.

„Das hier sind die Gebeine irgendwelcher eher weitläufigen Verwandten. Das tatsächliche Herz der Krypta, wo die Herren der Burg bestattet wurden, liegt noch vor uns."

Mit einem Seitenblick zu Mister Schwarz fügte er hinzu.

„Dorthin gehen wir jetzt."

Nachdem Pater Peregrino sämtliche Fackeln, an denen sie vorbeikamen, in Brand gesetzt hatte, war der Gang in ein beunruhigendes, flackerndes Zwielicht getaucht. Ian betrachtete für einen Moment eine der Stelen. Er erschauerte bei den fratzenhaften Gesichtern und dämonischen Kreaturen, die ihm als Hochrelief aus dem Stein entgegenzuspringen schienen. Dann entdeckte er eine Reihe von Schriftzeichen, die sich wie ein Spruchband um die Stele herum wand. Er konnte keines der Zeichen entziffern, er war sich überdies sicher, sie nie zuvor gesehen zu haben. Oder doch? Einzelne Zeichen kamen ihm seltsam bekannt vor…

Dann aber wurde seine Aufmerksamkeit abgelenkt von der roten Dame, die am Ende des Ganges einfach da stand, zu ihm gewandt, und auf ihn zu warten schien. Ian sah, wie Mister Schwarz und Pater Peregrino sich bereits wieder in Bewegung setzten und auf die Frau zuhielten. Rasende Eifersucht packte Ian. Wie konnten sie es wagen, vor ihm her zu stolzieren, wenn diese Schöne doch nur auf IHN wartete? Wild entschlossen drängte sich Ian an den beiden Erwachsenen vorbei. Als er die Hand von Mister Schwarz spürte, die sich um seinen Oberarm schloss, um ihn zurückzuhalten, riss er sich los und wirbelte herum. Er bedachte seinen Lehrer mit einem finsteren Blick. Ian entging der entsetzte Ausdruck in den Gesichtern seiner Freunde. Ihm entging auch das belustigte Lächeln von Mister Schwarz. Ihm war nur wichtig, dass man ihn gehen ließ.

Aus einigen der Nischen hingen die knöchernen Arme der Toten, vor anderen lagen Knochen lose verstreut. An einer Stelle schließlich lagen einige Gerippe mitten im Gang.

Ihre Rüstungen waren verbeult und zerschlagen, und ihre Schädel waren zertrümmert. Ihre schartigen, verrosteten Schwerter lagen neben den Toten, einer hielt seine Waffe noch immer mit den Knochenfingern umklammert.

Ian stieg achtlos über die grausigen Überreste hinweg, dicht gefolgt von Mister Schwarz und Pater Peregrino. Die Schüler waren verängstigt und verwirrt, aber sie folgten ihrem Lehrer. Ian wusste nicht, wohin er ging, er folgte einfach der Erscheinung der roten Dame.

Er zertrat sich ringelnde Tausendfüßler, die hier und da zwischen einigen aus der Decke herabgestürzten Geröllbrocken hervor huschten. Er bemerkte es nicht. An einigen Stellen spannten sich Spinnennetze wie ein dichter Vorhang quer über den Gang, doch Ian wischte sie achtlos beiseite. Sogar als eine Ratte, groß wie eine Katze, ihm über die Füße lief, zeigte Ians Gesicht keine Regung. Seine Mitschüler hinter ihm wurden geschüttelt von Grauen und Ekel, doch niemand wollte allein zurückbleiben, und weder Mister Schwarz noch Pater Peregrino machten auch nur die geringsten Anstalten innezuhalten und sich nach dem Befinden der Jugendlichen zu erkundigen.

Schließlich weitete sich der Gang zu einer geräumigen Kammer. Auch hier befanden sich Grabnischen in den Wänden, doch diese waren mit schweren Steinplatten versiegelt worden, so dass der grausige Inhalt nicht zu sehen war. Stattdessen gaben eingemeißelte Inschriften Aufschluss darüber, wessen Gebeine in den Nischen ruhten.

Pater Pergerino ging in dem Raum herum und entzündete auch hier sämtliche Fackeln. Schließlich bewegte er sich zur Mitte der Kammer, drehte sich langsam und feierlich um und blickte auf die Wand, die nun vor der Gruppe lag. In deren Mitte, zwischen zwei gewaltigen Stelen, die über und über mit den seltsamen Schriftzeihen und Symbolen bedeckt waren, befand sich eine gewaltige Steinplatte.

Sie war viel größer als jene, die die Grabnischen verschlossen. Auch war keine Inschrift auf dieser Platte. Stattdessen prangte ein Relief darauf, das jeden Quadratzentimeter bedeckte. Das Relief zeigte verschiedene Szenen, die sich zu einem schrecklichen Gesamtbild zusammenfügten.

An einer Stelle kämpften schwer bewaffnete Krieger, vermutlich Ritter, gegen Menschen, die in einfache Gewänder gehüllt waren und selbst keine

Waffen trugen. Um die Kämpfenden herum waren Hütten und kleine Häuser abgebildet, sogar eine Kirche. Dem Anschein nach standen die Gebäude in Flammen. Die Ritter schlugen auf die Wehrlosen Gestalten ein. Viele lagen tot am Boden. Einige Frauen wurden an den Haaren von Rittern fortgezerrt. Ein Ritter trat mit seinem gepanzerten Stiefel auf ein am Boden kauerndes Kind...

An einer anderen Stelle war eine Jagdszene abgebildet. Doch wurde kein Wild gejagt, sondern Menschen. Männer, Frauen und Kinder wurden von berittenen Kriegern gehetzt. Hier und da lagen einige am Boden, durchbohrt von Pfeilen. Ein Jagdfalke hatte sich in das Gesicht einer Frau gekrallt und hackte auf ihre Augen ein. Jagdhunde hatten eine andere Frau in die Enge getrieben und waren im Begriff sich mit gebleckten Zähnen auf sie zu stürzen.

Wieder eine andere Stelle zeigte ein Gebäude, das offenbar ein Kloster darstellen sollte. Vor dem Kloster fielen Männer, die Wolfsköpfe hatten, über die Nonnen her. Das Relief zeigte fürchterlich detaillierte Akte von Gewalt. Die Tiermenschen fielen über die Frauen her, einige andere trugen Schätze aus dem Kloster.

All jene abscheulichen Darstellungen gingen ineinander über und reihten sich um ein zentrales Element in der Mitte der Steinplatte. Dort war eine Burg abgebildet. Auf den Zinnen der Burg stand ein Mann in voller Rüstung, sein Schild zierte ein Wappen – ein Rabe. Der Mann war größer als alle anderen Figuren in dem Relief, er schien die Burg beinahe auszufüllen. Das Gesicht des Mannes war ebenmäßig, beinahe engelsgleich, doch seine Augen und sein Lächeln verrieten Bosheit und Grausamkeit. Das Relief war ein handwerkliches Meisterwerk, und gerade deshalb wirkte es so entsetzlich. Das Grauen auf den Gesichtern der Unschuldigen, die gejagt und getötet wurden, war überdeutlich zu erkennen. Und die Gestalt in der Burg im Zentrum des Reliefs konnte von den Zinnen alles sehen und lächelte amüsiert über das, was sie sah.

Ian teilte jedoch nicht die Abscheu seiner Klassenkameraden, denn er hatte keine Augen für das Relief. Er starrte die Dame in dem roten Kleid an, die neben der gewaltigen Steinplatte stand und ihn verführerisch anlächelte. Ihre sinnlichen, vollen Lippen öffneten sich, und gleichzeitig hörte er ihre Stimme tief in seinem Inneren, und wohlige Schauer überströmten ihn.

Die Stimme war weich und wohltönend, aber etwas heiser. Sie hatte zugleich etwas Sanftes und Verruchtes, und Ian verzehrte sich nach dieser Frau.

„Du hast es beinahe geschafft. Nur etwas Geduld noch, dann sind wir am Ziel. Und dort werden sich deine kühnsten Träume erfüllen, mein junger Held.“

Sein Wunsch, bei dieser Frau zu sein, war überwältigend. Der Dame schien dies nur allzu bewusst zu sein. Sie strich sich kokett eine Haarsträhne aus dem Gesicht. Ian hörte ihr Kichern. Ein heiseres, leises Kichern.

Pater Peregrino riss Ian aus seiner Benommenheit. Die Dame verblasste vor seinen Augen und war einen Wimpernschlag später verschwunden.

„Da sind wir also. Ich habe Sie hergeführt, mehr kann ich nicht tun. Jetzt sind Sie dran.“

Verwirrt sah sich Ian um. Ihm war, als wäre er aus einem besonders intensiven Traum erwacht und er brauchte einen Augenblick, um sich zu orientieren. Da war Pater Peregrino, der vor der mächtigen Steinplatte stand. Ein grausiges Relief bedeckte die Platte. Wen hatte der Pater gerade angesprochen? Hatte er sie doch in eine Falle gelockt? Hatte er zu seinen Ordensbrüdern gesprochen, die sich irgendwo im Dunkel verbargen? Was war mit Mister Schwarz? Ian blickte sich suchend um und sah, wie der junge Lehrer mit ernstem Gesicht zu dem Pater ging. Nein, er ging zu der Steinplatte.

„Endlich ist es soweit. Endlich kann ich mein Erbe antreten...“

Ian hielt Ausschau nach seinen Freunden. Er verstand nicht, wovon Mister Schwarz da redete. Er verstand überhaupt nichts mehr. Er wusste kaum, wie er überhaupt hierhergekommen war. Er sah Amber, und ihre Blicke trafen sich. Sie schaute ihn verständnislos an. Da waren auch Ben und Fiona. Beide hatten den Mund weit offen stehen. Charlie Campbell stand neben ihnen. Seine Hand fuhr zum Mund, seine Augen weiteten sich. Ian drehte sich um, um zu sehen, was Charlie so erschreckte. Mister Schwarz stand unmittelbar vor dem Relief, strich sanft, fast schon zärtlich mit der Linken darüber. In der Rechten hielt er ein Messer. Er musste es eben hervorgezogen haben. Wieso hatte Mister Schwarz dieses Messer in der Hand? Es war lang, und das Licht der Fackeln ließ die makellose Klinge feurig schimmern.

Langsam hob Mister Schwarz das Messer und führte es zu seiner anderen Hand, die noch immer das Relief betastete.

Dann nahm Mister Schwarz die Linke von der Steinplatte und zog das Messer mit einer langsamen, gleichgültig wirkenden Bewegung über seine Handfläche. Ian konnte sehen, wie Blut aus dem Schnitt hervorquoll. Mister Schwarz betrachtete seine blutende Hand für einen Augenblick, ein Lächeln stahl sich in seine Züge.

„Endlich…"

Dann presste er die Linke wieder gegen das Relief, genau in der Mitte der Steinplatte. Er wischte mit der Handfläche über die Darstellung der Burg und ihres grausam lächelnden Bewohners und hinterließ dabei Blutschlieren auf dem Stein.

Ian begriff nicht, was er sah, sein Verstand war wie gelähmt. Er wusste, dass etwas Schreckliches im Gange war.

Dann hörte er das Kichern der roten Dame. Viel lauter als zuvor, er war sich sicher, dass es alle diesmal hören konnten. Heiser und boshaft füllte es die Kammer aus, steigerte sich zu einem ohrenbetäubenden Lachen, das von überall her zu kommen schien und als Echo durch den Gang hallte, durch den sie gekommen waren.

Dann dröhnte es wie Donner, der Boden vibrierte. Mister Schwarz trat einen Schritt von der Steinplatte zurück, die Kinder schrien vor Angst und Entsetzen wild durcheinander, doch ihre Schreie gingen in dem entsetzlichen Lachen und dem durchdringenden Krachen und Bersten unter.

Wie erstarrt sah Ian, wie sich Risse auf der Steinplatte bildeten. Es knirschte und knackte, und Ian presste sich die Hände an die Ohren, weil er fürchtete, seine Trommelfelle könnten bei dem Höllenlärm platzen.

Nach einigen endlosen Augenblicken hallte ein letzter Donnerschlag durch die unterirdische Krypta, und dann zerbarst die Steinplatte wie unter dem Aufschlag einer unsichtbaren Abrissbirne.

Mister Schwarz stieß ein triumphales Jubeln aus, Pater Peregrino nahm seinen Hut ab und zeigte ein schreckliches Lächeln auf seinem totenkopfähnlichen Gesicht. Mächtige Steintrümmer wurden in das Dunkel geschleudert, das hinter der Platte verborgen gewesen war.

Für einige Herzschläge geschah nichts, es war totenstill bis auf das Pfeifen in Ians Ohren und dem Schluchzen und Wimmern seiner verängstigten Mitschüler. Dann kam etwas aus der Schwärze, die nun offen vor ihnen lag. Es brach aus der Dunkelheit hervor und stürzte wie eine Woge in die Kammer. Die Fackeln an den Wänden verloschen schlagartig, und Ian stockte der Atem, als ihn die Eiseskälte überkam und in seine Lungen strömte. Er sank auf die Knie und presste seinen Atem stoßweise hervor, wobei ihn die Kälte wie tausend kleine Nadeln in Lungen und Luftröhre stach. Dann war die Woge an ihnen vorbei und es blieb nur noch Finsternis.

Kapitel Zwanzig:
Leben und Sterben

Mister Bright wusste, dass Miss Parks und er nun bereits ein gutes Stück zu Mister Schwarz, dem Pater und den Kindern aufgeschlossen hatten. Der Weg war leicht zu finden gewesen, selbst in den labyrinthartigen Gängen der Krypta. Sie brauchten nur dem Gang zu folgen, in dem die Fackeln entzündet worden waren. Von dem Raben hatten sie noch zwei- oder dreimal ein Krächzen irgendwo vor sich gehört, dann nichts mehr. Mister Bright war aber stets auf der Hut, dass dieser fürchterliche Vogel sie nicht noch einmal überraschen konnte. Miss Parks war so dicht hinter ihm, dass sie etliche Male gegen ihn stieß, wenn er einen Moment lang innehielt, um zu lauschen oder sich zu orientieren. Jenes merkwürdige Buch, das sie als *Necronomicon* bezeichnet hatte, hatte Miss Parks fest unter ihrem Arm geklemmt. Sie murmelte unentwegt vor sich hin. Mister Bright konnte sie nicht verstehen, und es interessierte ihn auch nicht. Er wusste, dass die Lehrerin einem Nervenzusammenbruch nahe war, sehr wahrscheinlich sogar unter Schock stand. Aber darum konnte er sich nicht kümmern, er hatte zunächst etwas anderes zu regeln. Die Kinder mussten in Sicherheit gebracht werden, das allein war nun wichtig.

Mister Bright schenkte den Grabnischen zu beiden Seiten des Ganges keine Beachtung, Miss Parks hingegen warf einige hastige Seitenblicke hinein und wandte den Blick rasch wieder ab, wenn sie die Gebeine darin sah.

Plötzlich ließ ein ohrenbetäubendes Dröhnen wie ein urgewaltiger Hammerschlag den felsigen Boden unter ihren Füßen erbeben. Mister Bright zuckte zusammen und sah sich gehetzt nach der Ursache des Geräuschs um. Nirgends war etwas zu sehen. War ein Teil des Ganges eingestürzt? War den Kindern etwas zugestoßen? Mister Brights Puls raste, doch bevor er noch einen weiteren Gedanken fassen konnte, weiteten sich seine Augen. Vom Ende des Ganges raste etwas auf sie zu.

Es war groß, dunkel, es füllte den ganzen Raum aus. Es brandete und toste wie eine schwarze Woge, und nach wenigen Herzschlägen war es heran und hüllte Miss Parks und ihn ein. Die Eiseskälte schnitt ihm in die Lungen, als er reflexartig scharf die Luft einsog, so als hätte ihn jemand mit Eiswasser übergossen. Dann war es vorbei, die Welle aus Finsternis hatte sie überrollt und brauste nun hinter ihnen weiter durch die Krypta. Mister Bright sah sich gehetzt um, die Augen noch immer weit aufgerissen. Doch er sah nichts. Gar nichts. Die Finsternis war geblieben.

Sämtliche Fackeln waren verloschen.

***

Terry Paxton, Duncan O'Flaherty, Ewan Mitchell und Jonas Kelly sahen sich staunend in dem Laboratorium um. Mister Bright hatte bei seiner Jagd auf den Raben eine Spur der Verwüstung hinterlassen. Der verbogene Metallhocker lag achtlos weggeworfen vor der zertrümmerten Glasscheibe. Die Einrichtung des Labors war umgeworfen, zerbrochen und zerbeult. Nur weniges stand unversehrt an seinem Platz. Ewan fand als erster die Sprache wieder.

„Alter, die ha'm hier wirklich so 'ne Station. Die ha'm was erforscht, und jetzt isses ausgebrochen…"

Dabei deutete er auf die kleinen Blutspritzer, die von Mister Brights Verletzungen herrührten. Duncan stotterte vor Aufregung.

„Schei…Schei…Scheiße, Alter! Die…die ha'm hier irgend…irgendwelche Monster…geklont…oder so…"

Jonas indes folgte in einem Rest von Geistesgegenwart der Spur aus Blutstropfen, die aus dem Labor hinaus führte und dann den Gang hinab, durch die noch immer offen stehende Hochsicherheitstür.

„Ey Leute, dieses Monster is' hier rein. Wahrscheinlich is' da unten noch 'ne Station, und das Vieh will seine Kumpel befreien…"

Terry, der im Geiste die vielen Dutzend Horrorfilme, die er sich heimlich mit seinen Freunden angesehen hatte, noch einmal durchlebte, sah sich bereits umringt von blutrünstigen, schleimigen Ungeheuern aus dem Weltall. Er war ohnehin nicht der Klügste, und der Alkohol umwölkte seinen Geist noch mehr. Er stürmte aus dem Laboratorium, um sich anzusehen, was Jonas meinte. Angst flackerte in seinen Augen.

Dann hörten sie das dumpfe Donnern, das den langen Gang zu ihnen herauf dröhnte. Der Boden unter ihren Füßen vibrierte. Zunächst klang das Dröhnen noch dumpf, näherte sich aber rasend schnell und rollte auf sie zu. Terry verfiel endgültig in Panik.

„Scheiße! Scheiße! Die Monster da unten jagen alles in die Luft! Scheiße!"

Er wollte wegrennen, doch seine Beine gehorchten ihm nicht. Gehetzt sah er sich um. Sein Blick blieb an der Schalttafel hängen, die an der Wand neben der weit geöffneten Hochsicherheitstür hing. Terry hatte keine Ahnung von Technik oder Physik, aber er kannte derlei Türen aus zahlreichen Science Fiction Filmen. Er wusste, dass solche Schalttafeln Schotts, Luken, Türen und Schleusen öffneten und schlossen. Mit seinen fleischigen Händen patschte er auf dem Tastenfeld herum. Er ignorierte die Warnleuchten über dem Display, die ihm anzeigten, dass die eingegebene Kombination falsch war.

Das Schrillen einer unsichtbaren Alarmsirene, die vor einem unbefugten Eindringling warnte, der sich an den Sicherheitsvorkehrungen zu schaffen machte, ging vollkommen in dem inzwischen ohrenbetäubenden Donnern unter. Die rote Beleuchtung im Gang pulsierte, tauchte den Gang abwechselnd in blutiges Licht und in undurchdringliche Schwärze. Jonas sah mit vor Entsetzen geweiteten Augen, dass das rote Licht weiter hinten im Gang nach und nach ausfiel. Auf das Intervall von Finsternis folgte kein rotes Licht mehr. Zunächst ganz hinten, dann immer weiter vorne.

Die Schwärze bewegte sich auf ihn zu, rollte heran wie eine dunkle Welle, und mit ihr kam der Donner…und die Kälte.

Auf einmal schwang die tonnenschwere Sicherheitstür auf ihn zu, schob sich im Ganzen ein Stück weiter vor und versiegelte schließlich den Gang. Im gleichen Augenblick wurde das Dröhnen noch lauter, verstärkt durch die Schwingungen des Metalls der Tür, gegen die die Welle aus Finsternis von der anderen Seite anbrandete. Jonas und Terry fielen auf die Knie, krümmten sich, als das Dröhnen tief in ihren Eingeweiden widerhallte.

Terry übergab sich mehrfach. Ihm wurde schwarz vor Augen.

Dann, wenige Sekunden später, war der Lärm urplötzlich vorbei. Die vier Jungen verloren nacheinander das Bewusstsein.

Das rote Licht pulsierte noch immer. Auf dem Display prangte ein grell leuchtender Schriftzug. "Notverriegelung – Alle Türen blockiert". Darüber leuchteten drei rote Leuchtdioden, eine für jede von Terrys falschen Zahlenkombinationen. Das Sicherheitssystem der unterirdischen Anlage war nun in Betrieb. Gerade noch rechtzeitig hatte sich die Tür geschlossen, um die heran rollende Finsternis einzuschließen – und mit ihr alle, die sich in den Gängen und der Krypta tief unter dem Hotel aufhielten.

✻✻✻

Mühsam rappelte sich Ian auf. Er bekam nur schwer Luft, die Kälte war noch immer schneidend. Die Schwärze um ihn war so vollkommen, dass sie greifbar schien. Er hörte das Wimmern und Schluchzen seiner Klassenkameraden. Dazu kam ein merkwürdiges Pochen von irgendwo her. Ian brauchte einen Augenblick, um zu verstehen, dass es sein eigener Herzschlag war.

Dann zerschnitt ein Lichtstrahl die Dunkelheit. Weitere Strahlen folgten und zuckten hektisch über die Wände und den Fußboden der Kammer. Im Lichtgewitter der Taschenlampen kam

Ian langsam wieder völlig zur Besinnung. Er war einer seltsamen Frau hierher gefolgt, hatte dabei alles andere vergessen. Er war einfach der Fremden nachgelaufen, wie an einer unsichtbaren Schnur gezogen. All die Bedenken, die Angst und Ungewissheit darüber, was ihn und seine Freunde wohl erwarten mochte, hatten keine Rolle mehr gespielt. Er war überhaupt nicht mehr er selbst gewesen.

Die Erkenntnis löste Übelkeit in Ian aus. Irgendwie war er wie hypnotisiert gewesen, und er hätte alles, wirklich alles getan für diese Frau. Er wäre bereitwillig für sie gestorben…

„Weiter jetzt, wir sind jetzt beinahe am Ziel! Los, uns bleibt nicht mehr viel Zeit!"

Das war Mister Schwarz' Stimme, aber Ian wusste nicht, zu wem er gesprochen hatte. Zu Pater Peregrino? Zu den Schülern? Zu irgendjemand im Besonderen? Eine Hand packte ihn grob an der Schulter und stieß ihn vorwärts. Ian schnappte vor Schreck nach Luft, als er auf das Loch in der Wand zu stolperte, das vor wenigen Augenblicken noch von jenem schaurigen Relief bedeckt gewesen war.

„Ihr geht jetzt alle schön brav da hinein. Deshalb sind wir doch hergekommen, nicht wahr? Ihr wolltet dem Geheimnis von Blackrock Manor doch auf den Grund gehen. Also dann, die Lösung liegt direkt vor euch. Los jetzt!"

Mister Schwarz' Stimme war nun barsch und herrisch. Der Lehrer würde keinen Widerspruch dulden. Ein Lichtstrahl traf das Gesicht des Paters, der dicht neben Ian stand. Das breite Grinsen ließ sein Gesicht mehr denn je wie einen Totenschädel aussehen. Dann wurde Ian wieder gestoßen, er taumelte über die Trümmer der Steinplatte, die den Boden übersäten. Das Schluchzen um ihn herum nahm zu, etliche seiner Mitschüler murmelten unter Schock vor sich hin, andere wimmerten und weinten. Ian war so übel, dass er glaubte, sich übergeben zu müssen. Er hatte keine Ahnung, warum Mister Schwarz plötzlich so verändert war, aber es war offensichtlich, dass er auf einmal seinen Streit mit Pater Peregrino beigelegt hatte. Es hatte den Anschein, als hätten beide von Anfang an geplant, die Klasse hier herunter zu führen. Wozu? Ian wusste es nicht, und er fürchtete sich vor der Antwort auf diese Frage. Ganz sicher führten die beiden Männer nichts Gutes im Schilde.

Dann sah Ian das Leuchten. Es war vor ihm, irgendwo in der Dunkelheit. Er ahnte es zunächst mehr als dass er es sah, aber es nahm stetig an Intensität zu. Es kam auf sie zu. Ein Feuer. Ein blau loderndes Feuer. Im selben Moment schoss aus dem Nichts der Rabe über ihre Köpfe hinweg. Er kreischte heiser, seine Schwingen rauschten. Dann flog er auf das blaue Lodern zu.

***

267

Mister Bright und Miss Parks befanden sich in tiefster Finsternis, nachdem die Woge aus Kälte und Dunkelheit sie überrollt und dabei sämtliche Fackeln gelöscht hatte. Mister Bright hörte seine Begleiterin wimmern und schluchzen. Aber er hatte jetzt andere Sorgen und konnte sich nicht um sie kümmern. Sie würden Licht brauchen. In vollkommener Finsternis würden sie es niemals schaffen, die Kinder zu finden. Sie würden sich schrittweise voran tasten müssen – nein, das war aussichtslos. Auch würden sie es nun schwer haben, den richtigen Weg zu finden. Zuvor hatten die Fackeln ihnen den Weg gewiesen, doch nun waren sie orientierungslos in dem Gewirr von Gängen. Die eisige Kälte war Mister Bright in die Glieder gefahren, seine Hand zitterte heftig, als er seine Stablampe von seinem Gürtel löste. Es gelang seinen vor Kälte gefühllosen Fingern nicht, den Karabiner zu öffnen, an dem die Lampe baumelte. Mister Bright zwang sich zur Ruhe, schob sich abwechselnd die Hände in die Mund und saugte an den Fingern, um sie zu erwärmen und die Taubheit daraus zu vertreiben.

Er hatte Angst. Mister Bright wusste nicht, wann er sich zum letzten Mal wirklich und wahrhaftig gefürchtet hatte – aber nun war es nicht die Kälte allein, die ihm die Nackenhaare aufstellte. Er hatte zu vieles gesehen, worauf er sich keinen Reim machen konnte. Was Mister Bright nicht begriff, dagegen vermochte er sich nicht zu wappnen. Er war ein Mann, der die Dinge anpackte, der sich Herausforderungen stellte. Aber hier, tief unter dem alten Hotel, in einer uralten Krypta, überkam ihn Furcht. Die Dunkelheit, die über sie hereingebrochen war, hatte ihn tief in seinem Inneren berührt. Er spürte, dass er es hier mit etwas zu tun hatte, wofür es keine Erklärung geben konnte. Er fühlte sich eingesperrt, und er war ein Mann, der seine Freiheit liebte. Die weiten Wälder, das war seine Heimat. Aber hier fühlte er sich begraben, so wie die Gerippe, die hier seit Jahrhunderten vermoderten. Etwas Uraltes und längst Vergessenes war hier unten. Der Orden hatte das Geheimnis darum gehütet. Bis heute. Heute sollte es nun enthüllt werden, und es steckte mit Sicherheit kein guter Gedanke hinter diesem Vorhaben. Und nun wünschte sich Mister Bright auf einmal weit, sehr weit fort. Er wünschte, er hätte niemals für den Orden den Wachhund gespielt. Tief atmete er ein, zweimal, dreimal, zwang sich zur Ruhe. Er war hier, um die Kinder zu retten.

Und deshalb musste er ruhig bleiben. Ganz ruhig. Jetzt die Lampe, mit etwas Licht würde die Sache schon wieder anders aussehen. Tatsächlich ließ das Zittern etwas nach. Er tastete wieder nach dem Karabiner an seinem Gürtel, fingerte an dem Verschluss.

Dann hörte er das Kratzen und Schaben. Erst vereinzelt, von vorn. Dann von hinten. Dann war es plötzlich neben ihm. Ein Klappern und Knirschen unmittelbar zu seiner Rechten ließ ihn herumfahren. Es war nichts zu sehen, er hätte nicht einmal die Hand vor Augen erkennen können. Miss Parks indes hatte aufgehört zu schluchzen. Auch sie schien nun angestrengt in die Dunkelheit zu lauschen.

Da war es wieder, vor ihnen. Es klang etwas näher als vorher. Ein leises Rasseln gesellte sich zu den anderen Geräuschen, dann wieder jenes seltsame Kratzen und Schleifen.

Endlich hatte Mister Bright den Karabiner gelöst. Er riss die Lampe hoch wie einen Revolver. Der gleißend helle Lichtstrahl riss die Umgebung aus der Finsternis. Mister Bright leuchtete die Wände um sie herum ab. Die Grabnischen gähnten ihm entgegen. Daraus starrten ihm die leeren Augenhöhlen der Skelette entgegen. Das war ihm zuvor gar nicht aufgefallen. Er glaubte sich zu erinnern, dass die grinsenden Totenschädel den leblosen Blick starr nach oben gerichtet hatten…

Ein Kratzen, diesmal ganz nah. Schaben, schleifen, als zöge jemand einen schweren Sack über den Boden. Mister Bright drehte sich um und richtete den Lichtstrahl auf den Boden…

Selbst Angus Bright, der in seinem Leben vieles gesehen und mancher Gefahr getrotzt hatte, konnte nun einen Aufschrei des Entsetzens nicht mehr unterdrücken. Mit weit aufgerissenen Augen sah er, was da aufreizend langsam, mit ruckartigen, ungelenken Bewegungen, auf ihn zu gekrochen kam.

Mit klauenartigen Knochenfingern zog sich das Skelett bäuchlings vorwärts. Es hatte keine Beine, der Torso steckte in einem beinahe ganz von Rost zerfressenen Kettenhemd. Leere Augenhöhlen starrten auf Mister Brights Beine, das schreckliche Grinsen des Schädels offenbarte schwärzliche, abgebrochene Zahnstümpfe. Dann streckte das Gerippe eine Knochenhand nach Mister Brights Knöchel aus.

***

Alles um Ian herum war still, so als wäre er ganz allein in der Dunkelheit. Die Zeit schien still zu stehen, keine Bedeutung mehr zu haben. Die blau züngelnden Flammen schoben sich quälend langsam weiter auf ihn zu. Ian sah, wie der Rabe mit weit gefächerten Schwingen mitten in das Feuer hineinflog. Ein greller Blitz durchzuckte für einen Wimpernschlag die Schwärze, dennoch konnte Ian nichts von seiner Umgebung erkennen. Da waren keine Mauern, es war, als stünde er auf einem endlos weiten Feld, auf dem es nichts gab, keine Wände, keine Raumdecke, nur unendliche Dunkelheit.

Der Blitz riss Ians Mitschüler kurz aus der Schwärze, doch waren sie kaum mehr als formlose Schatten, die er aus den Augenwinkeln wahrnahm. Das blaue Feuer zog seine volle Aufmerksamkeit auf sich. Nach einigen Augenblicken, die Ian wie eine Ewigkeit vorkamen, waren die Flammen so nahe herangekommen, dass Ian erkennen konnte, dass sich dahinter etwas Großes, Dunkles verbarg. Die Härchen auf seinen Unterarmen stellten sich auf, als sich eine unheimliche Kälte um ihn herum ausbreitete, die groteskerweise von dem blauen Feuer auszugehen schien.

Noch näher kamen die Flammen. Ian sah nun, dass sie einen Ring um jenes dunkle Objekt bildeten. Ein eiskalter Schauer überkam Ian, denn er war sich sicher, dass er wusste, was da im Zentrum der Flammen war.

Er hatte es schon einmal gesehen, vor wenigen Nächten. Damals, in einem anderen Leben, war es nur ein Traum gewesen. Nun aber war er wahrhaftig in diesem Traum, war darin gefangen, war verloren. Als der Feuerring nur noch wenige Schritte von Ian entfernt war und die davon ausgehende Kälte schier unerträglich wurde, wurden die Flammen schließlich kleiner und verloschen schließlich völlig. Es blieb jedoch ein schwaches blaues Leuchten. Es ging von dem mächtigen Steinquader aus, der nun unmittelbar vor Ian dastand. Jenem mit fremdartigen Reliefs überzogenen Sarkophag, auf dessen wuchtiger Steinplatte das Bildnis eines Raben aus dem Stein heraus gemeißelt worden war.

Auf diesem Bildnis saß der echte Rabe, jener geheimnisvolle Vogel, der Ian und seinen Freunden in den letzten Stunden immer wieder begegnet war, der sie sogar angegriffen hatte. Der Vogel sah zerzaust aus, sein Kopf saß seltsam schief auf dem Hals, als er Ian mit seinen pechschwarzen Augen anstierte.

Dann geschah das Unfassbare. Vor Ians Augen begann der Rabe in dem Steindeckel des Sarkophags zu versinken. Das Tier verschmolz mit dem Relief, auf dem es saß, schien beinahe zu zerfließen und die Form seines steinernen Abbildes anzunehmen. Der Vogel spreizte seine Flügel weit, dann sackte er weiter in den Sarkophag, seine Schwingen ruhten nun exakt auf den Flügeln aus Stein, die aus dem Deckel heraus gemeißelt waren. Schließlich wurde das Tier vollständig in den Stein gesogen und es blieb nur das lebensechte Steinrelief. Ian stockte der Atem. Er war von Entsetzen gepackt, aber zugleich auch fasziniert von dem unerklärlichen Schauspiel, dessen Zeuge er gerade geworden war.

Unfähig sich zu regen sah Ian, wie die Augen des steinernen Raben zu leuchten begannen. Immer heller wurde das Leuchten, bis zwei gleißende fingerdicke Strahlen aus blauem Licht aus dem Relief in die Schwärze über dem Sarkophag stießen. Nach und nach begannen nun auch die seltsamen Schriftzeichen auf dem Stein zu glühen, bis Ian schließlich die Augen fest zusammenkniff, um nicht geblendet zu werden. Er hörte ein berstendes Geräusch, als würde eine ungeheure Nuss von einem noch gewaltigeren Nussknacker zerbrochen.

Dann nahm er wieder alle Geräusche um sich herum wahr, die Zeit schien nun wieder weiterzugehen. Er hörte Mister Schwarz' Stimme irgendwo neben sich.

„JA! JA! Es ist vollbracht! Der Bann ist gebrochen! Nun bin ich am Ziel. Nun muss das Opfer gebracht werden. Sterben, damit ER wieder leben kann!"

***

ER spürte die Veränderung. ER wusste, dass die Zeit reif war. Lang hatte ER in seiner winzigen Kammer aus Stein geruht, hatte die Jahrhunderte verschlafen. Nun war ER bereit zu erwachen. Schon einmal hatte ER diese Veränderung gespürt. Doch das war nun auch schon wieder lange her. ER hatte kein Zeitgefühl, ER war durch ein Tor in die Anderswelt geflohen, in die Orbis Alia, wie sie in den Werken genannt wurde, die ER vor so langer Zeit studiert hatte. ER hatte manches Geheimnis gelüftet, hatte den Weg gefunden. Hier, unter seiner Burg, wo die Drachenlinien zusammenliefen, hatte ER das Tor geöffnet. Und nun war es an der Zeit, durch das Tor zurückzukehren. Beim letzten Male war IHM der Weg versperrt geblieben. Nun war es wieder soweit. Wenn das Tor sich öffnete, so würde ER wiederkehren. Und ER würde seine alte Macht wiedererlangen…ER würde seine alte Macht sogar vervielfältigen. Es war an der Zeit…

***

Mister Bright war ein äußerst mutiger Mann. Niemals hatte er sich vor einer Auseinandersetzung gedrückt. Er hatte in verschiedenen Pubs in Schottland Schlägereien erlebt, nicht wenige davon hatten bedeutet, dass er allein sich gegen ein halbes Dutzend Angreifer hatte zur Wehr setzen müssen – und gewonnen hatte.

Das waren jedoch keine richtigen Kämpfe gewesen.

Etwas anderes war der hinterhältige Angriff eines schmierigen Halunken gewesen, der ihn an den Docks von Glasgow hinterrücks mit einem Messer angegriffen hatte. Bei jener Auseinandersetzung war es um Angus Brights Leben gegangen, und er hatte den Messerhelden halbtot geschlagen.

Nun aber ging es um noch mehr als das nackte Überleben – hier ging es darum, nicht den Verstand zu verlieren. Fassungslos starrte Mister Bright auf das bräunliche Gerippe, das sich ruckartig auf ihn zuschob.

Er wich einige Schritte zurück und entging so der ausgestreckten Knochenklaue. Dann jedoch stieß er gegen etwas, das hinter ihm lag.

Mit einem Aufschrei fuhr er herum und hob die Faust zum Schlag.

Gerade noch rechtzeitig erkannte er, dass es Miss Parks war, die ohnmächtig in dem stockfinsteren Gang zusammengebrochen war. Es war ohnehin ein Wunder, dass sie überhaupt so lange durchgehalten hatte. Im Lichtkegel der Taschenlampe konnte Mister Bright keine schlimmen Verletzungen an der Lehrerin erkennen. Sie lag einfach da, zusammengekrümmt wie ein Kind im Mutterleib, die Hände vor das Gesicht geschlagen.

Jenes unheimliche Buch, über dessen Fund Miss Parks so außer sich geraten war, lag neben ihr.

Und dann erkannte Mister Bright die Bewegungen in der Dunkelheit, gerade außerhalb des Lichtkegels seiner Taschenlampe. Er ließ den Strahl nach oben wandern, an den Grabnischen in den Wänden entlang. Ein erschrockenes Keuchen entfuhr Mister Bright. Er sah gerade noch, wie sich ein zweites Geripppe, in verfallene, mottenzerfressene Tücher gewickelt, über den Rand seiner Grabnische schob.

Die leeren Augenhöhlen des eingedrückten Schädels schienen Mister Bright zu fixieren, die Kiefer, in denen nur noch wenige abgebrochene Zahnstümpfe steckten, klappten auseinander wie zu einem stummen Triumphschrei.

Knirschend fiel das Geripppe gegen Mister Bright. Dabei wurde der Brustkasten des Skeletts eingedrückt, und es brach ein Arm am Schultergelenk ab. Die Knochen waren nach so langer Zeit brüchig und morsch. Dennoch ließ die Wucht des Aufpralls Mister Bright straucheln. Gleichzeitig packte ihn die knöcherne Klaue des anderen Geripppes, das ihn im selben Augenblick erreicht hatte, am Knöchel und zog mit beeindruckender Kraft daran. Mister Bright wankte, versuchte schnaufend das Geripppe, das sich auf ihn gestürzt hatte, abzustreifen, doch dieses hielt sich mit seinem verbliebenen Arm an ihm fest. Schließlich stürzte Mister Bright. Wilde Panik loderte in ihm auf.

Er war an der Schwelle zum Wahnsinn. Seine Augen waren weit aufgerissen, sein Herz raste, Adrenalin flutete wie ein tosender Strom durch seine Adern. Krachend schlug er auf und begrub das bäuchlings auf dem Steinboden liegende Skelett, das ihn noch immer mit eisernem Griff am Knöchel gepackt hielt, unter sich. Knackend zermalmte der Hüne das Geripppe mit seinem Körpergewicht. Dann durchzuckte ihn ein stechender Schmerz.

Das andere Skelett lag nun auf ihm und hatte sich in seiner Schulter verbissen. Die gezackten, abgebrochenen Zähne bohrten sich in sein Fleisch. Wie ein Hai schüttelte das Gerippe seinen Schädel und riss und zerrte an Mister Brights Schulter.

Etwas in Mister Bright verlosch. Sein Verstand schien sich selbst abzuschalten, schien sich zu seinem eigenen Schutz zurückzuziehen. Stattdessen übernahmen Mister Brights Instinkte die Kontrolle, sein Überlebenswille und seine ungeheure Wut. Mit einem Grunzen schlug er zu, seine Faust zertrümmerte den Schädel des Skeletts, nur die Kiefer blieben in der Wunde stecken. Der Schotte schleuderte das Gerippe zur Seite, wo es an die Wand krachte und klappernd in Einzelteilen zu Boden fiel. Achtlos riss er die Kieferteile aus seiner Schulter. Die Taschenlampe hatte er fallen gelassen, ihr Licht strahlte nun Miss Parks an und an ihr vorbei den Gang hinunter. Dort kamen sie – wenigstens ein Dutzend weiterer Gerippe, kriechend, rutschend, auf wackligen Beinen taumelnd. Das erste hatte Miss Parks beinahe erreicht. Es trug Reste eines alten Wappenrocks und ein verrostetes, schartiges Schwert. Aufreizend langsam hob sich ein knöcherner Arm, die uralte Klinge schwebte über der Bewusstlosen.

Mister Bright dachte nicht mehr, er handelte. Er stemmte sich hoch und warf sich gegen das bewaffnete Skelett. Unter seinem Aufprall knackte das Rückgrat und das Gerippe zerbrach in der Körpermitte, klappte zusammen wie ein Scharnier und fiel klappernd in sich zusammen. Aus den Grabnischen, die nun in völliger Finsternis lagen, stürzten sich zwei weitere Knochenmänner auf Mister Bright. Der streifte sie ab wie lästige Fliegen und zerstampfte den Schädel des einen, der zu seinen Füßen zu liegen kam. Ein Fußtritt ließ das andere Gerippe den Gang entlang schlittern, bis es einem anderen die unsicheren Beine wegschlug. Knackend und knirschend blieben beide in einem Knochenhaufen liegen.

Mister Bright blieb dennoch keine Zeit zum Atem holen, die nächsten drei skelettierten Vorfahren des Grafen Black erreichten ihn. Einer von ihnen trug einen Streitkolben, den er gegen Mister Bright schwang. Der konnte unter dem Schlag hindurch tauchen, wurde dabei aber von einem anderen Skelett gepackt und auf die Knie gezwungen.

Der dritte Angreifer, der sich auf dem Bauch rutschend vorwärts bewegte, packte Mister Brights Gürtel und zog sich daran hoch. Dann grub er seine schartigen Zähne in die Seite des Schotten. Angus Bright brüllte und schlug wild um sich. Seine Fäuste trafen wie Hammerschläge, uralte Knochen zerbarsten unter seinen Hieben, aber die Welle der Angreifer ebbte nicht ab. Schon waren die nächsten Gerippe heran. Zudem stand noch immer der Knochenmann mit dem Streitkolben auf den Beinen. Zischend sauste die Metallkeule heran. Mister Bright warf sich zur Seite, doch die noch immer in ihn verkrallten Arme und die Knochen, die sich um ihn herum stapelten, behinderten ihn. Der Schlag streifte ihn, glitt an seiner Schulter ab und an seinem linken Arm hinab. Schmerz flammte in dem Schotten auf, seine Wut loderte umso heller. Er packte den Schädel des Gerippes mit beiden Händen und drehte ihn ruckartig. Knirschend riss der Kopf vom Hals. Das Gerippe fiel nicht, sondern stand noch immer, kopflos, vor Mister Bright, hob wieder die Rechte mit dem Streitkolben.

Mister Bright packte den rechten Arm, riss daran und zog das Gerippe von den Füßen. Er drehte sich und schleuderte den knöchernen Gegner wie ein Hammerwerfer gegen die Wand. Dabei brach der Arm mit dem Streitkolben aus dem Schultergelenk und blieb in Mister Brights schraubstockartigem Griff.

Mit einem wilden Grinsen brach der Schotte die Fingerknochen auf und befreite den Streitkolben, den er sogleich mit ungestümer Wut gegen die nächsten Angreifer schwang. Knochen barsten und splitterten, Gerippe brachen in sich zusammen, wurden zerschmettert oder in Stücke gehauen. Doch schienen es immer mehr zu werden.

Für jeden Gegner, den Mister Bright niederstreckte, schienen zwei neue dessen Platz einzunehmen. Der Schotte kämpfte wie ein wildes Tier, hatte jedes Zeitgefühl verloren. Er wusste nicht, wie viele Gerippe er zerschlagen hatte, spürte nicht die Wunden, die ihm beigebracht wurden, als es immer wieder einem Knochenmann gelang, sich in ihn zu verbeißen oder mit hakenförmig gekrümmten Knochenfingern an ihm festzukrallen.

Irgendwann, es mochten Minuten, aber auch Stunden vergangen sein, türmten sich Knochen um Mister Bright.

Langsam schienen es tatsächlich weniger Geripppe zu werden, die sich über die Überreste ihrer besiegten Kameraden auf den Schotten zu schoben. Dieser blutete aus vielen Wunden, seine Kraft drohte ihn endgültig zu verlassen. Mit der Schwäche kehrte auch ein Teil seines Verstandes zu ihm zurück, und ihm wurde bewusst, wie ausweglos seine Lage war. Selbst wenn er noch Stunden weiter kämpfte, selbst wenn er irgendwann alle Vorfahren des Hauses Black besiegt haben würde – was sollte er dann tun? Er war gefangen ihn einem Labyrinth, das in völliger Dunkelheit lag. Nicht lange, und die Batterien seiner Taschenlampe würden verbraucht sein. Er würde nie den Weg hinaus finden. Vermutlich war es ohnehin längst zu spät, den Kindern noch zu helfen.

Er schlug ein Geripppe nieder und war sich sicher, dass er diesen Gegner wenigstens einmal zuvor besiegt hatte. Er erkannte den Wappenrock und den halb zertrümmerten Schädel, den er dem Skelett selbst eingeschlagen hatte. Er musste die Geripppe völlig zermalmen, ansonsten würden sie oder Teile von ihnen immer wieder angreifen, von irgendeiner furchtbaren Macht beseelt.

Erschöpfung und Mutlosigkeit legten sich wie eine Zentnerlast auf Mister Bright. Seine Schläge wurden immer verzweifelter, waren nicht mehr entschlossen und kraftvoll genug, um einen Angreifer außer Gefecht zu setzen. Seine Reaktionen waren verlangsamt, die Wunden, der Blutverlust, die Sinnlosigkeit dieses Kampfes zehrten an ihm. Schließlich vermochte er nicht mehr, dem Schlag eines leichten Streithammers auszuweichen, den ein Knochenmann gegen ihn schwang. Der Schaft der Waffe splitterte, als der Hieb sein Ziel traf, und nahm ihm so die tödliche Wucht. Dennoch taumelte Mister Bright zur Seite, prallte gegen die Wand und sackte daran herab. Sein Schädel dröhnte, ein schweres, schwarzes Tuch schien sich um ihn zu legen…

Mister Bright wurde schwarz vor Augen.

***

Ian war unfähig, sich zu regen. Sein Gefühl sagte ihm, dass er sich in allergrößter Gefahr befand, doch die Angst lähmte seine Beine. Er konnte nur zusehen, wie sich Mister Schwarz auf den Sarkophag zu bewegte, wie sich seine Silhouette vor dem blauen Licht abhob. Ian verstand einfach nicht, konnte sich keinen Reim darauf machen, was hier vor sich ging. Was war mit Mister Schwarz los? Warum war er so seltsam? Wo war Pater Perergino? Wieso arbeiteten die beiden Männer plötzlich zusammen? Da war der unheimliche Priester, schritt gemächlich zu Mister Schwarz, gesellte sich zu dem Lehrer. Zwei reglose Gestalten standen nun dort am Sarkophag. Ian wurde übel. Irgendetwas geschah, er konnte es nicht beschreiben. Es schien ihm den Atem zu rauben, eine Aura von etwas unvorstellbar Bösem breitete sich von dem Sarkophag aus, ließ Ian würgen. Ihn überkam Trostlosigkeit weit jenseits dessen, was er sich jemals hatte vorstellen können. Er fühlte sich so allein und hilflos wie niemals zuvor. Tränen schossen ihm in die Augen, er sah sich nach seinen Mitschülern um. Er konnte sie in der Dunkelheit kaum voneinander unterscheiden, sie standen in dem Raum verteilt wie Statuen. Dann bewegte sich einer von ihnen, kam näher, ging auf Ian zu – und an ihm vorbei, träge, willenlos, wie ein Schlafwandler. Das blaue Licht erhellte den hellen, fast weißen Haarschopf, als der Junge auf den Sarkophag zuhielt. Ian sah, wie sich Mister Schwarz umdrehte, auf den Jungen zu warten schien. Pater Peregrino trat einen Schritt zur Seite, ließ den Jungen zwischen sich und Mister Schwarz.

Dann sah Ian noch etwas anderes, ein anderes Leuchten, unmittelbar neben ihm. Er drehte den Kopf. Der Anblick hätte ihn erschrecken müssen, hätte ihm furchtbare Angst einjagen müssen. Doch Ian war bereits jenseits normaler Gefühle. Die Trostlosigkeit, die ihn ausfüllte, erstickte alle anderen Empfindungen.

Neben ihm stand die Erscheinung des kleinen Mädchens, die er schon einmal gesehen hatte, die ihn gewarnt hatte, kurz bevor im Ostflügel, wo sie das Tagebuch gefunden hatten, die Hölle losgebrochen war. Das Mädchen war nun ganz deutlich zu sehen, wirkte beinahe körperlich, wäre sie nicht in eine Aura aus Licht gehüllt gewesen. Sie schaute ihn nicht an, sondern hatte den Blick an den Sarkophag geheftet.

Als sie sprach, bewegte sie nicht die Lippen. Doch konnte Ian ihre Stimme ganz deutlich hören, denn sie war in seinem Kopf.

„Es geht wieder los. Wo sie versagt hat, wird jetzt ein anderer es zu Ende bringen."

Ian verstand nicht. Dann echote eine andere Stimme in seinem Kopf.

„Es ist zu spät. Was können wir jetzt noch tun?"

Ian wandte den Kopf und sah die Erscheinung eines kleinen Jungen, der an seiner anderen Seite stand. Auch der Blick des Jungen war starr auf den Sarkophag gerichtet. Ian flüsterte, mehr zu sich selbst als zu der Erscheinung.

„Gabriel? Christabel?"

Damit wandte er sich wieder zu dem Mädchen um. Es sah ihn nun an, mit großen runden Augen. Wieder erfüllte ihre Stimme seinen Kopf.

„Ja. Wir waren vor langer Zeit hier unten, mit Tabitha. Sie hat es aber damals nicht geschafft, unser Vater hat sie aufgehalten. Aber er konnte uns nicht retten — er ist selbst umgekommen, weil er uns nicht zurücklassen wollte."

Die Stimme des Jungen mischte sich ein.

„Unser Vater hat es viel zu spät erkannt. Er hat nicht gesehen, wie furchtbar böse Tabitha war. Und als er sie aufhalten wollte, konnte zwar das Schlimmste verhindert werden, aber es war unser aller Tod."

Ian war unfähig zu begreifen, was die Erscheinungen ihm sagen wollten. Sie klangen nicht wie Kinder, sprachen voller trauriger Erkenntnis, wie zwei alte Menschen, die auf ihr Leben zurückblickten und voll Reue der vergangenen, besseren Zeiten gedachten. Dann hörte er wieder die Stimme Christabels.

„Du verstehst nicht. Und wie solltest du auch. Hättest du verstanden, wärst du niemals gekommen. Hättest du verstanden, als ich versuchte dich zu warnen, wärst du gegangen. Jetzt ist es zu spät. Und obwohl es keine Rolle mehr spielt, sollst du erfahren, was das Geheimnis von Blackrock Manor ist…"

kapitel Einundzwanzig:
Das Geheimnis von Blackrock Manor

In Ians Kopf begann es sich zu drehen, ein Strudel aus Farben und Formen sog sein Bewusstsein in sich hinein. Er vergaß alles, was in der finsteren Grabkammer vor sich ging, es hatte keine Bedeutung. Sein Geist tauchte ganz ein in den Wirbel und war nicht mehr länger in der Wirklichkeit, sondern reiste weit in die Vergangenheit, wo Ian als unsichtbarer Beobachter Zeuge jener Ereignisse wurde, mit denen der uralte Fluch seinen Anfang nahm.

Ian sah, und aus irgendeinem Grund wusste er sofort, *was* er sah. Er erkannte Menschen, die sich vor seinem geistigen Auge aus einem wabernden Dunst schälten, als sich der Strudel langsam zu einem Bild verformte. Ian sah einen Wald, in dem Männer in seltsam fremdartig anmutenden Kleidern ein Lager aufgeschlagen hatten. Sie trugen Kettenhemden unter Wappenröcken, waren bewaffnet mit Langschwertern und Schilden. Einige waren noch schwerer gerüstet, trugen Panzer aus Stahlplatten. Es waren Ritter und Soldaten, wie sie Ian aus dem Geschichtsbuch kannte. Gezäumte, mit bunten Decken und schweren Stahlplatten ausgestattete Pferde scharrten unruhig mit den Hufen. Man befand sich in Aufbruchsstimmung. Es war dunkel, aber ein schwaches Leuchten am Horizont kündete vom Nahen des neuen Tages. Die Männer setzten sich Helme auf, die aussahen wie große Töpfe. Knappen eilten geschäftig umher, stellten Tritthocker bereit, damit die Männer in ihren schweren Rüstungen auf die Pferde steigen konnten. Ian wusste, dass dies das Lager des Schwarzen Prinzen war, kurz vor dessen Sturm auf Castle Black. Ein Mann in prunkvoller schwarzer Rüstung bestieg gerade ein ungeheuer großes Pferd und ließ sich von zwei Knappen Banner und Schild reichen. Das musste er sein, Edward von Woodstock, der Schwarze Prinz, der gerade aus seinem Feldzug in Frankreich nach England zurückgekehrt war.

Das Bild verwirbelte, formte sich neu. Castle Black erhob sich drohend über dem Trupp des Schwarzen Prinzen.

Von den Zinnen herab baumelten die Leichname der armen Teufel, die der Graf zu Tode gefoltert hatte, weil sie ihre Abgaben nicht erbringen konnten – oder weil er einfach Spaß daran gehabt hatte, sie zu quälen. Dunst wallte im ersten blassen Licht des Morgengrauens von den Wiesen auf, die den gepflasterten Weg zur Burg flankierten. Lange Stangen mit grotesk geformten Spitzen säumten den Weg, weitere Leichname waren daran aufgespießt worden. Große schwarze Vögel kreisten über der Burg, ihr unheilvolles Krächzen erfüllte die Stille. Dann wurde das Tor der Burg geöffnet, eine Schar von Menschen, Männer, Frauen und Kinder strömte daraus hervor. Alle trugen sie armselige Gewänder, viele hatten Blutergüsse im Gesicht, Schwellungen und andere Anzeichen von Gewalteinwirkung. Sie stürmten dem Schwarzen Prinzen entgegen – er sollte ihr Erlöser sein, der sie endlich von dem schrecklich grausamen Joch des Grafen Black befreien würde. Sie hatten ihm das Tor geöffnet – der Prinz und seine Mannen preschten voran in die Burg.

Wieder verschwamm das Bild in einem Wirbel aus Farben, setzte sich neu zusammen. Kampfeslärm drang an Ians Ohr. Er befand sich im Burghof, überall kämpften die Mannen Edwards mit den Lakaien des Grafen Black. Die Schlacht schien jedoch bereits entschieden. Die Männer des Grafen waren überrascht worden, hatten keine Zeit gehabt, Rüstungen anzulegen und eine geordnete Gegenwehr zu organisieren. Die Ritter des Prinzen wüteten unter ihnen mit grausamem Zorn.

Ian sah sich um. Edward von Woodstock in seiner schwarzen Rüstung stürmte gerade, begleitet von einer Handvoll Soldaten, in das Haupthaus der Burg. Er war auf der Suche nach dem Grafen, um ihn für seine Schreckensherrschaft zur Rechenschaft zu ziehen. Der Burgherr hatte sich während der Kämpfe nicht gezeigt, schien sich nicht darum zu kümmern, dass seine Männer von den Soldaten des Schwarzen Prinzen niedergemacht wurden.

Ians geistiges Auge schwebte hinter dem Prinzen her in das Innere des Haupthauses, durch hohe Hallen, prunkvolle Säle, breite Treppenfluchten hinab, dann weitere, engere und verwinkelte Treppen hinunter bis in die unterirdischen Kerkeranlagen.

Der Prinz stürmte durch eine Folterkammer, hielt nicht inne, um die verdrehten und zerschundenen Körper der Gefangenen zu untersuchen, die auf Streckbänken, Pressen und anderem furchtbaren Gerät eingespannt waren. Keiner von ihnen war mehr am Leben. Noch weiter nach unten ging es, eine gewundene Treppe schraubte sich senkrecht hinab in die Eingeweide der Felsen, auf denen die Burg errichtet worden war. Das Licht der Fackeln, die die Begleiter des Prinzen trugen, zuckte über die Wände des Schachtes, an denen die steinerne Treppe sich hinab wand.

Am Boden des Schachtes angelangt sah Ian sich um. Er kannte diesen Gang. Es war die alte Krypta der Blacks, in die er selbst vor weniger als einer Stunde mit Mister Schwarz und Pater Peregrino hinabgestiegen war. Der Gang hatte sich kaum verändert, nur dass der Prinz mit seinen Mannen nun an hell lodernden Fackeln vorüber eilte, die in ihren noch nicht verrosteten Wandhalterungen steckten.

Dann hörte Ian das Donnergrollen, und er wusste, was kommen würde. Er hatte es in der Wirklichkeit selbst erlebt. Er sah, wie der Schwarze Prinz innehielt und sich nach seinen Kameraden umblickte. Sein Visier war offen, Ian sah nun zum ersten Mal das Gesicht des Mannes, dessen Name noch viele Hundert Jahre später ehrfürchtig in den Geschichtsbüchern erwähnt werden würde. Ratlosigkeit lag in den Augen Edwards, und eine Spur von Angst.

Und dann brandete die Woge aus Finsternis heran, rollte über den Prinzen und seine Männer hinweg, ließ alle Fackeln verlöschen.

Ian war nicht körperlich anwesend, deshalb entging er der Kälte und der schrecklichen Furcht, die die Woge mit sich brachte. Aber er sah, wie es Edward von Woodstock und seinen Getreuen erging. Er sah, was diese nicht sehen konnten, denn es herrschte nun vollkommene Dunkelheit. Ian vermochte noch immer, die Umrisse der Männer auszumachen, doch wusste er, dass diese selbst nun blind waren. Er hörte ihren Atem, der schnell und flach ging und die Angst der Männer verriet. Er sah, wie sich die Geistesgegenwärtigsten unter den Soldaten daran machten, ihre Fackeln neu zu entzünden. Sie kramten in den Beuteln, die an ihren Gürteln hingen. Ian wusste, dass es nahezu unmöglich sein würde, unter diesen Umständen ein Feuer zu entfachen.

Die Soldaten besaßen keine Feuerzeuge, nicht einmal Schwefelhölzchen – all das gab es zu dieser Zeit noch nicht. Ian hörte ein Klicken, als die Männer einen Stahlstift gegen den kleinen Feuerstein schlugen, den sie mit sich führten. Vereinzelte Funken blitzten in der Dunkelheit auf. Dann vernahm Ian noch andere Geräusche. Ein Schlurfen. Ein Schaben. Er sah mehr als die Soldaten, doch auch er konnte nicht ausmachen, welchen Ursprung diese Geräusche haben mochten. War da eine Bewegung am Ende des Ganges? Da, endlich! Einer der Soldaten hatte es tatsächlich geschafft, die in Öl getränkten Tücher, die um seine Fackel gewickelt waren, wieder in Brand zu setzen. Eilig wurden daran die anderen Fackeln entzündet, so dass die Schar des Schwarzen Prinzen nun in einem Kreis aus Licht stand. An dessen Rändern tanzten und zuckten die Schatten – und noch etwas bewegte sich dort, kam schleppend und stöhnend näher, schob sich bedächtig in das Licht.

Ian selbst konnte nicht schreien, und selbst wenn er es gekonnt hätte, wäre sein Schrei ungehört verklungen in dem Tumult aus Rufen und Gebrüll, der von den Kriegern ausging, die in so vielen Schlachten in Frankreich ihre Tapferkeit bewiesen hatten.

Wankend kam eine Gestalt auf sie zu. Sie trug ein Wams mit dem aufgestickten Wappen des Hauses Black – dem Raben. Das Gesicht der Gestalt war kreidebleich und eingefallen, der Unterkiefer hing schlaff herab. Die Zunge lag wie eine ausgedörrte Nacktschnecke im Mundwinkel. Ein trockenes, raues Stöhnen kam aus der Kehle der Gestalt. Ian hatte nie eine Leiche gesehen, aber er wusste, dass er hier eine vor sich hatte. Der Mann war seit einer Weile tot, das wurde umso deutlicher, je näher er kam. Und mit ihm kamen weitere. Mit ruckartigen Bewegungen schälten sich weitere Gestalten aus dem Dunkel, Tote in verschiedenen Stadien des Verfalls. Einige waren beinahe vollständig verrottet, kaum mehr als Gerippe. Andere hätte man aus der Entfernung für krank, aber durchaus lebendig halten können. Wieder andere waren nichts mehr als Skelette, die sich klappernd und knirschend vorwärts bewegten.

Ian sah, wie sich vier der Begleiter des Prinzen schützend vor ihren Herrn stellten. Ein entsetzlicher, unwirklicher Kampf entbrannte. Die Vorfahren des Hauses Black hatten sich von ihren Ruhestätten erhoben.

Oben im Burghof ließen die Gefolgsleute des Grafen ihr Leben in dem Versuch, die Truppen des Schwarzen Prinzen zurückzudrängen. Hier aber, tief, so tief unter der Burg, marschierte eine ganz andere Armee des Grafen Black gegen Edward von Woodstock auf.

Ian konnte beobachten, wie etliche der Untoten niedergeschlagen wurden. Aber sie erhoben sich stets aufs Neue. Der Verlust eines Armes schien sie nicht zu beeindrucken. Wenn sie nicht mehr stehen konnten, weil ihnen die Beine zertrümmert worden waren, dann gingen sie kriechend und rutschend wieder zum Angriff über. Bald schon zeigte sich, dass die Mannen des Prinzen hier nichts gewinnen konnten. Was als geordneter Rückzug begann, mündete alsbald in eine überstürzte Flucht. Ian sah, wie drei der Soldaten des Prinzen am Boden lagen. Ihre Schreie echoten vielfach durch die Gänge, als die Armee der Toten über sie herfiel. Ian erinnerte sich undeutlich an die Skelette in voller Rüstung, verrostet und verbeult, über die er hinweg gestiegen war auf seinem Weg durch die Krypta, als er der Erscheinung der roten Frau gefolgt war. Nun sah er mit seinem geistigen Auge, wie diese Skelette dort einst hingekommen waren – es waren die Überreste der Unglücklichen, die die Flucht ihres Herren deckten und dabei von den Untoten übermannt und erschlagen worden waren.

Das Bild verschwamm, formte sich neu. Ian befand sich wieder im Innenhof der Burg, sah einen schreckensbleichen Edward von Woodstock, der rennend, taumelnd aus dem Haupthaus heraus stolperte, dicht gefolgt von seinen übrig gebliebenen Begleitern. Wild gestikulierend signalisierte er seinen Truppen im Burghof, sich aus der Burg zurückzuziehen. Die Schlacht war gewonnen, doch sollte die Festung keine Kriegsbeute werden. Das Grauen, das der Prinz und seine Getreuen tief unter der Burg gesehen hatten, war zu groß. So groß, dass der Schwarze Prinz den Befehl gab, es auf immer einzuschließen.

Wieder formte sich ein neues Bild. Ian sah eine Schar von Priestern, die lateinische Sprüche aufsagten, während sie außen an den Mauern der Burg entlang schritten.

Szenenwechsel. Vor dem Haupthaus im Inneren der Burg hatte sich die Schar der Priester nun aufgereiht.

Einer von ihnen, in ein prächtiges Gewand gekleidet, trat vor und gab einen lateinischen Singsang von sich. Ian wusste, dass die Burg damit entweiht, für unrein und unheilig erklärt wurde. Dies war kein christlicher Ort mehr, er war von Gott verlassen.

Noch ein Wechsel. Ian sah wie im Zeitraffer, wie die Burg in Brand gesetzt und später eingerissen wurde. Mächtige Rammböcke kamen zum Einsatz, Bergleute trieben Stollen unter die Mauern, brachten damit Teile zum Einsturz. Ein unfassbarer Aufwand wurde betrieben, damit kein Stein auf dem anderen blieb. Jahrzehnte, Jahrhunderte zogen in Sekunden an Ians geistigem Auge vorbei. Nichts erinnerte mehr daran, dass einst eine Burg auf diesem Flecken Erde gestanden hatte. Schließlich wurde ein anderes Gebäude an eben dieser Stelle errichtet – Blackrock Manor. Ian sah es in wenigen Augenblicken aus dem Nichts entstehen, bis es vor ihm lag, inmitten des Waldes, der die ganze Gegend nun bedeckte. Ian wurde schwindelig, so schnell rasten die Bilder an ihm vorbei. Gerade, als er nichts mehr zu erkennen glaubte, weil die Bilderflut zu einem diffusen Strom zu werden drohte, klärte sich die Szene. Sein geistiges Auge schwebte zu dem Hauptportal hinein in das prächtige Gebäude, das bereits als Hotel genutzt wurde. Flüchtig nahm er Bedienstete und Gäste wahr, die geschäftig die Empfangshalle betraten und wieder verließen. Er glitt durch das Foyer, am Empfangsschalter vorbei in das Restaurant, in dem der große Tannenbaum in seinem mächtigen Sockel stand. Die Tische waren voll besetzt, einige junge Damen huschten von einem zum anderen. Und da war auch sie. Ian erkannte die schwarzhaarige Schönheit sofort, und er konnte schier nicht fassen, wie schön diese Frau wahrhaftig war. Neben ihr mussten alle Stars, die Ian aus den verschiedensten Magazinen und Zeitschriften oder aus dem Fernsehen kannte, verblassen. Ihr Gesicht war makellos, ihr rabenschwarzes Haar, obwohl zu einem strengen Pferdeschwanz gebunden, floss ihren Rücken hinab. Aber am aufregendsten waren die Augen. Sie schienen hellblau zu leuchten, ein unglaublicher Kontrast zu dem Nachtschwarz ihres Haars. Tabitha musste die schönste Frau sein, die Ian jemals gesehen hatte.

Ein Wirbel löste das Bild auf, setzte es neu zusammen. Ian sah Alistair Grayborne, erkannte ihn auf Anhieb.

Er kauerte am Bett seiner todkranken Frau Angela, während sich Doktor Pratchett ratlos über die Kranke beugte. Tabitha betrat das Zimmer mit einem Tablett, auf dem eine dampfende Tasse stand. Alistair Grayborne blickte Tabitha dankbar an, während der Doktor die Tasse von ihrem Tablett nahm und dann daran ging, Angela vorsichtig kleine Schlückchen einzuflößen. Dann liefen die Geschehnisse für einen Augenblick rückwärts ab. Tabitha verließ rückwärts das Zimmer, schritt einen Flur entlang, eine Treppe hinunter in die Küche. Ian erkannte zunächst nicht, was sie dort tat, dann lief das Geschehen wieder vorwärts. Tabitha nahm den Teekessel von der Kochstelle, goss die Tasse voll…und holte dann ein Fläschchen aus ihrer Schürze hervor. Lächelnd zog sie den Stöpsel heraus und träufelte einige Tropfen von einer klaren Flüssigkeit in den Tee.

Zeitraffer. Ian erlebte das eben Gesehene im Schnelldurchlauf, wieder flößte Doktor Pratchett Angela den Tee ein. Die Nacht ging innerhalb weniger Sekunden vorbei, Alistair verließ das Bett seiner Frau nicht, schlief in seinem Stuhl sitzend an ihrer Seite, erhob sich immer wieder, um nach ihr zu sehen. Dann rannte er vollkommen aufgelöst aus dem Zimmer, kehrte einen Lidschlag später mit Doktor Pratchett zurück. Angela war tot, gestorben an dem schleichenden Gift, das Tabitha ihr seit Tagen immer wieder in den Tee gemischt hatte.

Was nun im Zeitraffer ablief, kannte Ian aus den Aufzeichnungen von Barbara Rawlins. Er wurde Zeuge, wie sich Tabitha äußerst geschickt an Alistair heranmachte, ihn um den Finger wickelte und schließlich seine Frau wurde. Er sah, wie gemein sie zu den Kindern war, sah, wie sie Alistair dazu trieb sich immer mehr zurückzuziehen, ihr freie Hand zu lassen bei den Umbauarbeiten im Westflügel.

Dann verlangsamte sich das Geschehen wieder. Ian sah eine ältere Frau, von der er wusste, dass es Barbara Rawlins war. An ihrer Seite war ein alter Mann, der eine schwarze Soutane und einen breitkrempigen Hut der gleichen Farbe trug – Pater Peregrino. Ian sah, wie die beiden Tabitha aus einem der oberen Fenster des Hotels beobachteten. Tabitha trug ein langes, blutrotes Kleid, als sie über den Innenhof zum Westflügel glitt. Es war dunkel, mitten in der Nacht – eine mondlose Nacht.

Die Außenbeleuchtung des Hotels ließ jedoch deutlich erkennen, dass sie die beiden Kinder, Gabriel und Christabel, bei sich hatte. Die beiden wanden sich an ihrer Hand, doch Tabitha schien sie nicht zu beachten, zog sie einfach mit sich.

Szenenwechsel. Ian sah, wie Pater Peregrino und Barbara Rawlins eben jene Stahlsprossen hinabstiegen, die Mister Schwarz sie vor kurzer Zeit hinab geführt hatte. Schließlich befanden sich der alte Pater und die Haushälterin in genau dem Gangstück, in dem Ian gerade eben den Schwarzen Prinzen gesehen hatte. Man hörte das Weinen und Rufen der Kinder den Gang hinauf hallen.

Pater Peregrino sandte Miss Rawlins zurück nach oben, sie solle verschwinden, es sei zu gefährlich für sie. Wusste der unheimliche Priester denn, was geschehen würde? Eilig hastete Barbara Rawlins die Stufen hinauf, währen der Pater sich an die Verfolgung von Tabitha machte. Er schritt an den Grabnischen in der Krypta vorbei, folgte den brennenden Fackeln zu beiden Seiten des Ganges, den Tabitha genommen hatte. Ian kam all das vor wie ein Déjà vu, sein geistiges Auge folgte dem Pater denselben Weg, wie Ian es in Wirklichkeit getan hatte.

Und genau wie es in der Realität gewesen war, kam er schließlich in die Kammer mit dem fürchterlichen Relief auf der Steinplatte, die die geheime Kammer versiegelte. Dort stand Tabitha in ihrem blutroten Kleid, die beiden Kinder hockten wimmernd an der Wand. Tabitha hatte ein Messer gezogen, von dessen Klinge Blut tropfte. Sie hatte sich selbst einen Schnitt in der Hand zugefügt und streckte den Arm nun aus, um mit der blutenden Hand das Relief zu berühren. Pater Peregrino trat auf sie zu.

„Warten Sie!"

Die Stimme des Paters klang weniger heiser und rau, als Ian sie kannte, aber sie hatte den gleichen bedrohlichen Unterton.

Tabitha fuhr herum, ihr wunderschönes Antlitz war verformt zu einer Maske des Zorns.

„Was willst du, alter Mann? Du wirst mich nicht aufhalten, also verschwinde, wenn dir dein Leben lieb ist."

Pater Peregrino hob beschwichtigend die Hände.

„*Aber nicht doch, Teuerste, ich bin nicht hier, um Sie aufzuhalten, ganz im Gegenteil. Ich habe sogar dafür gesorgt, dass diese Närrin Miss Rawlins uns nicht in die Quere kommt. Aber Eile ist dennoch geboten, denn ich bin sicher, dass sie gerade dabei ist Mister Grayborne von all dem hier zu berichten. Wenn er weder seine wunderhübsche junge Frau noch seine beiden reizenden Kinder findet, wird er sich wohl oder übel auf die Suche machen. Ich schlage also vor, Sie schenken mir einen Augenblick Ihrer Zeit und hören sich an, was ich Ihnen zu sagen habe.*"

Tabitha runzelte die Stirn, ließ dann aber das Messer sinken. Pater Peregrino nickte zufrieden, trotz seiner augenscheinlichen Selbstsicherheit schien diese Geste ihn sehr zu beruhigen.

„*Ich bin seit einiger Zeit darüber im Bilde, was Sie hier unten suchen, Teuerste. Ich bin alt, aber kein Narr. Schon als ich Sie mit Mister Grayborne vermählen durfte, hatte ich eine gewisse Vorahnung. Als dann unsere naive Miss Rawlins mich ins Vertrauen zog und mir brav alles berichtete, was sie von Ihren Aktivitäten wusste, hatte ich keine Zweifel mehr.*"

Tabitha hob eine Augenbraue. Der Pater sprach ungerührt weiter.

„*Hinter diesem Relief liegt das Geheimnis. Es ist eine Kammer, so alt, dass die Menschheit diesen Ort beinahe vergessen hätte. Viel, ja so viel älter noch als Castle Black – diese Kammer existiert seit Jahrtausenden. Es laufen dort sieben Linien zusammen, überkreuzen sich sternförmig. Einer der mächtigsten Knotenpunkte überhaupt, wenn es überhaupt noch andere dieser Art geben sollte. Sieben Drachenlinien, sieben Leylinien – wie auch immer sie sie nennen wollen. Sehen Sie, das war Ihnen noch gar nicht bewusst…*"

Tabitha schüttelte langsam den Kopf, aber aus ihrem Blick sprach Misstrauen und unverhohlene Verachtung.

„*Schön, Linien also. Wenn du mir nicht etwas Besseres zu sagen hast, dann solltest du verschwinden, bevor ich mit meinem Messer hier sieben wunderschöne rote Linien in deinen Hals schneide…*"

Das Lächeln des Paters verschwand.

„*Nun gut, die Kurzfassung. Die Drachenlinien gelten als Energiebahnen, die verschiedene Orte miteinander verbinden. Über diese Bahnen strömt Kraft, Lebenskraft…Macht! Verschiedene Kultstätten aus den verschiedensten Zeitaltern der Menschheit wurden auf Kreuzungen solcher Linien errichtet.*

Nur ist das Wissen darum leider, wie so vieles, im Laufe der Zeit verloren gegangen.

Im Namen der Kirche wurden die heidnischen Bräuche zerschlagen, das Wissen ging verloren…"

Tabitha lächelte schief.

"Und das sagt mir ein Kirchenmann, ja? Pater Peregrino, dass ich nicht lache. Wieso würde jemand wie du sich in den Dienst der Kirche stellen, wo sie doch so viel ach-so kostbares Wissen vernichtet hat? Du bist ein Lügner, ich werde dir…"

Sie machte ein paar entschlossene Schritte nach vorn, legte dem Pater das Messer an die Kehle. Der blieb vollkommen gelassen.

"Ich habe nicht gesagt, dass das Wissen vernichtet wäre, nur verloren. Und wo sollte jemand wie ich eher danach suchen als in den geheimen Archiven der Kirche? Ich habe mich in den Dienst der Kirche gestellt, weil ich das Vertrauen der geistlichen Oberhäupter brauchte. Ich habe alles getan, damit man mich für einen Mann Gottes hielt, mir wurden viele der höchsten Weihen zuteil. Schließlich gewährte mir der Papst selbst eine Audienz im Vatikan. Meine Gelegenheit, auf die ich so lange gewartet hatte. Ich stahl mich bei Nacht und Nebel in die unterirdischen Anlagen, die nur wenige je zu Gesicht bekommen haben. Ich bahnte mir meinen Weg, indem ich Wachen bestach – jeder ist käuflich, und oft sind es die, denen man es am wenigsten zutraut, weil sie sich von allem Weltlichen losgesagt haben, die am einfachsten zu kaufen sind – nicht unbedingt mit Geld, aber ich hatte schon immer die Gabe, den Menschen ihre Bedürfnisse anzusehen. Genug davon, ich gelangte schließlich in die geheimsten der geheimen Archive – dort lagert uraltes Wissen, das die Kirche unter allen Umständen vor den Augen der Welt verbergen will. Und vielleicht tut sie auch gut daran, wer weiß? Ich aber fand, wonach ich suchte…."

Damit zog der Pater ein dickes Buch, das mit rostigen Scharnieren verschlossen war und dessen Einband aus äußerst merkwürdig aussehendem Leder bestand. Tabithas Augen weiteten sich, unter seiner Soutane hervor.

"Das…das ist unmöglich!"

Der Pater lächelte nun wieder selbstgefällig.

"Unmöglich? Ich habe dieses Wort noch nie akzeptieren können. Ich habe es an mich gebracht, und niemand hat je den Diebstahl angezeigt – denn das hätte bedeutet, dass man die Existenz dieses Werkes hätte zugeben müssen."

Zögernd nahm Tabitha das Messer vom Hals des Paters. Sie schüttelte ungläubig den Kopf.

Der Pater sprach weiter.

„Ich habe eine lange Zeit mit dem Studium dieses Werks verbracht, und ich habe viel gelernt. So wird eben auch ein Ort erwähnt, an dem sich sieben Drachenlinien überschneiden, ein Ort von unfassbarer Macht. Es hat eine Weile gedauert, bis ich herausfand, wo genau dieser Ort liegt. Nun aber stehe ich direkt davor, nur aufgehalten von einer Steinplatte, die niemand außer Ihnen, meine Teuerste, aus dem Weg schaffen kann. Ohne Sie komme ich also nicht weiter, und Sie werden im Gegenzug mein Wissen benötigen, um das zu vollenden, weswegen Sie hergekommen sind."

Tabitha starrte den Pater feindselig an.

„Und was bitte sollte das wohl sein?"

Der Pater winkte ab.

„Teuerste, spielen Sie keine Spielchen mit mir. Sie sind hier, um das Ritual durchzuführen, das Ihren Ahnen heraufbeschwört, auf dass Sie seine Macht erhalten. Sie sind zur rechten Zeit am rechten Ort, Sie haben auch die richtigen Vorbereitungen getroffen. Die Sterne stehen so, wie es das Ritual vorsieht, Sie haben den Weg zu der geheimen Kammer gefunden und Sie haben einen Vorrat an unschuldigem Blut mitgebracht…"

Dabei wanderte der abscheulich gleichgültige Blick des Paters zu den beiden Kindern, die eng aneinander geklammert und mit angsterfüllten Augen noch immer an der Wand kauerten.

„Und dennoch sind Sie dabei, einen fatalen Fehler zu begehen."

Tabitha lachte hämisch.

„Einen Fehler? Was weißt du, alter Mann, von diesem Ritual? Es ist ein Geheimnis der Familie Black, Graf Bartholomew Black, der letzte Herr von Castle Black, hat seine Vorkehrungen getroffen. Er wusste, dass dieser verfluchte Schwarze Prinz seine Burg angreifen würde, und so hat er im Geheimen eine verschlüsselte Botschaft an seine nächsten lebenden Verwandten entsandt.

Von Generation zu Genration wurden die darin enthaltenen Informationen weitergegeben, auf dass eines Tages jemand käme, der das Rätsel lösen und ihn, Bartholomew Black, im Jenseits anrufen würde. Und so kam das Wissen schließlich an mich…"

Pater Peregrino nickte träge.

„All das weiß ich doch längst, Teuerste. Sie sind Tabitha Black, Nachfahrin jenes alten Meisters, dessen Grab hinter diesem Relief verschlossen ist. Sie haben alle Register gezogen, das muss ich Ihnen zugestehen.

Sie haben sich der ersten Ehefrau Graybornes entledigt, haben ihn sich anschließend gefügig gemacht, so dass Sie die Herrin von Blackrock Manor wurden und schalten und walten konnten, wie es nötig war. Sie kannten den Ort, wussten, dass Sie nur zu graben brauchten, um zum Ziel zu gelangen. Nur ein direkter Nachkomme Bartholomew Blacks kann das Siegel brechen und seine Grabkammer öffnen. Wie Sie schon sagten, er hat Vorkehrungen getroffen…"

Tabitha schnaubte verächtlich.

„Du weißt also, wer ich bin? Dann sollst du auch wissen, dass sich eine Black nicht von einem alten Trottel dazwischenreden lässt. Es ist an der Zeit…"

Damit wandte sie sich zu der Steinplatte und presste ohne ein weiteres Wort ihre Hand gegen deren Zentrum. Dann geschah das, was Ian in der Realität bereits erlebt hatte, als Mister Schwarz seinerseits die Platte berührt hatte – und die Erkenntnis traf ihn wie ein Hammerschlag. Es war so offensichtlich, dass er es die ganze Zeit nicht hatte sehen wollen. Nur ein direkter Nachfahre des Grafen Bartholomew Black konnte das Siegel brechen – und Mister Schwarz hatte es gekonnt…

Die Steinplatte zerbarst mit ungeheurer Wucht, und gleich darauf brandete die Welle aus Finsternis aus der Kammer dahinter, rollte über Pater Peregrino, Tabitha Black und die beiden Kinder, die vor Angst schrille Schreie ausstießen, hinweg. Tabitha schaltete eine Taschenlampe ein, die sie aus den Falten ihres Kleides zog. Auch der Pater hatte sich vorbereitet, zog seinerseits eine Stablampe hervor. Tabitha wandte sich grinsend zu ihm um.

„So, damit sollten unsere Spuren wohl verwischt sein. Die Dunkelheit breitet sich in der gesamten Krypta aus, so wie es in der alten Schrift meines Ahnen vorhergesagt wurde. Mein törichter Mann und sein Hausmütterchen werden niemals den Weg zu uns finden. Ich habe nun Zeit, das Ritual zu vollenden. Das Siegel ist gebrochen, nun fehlt nur noch eines…"

Damit drehte sie sich zu den Kindern um, griff nach Christabels Haarschopf und zog das wimmernde Mädchen daran hoch. Gabriel klammerte sich verzweifelt an seine Schwester, so dass beide Kinder von ihrer Stiefmutter in die Kammer gezogen wurden. Pater Peregrino folgte ihnen.

„Pater, oder was auch immer du sein magst: Es sei dir die Ehre gewährt, dem Ritual beizuwohnen. Du sollst Zeuge der Anrufung werden und sehen, wie groß die Macht der Blacks ist."

„Das weiß ich bereits, und ich fürchte ich weiß mehr darüber als Sie…"

„Schweig jetzt, Narr!"

Ian sah, wie der Pater immer nervöser wurde.

„Miss Black…Tabitha…so hören Sie mich an…"

Es war sinnlos, Tabitha Black war nicht gewillt, noch länger zu zögern, nun da ihr Ziel zum Greifen nah lag. Der Pater verstummte, zog einen weiteren Gegenstand aus dem Ärmel seiner Soutane und ging auf die Knie. Er kniete genau auf der Schwelle zur geheimen Kammer, dort, wo bis vor wenigen Augenblicken noch die Steinplatte den Zugang blockiert hatte. Ian sah, wie der Pater mit etwas, das aussah wie Kreide, ein Zeichen auf die Schwelle malte. Nein, nicht ein Zeichen, eine ganze Reihe von Zeichen, in komplexer, für Ian undurchschaubarer Anordnung. Je länger der Pater zeichnete, desto sicherer wurde sich Ian, dass er diese Zeichen kannte…

Tabitha zerrte indes die beiden Kinder weiter in die Kammer. Ian sah in der Ferne das blaue Leuchten, das den Sarkophag umgab. Die Kammer musste gewaltige Ausmaße haben, denn es schien, als sei der Sarkophag weit über hundert Yards entfernt. Er glitt jedoch stetig näher heran, kam aus dem Dunkel wie auf Schienen. Schließlich stand Tabitha mit Gabriel und Christabel unmittelbar vor dem Steinquader, auf dessen Oberseite Ian nun wieder das Bildnis des Raben erkannte. Pater Peregrino erhob sich nun wieder und betrachtete kurz sein Werk. Ian sah jetzt, dass es sich dabei um das gleiche komplizierte Wirrwarr von Zeichen und Linien handelte, wie er es unter dem Bett im Zimmer mit der Nummer 36 gesehen hatte – eben dem Zimmer, in dem Pater Peregrino gewohnt hatte. Tabitha bekam nichts von all dem mit, sie wandte sich nicht noch einmal zu dem Pater um – nicht einmal, als dieser nochmals ihren Namen rief.

„Miss Black, Sie begehen einen furchtbaren Fehler! Halten Sie ein, ehe es zu spät ist! Sie sagten doch selbst, der alte Black, der ein Meister der Zunft war, habe seine Vorkehrungen getroffen. Er hat Ihnen Informationen zugespielt, mit denen es Ihnen oder ihren direkten Anverwandten möglich sein sollte, ihn im Jenseits anzurufen. Das waren doch ihre Worte…"

Tabitha hörte kaum hin, murmelte nur zu sich selbst.

„Ganz genau, alter Mann. Deshalb bin ich hier…"

Der Pater gab nicht auf.

„Bartholomew Black hat tatsächlich alles geplant. Es ist ein Meisterplan. Warum sollte er wohl seine Macht teilen? Jemand wie er gibt nichts auf, sondern strebt selbst danach, alles zu erreichen…"

Tabitha riss Christabel an den Haaren zu sich heran. Das Mädchen schrie vor Angst und Schmerz. Tabitha hob das Messer.

„Alter Mann, mein Ahnherr ist tot, aber es gibt einen Weg, um mit ihm in Kontakt zu treten. Deshalb hat er seine Anweisungen hinterlassen. Deshalb wollte er, dass jemand, der seines Blutes ist, das Siegel bricht…damit er sein Wissen weitergeben kann! An seine Nachfahren! Auf dass auch sie Macht erlangen…"

Der Pater klang nun aufrichtig verzweifelt.

„Tabitha, nein! Sie sind verblendet, nicht das wollte er! Er wollte etwas anderes, er wollte…"

Ein dumpfer Schlag, dann sackte der alte Pater zur Seite. Hinter ihm stand Alistair Grayborne, sein Gesicht verzerrt von Hass. In der Hand hielt er einen Knüppel, in der anderen eine Taschenlampe. Seine Stimme überschlug sich, als er nach seiner jungen Frau rief.

„Tabitha! Du Wahnsinnige, lass meine Kinder los! Tabitha!"

Tabitha Black zuckte überrascht zusammen und fuhr herum. Sie zog Christabel vor sich und legte dem Mädchen das Messer an den Hals.

„Du? Wie hast du mich gefunden?"

Christabel hauchte.

„Ich habe Spuren gelegt, wie im Märchen von Hänsel und Gretel. Ich habe Sachen fallen gelassen, wie meine Haargummis, mein Taschentuch, meine Ohrringe…"

Tabitha fauchte.

„Halt deinen Mund, du kleine Schlange! Und du, Alistair, verschwinde! Scher dich fort! Oder ich schneide deinem Töchterchen die Kehle durch!"

Alistair blieb wie angewurzelt stehen.

„Aber…Tabitha…warum?"

Pater Peregrino stöhnte. Er lag zu Alistairs Füßen, seine Hand tastete nach dessen Bein.

„Sie…sie wird das Kind…ohnehin töten.…Sie können es…nicht mehr…verhindern…"

Voller Verachtung sah Alistair Grayborne auf den Pater hinab.

„Sie stecken also mit ihr unter einer Decke, ja? Und jetzt wollen Sie noch immer verhindern, dass ich mein Kind befreie? Erbärmlicher alter Narr…"

Er versetzte dem Pater einen Fußtritt, so dass dieser sich würgend zusammenkrümmte. Zwischen zusammengepressten Zähnen stieß er hervor.

„Bitte… Sie verstehen nicht… Sie dürfen nicht…den Bannkreis…zerstören… bleiben Sie…hier…"

Grayborne achtete nicht auf den Alten. Aus seiner Stimme sprachen Hass, Verzweiflung, Trauer und unendliche Enttäuschung.

„Tabitha…ich verstehe nicht. Lass meine Kinder gehen…ich habe dir doch alles gegeben, alles, was du wolltest…"

Tabitha lachte höhnisch.

„Alles, was ich will? Gerade das kannst DU mir nicht geben, du Trottel! Ich will, was mir zusteht - mein Erbe! Und das nehme ich mir jetzt!"

Ian traute seinen Augen nicht, sein Verstand weigerte sich zu akzeptieren, was er sah. Alles ging unglaublich schnell, die Klinge des Messers blitzte bläulich im Widerschein des Lichts, das der Sarkophag verströmte. Christabel gab keinen Laut von sich, ihr Kopf sackte nach vorn. Alistairs verzweifelter Aufschrei gellte durch die Kammer. Die Zeichen auf dem Sarkophag glühten, Tabitha legte den reglosen Körper Christabels auf den Deckel, eine Blutlache breitete sich unter dem Mädchen aus, floss in Rillen und Vertiefungen des Vogelreliefs. Ian hörte ein Krächzen, weit entfernt und kaum vernehmbar, aber sehr schnell lauter werdend. Dann schoss eine Säule blauen Lichts senkrecht aus dem Sarkophag. Christabels kleiner Körper rollte zur Seite und fiel hinter dem Steinquader zu Boden. In der Lichtsäule stieg etwas empor, eine schemenhafte Gestalt. Zunächst war es nur ein schwarzer Ball, dann wuchs das Etwas – es breitete Schwingen aus, die träge schlugen. Es war ein Rabe – *der* Rabe, der dort in dem Lichtkegel schwebte. Schlagartig versiegte der Lichtstrom, doch der Rabe blieb zurück im diffusen blauen Schein der glühenden Zeichen. Er schwebte flügelschlagend gut drei Yards über dem Sarkophag.

Tabitha sah überrascht aus, offenbar war dies nicht das, was sie erwartet hatte. Pater Peregrino stöhnte auf.

„*Sie hat es getan…die Närrin hat es tatsächlich getan…jetzt…schützt uns nur…der Bannkreis… Grayborne, Sie dürfen ihn nicht brechen…bleiben Sie…hier…*"

Alistair Grayborne indes schrie, unentwegt, aus vollem Halse, aus tiefster Seele. Er war nicht fähig mehr zu tun, als zu schreien. Tabitha starrte ungläubig den Raben an, während sich Gabriel kreischend am Boden zusammengerollt hatte.

Der Rabe schlug noch ein paar Mal mit den Schwingen, dann schoss er ohne Vorwarnung auf Alistair Grayborne zu.

Wie ein Pfeil raste er heran, sein Schnabel würde sich tief in die weit aufgerissenen Augen Graybornes bohren.

Dann aber krachte der Vogel gegen ein unsichtbares Hindernis. Genau vor der Schwelle der Kammer kam sein Angriff abrupt zum Stehen, der Vogel taumelte in der Luft, Federn stoben in alle Richtungen.

Ein wütendes Krächzen hallte durch die Kammer. Pater Peregrino ächzte.

„*Es wirkt…der Bannkreis…er wirkt…*"

Tabitha schrie nun ihrerseits voller Frustration.

„*Was geht hier vor? Das ist nicht, was in der geheimen Schrift geschrieben steht. Ahnherr, sprich mit mir! Sag mir, was ich tun soll! Gib mir deine Macht!*"

Sie bückte sich nach dem kleinen Gabriel, zog ihn brutal auf die Füße.

„*Oder willst du noch mehr Blut? Das sollst du haben…*"

Wieder blitzte das Messer auf, doch im selben Augenblick löste sich Alistair Grayborne aus seiner Starre. Er würde nicht zusehen, wie auch sein zweites Kind von dieser Wahnsinnigen niedergestochen wurde.

Er stürmte voran in die Kammer, über den Bannkreis des Paters hinweg, seine hastigen Schritte verwischten dabei einige der Linien.

Der Pater schloss die Augen, er wusste, dass nun alle Hoffnung verloren war. Der Meisterplan des Bartholomew Black drohte aufzugehen.

In der Kammer stürzte sich der Rabe wütend auf Grayborne, hackte und hieb auf ihn ein, doch dieser kümmerte sich nicht darum.

Er warf sich auf Tabitha, die Gabriel vor Schreck aus ihrem Griff entließ.

Weinend fiel der Kleine zu Boden. Alistairs Hände schlossen sich wie Schraubstöcke um den Hals seiner Frau.

„*Du Teufelin! Du sollst in der Hölle schmoren für das, was du getan hast! Mörderin!*"

Tabitha stach mit dem Messer zu, aber die Klinge glitt an Alistairs Rippen ab und verursachte nur einen kleinen Schnitt. Alistair indes bemerkte die Wunde nicht, sein Verstand war verloschen, ihn trieben nur noch Hass und Verzweiflung. Tabithas Augen verdrehten sich, sie rang nach Luft, aber der Griff ihres Mannes war unnachgiebig. Das Messer fiel aus ihrer kraftlosen Hand, ihre Gegenwehr erstarb.

Der Rabe hatte von Grayborne abgelassen und schoss nun abermals auf den Durchgang zur Krypta zu. Diesmal wurde er nicht von dem Bannkreis aufgehalten, fegte über die Schwelle und den noch immer gekrümmt am Boden liegenden Pater hinweg und verschwand in den Gängen der Krypta. Der alte Pater ächzte erneut.

„Der Vogel…nur ein Vorbote, ein Beobachter…vielleicht kann das Ritual…doch noch…unterbrochen werden…wenn sie…"

Er rappelte sich mühselig auf.

„Es muss ihr Blut sein, das fließt. Reines, unschuldiges Blut, um das Ritual durchzuführen…deshalb die Kinder. Aber wenn nun…ihr verfluchtes Blut fließt…vielleicht…endet es dann…"

Wankend taumelte der Pater in die Kammer, in der Tabitha Black ihr Leben unter den Händen ihres vor Zorn und Trauer wahnsinnig gewordenen Ehemanns aushauchte. Dieser beachtete nicht den Pater, der zu ihm trat und Tabitha für einen Augenblick ansah.

Die erwiderte den Blick des Paters, flehte ihn stumm um Hilfe an – dann rollten ihre Augen zurück und ihr Körper erschlaffte. Alistair ließ dennoch nicht ab von ihr, er schien nicht mehr zu bemerken, was um ihn herum vor sich ging. Pater Peregrino bückte sich nach dem Messer, das Tabitha fallen gelassen hatte. Im Inneren des Sarkophags dröhnte und summte es, der Stein vibrierte. Der Pater nahm das Messer vom Boden auf, erhob sich und sah noch einmal in Tabithas regloses Gesicht. Dann rammte er die Klinge in die Brust der Toten.

Blut strömte aus der Wunde und ergoss sich über den Deckel des Sarkophags, auf dem ihr Oberkörper nun zusammen gesunken war. Alistair erwachte aus seiner Starre und sah fassungslos auf die Tote. Der Pater stieß ihn an.

„Gehen Sie jetzt endlich, nahmen Sie Ihren Jungen und gehen Sie! Sie können nichts mehr tun, also verschwinden Sie und bringen Sie Ihr Kind in Sicherheit."

Wie in Trance wandte sich Alistair Grayborne dem Pater zu und sah diesen verständnislos an. In seinen Augen sah Ian, dass Graybornes Verstand endgültig erloschen war. Unsanft stieß ihn der Pater an.

„Los jetzt, los! Raus hier!"

Damit rannte er selbst los, ein dumpfer Ton füllte die Kammer, der immer weiter anschwoll und sich zu ohrenbetäubender Lautstärke steigerte. Der Pater erreichte den Durchgang, sah sich noch einmal um. Vor dem schwächer werdenden blauen Schein des Sarkophags hob sich die Silhouette Graybornes ab, der sich langsam zu seinem Sohn niederbeugte, der noch immer eingerollt auf dem Boden lag und schluchzte.

Dann wurde das Dröhnen so laut, dass sich der Pater die Hände auf die Ohren pressen musste. Die Woge aus Finsternis rollte abermals heran, diesmal allerdings kam sie aus den Gängen der Krypta und brandete in die geheime Grabkammer des Bartholomew Black. Einen letzten Blick erhaschte Pater Peregrino auf Vater und Sohn, dann wirbelten Steinsplitter und Bruchstücke vom Boden auf und setzten sich, so als ob ein Film rückwärts liefe, wieder zu jenem grässlichen Steinrelief zusammen. Der Durchgang zu der Kammer, in der sich sieben Drachenlinien kreuzten – und auf deren Kreuzung der Sarkophag Bartholomew Blacks stand, war wieder versiegelt.

Ian sah, wie sich der Pater seinen Weg durch die labyrinthartigen Gänge der Krypta bahnte, die Stahlsprossen hinauf hastete, die erst vor kurzem auf Tabithas Veranlassung hin von den Bauarbeitern hier angebracht worden waren, nachdem die ursprüngliche Treppe vor vielen Hundert Jahren von den Männern des Schwarzen Prinzen zertrümmert worden war, auf dass das Übel, das tief unten im Fels wohnte, niemals wieder heraufkommen sollte. Schließlich gelangte der Pater ins Freie. Sämtliche Fenster des Hotels waren hell erleuchtet, die Gäste hatten sich auf dem Vorplatz versammelt. Barbara Rawlins hatte offenbar ganze Arbeit geleistet und alle Gäste und Bedienstete aufgescheucht. Der Pater machte sogleich auf dem Absatz kehrt und huschte wieder ins Innere des Westflügels. Noch hatte ihn niemand gesehen.

Ian wurde Zeuge, wie der alte Mann Feuer legte.

Nach kurzer Zeit stand der Westflügel lichterloh in Flammen, wodurch jede Spur und jeder Hinweis darauf, was hier in dieser Nacht geschehen war, endgültig vernichtet wurde.

Schreiend stoben die Gäste auseinander, der alte Pater stahl sich aus einem Fenster an der Rückseite davon.

Am nächsten Morgen war keine Menschenseele zu sehen. Ian wusste, dass noch vor der Dämmerung die Polizei und die Feuerwehr da gewesen waren, doch das Feuer hatte den Westflügel vollständig vernichtet. Einen Tag später brachten die Zeitungen die Neuigkeit, dass Alistair Grayborne, offenbar dem Wahnsinn verfallen, sein eigenes Hotel hatte niederbrennen wollen, wobei er selbst, seine Frau und seine beiden Kinder umgekommen seien. Die Leichname seien nicht gefunden worden, seien offenbar zu Asche verbrannt. Ian wusste, woher die Zeitungen diese Falschinformationen hatten.

Wie im Zeitraffer erlebte Ian nun, wie Pater Peregrino von einigen Vertrauten seine Anlage unter der verbrannten Ruine des Westflügels einrichten ließ. Der Pater selbst alterte äußerlich, bis er das unheimliche Aussehen hatte, das Ian kannte. Dennoch schien der Pater von allen anderen Alterserscheinungen verschont zu bleiben. Ian sah nun wieder den großen Tannenbaum, den Angela Grayborne einst im Inneren des Hotels hatte aufstellen lassen. Er sah, wie der Baum einging, vertrocknete, sich zu einem braunen Gerippe verwandelte. Gleichzeitig aber konnte Ian sehen, wie der Baum wuchs und wuchs, erlebte mit, wie seine Spitze schließlich durch das Dach brach.

So wie der Pater, so schien auch der Baum äußerlich zu altern, zu verfallen, aber dennoch weiterzuleben. In Pater Peregrinos Adern floss das Leben, in den Fasern des Baumes blutrotes Harz.

Tabithas Ritual war nicht vollendet worden, aber dennoch war etwas geschehen. Der Rabe war aus der Kammer entkommen, und die Ruine des Hotels wurde zu einem finsteren Ort. Seltsame Dinge geschahen, schreckten neugierige Besucher ab.

Wieder ein Zeitsprung. Ian sah eine Gruppe Jugendlicher auf dem Vorplatz des Hotels – er erkannte seine Freunde, sich selbst – und Mister Schwarz.

Dann endete die Vision.

Ein letztes Mal verschwamm das Bild vor Ians Augen, dann war er zurück in der Realität. Dort stand Mister Schwarz, David trat zu ihm. Pater Peregrino machte einen Schritt beiseite, um den Jungen durchzulassen.

Es schien überhaupt keine Zeit vergangen zu sein, obgleich Ian das Gefühl hatte, er habe mehr als eine Stunde damit zugebracht, die Szenen, welche Christabels Erscheinung ihm gezeigt hatte, zu verfolgen. Wieder tönte die Stimme des Mädchens in seinem Kopf.

„Ich wünschte, ich hätte schon früher die Macht besessen, dir all das zu zeigen. Aber ich war zu schwach. Hier ist der Ort, an dem wir gestorben sind, und das Siegel ist wieder gebrochen worden. Jetzt erst kann ich mich länger in deiner Welt zeigen. Nun weißt du, was geschehen ist und was wieder geschehen wird. Ich weiß nicht, wie du es noch verhindern könntest..."

Ian erstarrte, als Mister Schwarz sein Messer hervorzog und es David an die Kehle legte.

Kapitel Zweiundzwanzig:
Unsterbliche Macht

Ian war mit einem Schlag wieder ganz bei sich, sein Herz raste.

„David! Lauf weg! David!"

Damit spurtete er los, warf sich gegen Mister Schwarz. Der war jedoch durch Ians Schrei gewarnt, fuhr herum und schlug Ian mit dem Handrücken hart ins Gesicht. Der Lehrer lächelte herablassend.

„Kleiner, spiele doch nicht den Helden. Du und deine Freunde, ihr habt schon mehr als genug Scherereien gemacht. Eigentlich sollte alles ganz einfach sein. Ich hätte euch hergebracht, der werte Pater hier hätte irgendwann seinen Auftritt gehabt, uns hier herunter geführt, alle wären ganz gespannt und voller Erwartung gewesen und niemand hätte etwas geahnt."

Er schnaubte.

„Aber nein, ihr habt zu viel herausgefunden, habt Dinge ins Rollen gebracht, habt alle verrückt gemacht. Und ich musste immer wieder meine Lämmer zusammentreiben, aufpassen, dass keine Panik ausbricht und alle abhauen."

Er wandte sich an Pater Peregrino.

„Dann kommt noch dieser Ochse dazwischen, der sich selbst als Wächter bezeichnet und seine Aufgabe reichlich ernst nimmt."

Pater Peregrino hielt dem Blick stand.

„Angus Bright ist ein Idiot. Aber er stellte nie Fragen, hat immer getan, was ich von ihm wollte. Schließlich musste ich doch sichergehen, dass ich ganz unbehelligt studieren konnte, um sicherzustellen, dass diesmal nichts schief geht. Ihre werte Anverwandte hat beim letzten Mal schließlich nicht hören wollen, und dabei wäre beinahe alles außer Kontrolle geraten."

Mister Schwarz nickt ungeduldig.

„Jaja, schon gut. Also, Ian Courtsham, du gehst jetzt brav rüber zu den anderen und gibst keinen Mucks von dir. Wenn du willst, dann versuche meinetwegen durch die Krypta zurück nach oben zu laufen.

Auf einen mehr oder weniger kommt es hier unten nicht an…"

Ian rieb sich die Wange. Wut brodelte in ihm.

Aber ihm war klar, dass er körperlich nichts gegen zwei erwachsene Männer ausrichten konnte.

Dennoch musste er Mister Schwarz aufhalten. Was also konnte er tun? Vielleicht könnte er die beiden gegeneinander aufbringen, schließlich schienen sie einander ohnehin nicht ganz zu trauen.

„Mister Schwarz, Sie glauben also, dass dieser sogenannte Pater Ihnen helfen wird? Er wird Sie hintergehen. Er weiß etwas über dieses Ritual. Tabitha hat einen Fehler gemacht, nun sollen Sie den gleichen Fehler machen…und er wird sich die Hände reiben. Er hat doch seinen ganz eigenen Plan!"

Pater Giacomo Peregrino, wenn dies denn tatsächlich sein Name war, zuckte merklich zusammen. Mister Schwarz indes runzelte die Stirn.

„Was redest du denn da, Kleiner? Woher weißt du von dem Ritual…und von Tabitha? Los, rede!"

Pater Peregrino hielt den Lehrer zurück, als der Ian packen wollte.

„Lassen Sie den Jungen, er fantasiert. Hat er nicht das Tagebuch von diesem Hausmütterchen – wie hieß sie doch gleich…Rawlins, Barbara Rawlins – gelesen? Er hat ein paar Namen gelesen und denkt sich nun etwas aus, um Sie zu verunsichern. Lassen Sie ihn einfach reden, aber beenden Sie endlich das Ritual…"

Mister Schwarz drehte sich langsam zu dem Pater um und musterte ihn prüfend.

„Der Junge weiß mehr, als er wissen dürfte. Was ist das für ein Fehler, von dem er spricht? Ich kenne den Bengel gut genug, und ich weiß, dass er ein miserabler Lügner ist. Er weiß etwas, und Sie sagen mir jetzt, was das wohl sein könnte…"

Ian rappelte sich mühsam auf. Er hatte etwas Zeit gewonnen, aber was nützte ihm das? Alle seine Mitschüler standen wie erstarrt in der Kammer, rührten sich nicht, waren wie hypnotisiert.

Verzweifelt sah er sich um. Nirgendwo sah er etwas, das ihm hätte helfen können. Wenn er doch nur einen Knüppel oder etwas Ähnliches hätte – vielleicht hätte er dann eine Chance Mister Schwarz niederzuschlagen, nun, da dieser mit dem Pater beschäftigt war.

Der redete unterdessen auf Mister Schwarz ein.

„Bei allem Respekt, aber Sie sind geneigt, dem Gestammel eines fantasiebegabten Jungen Glauben zu schenken? Habe ich Ihnen nicht bisher geholfen? Habe ich Ihnen nicht den Weg gezeigt, mein Wissen mit Ihnen geteilt? Das Ritual muss jetzt beendet werden, wir haben keine Zeit mehr...“

Ein eisiges, grausames Lächeln breitete sich auf dem Gesicht von Mister Schwarz aus.

„Nein, mein lieber Pater, nicht wir haben keine Zeit. SIE haben keine. Genau genommen ist ihre Zeit schon längst abgelaufen. Deswegen sind Sie doch hier! Sie brauchen endlich wieder einmal etwas Aufschub. Immerhin leben Sie noch, aber besonders frisch sehen Sie nun weiß Gott nicht aus. Und das, wo Sie noch so viele Geheimnisse zu ergründen haben, soviel verbotenes Wissen noch ansammeln müssen. Ein Leben reicht nicht, um all das zu schaffen, nicht wahr? Sie brauchen mehr Zeit als das. Sie haben bereits eine Verlängerung gekriegt, als das Siegel beim letzten Mal gebrochen wurde. Aber auch dieser Bonus ist fast verbraucht, Sie müssen jetzt endlich das Ritual durchführen, damit Sie erfahren, wie Sie ihr Leben noch weiter verlängern.“

Zorn schwang in der Stimme des Paters mit.

„Das ist es, was ICH will, richtig. Und Sie, haben Sie vergessen, warum SIE hier sind? Ich schlage also vor, wir verschieben unseren kleinen Disput auf später und beenden jetzt, weswegen wir gekommen sind! Beim letzten Mal konnte das Ritual nicht beendet werden - glauben Sie, ich hätte Zeit auf einen dritten Versuch zu warten? Weshalb sollte ich zulassen, dass Sie ebenso versagen wie Tabitha, diese Närrin? Sie wissen, was Sie wissen müssen, und das meiste davon wissen Sie, weil ich mein Wissen mit Ihnen geteilt habe. Ignorieren Sie den Jungen und konzentrieren Sie sich auf das, was Sie zu tun haben! Keiner von uns kann es sich leisten, nicht bei der Sache zu sein. Ein Fehler kann entsetzliche Folgen haben...“

Aus seinem Blick sprachen noch immer Zweifel, aber Mister Schwarz nickte. Er packte David am Arm, zog ihn zu sich heran und zwang ihn mit dem Oberkörper auf den Sarkophag. Ians Herzschlag schien auszusetzen. Die Erscheinungen von Gabriel und Christabel standen, dicht beieinander, etwas abseits. Hinter dem Sarkophag formte sich eine weitere Erscheinung aus dem Nichts – eine Frau. Tabitha Black!

Pater Peregrino starrte mit großen Augen den Geist Tabithas an, doch Mister Schwarz war nun zu allem entschlossen.

Ian wurde der Anblick erspart, der Körper des Lehrers schirmte David vor seinen Blicken ab. Ian sah nur, wie sich das Messer hob, um dann mit einem Ruck herabzustoßen. Ian schrie und schrie…

Ein tiefes Summen drang aus dem Sarkophag, schwoll an zu einer Intensität, die man in den Eingeweiden spüren konnte. Der Steinquader begann zu vibrieren, als Davids Blut sich über dem Deckel ausbreitete. Dann, ohne Vorwarnung, zerbarst der Sarkophag in einer Druckwelle, die sich ringförmig ausbreitete. Mister Schwarz und der Pater wurden von den Füßen gerissen, Davids lebloser Körper wurde irgendwo in die Dunkelheit der Kammer geschleudert. Steinbröckchen schossen durch die Luft, fügten den beiden Männern zahlreiche Kratzer zu. Dort, wo der Sarkophag gestanden hatte, loderte nun eine schlanke Säule aus blauem Feuer empor. Die Kälte, die von den Flammen ausging, war so überwältigend, dass die Luft zu gefrieren drohte. Ian krümmte sich, bekam kaum noch Luft, weil jeder Atemzug in seine Lungen schnitt. Dann endlich, nach endlos scheinenden Sekunden, fiel die Feuersäule in sich zusammen. Stattdessen stand eine Gestalt dort. Ian konnte sie kaum erkennen, denn Dunkelheit schien die Gestalt zu umhüllen wie ein Mantel. Es war ein Mann, gekleidet in wallende nachtschwarze Gewänder, die nahtlos übergingen in nebulöse Schwaden von Finsternis. Ein wilder Haarschopf von ebenso intensiven Schwarz bauschte sich um den Kopf des Mannes, ein langer Bart verhüllte die untere Gesichtshälfte wie eine Maske, floss an der Brust hinab und verschwamm dort in den tiefen Falten der Gewänder, die sich wie im Sturm unablässig bewegten, sich aufbauschten und wieder glätteten. Die Augen des Mannes leuchteten blau, wie zwei Lämpchen, glommen unheilvoll in der Dunkelheit der Gestalt. Die Stimme des Mannes, die von den Wänden der Kammer widerhallte, war wie Donnerhall.

„Endlich! Nach so langer Zeit kehre ich endlich zurück! Ich, Bartholomew Black!"

***

Als er wieder zu sich kam, wusste er zunächst nicht, wo er war. Er rieb sich die Schläfe, hinter der ein heftiger Schmerz pochte. Dann erst wurde ihm bewusst, dass ihn jemand schüttelte und seinen Namen rief.

„Mister Bright! Mister Bright! Oh Gott sei Dank, Sie leben!"

Vorsichtig öffnete Mister Bright die Augen. Das linke war so sehr geschwollen, dass er darauf blind war. Mit dem rechten Auge sah er Miss Parks' Gesicht, das leichenblass und mit rot umrandeten Augen vor ihm in der Dunkelheit schwebte.

Von irgendwo kam Licht, aber Mister Bright konnte dennoch kaum etwas erkennen. Immer wieder verschwamm sein ohnehin eingeschränktes Blickfeld. Das Hämmern in seinem Kopf drohte ihm erneut die Sinne zu rauben. Nach und nach nahm er wahr, dass ihm alles wehtat. Schleichend kam die Erinnerung zurück. Mister Bright zuckte unwillkürlich zusammen.

„Die Toten...sie sind aufgestanden...wo..."

Miss Parks redete beruhigend auf ihn ein, wobei sie ihre eigene Stimme selbst kaum unter Kontrolle hatte.

„Sie sind fort."

Mister Bright sah sich um. Überall im Gang verstreut lagen Teile der Gerippe, zertrümmert, geborsten. Aber es war keinerlei Bewegung mehr auszumachen.

Was Mister Bright sah waren nur Einzelteile, nicht aber ganze oder auch nur teilweise erhaltene Gerippe.

„Wo...sind sie hin?"

Miss Parks sah stumm den Gang hinunter.

„Sie sind dort entlang."

Und dann fügte sie nach einer Atempause hinzu.

„Sie haben das Buch."

Mister Bright kämpfte sich stöhnend auf die Füße. Er lebte noch. Damit war nicht alles verloren. Vielleicht konnte er den Kindern doch noch helfen. Er bückte sich nach der Taschenlampe und leuchtete den Fußboden ab. Die Skelette hatten deutliche Spuren hinterlassen. Einige von ihnen bewegten sich nur rutschend, andere hatten auf ihrem Weg weitere Teile verloren. Es würde nicht schwer fallen, ihnen zu folgen.

Irgendwo mussten sie ja hin mit diesem verfluchten Buch. Und dort würde er dann hoffentlich auch endlich seine Antworten bekommen.

„Na dann. Bleiben sie dicht hinter mir. Mal sehen, wo uns die Rasselbande hinführt."

Mister Bright klaubte einen rostigen, aber noch immer stabil wirkenden Streitkolben vom Boden auf und wog ihn prüfend in der Hand.

„Gehen wir."

***

Pater Peregrino erhob sich und klopfte sich Staub und Steinsplitter von seiner Soutane. Dann verneigte er sich tief vor der Gestalt des Grafen Black, dessen Augen bedrohlich aufleuchteten. Der Pater vollführte eine komplizierte Handbewegung, schien ein unsichtbares Zeichen in die Luft zu malen und sprach dabei einige Worte in einer Sprache, die vollkommen fremdartig klang. Bartholomew Black trat einen Schritt auf den Pater zu, sein rechter Arm schoss aus der unergründlichen Schwärze seiner Gewänder hervor und packte den Pater am Hals.

„Du bist ein Adept der Ars Okkulta? Aber du bist nicht von meinem Blute, du kannst es nicht sein, der mir die Pforte öffnete."

Dann fiel sein Blick auf den noch immer am Boden kauernden Mister Schwarz, der entgeistert zurückstarrte.

„Bartholomew Black? Aber das…kann nicht sein…"

Die Augen des Grafen brannten nun in blauem Feuer.

„Ah, du bist es also gewesen. Warum liegst du am Boden wie ein Wurm?"

Dann wandte er sich wieder dem Pater zu und hob diesen mühelos am ausgestreckten Arm vom Boden. Seine Hand schloss sich dabei noch enger um den Hals des alten Mannes.

„Mir wurde die Pforte aufgetan, doch will ich nun wissen, was hier vor sich gegangen ist. Du behauptest, die Kunst zu kennen und zu verstehen, wie ich es deinem unbeholfenen Gefuchtel eben entnehme. Also sage du mir, was ich wissen will."

Der Pater röchelte.

„Das werde ich, wenn Ihr mich nur absetzt, Magister."

Bartholomew Black entließ den Pater wortlos aus seinem Griff, so dass dieser zu Boden fiel und Mühe hatte, auf den Beinen zu bleiben. Würgend rieb er sich den Hals, dann richtete er sich auf und hatte nach einigen Schrecksekunden seine abscheuliche Selbstsicherheit wieder gewonnen.

„Erlaubt, dass ich zunächst Eurem geschätzten Nachkommen hier vor Augen führe, was er gerade getan hat. Wie es scheint, ist Euer Erscheinen, Magister, nicht ganz das, womit dieser junge Mann gerechnet hatte."

Damit drehte er sich zu Mister Schwarz um. Ein dämonisches Lächeln lag auf seinem Gesicht.

„Nun, mein Freund, ich sehe Sie überrascht. Offenbar ist das Ritual nicht so verlaufen, wie es Ihnen vorhergesagt wurde in den geheimen Dokumenten, die innerhalb der Familie Black von Generation zu Generation weitervererbt wurden.

Immerhin, Sie sind, ganz so, wie die werte Tabitha neunundvierzig Jahre vor Ihnen, zur rechten Zeit am rechten Ort. Und sie haben, genau wie Tabitha, unschuldiges Blut vergossen.

Sie haben sogar einen gewaltigen Vorrat mitgebracht."

Sein Blick schweifte über die Schülerinnen und Schüler, die sich langsam wieder zu regen begannen, so als ob sie aus einer Trance erwachten.

„Und Sie haben auch denselben Fehler begangen wie Tabitha vor Ihnen. Sie haben beide wahrhaftig geglaubt, dass Ihr Ahnherr aus dem Grab zu Ihnen sprechen würde, Ihnen seine dunkelsten Geheimnisse offenbaren würde? Torheit! Graf Bartholomew Black war niemals tot! Er wusste um die Drachenlinien, die sich genau hier, tief unter seiner Burg kreuzen. Und als Meister des verbotenen Wissens wusste er auch, dass an solch einer Kreuzung ein Tor geöffnet werden kann – ein Tor in die Anderswelt. Orbis Alia, Mister Schwarz - eine Welt, in der die Zeit, wie wir sie kennen, keine Bedeutung hat…"

Mister Schwarz schaute ungläubig von der bedrohlichen Erscheinung Bartholomew Blacks zu dem alten Pater.

„Sie…Sie haben gewusst, dass ich mit dem Ritual ein Tor öffnen und ihn zurück in unsere Welt holen würde?"

Pater Peregrino lachte höhnisch.

„Aber natürlich habe ich es gewusst! Tabitha war zu verblendet, um mir zuzuhören, deswegen ist das Ritual beim letzten Mal außer Kontrolle geraten. Und ich muss gestehen, dass auch mein Wissen unvollständig war vor neunundvierzig Jahren.

Ich wusste, dass ein so mächtiger Meister der Kunst, wie es Bartholomew Black war, sein Wissen nicht einfach preisgeben würde, zu welchen Bedingungen auch immer. Nicht einmal an seine Blutsverwandten. Er würde sein Wissen für sich behalten und auf die Gier seiner Nachkommenschaft setzen.

Sie mussten doch nur glauben, was er Ihnen versprach. Macht, Wissen – und Sie würden alles daran setzen, das Ritual, wie es in der geheimen Schrift der Blacks beschrieben steht, durchzuführen.

Es ist leicht, Menschen zu manipulieren, wenn man ihre Bedürfnisse kennt. So gelangte ich selbst einst an meinen wertvollsten Besitz, der es mir erst ermöglichte, den Meisterplan des Magisters zu durchschauen. Der Magister hat seine Vorkehrungen getroffen, vor vielen hundert Jahren. Als Meister der Nekromantie ließ er die Toten in der Krypta auferstehen. Diese sorgten dafür, dass die Truppe Edwards von Woodstock nicht in sein Heiligtum eindringen konnten - oder sollte ich besser sagen, Unheiligtum? Denn darüber hinaus wusste er, dass die Kirche den Boden entweihen und für unheilig erklären würde – und das war genau das, was ihm überhaupt erst seine Flucht in die Anderswelt ermöglichte. Kleriker von Amt und Würden haben diesem Land den Segen entzogen – und haben den Ort damit erst zu einem wahrhaft mächtigen Ort des Okkulten gemacht!"

Mister Schwarz konnte nur stammeln.

„Und…der Rabe…"

Der grässliche Pater nickte wissend.

„Oh ja, richtig. Ich sagte ja, dass beim letzten Mal etwas schief ging. Und dass ich selbst noch nicht genug wusste. Damals wollte ich Tabitha vor der Rückkehr des Magisters warnen. Ich wollte Schutzvorkehrungen treffen, aber Tabitha ließ mir keine Zeit dazu. Mir blieb nur, hastig einen Bannkreis auf die Schwelle dieser Kammer zu zeichnen. Ich dachte damals, es sei falsch, einem so mächtigen Mann wie Bartholomew Black zur Rückkehr zu verhelfen. Ja, ich hatte sogar Angst davor, was passieren könnte, wenn er wieder zu seiner alten Macht gelangen würde. Mein Horizont war damals zu beschränkt, ich habe nicht weit genug gedacht, war noch zu sehr verfangen in Resten von Moral und Ethik, derer ich mich nicht entledigen konnte.

Seitdem aber habe ich vieles gelernt über die Kunst. Ich weiß, dass nichts ohne Opfer erreicht wird. Damals habe ich durch das Vergießen von Tabithas Blut das Ritual aufgehalten, nur ein Teil des Magisters, in Rabengestalt, konnte durch die Pforte schlüpfen. Dieser Teil ist heute erst zurück gekehrt, ist wieder eins geworden mit dem Magister.

Und diesmal war mir klar, dass ich alles tun würde, damit das Ritual durchgeführt wird – allerdings wusste ich, im Gegensatz zu Ihnen, Mister Schwarz, worauf ich mich einlasse."

Der Pater wandte sich nun direkt an Bartholomew Black.

"Hier seid Ihr nun, Magister, zurückgekehrt nach vielen Jahrhunderten. Die Welt hat sich sehr verändert, aber sie ist kaum weniger brutal, wenngleich die Bosheit der Menschen zumeist subtiler ist. Es dürfte Euch leicht fallen, zu alter Macht und ungeheurem Einfluss zu gelangen. Die Welt funktioniert durch Korruption, beinahe jeder ist bestechlich. Ich bin alt und nur noch am Leben, weil die bloße Aura Eurer mächtigen Magie, die noch immer in dieser Kammer ist, mich am Leben hielt – so wie sie Euch über Jahrhunderte am Leben hielt. Aber seht mich an, ich bin verwittert, müsste tot sein, und lebe dennoch. Ich will leben, aber ich will meine Kraft zurück, damit ich mehr lernen kann – und damit ich Euch helfen kann, Euch in dieser neuen Welt zurechtzufinden. Magister, daher bitte ich Euch untertänigst: Unterweist mich in der Kunst."

Bartholomew Black rauschte auf den Pater zu, schien zu schweben, denn man konnte keine Schritte erkennen unter den langen Falten seines Gewandes.

"Du musst ein größerer Tor sein, als ich dachte. Warum sollte ich mein Wissen mit DIR teilen, wenn du doch sehr gut weißt, dass ich es nicht einmal mit meinen Nachkommen teilen würde? Glaubst du, ich wäre auf die Hilfe eines Sterbenden angewiesen? Alles, was du als Dank von mir zu erwarten hast, ist, dass ich dir langes Siechtum erspare..."

Der Pater hob beide Hände vor die Brust.

"Magister, Ihr habt noch nicht gehört, was ich Euch im Gegenzug noch anbieten könnte. Ich wage zu behaupten, dass wir wohl voneinander lernen könnten."

Graf Black lachte verächtlich, aber der nächste Satz des Paters ließ ihn abrupt verstummen.

"Das Necronomicon ist in meinem Besitz."

Bartholomew Black rauschte noch weiter auf den Pater zu.

"Also das ist dein wertvollster Besitz - deshalb konntest du so vieles in Erfahrung bringen. Es scheint, als enthielte dieses Werk in der Tat nützliche Informationen. Aber warum sollte ich es mir nicht einfach nehmen? Was lässt dich glauben, ich würde auf deinen Handel eingehen, du alter Narr?"

Pater Peregrino zog ein Amulett unter seiner Soutane hervor und hielt es dem Grafen vor das Gesicht. Dieser schreckte davor zurück.

Der Pater lächelte.

„Nun ja, viele nützliche Dinge, wirklich. Zum Beispiel dieses Bannsymbol. Als Amulett kann ich es immer bei mir tragen und muss es nicht umständlich unter Betten oder auf Türschwellen zeichnen. Allein, das Zeichnen ist bereits eine hohe Kunst, das Symbol in ein Medaillon einzuarbeiten ist nahezu unmöglich. Aber wie Ihr seht, Magister, es ist mir gelungen. Und nun, da Ihr einsehen müsst, dass Ihr mir nichts anhaben könnt, Wiedergänger, lasst uns noch einmal über unseren Handel sprechen. Zuvor jedoch harrt Euer Nachkomme noch seiner Belohnung…"

Mister Schwarz brachte kein Wort heraus. Statt seiner sprach nun wieder Bartholomew Black, der auf seinen immer noch am Boden kauernden Nachfahren zutrat. Das Leuchten in seinen Augen war nun schwächer geworden. Er streckte eine überraschend feingliedrige Hand aus, bot sie Richard Schwarz an.

„Der Alte hat Recht. Aber mit seinem Geschwätz allein hätte das Ritual nicht durchgeführt werden können. Du hast das Siegel gebrochen, du hast mir unschuldiges Blut dargebracht. Dafür gebührt dir Dank."

Zögernd nahm Mister Schwarz die dargebotene Hand, ließ sich auf die Füße ziehen. Ihm entging das entsetzliche, schadenfrohe Grinsen des Paters.

„Mister Schwarz, haben Sie sich jemals gefragt, warum ausgerechnet Blut eine so große Rolle spielt bei diesem Ritual? Ihr Blut, das des Jungen…"

Mister Schwarz sah fragend erst den Pater, dann seinen Ahnherrn an. Letzterer beantwortete ihm die Frage.

„Blut ist das Elixier des Lebens. Man kann damit sogar ewig leben. Leider reicht das eigene Blut nicht aus. Es braucht schon etwas mehr…"

Langsam schien die Erkenntnis in Mister Schwarz' Hirn zu sickern. Sein Mund öffnete sich zu einem Schrei, doch dazu sollte er bereits nicht mehr kommen. Bartholomew Black packte seinen Nachfahren an den Haaren, riss seinen Kopf zurück und schlug, lange, hauerartige Reißzähne in seinen Hals. Mister Schwarz wehrte sich nicht, nur ein leises Seufzen entwand sich seiner Kehle. Ian sah mit vor Entsetzen geweiteten Augen zu, konnte den Blick nicht von der entsetzlichen Szene abwenden. Schließlich erschlaffte Mister Schwarz. Bartholomew Black entließ ihn aus seinem Griff, und der Körper des Lehrers sackte auf den Boden, wo er reglos liegen blieb.

Hinter Ian kam Bewegung in die Jugendlichen. Noch schien ihnen nicht völlig bewusst zu sein, wo sie waren und was um sie herum vorging. Ian dachte an seine Freunde. Gehetzt sah er sich um, fand Ben, eilte zu ihm. Nicht weit entfernt stand Fiona. Wo war Amber? Sie war eine derjenigen, die am nächsten am Sarkophag standen. Panik überfiel Ian. Sie mussten hier raus, alle – jetzt! Wild rüttelte er an Ben. Derweil hörte er die verhasste Stimme des Paters.

„Blut ist dicker als Wasser, aber es geht nichts über das eigene Blut, nicht wahr? Auch wenn so viele Generationen gekommen und gegangen sind, es ist noch immer Euer Blut, das durch die Adern Euer Nachkommen fließt. Und Mister Schwarz besaß durchaus Macht, auch wenn ihm das selbst kaum bewusst war. Wie er diese Kinder hergebracht und immer wieder davon überzeugt hat, dass sie bei ihm sicher wären. Wie er sein Opfer ausgewählt hat, zu seinem verblendeten Schoßhündchen gemacht hat – ja, er hatte Macht, hatte Einfluss auf seine Umgebung. Selbst hier unten hat seine Gegenwart die Kinder so sehr eingeschüchtert, sie stehen immer noch herum und starren ihn an wie die Kaninchen die Schlange. Ein Jammer, dass er diese Macht nun nicht mehr ausbauen kann…aber Opfer müssen gebracht werden."

Ian spürte erneut einen solchen Zorn in sich aufsteigen, dass er alle Vorsicht vergaß. Verblendetes Schoßhündchen? Es war David, über den der Pater so beiläufig sprach. David war Mister Schwarz' Opfer – Mister Schwarz hatte David nie helfen wollen, hatte ihn nur immer mehr auf seine Seite gezogen, hatte ihm insgeheim weiß-Gott-was eingeredet, bis David völlig vorbehaltlos alles tat, was Mister Schwarz ihm sagte. David hatte sich sehr verändert, aber trotzdem, das wurde Ian jetzt schmerzlich bewusst, war er sein Freund gewesen.

Das Gefühl, das Ian jetzt überkam, war ihm gänzlich unbekannt. Es kümmerte ihn auf einmal nicht mehr, ob er selbst sterben würde oder nicht. Er wollte nur noch eines tun, danach mochte mit ihm geschehen, was auch immer dieser Graf sich für ihn und seine Freunde ausgedacht hatte. Er wollte den Pater bestrafen – er wollte den alten Mann umbringen.

Der Graf leckte sich die Lippen.

„Ja, sein Blut war nicht so wässrig wie das derer, das ich vor Jahrhunderten getrunken habe. Nun zu dir, alter Mann.

Du willst also einen Handel…du bietest mir deine Dienste an und das sagenhafte Necronomicon…und dafür willst du von mir lernen, willst erfahren, wie du dein Leben verlängern kannst…"

Weder der grausame Graf noch der Pater achteten auf Ian, als dieser sich im Schatten an sie heran schlich. Dort lag Mister Schwarz und neben ihm das Messer, mit dem er David getötet hatte. Der Lehrer hatte seine Strafe erhalten, jetzt sollte dieser sogenannte Pater sein Fett abbekommen. Ian hob das Messer auf. Es war schwer, die Klinge lang und blutverschmiert. Er richtete sich auf und fixierte den Pater, der ihn noch immer nicht bemerkt hatte. Vor diesem stand der Graf, hatte Ian den Rücken zugewandt…

Plötzlich hörte Ian eine ihm inzwischen wohlbekannte Stimme. Samtweich, etwas heiser, verführerisch, verrucht. Die Stimme Tabitha Blacks.

„Du bist ein tapferer Junge. Nicht umsonst habe ich mich für dich entschieden, habe dich persönlich hergeführt. Nun sollst du das Werkzeug meiner Rache sein. Natürlich, du willst mir nicht helfen, aber ich will dir helfen. Wir haben das gleiche Ziel. Der alte Bastard muss sterben. Und wenn du bereit bist, dann kann ich dich unterstützen…"

Ian hörte kaum hin, ihm war alles gleich. Tabithas Stimme echote weiter schmeichlerisch in seinem Kopf.

„Du bist mutig und gewitzt – und du hast die Waffe, die wohl einzige Waffe, die dir hier unten nützen kann."

Wie zur Bestätigung wog Ian das lange Messer in seiner Hand.

„Nicht doch dieses Spielzeug, Dummerchen. Ich spreche von dem Bannkreis. Du hast gesehen, wie Bartholomew Black vor dem Amulett des Paters zurückgewichen ist."

Ian verzog das Gesicht. Wovon redete Tabitha? Er hatte das Symbol gesehen, hatte die Linien und Anordnungen jedoch nicht durchschaut, geschweige denn sich eingeprägt. Zumal - warum sollte er auf die Hexe hören? Er würde es zu Ende bringen, jetzt, hier. Dazu brauchte er keine Hilfe von dem Geist dieser Teufelin.

Auf seiner Brust wurde es unvermittelt warm. Erschrocken blickte er an sich herab und sah seine Kamera, die noch immer um seinen Hals baumelte. Sie war von selbst angegangen, strahlte eine absonderliche Hitze ab. Ungläubig griff er danach. Das große Display auf der Rückseite war hell erleuchtet. Es zeigte eine Aufnahme, die Ian gemacht hat.

Die Großaufnahme eines seltsamen Symbols, bestehend aus fremdartigen Zeichen und verschlungenen Linien. Er hatte es in Zimmer 36 gemacht, dieses Foto. Dem Zimmer des Paters. Dies war das Zeichen, das er dort vor knapp einem halben Jahrhundert selbst in die Dielen unter seinem Bett eingebrannt hatte, um sich im Schlaf vor etwaiger Gefahr durch was auch immer zu schützen. Ein Bannkreis.

„Siehst du, jetzt endlich begreifst du. Der Pater ist kaum eine Gefahr, aber solange mein Ahnherr glaubt, von ihm zu erfahren, wo sich das Necronomicon befindet, wird er nicht zulassen, dass du dem alten Narren auch nur ein Haar krümmst. IHN musst du ausschalten. Er ist so unvorstellbar viel gefährlicher als der Pater. Sollte er hier heraus kommen, an die Oberfläche…du willst nicht wissen, was er dann anstellen könnte mit seiner Macht. Diese Macht sollte mein Erbe sein, aber der Pater hat mich um mein Erbe gebracht. Nun soll er die Macht von Bartholomew Black auf keinen Fall haben. Heute soll es enden."

So wenig er es sich selbst auch eingestehen wollte, kam Ian nun dennoch nicht länger umhin festzustellen, dass das, was Tabitha sagte, durchaus einen Sinn ergab. Der Graf hatte ihm noch immer den Rücken zugewandt, stand an der Stelle, wo sich der Sarkophag befunden hatte. Ian musste schnell handeln. Wenn seine Mitschüler erst realisierten, was hier los war, nun, da Mister Schwarz tot war und sein unheimlicher Einfluss auf sie immer schwächer wurde, dann würde eine Panik ausbrechen. Damit wäre seine Chance vorbei, der Graf würde sich vermutlich sofort auf die Jugendlichen stürzen, die ohnehin als Opfer für ihn bestimmt waren. Jetzt aber belauerte er den Pater, schien auf eine Sekunde der Unachtsamkeit zu warten. Nur das Amulett hielt ihn ab, über den alten Mann herzufallen.

Ian biss die Zähne zusammen, nahm die Kamera in die Linke und umfasste den Dolch von Mister Schwarz fester mit der Rechten. Dann stürmte er vor. Schneller, als es das Auge wahrnehmen konnte, wirbelte der Graf herum, erwartete Ian. Der aber rannte mit vorgestreckter Kamera weiter, das Display zeigte gestochen scharf den Bannkreis. Für einen Augenblick zögerte der Graf, sein Blick schien von dem Display der Kamera festgehalten zu werden. Dann war Ian heran und rammte dem Ahnherrn der Blacks das Messer aus vollem Lauf in den Bauch.

Die Klinge grub sich bis zum Griff in die Falten des pechschwarzen Gewandes und in das Fleisch darunter. Der Graf gab keinen Laut von sich, nur der Pater stöhnte entsetzt auf. Bartholomew Black starrte Ian an, seine Augen loderten in einem so grellen Blau, dass Ian davon geblendet wurde. Graf Black stieß seinen Angreifer mit unvorstellbarer Kraft von sich. Ian flog meterweit rückwärts durch die Kammer – das Messer noch immer mit festem Griff umklammert. Hart schlug er auf dem Boden der Kammer auf, war für Sekunden benommen.

Dann sah er, wie der Graf an sich hinunter blickte. Ein dicker, hellroter Blutschwall ergoss sich aus der Wunde. Er hatte sich mit dem Blut von Mister Schwarz vollgesogen wie ein Schwamm, jetzt strömte der Lebenssaft aus ihm heraus wie aus einem leck geschlagenen Gefäß. Schon bildete sich eine große Pfütze um seine Füße aus – dort, wo sein Sarkophag gestanden hat - dort, wo Tabitha Black vor fast einem halben Jahrhundert ihr Leben verloren hatte…

Ein schrilles, heiseres Lachen erfüllte die Kammer, steigerte sich zu einem ohrenbetäubenden Lärm, der Ians Klassenkameraden endgültig aus ihrem Dämmerzustand riss. Sie brauchten noch eine Weile, bis sie die Situation erfassten.

Dann hob ein Geschrei aus vielen Kehlen an. Ian rappelte sich auf und stolperte zu Amber, zog sie zurück dorthin, wo Ben und Fiona standen. Einige von Ians Mitschülern sackten auf die Knie, weinten unkontrolliert, als sie den reglosen Körper von Mister Schwarz sahen. Andere beobachteten mit weit aufgerissenen Augen und Mündern, was sich an der Stelle abspielte, wo Bartholomew Black und der Pater standen. Der Graf blutete nicht mehr, überhaupt schien ihn die Verletzung kaum beeindruckt zu haben. Er schaute nur auf die Blutlache zu seinen Füßen, die nun brodelte und zu kochen schien. Er trat zurück, so als fürchtete er, er könne sich verbrühen.

Das Blut warf nun Blasen, die sich aufwölbten und wieder zusammensackten. Nach einer Weile aber sackten sie nicht mehr ein, wölbten sich immer höher, flossen ineinander zu einer einzigen großen, roten Halbkugel, in die nun die Ränder der Blutlache hineingezogen wurden und sie so noch weiter wachsen ließen. Die Halbkugel streckte sich in die Höhe, wurde zu einer fast mannshohen Säule aus Blut, die waberte und pulsierte und sich langsam weiter verformte, bis schließlich ein grobes Abbild eines menschlichen Körpers erkennbar war, eine Statue aus Blut. Immer weitere Feinheiten bildeten sich heraus. Bald ließ sich erkennen, dass es sich um den anmutigen Körper einer jungen Frau handelte. Schließlich veränderte sich die Farbe der Gestalt, Porzellanhelle Haut wuchs von den Füßen ausgehend an den Beinen der Frau hinauf, breitete sich über ihren Rücken aus und umhüllte den Kopf, aus dem Haare sprossen, schwarz wie die Nacht. Das Haar wuchs in Sekundenschnelle zu einem seidigen Schopf heran, der den Rücken hinab floss bis zur Taille. Ein Ruck schüttelte den Körper der Frau, und sie schnappte vernehmbar nach Luft, warf den Kopf in den Nacken.

Dort stand sie, nackt, unvorstellbar schön, den Rücken der Klasse zugewandt - Tabitha Black.

Offenbar schämte sie sich nicht im Mindesten ihrer Nacktheit. Lasziv strich sie sich durch das Haar, lächelte dabei aufreizend.

„So sieht man sich wieder, Pater. Hast DU dich eigentlich jemals gefragt, warum ausgerechnet Blut eine so große Rolle spielt bei diesem Ritual?"

kapitel Dreiundzwanzig:
Rückkehr

Giacomo Peregrino schaute fassungslos auf die nackte Frau vor sich. Sein Entsetzen schien grenzenlos. Die Jugendlichen in der Kammer hielten gleichsam den Atem, nur vereinzeltes Schluchzen und Wimmern war noch zu hören.

„Tabitha, wie…wie kann das sein?"

Die Angesprochene stemmte kokett die Hände in die Hüften.

„Blut, mein lieber Pater. Und zwar gleich das Blut zweier Blacks. Das meines Ahnherrn…und das des bemitleidenswerten Mister Schwarz. Beides vergossen an der Stelle, wo ich vor neunundvierzig Jahren mein Leben aushauchte, weil du mir nicht beistehen wolltest - weil du mich hintergangen hast. Und das hast du nicht gewusst? Du als so belesener Mann? Als Adept der dunklen Kunst?"

Sie lachte hämisch.

„Du sagtest damals, ich würde einen Fehler machen, ich wüsste nicht, was ich tue. Lächerlich! Ich wusste sehr wohl, was ich tat. Ich wusste es besser als dieser arme Trottel…"

Sie machte eine Kopfbewegung in Richtung von Mister Schwarz.

„…und ich wusste es besser als DU!"

Der Pater ging ein paar Schritte rückwärts. Tabitha folgte ihm nicht. Stattdessen wandte sie sich an Graf Bartholomew Black, der interessiert, beinahe belustigt dem Gespräch gelauscht hatte.

„Willkommen daheim, Großväterchen. Wenn ich mich kurz vorstellen darf: Ich bin Tabitha Black. Und ich hätte dich bereits vor neunundvierzig Jahren befreit, wäre dieser alte Tölpel mir nicht dazwischen gekommen. Er redet sehr viel, hat er damals schon getan. Leider weiß er nicht halb so viel, wie er glaubt."

Bartholomew Black nickte Tabitha zu.

„Endlich jemand, der würdig ist den Namen Black zu tragen."

Sein Blick wanderte anerkennend an ihrem Körper auf und ab. Sie schien sich nicht im Mindesten daran zu stören.

„*Deine Methoden sind ungewöhnlich und rücksichtslos. Das gefällt mir. Statt vieler Worte lässt du Taten sprechen. Ich nehme an, du hast den Lümmel dazu gebracht, mich anzugreifen?*"

Tabitha lachte. Sie wandte sich um, suchte nach Ian. Dann fand sie ihn und ihr Blick bohrte sich in ihn hinein.

„*Natürlich. Du musst mir schon verzeihen, Kerlchen, aber als Geist konnte ich schließlich nicht selbst Hand anlegen – und selbst wenn, es gehört sich schließlich nicht, das eigene Großväterchen mit einem Messer anzugreifen, nicht wahr? Du hast mir sehr geholfen. Ich wusste doch, auf dich ist Verlass.*"

Ian schloss die Augen. Sie hatte ihn getäuscht. Er war ihren Lügen auf den Leim gegangen, hatte, obwohl er es besser hätte wissen müssen, auf sie gehört. Und nun hatte er die ultimative Katastrophe heraufbeschworen. Nicht nur der berüchtigte Graf Black war ins Leben zurückgekehrt, auch die ebenso verkommene wie schöne Tabitha war nun wieder unter den Lebenden. Deren Interesse an ihm schien im nächsten Augenblick gänzlich verloschen, sie widmete ihre Aufmerksamkeit wieder Pater Peregrino.

„*Also was jetzt, alter Mann? Weswegen doch gleich sollten wir dich nicht einfach töten?*"

Der alte Mann bebte vor Furcht, verzweifelt umklammerte er sein Medaillon, hielt es vor seine Brust. Sein Blick suchte den Grafen.

„*Ich habe immer noch das Necronomion! Es enthält Wissen, auf das Ihr nicht verzichten könnt, wenn ihr zu wahrer Macht finden wollt, Magister...*"

Tabitha streckte sich müßig, wandte sich dann um und kehrte dem Pater den Rücken zu. Ihr Blick galt allerdings nicht den Jugendlichen, sondern der Öffnung zur Krypta.

„*Ah ja, richtig. Die Lektüre, die dir so wichtig ist. Darin stehen alte Geheimnisse, nicht wahr? Formeln, Anrufungen, Beschwörungen - wie beeindruckend. Leider hast du selbst es nie dazu gebracht, einige der wirklichen großen Zauber auch nur im Ansatz zu verstehen. Du hast lediglich ein paar Taschenspielertricks gelernt, so wie dein Bannsymbol.*"

Der Pater wurde kreidebleich. Er spürte, dass Tabitha über große Macht verfügte. Und sie war auf andere Art wiedergekehrt als ihr Urahn. Der war aus der Orbis Alia gekommen, war niemals wirklich tot gewesen.

Tabitha aber war vor einem halben Jahrhundert vor seinen Augen gestorben.

Er konnte sich noch immer nicht erklären, wie sie ins Leben zurückkehren konnte, verstand nicht die schwarze Kunst, die ihr das ermöglicht hatte. Würde der Bannkreis sie überhaupt aufhalten? Sie tat gerade so, als spiele das Symbol keine Rolle für sie – aber Tabitha war eine Meisterin der Täuschung. Womöglich bluffte sie. Doch wenn nicht? Pater Peregrino konnte es nicht riskieren, es darauf ankommen zu lassen. Er musste verhandeln, musste Bartholomew und Tabitha davon überzeugen, dass er ihnen lebend mehr nutzte als tot.

„Ich werde Euch das Buch zeigen. Und ich werde Euch helfen, auf dass Ihr Euch in der Welt da draußen zurecht findet, Euren Aufstieg zu wahrer Macht und Größe planen könnt."

Tabitha verfiel in schallendes Gelächter. Bartholomews Blick wanderte zwischen ihr und dem Pater, der immer verzweifelter wurde, hin und her. Ihn schien die Szene sehr zu amüsieren. Die Schüler duckten sich unwillkürlich, so sehr erschreckte sie Tabithas Lachen. Endlich fasste sie sich wieder und wandte sich mit einem koketten Hüftschwung wieder dem Pater zu.

„Du willst Großväterchen und mir helfen, uns in der Welt zurechtzufinden? Du, ein alter Tor, der seit Jahrzehnten ein Einsiedlerdasein geführt hat, und der auch vorher als vermeintlicher Priester nur nach Wissen aus verstaubten Büchern gestrebt hat? Sieh mich an, du Narr. Sieh genau hin. Priester oder nicht, ich wette, so etwas hast du vorher noch nie gesehen."

Tabitha posierte aufreizend vor dem alten Mann.

„Glaubst du nicht, ich würde alles bekommen, was ich will? Glaubst du nicht, eine Frau wie ich wird da draußen sehr gut zu Recht kommen? Großväterchen und ich, wir brauchen nicht die Hilfe eines greisen Blenders."

Pater Peregrino flehte mehr, als dass er sprach.

„Aber das Buch! Das Necronomicon! Es existiert, und ich habe es in meinem Besitz!"

Tabitha kicherte.

„Oh, daran, dass es existiert, daran hege ich keinen Zweifel. Dass es sich jedoch noch in deinem Besitz befindet…"

Wieder wandte sie sich zu dem Durchgang zur Krypta um. Ian folgte ihrem Blick – und angesichts dessen, was er sah, blieb ihm fast das Herz stehen. Eine Schar von Skeletten schlurfte klappernd in die Kammer.

Einige wankten, andere krochen, kaum eines von ihnen war vollständig und unversehrt.

Es fehlten Arme oder Beine, Brustkästen und Schädel waren eingedrückt, zerbrochen. Aber dennoch schleppten sie sich voran.

Einige von Ians Mitschülern fielen in Ohnmacht - dieser Anblick war endgültig zu viel für sie. Ian hingegen konnte nicht anders, als der schaurigen Schar entgegen zu starren. Sein Blick klebte an etwas, das das vorderste der Gerippe, das keinen Kopf mehr hatte, mit beiden Armen umfangen und an seine Rippen gedrückt hielt. Tabithas zuckersüße Stimme drang an sein Ohr.

„Nun sieh mal an, was für ein Buch mag das wohl sein, das uns da gebracht wird? Wie sagtest du doch eben, Paterchen? Mein Ahnherr sei ein Meister der Nekromantie gewesen, könne die sterblichen Überreste seiner Vorfahren reanimieren? Na sowas! Ich hatte mich schon immer gefragt, ob ich das wohl auch könnte…"

Pater Peregrino brach in die Knie. Sein letzter Trumpf war verspielt. Bartholomew Black trat neben Tabitha und legte ihr seine Hand auf die Schulter. Die nebulösen Schwaden, die sich ausgehend von seinem Gewand ausbreiteten, krochen über Tabithas Körper, hüllten sie in Schwärze, die sich nach einer Weile wie eine zweite Haut an sie schmiegte. Sie war nicht länger nackt, doch die perfekten Formen ihres Körpers hoben sich sehr deutlich unter dem Anzug aus Finsternis ab.

„Ich bin beeindruckt. So habe ich doch eine würdige Erbin gefunden. Nun haben wir also auch das Buch. Wir brauchen diesen Pater nicht. Und die Zahl der Opfer, die uns mein missratener Nachkomme zugeführt hat, ist groß genug für uns beide."

Ian kam es vor, als hätte jemand ihm Eiswasser übergegossen. Jetzt also war es soweit, jetzt würden sich Bartholomew Black und Tabitha über sie hermachen. Tabitha aber widmete ihre Aufmerksamkeit zunächst dem Pater, der wimmernd auf dem Boden kniete und immer wieder murmelnd um Gnade flehte.

Sein Körper bebte vor Entsetzen. Tabitha sah voller Abscheu auf ihn hinunter.

„Du hättest mir damals nicht in die Quere kommen sollen, alter Mann. Vielleicht hätten wir dir dann sogar das Leben geschenkt."

Ihre Lippen kräuselten sich zu einem spöttischen Lächeln.

„Aber wir können uns doch nicht auf jemanden verlassen, der lügt und nur seine eigenen Ziele verfolgt. Lügen ist eine Sünde, Pater. Und so etwas tut man doch nicht..."

Darauf lachte sie wieder schallend.

Bartholomew Black nahm indes das Necronomicon an sich und strich über den Einband.

„Tatsächlich...es ist wahrhaftig echt. In Menschenhaut eingebunden - wie angemessen!"

Dann machte er eine beiläufige Handbewegung in Richtung des Paters.

„Ich selbst kann dir nichts zu Leide tun, alter Mann. Aber ich weiß nicht, ob meine geschätzten Vorfahren noch über genug Geist verfügen, um sich vor dem Tand zu fürchten, der um deinen Hals baumelt. Los, befreit uns von diesem Wurm!"

Giacomo Peregrino schrie nur noch, als er die Gerippe auf sich zuwanken sah. Als sie sich auf ihn stürzten, wurde sein Schrei schrill und spitz, dann herrschte schlagartig Ruhe. Ian nutzte die Atempause.

„Los, raus hier, alle! Schnell, schnell!"

Er ergriff Ambers Hand, stieß mit der anderen Fiona vor sich her. Ben war der erste, der ihnen folgte. Wie eine Herde aufgeschreckter Schafe rannten alle anderen ihnen nach. Jene, die am Boden kauerten, gar das Bewusstsein verloren hatten, wurden auf die Beine gezogen, angeschrien und geohrfeigt, bis sie wieder bei sich waren. Eine heillose Flucht begann. Bartholomew Black sah es mit Entzücken.

„Ah, endlich kommt etwas Leben in die Lämmer. Ihr Blut wird so viel würziger schmecken, wenn es mit ihrer Angst angereichert ist. Eine Jagd, meine Liebe! Begleite mich - dies soll der Beginn sein, der Beginn der Herrschaft der Blacks!"

Die Schüler strömten aus der Krypta. Die beiden Blacks ließen ihnen einen Vorsprung, um es interessanter für sich zu gestalten. Dann, nach einer Weile, machten sie sich an die Verfolgung.

***

Ian führte die Gruppe der Flüchtenden, dicht gefolgt von Ben. Der hatte zum Glück seine Taschenlampe noch immer bei sich, so wie eine Handvoll der anderen Schüler. Das Licht reichte gerade aus, um den Weg vor ihnen zu sehen. Zunächst ging es einen langen Gang entlang, der sich aber alsbald verzweigte. Schon war Ian unsicher, welchen Weg er wählen sollte. Da hörte er Christabels Stimme in seinem Kopf.

„Folge mir, ich zeige euch den Weg."

Unmittelbar vor Ian entstand die leuchtende Erscheinung des Mädchens, die ohne zu zögern einen der Gänge entlang schwebte. Ian blieb keine Zeit darüber nachzudenken, ob er ihr folgen sollte oder nicht. Er selbst war hier unten völlig orientierungslos, er konnte also ebenso gut dem Geist des Mädchens folgen. Einige seiner Mitschüler strauchelten, fielen hin, aber wurden sogleich von ihren Freunden auf die Füße gezogen. Sie bogen ein halbes Dutzend Mal in neue Gänge ein, immer hinter dem Geist herlaufend. Ian hatte das Gefühl im Kreis zu laufen, aber er zwang sich, nicht darüber nachzudenken, sondern nur zu rennen. Ambers Hand in der seinen spendete ihm etwas Mut. Er musste sie, musste alle seine Freunde und Klassenkameraden hier heraus bringen.

Hinter ihnen hallte ein unmenschliches Heulen durch die Gänge der Krypta. Der Graf hatte die Verfolgung aufgenommen. Ian lief noch schneller, aber ein Schulterblick zeigte ihm, dass die Gruppe seiner Klassenkameraden bereits weit auseinandergezogen war. Er musste kurz innehalten, auf die Nachzügler warten. Wenn sie nicht zusammen blieben, wäre alle Hoffnung verloren. Als die Letzten der Gruppe aufgeschlossen hatten, wandte sich Ian wieder nach vorn. Der Geist des Mädchens bog um eine Ecke und verschwand außer Sichtweite. Nur ein Leuchten erhellte den Gang hinter jener Biegung.

Das Leuchten wurde stärker – das war nicht Christabel! Das Licht kam ihnen entgegen, würde jede Sekunde um die Ecke biegen. Ian sog scharf die Luft ein. Sie mussten tatsächlich im Kreis gelaufen sein. Jetzt waren sie Tabitha oder dem Graf geradewegs in die Arme gerannt. Das Licht bog um die Ecke, blendete Ian für einen Augenblick. Er erkannte gerade noch zwei Gestalten, ein großer Mann und eine zierliche Frau kamen auf sie zu gehastet.

Es ist aus, dachte Ian. Jetzt haben sie uns.

„Gott sei Dank, ihr seid am Leben!"

Ian kannte diese Stimme. Er hatte diese Stimme so viele Male gehört, er hatte sie gehasst. Nun aber freute er sich so sehr darüber, wie er es niemals für möglich gehalten hätte. Er schrie seine Erleichterung heraus.

„Miss Parks!"

***

Terry Paxton kam ächzend und stöhnend zu sich. Um ihn herum rappelten sich seine Kameraden auf.

„Mann, was is'n passiert? Ich weiß noch, dass die Tür zu is' und dann…dann kam irgendwas und is' voll dagegen gekracht…"

Duncan sah angewidert auf die Pfütze von Erbrochenem, zu seinen Füßen, die er selbst dort hinterlassen hatte.

„Scheiße Alter…war'n echt mieser Trip. Aber is' ja noch mal gutgegangen, oder? Ich mein', die Tür is' ja jetzt zu, was da auch immer hinter is' kann jetz' nich' raus, oder?"

Ewan pochte unsicher gegen die Stahltür.

„Näh, die hält wohl. Is' bombensicher."

Jonas trat an das Tastenfeld.

„Was steht'n da? 'Overridecode eingeben'…was soll das'n heißen?"

Terry schubste seinen Kumpan unsanft von dem Tastenfeld weg und nahm selbst das Display in Augenschein. Er nickte fachmännisch.

„Is' doch klar, Mann. Alles is' zu, ich hab' uns den Arsch gerettet. Wenn die Tür wieder auf soll, dann musste 'nen Code eingeben. Is' doch ganz einfach!"

Duncan trat neben Terry.

„Und wie is' der Code?"

Terry zuckte die Achseln.

„Hab' kein' Plan. Is' doch aber egal, besser die Tür bleibt zu…kommt mal, lasst uns einfach abhau'n. Wir marschier'n nach Hause, is' ja'n Stück zu latschen. Und dann saufen wir ein' auf den Schreck!"

Mister Bright hatte nun die Führung der Gruppe übernommen. Er brauchte keinen Geist, der ihm den Weg zeigte, er war ihn selbst gerade erst gegangen, auf der Suche nach den Kindern.

Der hünenhafte Schotte hinkte, taumelte dann und wann, aber Ian fand, dass er noch immer sehr wehrhaft aussah – was nicht zuletzt an der klobigen Eisenkeule lag, die Mister Bright in der rechten Faust hielt. Ian fühlte sich etwas sicherer, auch wenn ihm klar war, dass im Zweifelsfall selbst der schottische Riese sich nicht gegen Bartholomew Black würde behaupten können.

„Wir sind gleich da! Wir haben es gleich geschafft!"

Die Stimme von Mister Bright hatte etwas Triumphierendes, aber das unmittelbar darauf folgende Geheul, das nun deutlich näher gekommen war, strafte seinen Optimismus Lügen. Alle liefen so schnell sie nur konnten, die Angst trieb sie zu Höchstleistungen. Und tatsächlich, hinter einer weiteren Biegung erstreckte sich ein langer Gang. Ian erkannte ihn wieder. Es war der Gang, der sie zu der Wendeltreppe nach oben führen musste. Endlich, da war sie. Stählerne Sprossen in der Wand eines kreisrunden Schachtes. Mister Bright stoppte am Fuß der Treppe, tat einen Schritt zur Seite und winkte die Schüler durch.

„Hoch da mit euch, los! Ich gehe als Letzter, passe auf, dass uns keiner von hinten angreift."

Ian wollte für einen Sekundenbruchteil widersprechen, sah aber ein, dass dies die einzig kluge Strategie war. Er hastete an dem Schotten vorbei. Vor ihm erklomm Miss Parks die Stahlsprossen, hinter ihm Amber, Ben und Fiona. Dann kam der Rest der Klasse.

Alle kamen sie – außer David. Der Gedanke versetzte Ian einen Stich ins Herz, aber er durfte jetzt nicht darüber nachdenken. Er musste weiter, nur weiter. Miss Parks keuchte und schnaufte. Sie war nicht die Jüngste und überdies sehr mitgenommen, jede weitere Windung der Treppe machte ihr mehr zu schaffen.

Da sie die erste auf der schmalen Treppe war, mussten alle, die nach ihr kamen, wohl oder übel ebenfalls ihren Aufstieg verlangsamen.

Ian hörte wieder das Geheul. Diesmal war es so nah, dass sich Ian die Nackenhaare aufstellten. Gehetzt sah er in den Schacht hinab. Sie hatten erst gut die Hälfte des Aufstiegs gemeistert. Mister Bright war nun ebenfalls auf der Treppe, hatte aber gerade erst eine Windung der endlos scheinenden Aufwärtsspirale hinter sich. Sie waren nicht schnell genug! Der Graf besaß übermenschliche Kräfte, war schnell wie ein Raubtier – und er hatte, im wahrsten Sinne, Blut geleckt – sie mussten hier weg!

Eine weitere Windung erklommen sie, bis Miss Parks keuchend innehielt, die Hände auf die Knie gestützt. Ian schrie die Lehrerin an.

„Miss Parks! Laufen Sie weiter, laufen Sie! Wir können nicht…"

Ein heiseres Lachen echote den Schacht hinauf. Entsetzt sah Ian nach unten. Im Dunkel am Fuß der Treppe erkannte er zwei schattenhafte Gestalten, die sich nun ihrerseits an den Aufstieg machten.

***

Mister Bright sah sie herankommen und blieb stehen.

„Lauft weiter, lauft! Ich halte sie auf!"

Dann wandte er sich um, um die beiden Verfolger zu erwarten. Es waren ein bärtiger Mann in wallenden schwarzen Gewändern mit stechend blauen Augen und eine junge Frau, atemberaubend schön und anmutig. Beide bewegten sich wie Katzen, schnell, grazil. Er aber hatte vor kurzer Zeit mit Untoten gekämpft, so dass ihm nun zwei menschliche Gegner mehr als willkommen waren. Überdies waren es nur zwei…

Er konnte nicht wissen, dass diese beiden alles andere als einfach nur menschlich waren.

Der Mann erreichte ihn und ging heulend zum Angriff über. Mister Bright wich zurück, entging dem Schlag mit den zu Klauen gekrümmten Fingern. Entgeistert sah er, wie die Finger sich in den Fels der Schachtwand gruben, Funken stoben auf, Gesteinssplitter spritzen aus der Wand.

Ihm blieb keine Zeit, sich darüber Gedanken zu machen, schon folgte der nächste Schlag, schneller als ein Gedanke. Die Finger fetzten den Stoff seiner Hose von seinem Bein, hinterließen tiefe Kratzer in seinem Oberschenkel. Mister Bright grunzte, wich weiter zurück.

Der Mann in der sich bauschenden Robe setzte nach, seine Schläge folgten so schnell aufeinander, dass Mister Bright keine Gelegenheit zu einem Gegenangriff hatte.

Stufe um Stufe wich er rückwärts taumelnd zurück, während die junge Frau, die hinter dem Kerl in der Robe herankam, nur hämisch lächelte. Ein beißender Schmerz flammte in Mister Brights Seite auf.

Tief hatten sich die Krallen des Mannes in sein Fleisch, kurz unterhalb der Rippen gegraben. Ein roter Vorhang senkte sich vor Mister Brights Augen. Ein unfassbarer Zorn, genährt von Schmerz und seiner Angst um die Kinder, übernahm sein Handeln.

Es war kein Raum mehr für Angst oder Vorsicht. Wenn er nun sterben musste, dann würde er sein Leben teuer verkaufen. Er packte das Handgelenk seines Peinigers und drückte unbarmherzig zu.

Immer noch waren dessen Krallen in dem Fleisch des Schotten versenkt, aber der Angreifer konnte die Hand nun nicht mehr herausziehen und Mister Bright damit eine entsetzliche Wunde reißen.

Mister Bright war nur ein Mensch, seinem Gegner hoffnungslos unterlegen. Dennoch verfügte er über sehr viel mehr Körperkräfte als die meisten Menschen, und seine Wut ließen diese Kräfte noch ins Maßlose wachsen.

Wie ein Donnerkeil schlug sein Streitkolben in dem Schädel Bartholomew Blacks ein. Ein solcher Schlag hätte Stein zertrümmern können.

Der Graf aber taumelte nur etwas, schüttelte sich und blickte den Schotten provozierend an.

„Ist das etwa schon alles, starker Mann?"

Dann zuckte seine andere Hand vor, traf Mister Bright mit unmenschlicher Wucht an der Brust. Der Schotte spürte, wie einige seiner Rippen krachend nachgaben, spürte, wie schlagartig die Luft aus seinen Lungen gepresst wurde. Immer noch hielt er das Handgelenk seines Gegners mit eisernem Griff umklammert, aber er spürte, wie seine Kraft ihn verließ.

Die Anstrengungen des Kampfes gegen die Skelette, die Wunden – dies forderte nun endgültig seinen Tribut. Mister Bright spürte, wie ihn eine Ohnmacht zu übermannen drohte. Doch dann wären die Kinder diesem Ungeheuer schutzlos ausgeliefert. Dabei hatten sie es doch beinahe geschafft, nur noch den Schacht hinauf, durch die Hochsicherheitstür. Wenn sie die passiert hatten – und sie wieder versiegeln konnten – dann wären sie in Sicherheit. Alles, was die Kinder brauchten, war Zeit.

Mister Bright würde diesen Gegner nicht bezwingen können, aber er konnte ihn noch ein wenig länger aufhalten – und wenn es ihn das Leben kostete.

Er war ein Wächter, war immer stolz darauf gewesen.

Nun würde er über die Kinder wachen, würden ihnen zur Flucht verhelfen, indem er diesen Unhold aufhielt. Seine Augen verengten sich zu Schlitzen, er zischte seine letzten Worte mehr, als dass er sie sprach.

„Ob das alles ist? Nein…noch nicht ganz…"

Ohne ein weiteres Wort stieß sich Mister Bright von den Stahlsprossen ab, prallte gegen seinen Gegner und riss ihn mit sich in die Tiefe - Bartholomew Blacks Klaue war noch immer in der Seite des Schotten verhakt, sein Handgelenk noch immer in dessen schraubstockartigem Griff gefangen. Angus Bright fiel, vollkommen stumm, nur seine Augen bohrten sich in die des Grafen. Nach fünfzehn Yards freien Falls krachte Bartholomew Black auf den Felsboden, der schottische Hüne landete auf ihm. Bei diesem Aufprall, der einem Frontalzusammenstoß zweier Schwerlasttransporter gleichkam, verlor Angus Bright sein Leben, aber er gewann das, was ihm letzten Endes am wichtigsten gewesen war – Zeit.

Zeit, die Ian Courtsham, Amber Sampson, Fiona Gordon, Ben Ayubu und alle ihre Klassenkameraden brauchen würden, um zu fliehen.

***

Miss Parks nahm ihre letzten Kräfte zusammen und rannte weiter. Endlich erreichte sie den oberen Rand des Schachts, sehr bald hatten alle ihr Folgenden ebenfalls die Stahlsprossen verlassen. Alle, außer Mister Bright. Ian hatte gesehen, wie der Hüne in die Tiefe gestürzt war. Tiefe Trauer, aber auch eine unendliche Dankbarkeit für das Opfer, das der Schotte gebracht hatte, erfüllten ihn. Wenn aber das Opfer nicht umsonst gewesen sein sollte, dann mussten sie jetzt weiter. Hals über Kopf stürzte die Gruppe den Gang hinunter, bog um die letzte Ecke – und dann sahen sie die massive Hochsicherheitsstahltür geschlossen vor sich. Miss Parks hämmerte verzweifelt gegen den Stahl, Ian hörte das wohlbekannte Heulen aus dem Gang hinter ihnen – der Graf und Tabitha hatten die Verfolgung wieder aufgenommen. Er spürte, wie ihm übel wurde, wie der allerletzte Funken Hoffnung in ihm erstarb.

Hier also würde es enden. Letztendlich würden sie doch alle sterben. Es war endgültig vorbei. So verzweifelt war Ian, dass er die Stimme in seinem Kopf zunächst nicht wahrnahm. Es war eine tiefe, angenehme Männerstimme, die Ian noch nie zuvor gehört hatte.

„Mein Junge, ich habe einst meine eigenen Kinder verloren, habe nicht sehen wollen, wie sehr Tabitha mich hintergangen hat, wie groß ihre Bosheit war. Ich kann das nie wieder rückgängig machen, aber ich werde verhindern, dass du und deine Freunde das Schicksal meiner Kinder teilen."

Ian schrak zusammen, sah sich suchend um. Er sah einen blassen Schimmer, eine nebelhafte Gestalt neben der Tür stehen.

„Mir bleibt wenig Zeit, das Siegel wurde erneut gebrochen, und meine Kinder und ich sind endlich erlöst. Eines noch bleibt zu tun, damit ich in Frieden ruhen kann. Ich kenne die Zahlenkombination, die diese Tür öffnet. Dieser verfluchte Pater hat sie auf die Rückseite seines Amuletts graviert. So mag es dir doppelt nützlich sein. Lebe wohl, mein Junge. Ich kann nun endlich ruhen."

Die Gestalt verblasste endgültig. Dort, wo sie noch vor Sekunden gestanden hatte, fiel klirrend ein Gegenstand zu Boden. Ian bückte sich danach. Es war das Amulett von Giacomo Peregrino, jenes Schutzzeichen, das ihn vor dem Zorn des Grafen bewahren sollte. Ungläubig drehte Ian das Amulett um. Auf der Rückseite war eine Ziffernfolge eingraviert.

Ohne darüber nachzudenken, tippte Ian die Zahlen in das Tastenfeld. Er nahm kaum wahr, wie die roten Lämpchen über dem Display erloschen, wie an ihrer Stelle ein einzelnes grünes Licht aufblinkte.

Er hörte wie aus weiter Ferne das Zischen, sah wie durch einen Schleier, wie sich die Tür öffnete.

Es waren Amber, Fiona und Ben, die ihn mit sich zogen. Als alle hindurch waren, beugte sich Amber über das Tastenfeld auf der anderen Seite.

„Wie war das noch, Ben? Keiner weiß, wie viele Versuche man hat und was passiert, wenn man zu oft den falschen Code eingibt?"

In ihren Augen loderte ein wildes Feuer, während sie auf die Tasten einhämmerte. Ein Alarm ging los, und zischend schloss sich die Stahltür, fuhr zurück, senkte sich ab.

Von jenseits der Tür hörte Ian gedämpft das Heulen, diesmal klang jedoch blanke Wut daraus.

Ben verschwand in dem Laboratorium des Paters, kehrte mit einem Stahlhocker zurück und schlug damit wild auf das Tastenfeld der Tür ein. Es scharfes Zischen war zu hören, ein Knacken, ein elektrisches Summen. Dann schossen Funken aus der Konsole, gefolgt von einer Stichflamme. Ein Kurzschluss, dann brach das elektronische System zusammen.

Der Alarm erstarb. Was blieb, war eine tonnenschwere Tür aus Stahl, die nun nicht länger elektronisch geöffnet werden konnte.

***

Ian sah wie durch einen Schleier das blasse Licht des anbrechenden Tages, als sie endlich die Keller unter dem Westflügel verließen.

Er sah undeutlich, wie Miss Parks ihr Handy hervorzog, eine Nummer eingab. Sie schien erleichtert, sprach sodann einige knappe Sätze hinein. Ob Minuten vergingen oder Stunden, Ian konnte es nicht sagen.

Irgendwann hörte er Hubschrauberlärm, bald darauf senkte sich ein Helikopter auf den Vorplatz des Hotels nieder. Männer in Uniformen sprangen heraus, Maschinenpistolen im Anschlag.

Ein zweiter Hubschrauber landete wenig später, ihm entstiegen weiß gekleidete Ärzte und Sanitäter.

Fremde Menschen sprachen mit Ian, er antwortete mechanisch, ohne recht zu registrieren, was sie ihn überhaupt fragten.

Später am Tag wurde er an Bord des Helikopters gebracht, der im Laufe des Tages mehrmals gelandet und wieder abgeflogen war.

Oder waren es verschiedene gewesen? Ian konnte es nicht sagen. Auf einer Trage wurde er aus dem Hubschrauber hinaus transportiert, in ein Gebäude mit grell weißen Korridoren gebracht.

Irgendwann hatte man ihm eine Infusionsnadel in den Handrücken geschoben, jetzt floss irgendeine klare Flüssigkeit aus einem blubbernden Fläschchen, das über ihm baumelte, direkt in seine Adern. Ian gefiel das. Er fühlte sich leicht, dachte überhaupt nicht mehr an das, was ihm widerfahren war.

Er sah die besorgten Gesichter seiner Eltern, die sich über sein Bett beugten, hörte ihre Stimmen von ganz weit weg.

Dann fiel er in eine tiefe Ohnmacht.

Epilog

Am folgenden Tag erschien in der Zeitung folgender Artikel:

Schulklasse entgeht knapp einem Ritualmord

Am Wochenende konnte ein Blutbad in den Wäldern gerade noch vereitelt werden.

Nachdem Blackrock Manor seit dem Brand im Sommer 1956 immer wieder von sich reden machte, scheint es nun so, als habe sich sein Geheimnis endgültig aufgeklärt. Eine Schulklasse, die im Zuge eines Projekts im Fach Geschichte einen Ausflug zu der Ruine des alten Hotels gemacht hatte, geriet unversehens in Lebensgefahr, als sie sich einem ominösen Kult ausgeliefert sah, der tief unter der Ruine des teilweise ausgebrannten Hotels eine Stätte für ihre dunklen Machenschaften eingerichtet hatte.

Nach Aussagen der begleitenden Lehrerin, Ms. Deborah Parks, sei die Schulklasse von Mitgliedern des Ordens entführt worden. Die Jugendlichen selbst waren bislang nicht vernehmungsfähig und befinden sich derzeit unter strenger medizinischer Aufsicht. Weiter habe die Klasse dank des beherzten Handelns von Ms. Parks aus der Kultstätte entkommen und gerettet werden können.

Ein Schüler sowie die männliche Begleitperson werden weiterhin vermisst.

Die Aussage von Ms. Parks gibt Anlass zu der Vermutung, dass die Schulklasse mit Rauschmitteln betäubt wurde. Ein Einsatzkommando war zur Stelle, nachdem die Schulklasse den Kultisten entkommen war und Ms. Parks einen Notruf abgesetzt hatte. Die Einsatzkräfte fanden eine hochmoderne Anlage unter der Ruine des Blackrock Manor. Die Anlage konnte bislang nicht näher in Augenschein genommen werden, da eine defekte Hochsicherheitstür den Zugang versperrt.

Sprengmeister und Sicherheitsexperten sind derzeit dabei, die Tür aufzubrechen. Wir haben ein Reporter-Team vor Ort und werden Sie unterrichten, sobald sich neuere Erkenntnisse ergeben.

Fest steht zu diesem Zeitpunkt, dass es sich um einen bislang nicht in Erscheinung getretenen Kult handeln muss, vermutlich eine radikale Splittergruppe der Satanisten.

Von den Tätern fehlt bislang allerdings jede Spur.

London, zwei Wochen später.

Die junge Frau faltete den ausgeschnittenen Zeitungsartikel sorgfältig zusammen, nachdem sie ihn zum vermutlich hundertsten Mal gelesen hatte. Sie lächelte. Es waren seither keine weiteren Meldungen zu dem Thema erschienen, jedenfalls keine, die nennenswert mehr Aufschluss über die Angelegenheit gegeben hätten. Man erging sich in Spekulationen, Mutmaßungen – und fand alsbald den Konsens, dass jene Schulklasse vermutlich wahrhaftig etwas Schreckliches erlebt hatte – aber der genaue Ablauf der Dinge ließ sich nun einmal nicht mehr genau rekonstruieren.

Womöglich war gar diese Lehrerin, Miss Parks, selbst maßgeblich beteiligt gewesen an dem Schicksal der Klasse?

Ihr Gerede von Untoten, einem gewissen Buch, welches so nur in der einschlägigen Horrorliteratur Erwähnung fand sowie die Tatsache, dass von ihrem Kollegen, Mister Richard Schwarz, nach wie vor jegliche Spur fehlte, ließen Zweifel an der Glaubwürdigkeit, ja, an der geistigen Unversehrtheit der Dame aufkommen.

Der Fall war zunächst eine Sensation, später eine Inspiration für Verschwörungstheoretiker und wurde schließlich als eine von vielen Schauergeschichten rund um Blackrock Manor zu den Akten gelegt.

Die Stahltür unter dem Westflügel hatte nach tagelanger Arbeit endlich aufgebrochen werden können, und man hatte dahinter tatsächlich einen Schacht gefunden, der in die Tiefe führte, weiter unten eine Krypta und schließlich sogar eine Kammer – aber von Mister Richard Schwarz, dem Schüler David Porter sowie jenen ominösen Persönlichkeiten namens Mister Angus Bright und Pater Giacomo Peregrino, von denen niemals jemand etwas gehört hatte, deren Namen aber immer und immer wieder von Miss Deborah Parks – die sich mittlerweile in einem Zustand befand, den man nur noch als Delirium bezeichnen konnte – genannt wurden, fehlte weiterhin jede Spur.

Weitaus interessanter erschien in diesem Zusammenhang, dass die tiefsten Abschnitte jener unterirdischen Anlage, so auch die genannte Kammer geflutet waren.

Wie sich herausgestellt hatte, war die Ursache hierfür ein Durchbruch zu dem unterirdisch verlaufenden Fluss namens Silverstream gewesen.

Vermessungen ergaben, dass der unterirdische Kanal über eine Strecke von etwa zwei Meilen unter Tage bis zu der Lichtung bei den sogenannten Needle Rocks verlaufen musste, wo der Fluss unter einem Felsmassiv hindurch an die Oberfläche gelangen musste. Die Möglichkeit, dass jemand diesen Weg zur Flucht genutzt haben könnte – man denke an die im der Presse genannten Kultisten – musste allerdings entschieden verworfen werden. Kein Mensch, und war er auch ein noch so geübter Taucher, hätte die Strecke überwinden können, da der unterirdische Kanal vollständig unter Wasser lag und zudem an etlichen Stellen zu eng war, als dass sie mit einem Sauerstoffgerät hätten passiert werden können.

Die Schülerinnen und Schüler befanden sich nach jenem seltsamen Vorfall noch immer in medizinischer Behandlung. Viele von ihnen waren in eine Spezialklinik nach London verlegt worden. Dort, auf einem langen Korridor, saß auch die junge Frau.

Ein Mann in weißem Kittel riss sie aus ihren Gedanken.

„Entschuldigen Sie. Ich bin Doktor Simmons. Bitte folgen Sie mir in mein Büro."

Das Büro war geschmackvoll eingerichtet, man hatte sich die allergrößte Mühe gegeben, das typische Krankenhausflair zu vermeiden. Doktor Simmons ließ sich in einem wuchtigen Ledersessel hinter einem imposanten Schreibtisch nieder. Mit einer Handbewegung bat er sie, sich ebenfalls zu setzen.

Lächelnd nahm sie auf dem einfachen, aber nicht unbequemen Stuhl vor seinem Schreibtisch Platz. Doktor Simmons schenkte ihr ein weiteres strahlendes Lächeln, bevor er eine Akte, die auf seinem Schreibtisch lag, aufschlug und das erste Blatt überflog. Dabei redete er im Plauderton weiter.

„Sie möchten sich also als Krankenschwester bei uns vorstellen. Und sie haben nichts gegen Nachtschichten einzuwenden, aha. Schön, schön. Sie wissen natürlich, dass wir eine Spezialklinik für Patienten mit traumatischen oder sonstigen psychosomatischen Symptomen sind."

Er sah von der Akte auf und lächelte sie an.

„Das kann manchmal sehr schwer sein, wir haben gerade einige Patienten bekommen, die noch sehr jung sind. Für viele ist es ungemein schwer, wenn sie so junge Menschen in einem solchen Zustand sehen. Glauben Sie, Sie können damit fertig werden?"

Sie nickte, setzte ihr charmantestes Lächeln auf.

Doktor Simmons schmolz dahin.

„Also schön. Ich sehe, Sie sind fest entschlossen. Von mir aus können Sie gleich morgen Ihren Dienst antreten, Miss..."

Er sah wieder in die Akte, hob dann eine Augenbraue.

„Oh, ich sehe Sie sind Französin? Dann sollte ich wohl eher sagen: Mademoiselle...?"

Ihr charmantes Lächeln weitete sich aus auf ihre hellblauen Augen, die einen faszinierenden Kontrast zu dem rabenschwarzen Haar bildeten. Dann sagte sie mit einer samtigen, etwas heiseren Stimme:

„Noire. Mademoiselle Noire."